insel taschenbuch 5051
Josie Lloyd
Der Brighton-Schwimmclub

# JOSIE LLOYD

## DER  SCHWIMM CLUB

ROMAN

Aus dem Englischen von Brigitte Heinrich

Insel Verlag

Die englische Originalausgabe erschien 2022 unter dem Titel
*Lifesaving for Beginners* bei HQ, einem Imprint von Harper Collins Ltd.

2. Auflage 2024

Erste Auflage 2024
insel taschenbuch 5051
Deutsche Erstausgabe
© der deutschsprachigen Ausgabe Insel Verlag
Anton Kippenberg GmbH & Co. KG, Berlin, 2024
Copyright © 2022 by Unomas Productions Ltd
Alle Rechte vorbehalten. Wir behalten uns auch eine Nutzung des Werks
für Text und Data Mining im Sinne von § 44b UrhG vor.
Umschlaggestaltung: zero-media.net, München
Umschlagabbildungen: FinePic®, München
Satz: Satz-Offizin Hümmer GmbH, Waldbüttelbrunn
Druck: CPI books GmbH, Leck
Printed in Germany
ISBN 978-3-458-68351-3

www.insel-verlag.de

*Für die Schwimm-Gang*

For whatever we lose (like a you or a me)
it's always ourselves we find in the sea
                              E. E. Cummings

# 1
# Ach, Blödsinn

*Weihnachtsmorgen*

Es ist nur kaltes Wasser. Das ist alles. Nach dem beschissenen vergangenen Jahr ist kaltes Wasser einfach gar nichts. Nichts, sagt sich Dominica, während sie den Klettverschluss der Neopren-Handschuhe zudrückt und in Stiefeln, Größe 44, geräuschvoll über den Kies Richtung Meer marschiert. Sie ist froh, dass sie ihre traurigen Knochen aus dem Bett gezerrt und es bis hierher geschafft hat, obwohl es wirklich ganz schön knapp war. Doch wie gewöhnlich hat Helgas Nachricht in ihrer »Sea-Gals«-WhatsApp-Gruppe sie schließlich rumgekriegt. *Es ist Tradition*, hatte Helga geschrieben. *Keine Ausreden.*

Sie weiß, dass sie es Helga und Tor schuldig ist, an diesem Morgen zu erscheinen. Sie sind es, die sich im letzten Jahr um sie gekümmert haben. Unabhängig voneinander haben beide sie gebeten, den heutigen Tag zusammen zu verbringen, wohl wissend, dass es ihr erstes Weihnachten ohne Chris ist, doch sie hat ihr freundliches Angebot höflich abgelehnt. Sie möchte allein sein, um sich in ihrem Kummer zu suhlen, auch wenn sie sich jetzt schwört, ihr mit Papiertaschentüchern zugemülltes Schlafzimmer aufzuräumen. Chris würde einen Anfall kriegen, wenn er es sehen könnte.

So weit das Auge reicht, ist der Strand in beide Richtungen übersät mit lauter kleinen Grüppchen; die meisten Leute sind der Kälte entsprechend angezogen, aber etliche ziehen sich auch aus. Seit dem Rückgang der Kirchenbesuche ist das Meer vielleicht tatsächlich die neue Religion. Auf jeden Fall besitzt es eine starke Anziehungskraft. Alle blicken aufs Wasser, und die festliche Stimmung ist geradezu greifbar. Sie hört das Ploppen eines Champagnerkorkens (zehn Uhr ist ein bisschen früh, aber schließlich ist Weihnachtsmorgen), während sich auf der größten Betonbuhne ein junger Typ gedankenverloren auszieht. Ein Dudelsackpfeifer im Kilt spaziert über den angrenzenden Strand, und der näselnde Klang weht bis zu der Stelle, wo Dominica steht, umgeben von intensivem Marihuanaduft.

Früher kam das noch in den landesweiten Nachrichten: die Verrückten, die am Weihnachtsmorgen ins Meer sprangen. Aber mittlerweile ist Kaltwasserschwimmen der letzte Schrei, und auch Krethi und Plethi machen mit.

Kein Wunder, denkt Dominica. Es gibt ja sonst nichts zu tun.

Jede Menge Schwimmer sind bereits im Wasser, viele mit Wollmützen. Zwei Angeberinnen kraulen schon weiter draußen und ziehen ihre roten Schwimmbojen hinter sich her. Während der Wintermonate würde sie gern da draußen schwimmen können wie diese Amazonen, aber wenn sie sich zu weit hinauswagt, gerät sie schnell in Panik. Sie weiß, dass man das Meer ernst nehmen muss – auch an einem ruhigen Tag wie diesem. Außerdem ist sie dafür nicht fit genug. Nicht mehr. Nicht nach einem Jahr, in dem sie nur auf ihrem Hintern gesessen und Kekse gefuttert hat.

Vor dem Ausbruch der Pandemie war Dominica nie untätig gewesen – kein einziges Mal im Lauf ihrer fünfundsechzig Jahre. Wahrscheinlich, weil ihre Eltern ihr eine eiserne Arbeitsmoral beigebracht hatten sowie die Überzeugung, dass ihre Hautfarbe zu einer doppelten Anstrengung verpflichtet. Als Bereichsleiterin bei einem großen Reiseveranstalter ist sie eigentlich die vollendete Multitaskerin, doch seit der Himmel leergefegt ist und Urlaube abgesagt sind, ist die ganze Abteilung beurlaubt. Zumindest in mancher Hinsicht ist das ein

Segen. Sie hätte niemals gleichzeitig ihre Arbeit und den Verlust von Chris bewältigen können.

Sie fürchtet sich vor der Rückkehr und weiß, dass jetzt jeden Tag ein E-Mail von der Geschäftsleitung mit einem Stufenplan für den Wiedereinstieg in den Job kommen wird. Ihr Team – früher einmal dreißig Leute – wurde im Lockdown zusammengestrichen, und sie weiß, dass auch viele ihrer Kollegen gerade harte Zeiten durchmachen, doch sie hat Angst davor, sie wiederzusehen. Ihr ist jetzt schon klar, dass sie die Fragen nicht ertragen wird … das Mitleid, wenn mit an Sicherheit grenzender Wahrscheinlichkeit mindestens einer eine vergleichbare Geschichte auskramt von einem Bekannten, der ebenfalls an Covid starb. Das macht ihr am meisten zu schaffen. Dass Chris mit seinen wachen Augen, dem schallenden Lachen und den herzhaften Umarmungen zu einer finsteren Statistik reduziert worden ist, die von Fremden kommentiert und immer wieder durchgekaut wird.

Drüben an der anderen Buhne hüpfen ein paar kreischende Teenager in Bikinis über die Steine. Es wird generell erwartet, dass alle Abstand halten, doch irgendwie scheinen die Vorschriften der Regierung hier am Wasser weniger dringlich. Bis vor Kurzem hat sie sich über schnaufende Jogger und Passanten geärgert, die, die Maske am Kinn, die Gehwege verstopften, doch nach all dem, was Chris widerfahren ist, vergeudet sie ihre Energie nicht länger. Die Welt ist auch so schon voller Besserwisser und Petzer, da muss sie sich nicht noch dazugesellen. Wozu, wenn das Schlimmste bereits geschehen ist? Außerdem ist es nur natürlich, dass Menschen Regeln interpretieren und sie ihren eigenen Wünschen und Gegebenheiten anpassen. Wie Chris stets zu sagen pflegte: Menschen sind wie Wasser … sie finden immer einen Weg.

Dominica hat Tor erreicht, die am Wassersaum steht;

auch Helga kommt nun, nachdem sie ihre Sachen neben der Buhne auf den gemeinsamen Haufen gepackt hat. Dominica winkt ihr zu. Wie üblich trägt Helga ihren ausgebeulten blauen Badeanzug und die altmodische Badekappe mit Kinnriemen. Sie schert sich nicht im Geringsten darum, dass ihre schlaffen, faltigen Schenkel für jedermann sichtbar sind, anders als Dominica, die sich selbst jetzt ihres Körpers sehr bewusst ist.

*Wir sind ein ziemlich schräges Trio*, denkt Dominica, und plötzlich erfüllt sie ein Gefühl der Zuneigung für ihre eigenwilligen Freundinnen. Es gibt andere Schwimmgruppen, denen sie sich hätte anschließen können. Die Frauen aus ihrer ehemaligen Yogagruppe gehen regelmäßig schwimmen, aber Dominica hätte ihre besorgten Mienen schlecht ertragen. Zufällig war sie ein paar Mal gleichzeitig mit Helga und Tor an den Strand gekommen, und ehe sie sich's versah, hatten sie eine eigene Gang gebildet.

Tor ist Ende dreißig und trägt anlässlich dieses Tages eine Nikolausmütze, ihr leuchtend lilafarbenes, teilweise zu Dreadlocks verfilztes Haar guckt darunter hervor. Dominica legt den Arm um Tors magere, tätowierte Schulter und drückt sie liebevoll.

»Huuuuuuuhh«, murmelt Tor, als die weiß schäumende Brandung an ihren Zehen leckt. »Es ist so k…k…kalt.«

»Alles so weit in Ordnung?«, erkundigt sich Dominica. Sie weiß, wie die Diagnose Tor zu schaffen macht. Armes Kind, es ist einfach nicht fair. Dominica ist tief beeindruckt von Tors positiver Einstellung und ihrer Seelenstärke.

»Ja«, sagt Tor, und der grüne Stein in ihrer Nase glitzert. »Ich bin froh, dass ich hier bin. Lotte hat gedroht, mitzukommen, aber sie hat einen Kater.«

Dominica kann es sich vorstellen. Sie ist Lotte, Tors holländischer Freundin, ein paar Mal begegnet, und Lotte ist eine ziemliche Naturgewalt. Ihr schwant, dass Tor ganz gern an den Strand kommt, um etwas Ruhe und Frieden zu finden.

»Los jetzt«, verkündet Helga mit ihrem komischen Akzent – halb Dänisch, halb Cockney – und stapft an ihnen vorbei. »Hört auf, herumzutrödeln, ihr zwei. Rein mit euch.«

Nach ein, zwei Schritten taucht Helga anmutig unter, mit gebeugten Knien und gesenkten Schultern. Sie seufzt, als sei das Meer ein Liebhaber, der sie zärtlich begrüßt. Sie dreht sich auf den Rücken und strahlt über das ganze Gesicht. Helga mag jenseits der siebzig sein, aber im Wasser sieht sie aus wie sieben. Ihre Füße ragen aus dem Wasser, während sie sich, die Arme seitlich vom Körper weggestreckt, treiben lässt wie ein schrulliger Otter. Dominica sieht, wie sie ihren Blick auf den Musikpavillon richtet, und weiß, dass sie anhand des Sogs an ihrem Körper den Verlauf der Strömung einzuschätzen versucht. Helga achtet immer sehr auf die Sicherheit im Wasser.

Dominica macht mit Tor ein paar Schritte und konzentriert sich darauf, nicht die Luft anzuhalten, trotzdem ist es ein Schock, der ihr wattiges Gehirn wieder in Fokus bringt wie eine Kameralinse. Der Strand, das Land, jeder Gedanke, den sie gerade noch hatte, ist Vergangenheit. Es gibt nur das Jetzt. Sie hat es mit Meditation versucht, doch das hier bringt ihre wirren Gedanken wesentlich besser zur Ruhe. Das Eintauchen im Meer drückt ihren mentalen Reset-Knopf wie nichts sonst.

Sie weiß, der Trick besteht darin, die Hände unterzutauchen, deshalb geht sie tiefer hinein, die Fingerspitzen unter der Oberfläche, und ihre Handschuhe füllen sich mit kaltem Wasser. Jetzt nimmt sie auch das Meeresrauschen und das saugende Schmatzen der rücklaufenden Wellen wahr.

Das Wasser, das vom Ufer aus klar und grün ausgesehen hat, wirkt aus der Nähe teefarben. Eine Wand starken Schwarztees mit Milch rollt heran, füllt ihr Blickfeld aus, und sie bleibt ruhig stehen, lässt sich von der Welle aufnehmen und von den Füßen heben.

Dann ist sie drin.

Sie stößt einen Seufzer aus, wie eine Frau in den Wehen, reagiert ganz natürlich mit einem Aufkeuchen, als die Kälte ihr Rückgrat trifft. Sie kann die schwarzen Schatten ihrer Handschuhe gerade so erkennen, während sie mit ausholenden Zügen auf den glitzernden Horizont zuschwimmt. Die Wellen sind kabbelig, und das nackte Stück Hals unterhalb ihres Haaransatzes summt wie eine stark gespannte Trommel. Sie spürt, wie ihre Haut brennt – von Kopf bis Fuß.

*Chris, o Chris, wie sehr würdest du das lieben*, denkt sie und merkt, dass ihr die Tränen kommen, und lässt sie fließen. An Land fühlt sie sich immer wie ein Gefäß voll ungeweinter Tränen, das jederzeit leck schlagen und nachgeben könnte, doch hier, wo das Wasser aus ihrem Innern mit dem von außen zusammenfließt, fühlt sie sich gefestigter als seit Tagen.

Sie hält das Gesicht behutsam unter Wasser, möchte ihre Bommelmütze – und ihr Haar – nicht nass machen. Sie mag dieses Gefühl mächtigen, masochistischen Gehirnfrosts und nutzt die Gelegenheit, den Mund aufzureißen und so laut zu schreien, wie sie kann, denn sie weiß, dass nur das Meer dieses Geheimnis kennt und die anderen nichts hören werden.

Sie kommt hoch, Salzwassergeschmack in Mund und Nase, während die Kälte in ihre Blutbahn sickert wie eine köstliche Droge.

*Reiß dich zusammen*, sagt sie sich. Es ist zehn Monate her, dass Chris starb. Zehn Monate, um einen Grund zum Weitermachen zu finden.

Sie dreht sich nach Helga und Tor um, sieht, dass ein Mann zwischen ihnen schwimmt, und stellt fest, es ist Bill.

»Dominica! Ich dachte mir schon, dass du es bist.« Er ist in Begleitung zweier anderer Männer, die mit ihren Bärten und den roten Schwimmmützen wie Zwillinge aussehen, wie Nachwuchs vom Nikolaus. »Wie ist es dir ergangen?«

»Ach, na ja, so la la«, antwortet sie mit einem schwachen Lächeln. Sie spürt, dass er wirklich besorgt ist. Er blickt so freundlich und teilnahmsvoll wie immer.

»Wie würden uns freuen, dich wieder bei uns zu haben. Wann immer du dich dazu bereit fühlst.«

Sie nickt. Sie hat oft an Bill und das Team gedacht und dass die Telefonleitungen von Kolonnen verzweifelter Menschen verstopft sein müssen. Sie wird das Gefühl einfach nicht los, ihn im Stich gelassen zu haben, aber bisher war sie einfach noch nicht imstande, zurückzukehren.

»Gut, melde dich. Frohe Weihnachten.« Er salutiert mit einem fröhlichen Grinsen.

»Wer war das?«, fragt Helga wie gewöhnlich auf ihre direkte Art.

»Bill. Mein Supervisor bei der Telefonseelsorge.«

»Ich weiß nicht, wie du das machst. Anderer Leute Probleme …« Helga schüttelt den Kopf.

»Du bist nicht im Mindesten so gemein, wie du tust«, erklärt Dominica ihr.

»Es heißt, der Weg zum Glück bestehe darin, dass man anderen hilft«, bemerkt Tor und schnippt den Bommel ihrer Nikolausmütze zur Seite, damit die Welle ihn nicht erwischt.

»Ja, genau, du bist eine Heilige, Tor, das sollten wir nicht vergessen«, sagt Helga.

»Ach, Blödsinn«, stichelt Dominica.

»Im Ernst, Dominica«, sagt Tor, »du solltest wieder damit anfangen. Du bist die beste Zuhörerin, die ich kenne.«

»Ich werde darüber nachdenken.«

»Die Gänse, schaut mal«, ruft Helga, und als Dominica sich umdreht, sieht sie Helga nach oben deuten und folgt ihrem Blick. Zwei Gänse fliegen rasch über sie hinweg, ihre Bäuche unglaublich weiß vor dem blauen Himmel. Ein Paar.

Helga beobachtet, wie Dominica ihnen nachstarrt, während sie sich zum Horizont hin entfernen. »Sie sind unterwegs zu ihrer Schar«, sagt sie beruhigend, und Dominica nickt.

## 2
## Soße in hohem Bogen

Maddy Wolfe tupft sich mit der Papierserviette die Mundwinkel ab, dann knüllt sie die Serviette zusammen und legt sie auf den leeren Teller. Gestärkte Leinenservietten, Muranogläser und Denby-Porzellan, all das schmückt die Weihnachtstafel im Esszimmer, die sie für ihre Instagram-Posts so sorgfältig hergerichtet hat. Trent war überrascht, als sie nicht dort drinnen zu Mittag aßen, aber sie erklärte ihm, es lohne sich doch nicht, alles nur für sie beide zu verschmutzen, deshalb haben sie in der Essnische vom Küchenporzellan gegessen. Jetzt tut es ihr leid. Vielleicht hätten sie einander bei einem richtigen Weihnachtsessen mehr zu erzählen gehabt – aber ohne Jamie oder die Verwandten fühlt sich das Ganze wie ein Fake an.

Ihren Followern wird sie das natürlich nicht erzählen. Nein, es ist wichtig, die Illusion auf ihren @made_home-Kanälen aufrechtzuerhalten. Ihre sorgfältig bearbeiteten Fotos von der Weihnachtsgrotte im Garten und ihr schön geschmückter Tisch hatten wochenlanger Planung bedurft, doch ihre Posts sehen fantastisch aus – das darf sie ruhig selbst behaupten. Wenn Manpreet, die teure Medienberaterin, recht hat, wird sie bald genügend Follower haben, um Sponsoring-Verträge einzuheimsen. So zumindest der Plan. Aber *Gott, wie nervig*, ständig diesem ganzen Druck standhalten zu müssen.

»Danke«, sagt Trent, als sie seinen leeren Teller abräumt, sieht sie dabei aber nicht an. Er gießt sich den letzten Schluck Malbec ins Glas. Seine erhitzten Wangen passen sich allmählich seinem burgunderfarbenen Golfpullover an. Früher waren seine jungenhaften brünetten Locken einmal eines seiner besten, hervorstechendsten Merkmale, doch inzwischen wird sein Haar an den Schläfen grau und schütter um den Wirbel.

»Das war sehr nett.«

*Nett.* Das Wort trieft vor Missbilligung.

»Ja, Truthahnbrust ist nicht so teuer. Und wir haben noch etwas für später übrig, für Sandwichs«, verteidigt sie sich in dem Versuch, ihr wenig bemerkenswertes Weihnachtsessen zu rechtfertigen. Voller Widerwillen stellt sie fest, dass er mit einem Cocktailstick von den Würstchen im Schlafrock zwischen den Zähnen nach Essensresten puhlt.

*Das ist also inzwischen aus uns geworden?*, fragt sie sich, während sie die Teller in die Küche trägt: zwei Leute, die sich über zukünftige Mahlzeiten und Sandwichs unterhalten? Sie muss an vergangene Weihnachtsfeste denken, an die vielen Verwandten, das Gelächter, an die Kinder ihres Bruders und an Jamie, wie sie auf neuen Fahrrädern oder Dreirädern herumkurvten, an den Lärm von sprechendem Spielzeug, während in der Küche George Michael sang und sie und Trent in einem Jongleurakt das Mittagessen servierten und dabei immer beschwipster wurden. Doch jetzt ist es, als hätten sie sich in ihre Eltern verwandelt.

Die Dinge werden sich normalisieren, sobald Trents Immobilienunternehmen wieder in Gang kommt und Verträge abgeschlossen werden, statt sich in Luft aufzulösen, sagt sie sich. Wer hat schließlich *kein* schwieriges Jahr hinter sich? Im Vergleich steht sie immer noch gut da, hat ein beneidenswertes Dach über dem Kopf, leistet sich Designerkleidung und beschämend kostspielige Strähnen im glänzenden Blondhaar. Wahrhaftig, sie hat wenig Grund zur Klage.

Was sie jetzt braucht: Füße aufs Sofa und dazu einen großen Gin. Früher wäre Trent längst zur Tat geschritten, hätte ihr etwas zu trinken besorgt. Sie weiß, dass er ihr ein Glas einschenken würde, wenn sie ihn darum bäte, aber dass sie überhaupt bitten muss, verdirbt es ihr. Wie bei allem Übrigen – am besten handelt sie selbst.

Sie öffnet den Küchenschrank und sieht verärgert, dass die Flasche Sipsmith Gin beinahe leer ist. So etwas fällt ihr eher auf, seit sie weniger trinkt, aber Trent hat sich fast den ganzen Dezember über einiges hinter die Binde gegossen. Vorsorglich, wie er es nennt, vor dem versprochenen trockenen Januar. Sie schwenkt die Flasche und hält sie gegen das Licht. Um richtig zu entspannen, wird sie mehr Gin benötigen. Sie geht über den Flur zur großen Vorratskammer neben der Hintertür, um eine neue Flasche zu holen.

Das kleine rote Blinklicht neben dem selten benutzten Festnetzanschluss fällt ihr ins Auge. *Das ist komisch. Jemand hat eine Nachricht hinterlassen.* Sie überlegt rasch, wer der Anrufer sein könnte, sie hat doch mit allen gesprochen. Ihre Eltern in Shropshire essen in ihrem Gartenpavillon mit den Nachbarn zu Mittag, ihre Brüder feiern sämtlich in Familie.

Wie konnte sie einen Festnetzanruf verpassen? Oder auch Trent? Er war doch den ganzen Tag zu Hause.

Sie nimmt den Hörer in die Hand und drückt den Wiedergabeknopf. Sie traut sich nicht, es sich zu wünschen, aber wer sonst würde am Weihnachtstag anrufen?

Außer ihm?

Außer Jamie ...

»Mum«, hört sie, und ihr entfährt ein kleiner Schrei. Es *ist* tatsächlich Jamie. Ihre Augen füllen sich mit Tränen, während sie wartet, ihn atmen hört, aber er sagt weiter nichts. Das Schweigen scheint sich zu dehnen mit all den Worten, die er nicht sagen kann. Sie weiß, was Trent gern hören möchte: dass es Jamie leidtut, dass er ihren schrecklichen Streit bedauert, dass er mit den Drogen aufgehört hat und sich am Riemen reißt.

Aber leider hört Maddy aus dem Schweigen etwas anderes heraus: dass er in Schwierigkeiten steckt; dass er sie braucht; dass Weihnachten ist und er Heimweh hat und müde ist; dass er nicht weiß, wie er wieder auf sie zugehen soll.

Die Nachricht endet. Es klickt.

»Nein, nein, nein«, sagt Maddy in Panik und spielt die Nachricht noch einmal ab und merkt, dass sie sie dabei aus Versehen gelöscht hat. »Mist!«

Mit zitternden Händen drückt sie die Rückruftaste und vernimmt nur den Klingelton. Sie greift nach einem Kugelschreiber aus dem Becher auf der Arbeitsplatte, aber er funktioniert nicht. Sie zerrt eine Schublade auf und schnappt sich einen Filzstift, dreht einen Umschlag um, betätigt erneut die Rückruftaste und notiert auf der Rückseite eine unbekannte Festnetznummer, dann ruft sie die Auskunft an. Es dauert eine Weile, bis sie durchkommt, und als es ihr schließlich gelungen ist, erklärt man ihr, die Nummer gehöre zu einer Telefonzelle in Brighton.

*Brighton?* Was hat Jamie in Brighton zu schaffen? Sie ruft wieder an, doch es klingelt und klingelt. Sie stellt sich die leere Telefonzelle vor, Möwen, die darüberfliegen, weggeworfene Chipstüten, die der Wind durch die Gegend bläst.

»Mist!«, ruft sie noch einmal und knallt den Hörer auf. Es ist nicht auszuhalten. Sie hat ihn verpasst. Er ist nicht da.

In ihrem Kopf überschlagen sich die Fragen, während sie gleichzeitig zu verdauen versucht, dass sie endlich weiß, wo ihr Sohn steckt. Ein Gefühl wie Wasser in der Wüste.

Jamie verschwand im Februar kurz vor dem ersten Lockdown, und sie ist in diesem Jahr halb krank geworden vor Sorge, wo er sein mag und was er macht. Sosehr sie versucht hat, sich daran zu erinnern, dass er erwachsen ist und seinen eigenen Weg finden muss, seine Abwesenheit verdrängt manchmal alles andere. Und wie an jedem Tag galt ihr erster schuldbewusster Gedanke nach dem Aufwachen auch heute Jamie.

Bei so viel Zeit zum Nachdenken kommt sie nicht um die Erkenntnis herum, dass sie ihn im Stich gelassen hat. Sie hätte ihn unterstützen müssen, aber Trent hatte darauf bestanden, dass sie als geeinte Front auftraten. Und damals hatte sie zugestimmt. Doch dieser Plan war spektakulär gescheitert, und in dem anschließenden Streit waren schreckliche Worte gefallen, die niemand mehr ungesagt machen kann.

Sie hatte Jamie, vierundzwanzig Stunden nachdem er aus dem Haus gestürmt war, als vermisst gemeldet, doch die Polizei vermittelte ihr das Gefühl, man habe Besseres zu tun, als sich dem Kummer einer Frau in mittleren Jahren und geordneten Verhältnissen zu widmen, deren erwachsener Sohn nach einem Streit verschwunden war. Sie war vor Sorge fast außer sich gewesen; fünf quälend lange Tage vergingen, bis Jamie anrief und ihnen mitteilte, er sei nicht vermisst, sondern ganz einfach gegangen. Sie hatte gehofft, er sei vielleicht milder gestimmt und sogar bereit, ihnen zu verzeihen – oder, noch besser, zerknirscht und reumütig. Doch ganz im Gegenteil, er wirkte eher verhärtet. Mit stählerner Stimme hatte er sie darüber informiert, dass er nicht mehr daran interessiert sei, Teil der Familie zu sein. Seine Worte, die sich fest eingeprägt hatten als Rechtfertigung, ihn gehen zu lassen, beschämen sie heute und geben ihr das Gefühl, es nicht besser verdient zu haben.

Sie dachte, Jamie würde nur seine Wunden lecken wollen, sich dann wieder fangen und nach Hause zurückkehren. Wie sehr sie sich geirrt hatte. Darin … in allem.

*Mum.* Das Wort hallt in ihrem Kopf wie ein Gong. Was ist sie für eine schreckliche Mutter? Er ist endlich auf sie zugegangen ... und sie war nicht für ihn da. Vielleicht war es eine sentimentale Regung. Als Kind hatte Jamie Weihnachten immer geliebt. Als Einzelkind, wer hätte es ihm verdenken können? Er war immer schrecklich verwöhnt worden. Sie würde ihm so gern sagen, dass sie eine Dose Quality-Street-Bonbons gekauft hat und ihm die grünen Dreiecke aufheben wird. Sie möchte ihn unbedingt daran erinnern, dass sie einmal eine glückliche Familie waren.

Sie eilt wieder in die Küche und sieht auf der Arbeitsplatte Trents schwarzes iPhone neben einer neuen Weinflasche liegen, die er offensichtlich gerade geöffnet hat. Sie hört die Spülung der unteren Toilette.

Jamie hat sie nicht auf ihrem Handy angerufen, und obwohl sie weiß, dass es lächerlich ist, überlegt sie, dass er vielleicht Trent angerufen hatte, falls er wirklich in Schwierigkeiten steckte.

Sie nimmt das Telefon in die Hand. Zu ihrer Überraschung ist es nicht gesperrt. Trent ist sieben Tage die Woche vierundzwanzig Stunden praktisch körperlich damit verbunden, deshalb fühlt es sich komisch an, dieses vertraute und dennoch verbotene Gerät in Händen zu halten. Sie betrachtet die unbekannten Apps und das seltsame Layout des Displays. Als sie unter den neuen Nachrichten eine Nummer sieht, tippt sie sie automatisch an. *Bitte lass es Jamie sein. Bitte ... bitte.*

Doch da ist keine Nachricht von Jamie, nur eine lange Reihe von Texten von Helen. *Ihrer* Freundin Helen. Helen Bradbury. Maddy erkennt auf dem Profilbild ihr Gesicht und ihr langes, kastanienbraunes Haar.

Mit einer Art sechstem Sinn klickt sie die oberste Nachricht an; Jamie und sein Anruf sind für kurze Zeit vergessen.

Auf dem Display erscheint ein Selfie von Helen, wie sie in einer so intimen, expliziten Haltung auf einem Stuhl sitzt, dass Maddy zurückzuckt und das Telefon fallen lässt.

Ihr Mund füllt sich mit Speichel, sie reißt sich zusammen, hebt Trents Handy auf, das noch auf der Arbeitsplatte kreiselt, und sieht sich das Foto erneut an. Sie bemerkt, dass ein Banner über das Display flattert: Eine Weihnachtsüberraschung ERWARTET DICH. Vermisse Dich, Babes. Dann ein Strom von Kuss- und Herz-Emojis.

Ihr kribbelt die Haut am ganzen Körper. In einer Mischung aus Schock und Wiedererkennen, die sie benommen macht. Denn *jetzt* ergibt alles einen Sinn. Sie und Trent und ihrer beider Entfremdung.

Grund ist nicht der Stress wegen der Arbeit ... oder wegen Covid ... oder wegen Jamie.

Grund ist seine Affäre. Mit *Helen fucking Bradbury.*

Als ob Helens Möse beißen könnte, umfasst sie das Telefon vorsichtig mit spitzen Fingern und öffnet die Anrufliste. Dutzende von Anrufen, alle von Helen. Der Beweis, den sie braucht.

Wie von einer fremden Macht gelenkt, legt sie das Telefon beherrscht verkehrt herum auf die Arbeitsplatte und geht zur Spüle, wo immer noch die Teller vom Mittagessen stehen. Sie öffnet den Geschirrspüler und beginnt, die Teller einzusortieren. Erst als sie hört, dass Trent die Küche betritt, fällt ihr ein, dass sie sie nicht vorher mit dem schicken Schlauch abgespült hat.

Sie hält inne, sieht, wie er auf die Weinflasche zusteuert, als wäre alles vollkommen normal, und spürt eine solch heiße Wut in sich aufsteigen, dass sie, noch ehe sie weiß, was sie tut, einen Teller mit wildem Schrei quer durch die Küche schleudert. Trent merkt es rechtzeitig und duckt sich, und der Teller zerschellt neben seinem Kopf am Türrahmen und fällt in großen Scherben scheppernd zu Boden.

»Maddy! Was zum Teufel?«, schreit er.

Sie hält gerade lange genug inne, dass sie sieht, wie Spritzer der Truthahnsauce in geradezu elegantem Bogen die weißen Steingutkacheln und hellen Holzschränke zieren, ehe sie einen weiteren Teller nimmt und in seine Richtung schleudert.

Das Ganze ist eine Art außerkörperlicher Erfahrung, in der sie sich von dem Bang-&-Olufsen-Lautsprecher oben in der Ecke aus sehen kann wie jemand mit weit aufgerissenen Augen in einer Trash-Doku-Serie. *Sie tut es wirklich. Jetzt ist sie tatsächlich durchgedreht.*

»Du Scheißkerl. Ich hasse dich«, schreit Maddy. Diese Worte loszuwerden fühlt sich geradezu majestätisch an. Ihre Wut ist gigantisch – als wäre sie an eine elektrische Steckdose angeschlossen.

»Himmel! Hör auf! Beruhige dich.« Trent kommt langsam näher und tätschelt besänftigend die Luft.

Maddy starrt ihn an und erkennt ihn als den, der er ist – ein rotgesichtiger, ehebrecherischer Fremder. Sie stürmt auf ihn los, nimmt sein Telefon von der Arbeitsplatte und drückt es ihm so heftig gegen die Brust, dass er rückwärts hinfällt.

Sie schwebt herab, vereinigt sich wieder mit ihrem körperlichen Ich, greift im Flur die Autoschlüssel von der restaurierten Konsole und schwingt sich ihre Tasche über die Schulter. Dann knallt sie die Haustür aus Holz und Glas mit aller Macht ins Schloss und bemerkt noch, dass der Kranz an der Tür, den sie selbst angefertigt hat und der über tausend Likes bekommen hat, solidarisch heruntergefallen ist. Sie marschiert über die gekieste Auffahrt zu ihrem Porsche Cayenne, öffnet die Tür, steigt ein und stellt erst jetzt fest, dass sie immer noch ihre Hausschuhe anhat. Macht nichts. Ihre Sportsachen sind im Kofferraum.

Trent steht brüllend in der Tür, doch sie lässt das Fenster geschlossen, als er gegen den Kranz tritt. Eine Lichterkette – eine der zwanzig, die Maddy eigenhändig aufgehängt hat – fällt herunter, und er kämpft damit wie Indiana Jones gegen eine Schlange. Sie betätigt das elektrische Tor und fährt los.

Noch immer kocht sie vor Wut.

Sie biegt auf die Straße ein und fährt Richtung Süden. Sie wird ihren Sohn suchen.

# 3
# Alle haben Spaß

Tor arbeitet hauptsächlich von dem beengten Home-Help-Büro in der Stadt aus, koordiniert Tafel-Spenden und die Caritasverwaltung, doch dank Brexit und Covid hat sie die meisten ihrer Ehrenamtlichen eingebüßt und fährt den Lieferwagen abwechselnd mit Greg und Arek selbst.

Gerade hat sie den letzten senffarbenen Polystyren-Karton aus der Thermotasche hinten im Wagen herausgereicht. Sie stampft mit den Füßen und bläst in die Hände. Die Temperatur ist gefallen, und sie wünscht sich dickere Handschuhe als die billigen fingerlosen, die sie trägt. Sie hat nach dem Schwimmen heute Morgen direkt mit ihrer Schicht angefangen und noch keine Möglichkeit gehabt, sich richtig aufzuwärmen.

Sie springt vom Lieferwagen und fängt an, aufzuräumen. Sie weiß, sie muss bald ins Warme, und zu spät fällt ihr ein, dass sie vergessen hat, ihre Methotrexat-Dosis zu nehmen. Sie ermahnt sich, ihren Zustand doch frohen Mutes zu akzeptieren. Schließlich könnte alles noch viel schlimmer sein. Als sie vor ein paar Monaten anfing, ohne einleuchtenden Grund Gewicht zu verlieren, dachte sie, sie habe vielleicht Krebs oder sonst etwas richtiges Übles. Dann setzten die Gelenkschmerzen ein, und ihre Zehen und Knöchel fühlten sich an, als seien sie zusammengeklebt. Weiteres Grübeln brachte sie auf Covid-19, doch nach einem Bluttest erfuhr sie dann, dass sie an rheumatoider Arthritis litt. Sie war wie vor den Kopf geschlagen. Sie hatte gedacht, nur alte Damen hätten so etwas, doch offenbar war das ein Irrtum.

Es war wie immer Lotte, stets ihre Prinzessin in schimmernder Rüstung, die sich in die Erforschung von RA stürzte und Tor diverse Artikel über Kaltwasserschwimmen überreichte, zusammen mit einem Paar glitzernder Plastikschuhe. Manchen Leuten helfe es, die Entzündung in Schach zu halten, erklärte sie, und es sei doch sicherlich einen Versuch wert? Nach einem ersten eisigen Eintauchen im Meer gab es kein Zurück mehr. Das Meer ist Tors Droge und ihre Rettung.

Tor ist irgendwie stolz auf ihre Gefasstheit und ihre Geduld, besonders dann, wenn ihre Zwillingsschwester Alice sie wieder einmal für verrückt erklärt, weil sie im Winter im Meer schwimmen geht. Alice selbst beliebt allerhöchstens im August das Mittelmeer zu beehren. Aber schließlich ist Alice seit je eine Hypochonderin gewesen und hat ihrer Mutter ständig schulfreie Tage abgepresst, was den Mythos ihrer »zarten Konstitution« festigte, so als wäre sie eine von Jane Austens Romanheldinnen, während sie in Wirklichkeit zäh ist wie alte Stiefel.

Tor könnte ihr natürlich die Wahrheit sagen, aber das wird sie nicht, um Alice keine Munition zu liefern. Zudem gibt es keinen Grund, sich über ihre Gesundheit zu beklagen, wenn sie für so viel in ihrem Leben dankbar sein kann – anders als die Obdachlosen, mit denen sie es bei der Arbeit zu tun hat. Besonders an einem Tag wie diesem.

Unter der aufgespannten Markise herrscht leises Stimmengemurmel, während die Menschen den mageren Inhalt ihrer Kartons untersuchen. Die Luft riecht nach Zigarettenrauch, feuchter Kleidung und Schulspeisung. Wenn sie die Menschen ansieht, kann sie unmöglich sagen, ob sie alt sind oder jung, Mann oder Frau. Was sie verbindet, sind die defensive Körpersprache, die wild durcheinandergewürfelten Lagen aus diversen Kapuzenpullovern und Jacken und ihre allgemeine Resignation. Eigentlich ist die Vergabe ein freudiges Ereignis, doch die Covid-Einschränkungen haben alle reservierter und bedrückter gemacht.

Aus dem Lautsprecher des Lieferwagens schallt ›Merry Xmas Everybody‹ von Slade – eines der Weihnachtslieder, die Tor ganz besonders auf die Nerven gehen. Ein Gutes an Weihnachten ist, dass es bald vorbei sein wird und sie dann endlich nicht mehr diese schrecklichen, munteren Songs spielen muss, deren kitschig übertriebene Texte nur noch zu betonen scheinen, wie bemüht diese wohltätige Veranstaltung wirklich ist. Denn nein, NEIN, nicht alle haben Spaß. Gut, vielleicht mit Ausnahme von Vic.

Sie kann ihn riechen, noch bevor er auftaucht. Sie weiß genau, dass er sich früher jeden Tag in den öffentlichen Strandtoiletten gewaschen hat und entsetzt war, als diese während des Lockdowns geschlossen wurden.

»Es ist Weihnachten«, singt Vic mit alberner Stimme und zieht eine Grimasse, als er Tor die leere Essensbox zurückgibt, damit sie sie in den schwarzen Müllsack steckt. Sein struppiger Bart hat sich im Gummiband einer schmuddeligen medizinischen Maske verheddert; er leckt genüsslich Sauce von seinem schmutzigen Finger.

»Der beste Truthahn seit Jahren. Hat mich an meine Kindheit in Margate erinnert.«

»Hast du früher dort gewohnt?«

»Wir hatten immer wundervolle Weihnachten«, sagt er. »Einen großen Baum. Mit allem Drum und Dran.«

Tor hört geduldig zu, denn sie weiß, dass Vic gern redet, und auch, dass dies an diesem Tag möglicherweise seine erste und letzte freundliche Unterhaltung sein wird. Er verlor alles, als seine Familie ihn wegen seiner Trinksucht hinauswarf, und nachdem er im Gefängnis von Lewes gesessen hatte, war die Familie für ihn nicht mehr auffindbar. Tor weiß, dass sie, wenn ihr Zuhause auch nur noch eine Bushaltestelle wäre, wie Vic zum Frühstück vermutlich Cider trinken würde. Wer nicht? Aber Vic hat ein fröhliches Naturell und scheint sein Schicksal zu akzeptieren.

Ein junger Typ, den sie noch nie gesehen hat, nickt ihr zu und wirft seine leere Essensbox in den Müllsack.

»Alles in Ordnung?«, fragt sie ihn. »Hast du einen Schlafplatz während des Lockdowns?«

Der Premierminister, Boris, hat zwar allen freie Weihnachten »geschenkt«, doch die Regierung hat einen weiteren Lockdown angekündigt. Für Menschen, die kein Dach über dem Kopf haben, ist das schlimm.

Der junge Typ nickt erneut. Nach seinem ungleichmäßigen Bartwuchs zu urteilen, ist er vermutlich kaum zwanzig, aber sein Gesicht ist bereits von den vertrauten Zeichen der Verzweiflung gezeichnet, und seine Hände zittern – möglicherweise vom Entzug. Tor sieht das ständig und hat Mitleid mit ihm. Sie weiß, wie einfach und verlockend die Drogenfalle ist – junge Männer wie er sind das gefundene Fressen für die Drecksäcke, die nur darauf warten, die Anfälligen unter ihnen anzufixen. Sie weiß, wie unmöglich es ist, dem zu entkommen. Er schlurft zurück Richtung Straße, und am liebsten würde sie ihm etwas Ermutigendes hinterherrufen, doch der Moment geht vorüber, und sie hat wieder einmal das beklemmende Gefühl, nicht genug getan zu haben.

Sie weiß, dass diese Menschen eine Unterkunft finden können, auch wenn Freiluft-Schläfer wie Vic vor dem, was angeboten wird, zurückschrecken. Aber selbst bei allerbestem Willen lassen sich die Hostels und befristeten Unterkünfte kaum als Zuhause bezeichnen, schon gar nicht an Weihnachten. Sie fühlt sehr mit diesen armen Menschen, die nirgendwo Wurzeln schlagen können. Es ist so erschöpfend, immerzu umherziehen zu müssen.

Sie lächelt Arek zu, der sich daranmacht, die Markise abzubauen. Er war in Polen in der Armee und ist ein wahres Muskelpaket. Sie weiß nicht, was sie ohne seine starken Arme tun würde. Normalerweise arbeitet er auf dem Bau, doch nachdem ihre Organisation ihn nach seiner Ankunft in England unterstützt hat, von den Drogen loszukommen, hilft er nun anderen. Er ist ein wirklich guter Typ.

»Ich muss bald gehen. Meiner Frau eine Atempause verschaffen. Das Baby war die ganze Nacht wach«, sagt er. »Was hast du vor, Tor?«

»Mich aufwärmen. Ich friere immer noch vom Schwimmen. Danach gibt es einen Familien-Zoom.«

Eigentlich fürchtet Tor den erzwungenen Familien-Chat, schon weil er sie Lotte gegenüber in eine seltsame Lage bringt. Schon vor Jahren hat sie Lotte versprochen, sich ihrer Familie gegenüber zu outen, so wie Lotte es gegenüber ihrer Familie in Amsterdam getan hat, doch Lottes Leute sind ein liberaler Haufen und das genaue Gegenteil von ihrer Familie in Tunbridge Wells. Aber noch während Tor überlegt, die Bombe – »ach übrigens, ich bin lesbisch« – im Weihnachts-Zoom platzen zu lassen, weiß sie, dass sie auch diesmal kneifen wird.

Ihre Eltern können die Sache mit Mike noch immer nicht begreifen. Sie sind mit den Eltern ihres Ex gut befreundet, und Tor weiß, wie begeistert sie Pläne schmiedeten, sich Tors und Mikes Hochzeit und gemeinsame Enkelkinder ausmalten. Die Enttäuschung, als Tor die zehn Jahre dauernde Beziehung beendete, ist immer noch frisch – sogar heute noch nach all den Jahren. Sie bedauert, dass sie die Beziehung so lange weitergeführt und ohne jede Erklärung beendet hat. Natürlich wusste sie schon die ganze Zeit, dass sie homosexuell war –

und hegte lange den Verdacht, dass Mike es insgeheim ebenfalls war. In ihrer Beziehung gab es eigentlich kaum sexuelle Spannung. Doch dann hatte Tor nach ein paar heimlichen Affären schließlich Mut gefasst und die Beziehung aufgekündigt. Sie hatte die Gelegenheit beim Schopf gepackt und eine Stelle bei einer Wohltätigkeitsorganisation in Afrika angenommen. Sechs Jahre war sie in Burkina Faso gewesen. Bei ihrer Rückkehr ins Vereinigte Königreich hatte sie sich in Brighton niedergelassen und dank ihres Singledaseins eine Menge dringend benötigten Spaß gehabt. Dann war sie in eine Wohngemeinschaft gezogen und in Lottes Bann geraten.

Anfangs war es ein Lacher gewesen, einfach eine frivole Affäre. Etwas Ernstes war überhaupt nicht in Frage gekommen. Die extrovertierte Lotte mit ihrer enormen Strahlkraft war garantiert nicht die Richtige für Tor, doch irgendwie hatte es trotzdem zwischen ihnen geklickt. Sie ist es Lotte schuldig, ihre Familie zu informieren, so dass sie möglicherweise den nächsten Schritt in ihrer Beziehung tun können, aber noch fehlt ihr der Mut.

»Dann schöne Weihnachten«, wünscht Arek ihr.

»Für dich auch.«

»Hey, Tor. Lächle«, fügt er hinzu. »Wir haben heute Gutes getan.«

# 4
## Das Terrain neuer Freundschaften

»Wir hatten hier schon länger keine Gäste mehr«, sagt die Airbnb-Besitzerin zu Maddy, als sie die Tür zu der Wohnung in dem heruntergekommenen roten Backsteinblock aufschließt, »denn ... na ja, Sie wissen schon ... es war hart.« Ihre Wangen sind gerötet, die Augenbrauen struppig.

Wäre in Brighton irgendein Hotel geöffnet gewesen, hätte Maddy vielleicht sogar eine Suite gemietet, in ihrer Verzweiflung hat sie sich jetzt an Airbnb gewandt. Hinter Cobham hatte sie auf dem Parkplatz von Pease Pottage Services über zwanzig Nachrichten an diverse Gastgeber verschickt und die Hoffnung schon beinahe aufgegeben, als eine Nachricht zu dieser Wohnung aufgeploppt war. Trotzdem war die Besitzerin wegen der kurzfristigen Anfrage auf der Hut. Mit einer Vorauszahlung für zwei Wochen hatte Maddy sie dann aber überzeugt. Eine Wohnung im Zentrum mit Meerblick und privatem Parkplatz war schließlich Gold wert.

Sie hat keinen Palast erwartet, doch das Appartement, in neutralen Farben gehalten, ist wirklich sehr trostlos. Ihr dämmert, dass es vielleicht doch ein Fehler war, so dramatisch aus dem Haus zu stürmen. Vielleicht hätte sie zu Lisa gehen sollen. Ihre beste Freundin hätte sie sicherlich mit offenen Armen aufgenommen. Aber sie weiß, dass Lisa ein volles Haus hat, und Maddys Probleme sind zu gewaltig; sie kann sie nicht einfach am Nachmittag des Weihnachtstags abladen – nicht einmal bei ihrer besten Freundin.

In der kleinen Küche öffnet sie den Kühlschrank und wird von dem Schwall schimmliger Luft schier überwältigt.

»Der Fernseher funktioniert«, sagt die Besitzerin und

richtet die Fernbedienung auf den Flachbildschirm an der Wand. Glitzerndes Feengeklingel einer Weihnachtswerbung erfüllt den Raum, gefolgt von Konservenapplaus, als Michael McIntyres Weihnachts-Spielshow *Christmas Wheel* aufleuchtet. Maddy muss an all die Familien im ganzen Land denken, die sich auf ihren Sofas fläzen und zuschauen.

Sie spürt, dass die Wohnungsinhaberin furchtbar gern weitere Fragen stellen möchte. Ganz offensichtlich ist mit dem weihnachtlichen Auftauchen einer alleinstehenden Frau, einfach so, aus heiterem Himmel, ein saftiges Drama verbunden, doch Maddy lotst sie zur Tür und nimmt ihr den Schlüssel ab.

Als sie weg ist, setzt Maddy sich auf die dünne Armlehne des billigen Bettsofas und schaltet den Fernseher aus. Aus der Wohnung nebenan ist gedämpft klassische Musik zu hören.

Sie schiebt die Hände zwischen die Knie, wobei ihr die schweren Diamantringe in die wohltrainierten Oberschenkel schneiden, und stößt einen tiefen Seufzer aus. Eiserne Entschlusskraft hat sich im Lauf der Fahrt in ein Gefühl der Niederlage verwandelt; sie kommt sich vor wie ein schlaffer Airbag. Sie macht sich lächerlich, oder? Sie hat sich lächerlich gemacht, ist zu weit gegangen. Was zum Teufel tut sie hier, in dieser scheußlichen Wohnung, an einem Ort, wo sie keine Menschenseele kennt? Sie ist zweiundfünfzig, um Himmels willen. Sie sollte einfach gehen und in ihr hübsches, warmes Zuhause zurückfahren.

Sie kann sich die Szene so gut vorstellen: Trent zerknirscht und reuig. Er wird einer Therapie zustimmen, Helens Nummer löschen und ihr ein Bad einlaufen lassen. Er wird ihr einen geeisten Bailey's bringen, und sie wird sich einen ganzen Tag lang in dem Emotional-Detox-Schaumbad suhlen, das sie in der extravaganten Space-NK-Geschenkbox zu Weihnachten bekommen hat. Dann kann sie ihren bestickten Seidenpyjama anziehen, ihre Lavendel-Augenmaske auflegen und so tun, als sei das alles heute nie passiert.

Aber nein. Das kann sie nicht. Der Traum ist zerplatzt. Sie kann nicht so tun, als ob. Nicht mehr.

Trent und Helen. Helen und Trent. Die schreckliche Wahrheit jagt durch ihr Gehirn.

Ist es nur eine Episode? Eine unerhörte Liaison? Oder sind die beiden zusammen? Planen, auf Dauer zusammenzubleiben? Der Gedanke fühlt sich entsetzlich an. Hatte Trent vor, sie zu verlassen? Ihre Ehe zu beenden? Und was ist mit Helens Ehe? Alex, ihr Mann, gehört nicht zu den Menschen, die die Welt in Flammen aufgehen lassen, doch bei den seltenen Gelegenheiten hat Maddy ihn als guten Menschen kennengelernt. Er ist aufrichtig und zuverlässig, ein guter Vater und erfolgreicher Geschäftsmann mit einem beeindruckenden Golf-Handicap. Wie konnten Helen und Trent das Leben aller Beteiligten völlig auf den Kopf stellen? Die Auswirkungen sind einfach zu gewaltig. Oder halten sie Maddy und Alex schlicht für Kollateralschäden? Und was ist mit Helens Kindern, Lois und Max? Will Trent bei ihnen Vaterstelle vertreten? Unmöglich.

*Das sind voreilige Schlüsse*, sagt sie sich. Es muss etwas Sexuelles sein. Ein Fehler. Eine törichte Episode, die so schnell zu Ende sein wird, wie sie begonnen hat.

Seufzend greift sie nach ihrem Handy. Für ihre Weihnachts-Posts sind ein Haufen Instagram-Likes und Emojis eingegangen. Kurz ist sie versucht, die Nachrichten zu beantworten, kann aber die nötige Fröhlichkeit nicht aufbringen.

Überall gibt es auch direkte Nachrichten – WhatsApp, Instagram und Messenger, einige von Trent, doch die meisten von Lisa, mit dem gleichen Inhalt: RUF MICH AN.

*Die Buschtrommeln haben also nicht lange auf sich warten lassen.* Sie nimmt all ihren Mut zusammen und ruft Lisa an.

»Oh, Gott sei Dank. Du lebst«, sagt Lisa. Ihre beste Freundin klingt echt erleichtert. »Warte kurz.« Im Hintergrund ist Musik zu hören und das Klackern eines Brettspiels, das am Küchentisch gespielt wird. Tess, die, so alt wie James, letztes Jahr die Universität abgeschlossen hat, ist zu Hause mit ihrem tollen Freund, dazu Lisas Stiefkinder. Ein Schrei, als jemand eine Gewinnkarte aufdeckt. Sie war schon immer ein wenig neidisch auf Lisas vielköpfige Brut.

»Maddy, was zum Teufel? Geht es dir gut?«, fragt Lisa, eindeutig nicht mehr in der Küche, sondern auf dem ruhigeren Flur.

»Mir geht's gut.« Maddy bricht die Stimme. Es geht ihr nicht gut. Nicht im Entferntesten, und beim Klang von Lisas Stimme verstopfen Tränen ihre Kehle mit Selbstmitleid. Ihre Besorgnis fühlt sich an wie die liebevolle Umarmung, die sie jetzt braucht. Lisa ist mit ihr durch dick und dünn gegangen, seit sie sich mit zweiundzwanzig im Graduiertenprogramm kennengelernt haben. Sie teilen das Glück, einander schon ihr ganzes Leben lang gegenseitig den Rücken zu stärken.

»Stimmt es? Ich habe gehört …. Na ja, dass du und Trent …«, beginnt Lisa.

Trent muss Lisa angerufen haben, in der Annahme, sie wäre die Erste, an die Maddy sich wenden würde. Doch seit sie weiß, was für ein Lügner Trent ist, hat sie das Gefühl, dies überprüfen zu müssen.

»Wer hat es dir erzählt?«

»Helen.«

Damit hatte Maddy nicht gerechnet.

»Sprich mir nicht von dieser *Hure*«, faucht Maddy.

»O Gott«, stöhnt Lisa. »O Babes, sie dachte doch, du wüsstest Bescheid. Du weißt schon ... über sie und Trent.«

»Heißt das etwa, *du* wusstest Bescheid? Über sie?« Maddy kneift die Augen zu und versucht zu begreifen, was Lisa da gerade gesagt hat. »Wie kommt sie darauf, ich wäre einverstanden, dass sie meinen *Ehemann vögelt*?« Ihre Stimme klingt jetzt hysterisch. »Und warum hast du mir nichts gesagt? Warum, Lis? Warum? *Wenn du doch Bescheid wusstest?*«

Ein schreckliches, angestrengtes Schweigen folgt, während Lisa sich ihrer Schuld bewusst wird. Maddy wartet auf eine Erklärung. Im Geist sieht sie, wie Lisa sich mit der Hand an die ginumwölkte Stirn fasst. Sie selbst hat sich hingegen noch nie nüchterner gefühlt.

»Ich weiß es nicht. Ich wollte dich warnen, aber eigentlich ist es nur etwas zwischen dir und Trent ... du scheinst nicht ... na ja, du hast doch eher deine Karriere im Kopf als ihn und ...« Lisa rudert verzweifelt.

»Und das gibt Helen das Recht ...? Himmel!« Maddy explodiert, kann nicht fassen, was sie da hört. »Wie lange schon? Und lüg mich nicht an, Lis. Sag mir einfach die Wahrheit. Wie lange geht das schon? Mit ihr?«

»Zwei, vielleicht drei.«

»Wochen? *Monate?*«

Unheilvolles Schweigen. »Lisa ...«

»Jahre«, sagt sie rasch, und Maddy weiß, dass sie die Augen zukneift.

Der Verrat fühlt sich an, als hätte Lisa sie geschlagen. Diese Demütigung ist der K.-o.-Schlag, der Maddy endgültig zu Boden gehen lässt. Eine *dreijährige* Affäre hinter ihrem Rücken. Also kein Techtelmechtel. Eine Beziehung. Eine ernsthafte Beziehung. Und Lisa hat es geschehen lassen, ohne sie zu warnen?

»Maddy, bitte«, beginnt Lisa, um Verständnis bettelnd, aber Maddy ist so wütend, dass sie das Telefon mit einem wilden Schrei voller Wucht an die Wand schmettert.

Schon als sie es loslässt, weiß sie, das war bis jetzt ihr schlimmstes Eigentor.

»Verdammt«, keucht sie, hechtet durchs Zimmer und sieht, dass das Display gesprungen ist. Sie schaltet das Telefon ein und aus, doch es ist tot. »Nein, nein, nein, nein, nein.«

Auf der anderen Wandseite ist plötzlich alles still. Ob die Nachbarn sie gehört haben?

Leise steht sie auf und legt das kaputte Telefon auf den Couchtisch, die zerbrochenen Teile purzeln neben ihren Tränen auf die Tischplatte. Sie holt zittrig Luft und tritt ans Fenster, sie braucht frische Luft.

Als sie das Rollo zur Seite schiebt, fällt ihr Blick auf die beiden Gebäude gegenüber – wohl kaum der Meerblick, den die Anzeige versprochen hat –, aber auf dem schwarzen Wasser dazwischen glänzt ein Streifen Mondlicht. Noch nie, nie in ihrem ganzen Leben hat sie sich so allein gefühlt.

Sie lehnt den Kopf gegen die kalte Scheibe und fängt an zu schluchzen.

# 5
## Auf Plünderjagd

Durch die Lücke zwischen den Schornsteinen auf Helgas Cottage kann man die Seebrücke sehen. Nachdem sie mit dem letzten Mörtel das undichte Oberlicht geflickt hat, richtet sie sich auf, und ihr Blick fällt auf die Stare. Das Flugverhalten des Schwarms in der Dämmerung ist atemberaubend. Sie liebt die fröhlichen Schattenspiele, die das Hin und Her der Vögel an den weißen Himmel malt, wenn sie sich unisono hoch in die Luft schwingen und wieder absinken lassen. Sie weiß, dass die schlauen Stare sich zusammentun, um die Falken zu überlisten, von denen sie andernfalls angegriffen würden, aber sie wirken auch, als hätten sie ihren Spaß, und Helga fragt sich, ob sie untereinander Tipps und Informationen austauschen, bevor sie sich im Schutz der eisernen Brücke zum Brüten niederlassen. Sie beschirmt ihre Augen, als immer neue Schwärme dazukommen und alle gemeinsam eine gewaltige, bewegliche Masse bilden, die am Himmel für einen Moment den Umriss eines Wals zeigt.

Sie löst die leere Kartusche von der schwarzen Versiegelungspistole und wischt sich die Hände an der Segeltuchhose ab. Sie denkt kurz an Mette und wie entsetzt ihre Nichte wäre, wenn sie sie jetzt sehen könnte. Sie erklärt Helga immer, mit über siebzig dürfe sie nicht mehr alles selbst machen. Mette findet, sie sollte nach Dänemark in ihre Nähe zurückkehren, aber sosehr Helga sie auch liebt, diese Vorstellung behagt ihr nicht. Mette ist sehr bestimmend, und Helga weiß, dass ihre Beziehung am besten funktioniert, wenn eine gewisse See- und Landmasse zwischen ihnen liegt. Mette mit ihrem tollen Firmenjob und ihrer perfekten Wohnung käme es nie in den Sinn, irgendwo selbst Hand anzulegen, Helga hingegen ist ziemlich stolz auf ihre Geschicklichkeit.

Als ihr das Vogelfutter einfällt, das sie noch in der Tasche hat, nimmt sie eine Handvoll und streut es auf den kleinen asphaltierten Platz für die Ringeltaube. Ihre braungraue Brust schimmert regenbogenfarben, und der weiße Ring um ihren Hals sieht aus wie eine hübsche Rüsche.

»Gute Nacht«, sagt sie. Der Vogel trippelt ein paar Schritte auf sie zu, spannt die Flügel und faltet sie – mit einem kleinen Schlenker – wieder zusammen. Er nickt und gurrt, was sich anhört wie ein freundliches Glucksen. »Lass dich von ihnen nicht einschüchtern, verstanden?« Sie nickt in Richtung der Schornsteine, wo die Möwen hausen. Sie nennt sie Terry und Julie, nach dem Song der Kinks, ›Waterloo Sunset‹. Das war einmal der Song von Linus und ihr. Terry pickt öfter mal gegen die Küchentür, dann lässt Helga ihn ein und füttert ihn mit Resten. Am liebsten mag er kleine Stückchen Schinkenschwarte.

Ende April werden er und Julie abwechselnd die Eier ausbrüten. Meist haben sie im Mai drei bis vier Küken, dann wird Helga nicht aufs Dach steigen können. Sie weiß, dass die Nachbarn sich wahrscheinlich wieder über den Lärm beschweren werden. Nicht das nette Paar von nebenan, sondern die garstige Frau mit dem nichtsnutzigen Freund von gegenüber. Sie können das morgendliche Gekreische nicht ausstehen, aber Helga hat sie darauf hingewiesen, dass es nichts bringt, die Königliche Vogelschutzgesellschaft anzurufen, da Möwen als Zugvögel eingestuft sind und unter gesetzlichem Schutz stehen.

Es ärgert sie, wenn Leute sich über die Möwen aufregen. Warum können sie nicht akzeptieren, dass diese herrlichen weißen Plünderer zur Landschaft gehören? Aus ihrer Sicht haben die schlauen Möwen wesentlich mehr Rechte, in Meeresnähe zu leben, als die Menschen. Insgeheim freut sie sich immer diebisch, wenn den Touristen Eiswaffeln und Chips geklaut werden, auch wenn der Stadtrat regelmäßig darauf hinweist, dass Möwen Träger von Escherichia coli und anderen schädlichen Bakterien sein können. Helga begreift dieses ganze Gewese um Hygiene und Sicherheit nicht. Was ist bloß aus dem gesunden Menschenverstand geworden? Sie denkt oft, die Welt sei verrückt geworden.

Vorsichtig setzt sie einen Fuß nach dem anderen und steigt mit ihrem metallenen Werkzeugkasten wieder durch die Luke. Sie verriegelt den Speicherzugang über ihrem Kopf und hält sich dabei an einer Leitersprosse fest. Einen Moment lang ist ihr schwindlig, und sie wartet mit geschlossenen Augen, bis das Gefühl vorüber ist.

Ihr Boot *Sheelagh* kommt ihr in den Sinn und wie sie sich früher auf dem Atlantik nachts immer unter Deck zurückzog. Und wie sie sich dort gleichzeitig sicher und verletzlich fühlte. Sicher, weil sie vor den Elementen geschützt war, verletzlich, weil sie nicht draußen war, um nach Gefahren Ausschau zu halten. Auch als überzeugte Atheistin richtete sie immer ein Gebet an Poseidon, den Gott des Meeres, er möge sie beschützen, und das hatte er immer getan.

Ihr Blick fällt auf die Vitrine mit den verstaubten Segeltrophäen, und sie erinnert sich an das Gefühl von Salz auf ihrer Haut und ihrer Hand an der Pinne, an den Wind in ihrem Gesicht. Sie vermisst das Gefühl, wenn man auf den Horizont zusegelt, ohne zu wissen, was einen erwartet. Ein Gefühl wie mit fünfundzwanzig, aber sie weiß, dass ihre Segeltage bedauerlicherweise hinter ihr liegen. Zuerst einmal kann sie es sich finanziell nicht leisten, darüber hinaus ist ihr Selbstvertrauen dahin. Ihr fehlt der Mut für das Einhandsegeln, und mit jemand anderem könnte sie nicht auf Fahrt gehen. Es ist schon schlimm genug, zwischen anderen Menschen in einem Reihenhaus zu wohnen, aber ganz unmöglich, sich mit jemandem eine Kabine zu teilen.

Doch sehnt sie sich nach dem Meer, deshalb geht sie schwimmen, denn nur, wenn sie wieder in ihr natürliches Element eintaucht, kann sie so tun, als wäre alles immer noch möglich.

Sie beschließt, auf WhatsApp noch einen Aufruf für ein Morgenschwimmen abzusetzen. Hoffentlich kommt Dominica wieder. Es wird ihr guttun.

Ungeachtet ihrer guten Vorsätze verschläft Helga. Das Herzflimmern hat sie in den frühen Morgenstunden wieder einmal wachgehalten, obwohl sie es mit Tiefenatmung versucht hat. Der Teufel soll sie holen, wenn sie zum Arzt geht – nicht, dass die ihre Patienten überhaupt leibhaftig zu Gesicht bekämen. Sie will keinen Gutmenschen, der ihr irgendwelche Pillen verschreibt, nach denen sie sich komisch fühlt.

Als Helga an der gewohnten Stelle ankommt, ist die Morgenluft satt vor Feuchtigkeit und das Meer rauer, als sie erwartet hat. Das Wasser wird kalt sein, aber das ist nicht schlimm. Sie liebt das Meer in all seinen Stimmungen und weiß, dass seine kalte Umarmung die nächtlichen Ängste abwaschen wird.

Sie freut sich, als sie entdeckt, dass Dominica und Tor an der Buhne auf sie warten. Seit ihrem gemeinsamen Weihnachtsschwimmen vor ein paar Tagen hat sie sie nicht mehr gesehen. Nicht dass Weihnachten Helga besonders gekümmert hätte, sie hat den Tag mit Malen und Toastessen verbracht.

Tor stampft mit den Füßen, um sich warm zu halten. Sie trägt eine Thermoweste mit Camouflagemuster über dem Badeanzug.

»Was meinst du?«, fragt Tor Helga, als sie bei ihnen ist, ihre Tasche abstellt und bereits die Segeltuchschuhe abstreift.

Helga kann die Wassertemperatur immer bis auf ein Grad genau abschätzen und kennt auch den Gezeitenplan, aber heute ist alles ein wenig verwirrend. Das Meer ist eine schäumende Masse unablässig kollidierender Gipfel. Sie hebt die Nase, fühlt den Wind auf ihrem Gesicht. Aus südwestlicher Richtung. Windstärke vier auf der Skala, vermutet sie.

»Ein bisschen rau, meinst du nicht?«, fragt Dominica.

Helga nickt. »Du hast recht. Lasst uns plündern gehen, wo wir schon einmal hier sind.«

Sie zieht sich rasch um, und zusammen gehen sie an den Wassersaum, wo die Wellen brechen, sie drängeln, schubsen und rempeln einander an wie Jungs auf dem Fußballplatz, weil jede als Erste unten sein will. Über ihren Köpfen kreischen die Möwen, stehen mit ausgebreiteten Flügeln still im Wind.

Helga setzt sich auf die Steine, als wollte sie ein Sonnenbad nehmen, lehnt sie sich auf die Ellbogen gestützt nach hinten. Sie nickt Tor zu, die ihr folgt und sich ebenfalls auf die Steine setzt. Sie sind eiskalt unter ihrem Hintern. Aber sie liebt das. Dabei wird man am besten klitschnass und kommt in den Genuss des Meeres, ohne zu schwimmen.

Aus der Nähe glitzern die Steine feucht im schwachen Sonnenlicht – beige, braun und schwarz, und wenn das Meer sie bewegt, scheinen sie miteinander zu schwatzen. Auf Augenhöhe betrachtet, ist das Meer ein wirbelnder, schäumender Mahlstrom. Helga wappnet sich gegen die nächste Welle, hält sich am Ufer fest, während die zurückrollenden Wellen an ihr zerren, als wollte das Meer sie holen.

»Ganz schön wild heute.«

Plötzlich wird Tor von einer mächtigen Welle überrollt und herumgewirbelt.

»Als wäre man in der Waschmaschine«, keucht sie, als sie hochkommt und nach Luft schnappt, aber sie lacht, das Wasser klebt ihr die langen, lilafarbenen Haare wie Seetang ins Gesicht.

Dominica ist vom Rückstrom ins Meer gezogen worden. Sie gewinnt wieder Boden unter den Füßen, aber nur knapp, bevor die nächste Welle sie erfassen kann.

»Ich habe Kiesel, wo niemals Kiesel sein sollten«, lacht sie, als Tor sie schließlich erreicht. Selbst in diesem knietiefen Wasser sehen beide beim Gehen aus, als schleppten sie Zehn-Tonnen-Gewichte hinter sich her. Sie fassen jetzt auch Helga bei der Hand und retten sie vor dem Zugriff der nächsten Welle. Helga strahlt begeistert, als auf Dominicas Gesicht dieses umwerfende Lächeln erscheint. Die Mischung aus Lachen und Meer ist die beste Medizin, die sie kennt.

Sie legen sich hin, wo die Wellen auf dem Sand auslaufen, kichern wie kleine Kinder. Helga plantscht mit den Händen, streckt die Arme hoch und schluckt unfreiwillig Wasser, als die nächste Welle sie mitten ins Gesicht trifft, doch es macht ihr nichts aus. Das hier ist Zauberwerk.

# 6
## Entschlüsse

»Gehst du schon?«, fragt Pim unter Gähnen und klingt ein wenig anklagend. Früher fand Claire ihn morgens immer so sexy, doch während des Lockdowns hat er sich einen Bart wachsen lassen, der den größten Teil seines Gesichts verdeckt. Ohne Brille späht er blinzelnd über die Kissen ihres gemeinsamen Bettes.

Pim hat grüne Augen, und die Iris ist von einem dicken schwarzen Rand umrundet, was sie früher an Shah Rukh Khan erinnert hat, ihren liebsten Bollywood-Star, mit dem er eine gewisse Ähnlichkeit hatte. Sie fragt sich, ob der ›König von Bollywood‹ sich in den letzten Monaten wohl ähnlich hat gehen lassen wie Pim. »Sie haben noch nicht einmal geöffnet.«

Sie nimmt ihm übel, dass er ihren Plan kritisiert. Das tut er in letzter Zeit dauernd. Er kapiert nicht, dass sie, wenn sie jetzt aufbricht, im Supermarkt die Erste ist und schon wieder zu Hause, wenn die Jungen aufstehen.

»Ich habe Ash ein warmes Frühstück versprochen, und wir haben keine Hashbrowns mehr.«

»Er kann auch ohne überleben. Wir ersticken in Essen.«

Wie wenig er seine eigenen Kinder kennt. Er weiß nicht, dass sie jeden einzelnen greifbaren Snack verputzt haben, ebenso die beiden Schachteln mit Celebration-Schokoriegeln (obwohl auch Claire daran nicht ganz unbeteiligt war). Sie ersticken also nicht in Essen, und selbst wenn er recht hat – Ash kann auch ohne Hashbrowns überleben –, hat Claire noch eine lange Liste anderer Dinge, die sie besorgen muss. Es ist eine Ganztagsbeschäftigung, mit dem Heißhunger der Jungen Schritt zu halten.

»Bleib«, drängt er und wirft einen Arm über sie, aber sie entwischt seiner haarigen Umarmung und spürt, wie eine neue Hitzewelle anrollt. Die ganze Nacht lang war ihr abwechselnd glühend heiß oder, genauso plötzlich, eisig kalt. Und zwar zusätzlich zu der gefürchteten Schlaflosigkeit, die sie letzte Nacht wieder fest im Griff hatte. Ihren Einkaufsplan hat sie schon vor Anbruch der Dämmerung ausgebrütet, und jetzt hält sie es im Bett keine Sekunde länger aus.

Trotzdem schenkt sie Pim ein schuldbewusstes Lächeln, und der stöhnt erneut und drückt das Gesicht ins Kissen, wohl wissend, dass er verloren hat. Als sie ihren Bademantel überstreift, wirft sie noch einen Blick auf ihn und auf seinen Arm, der quer über ihrer verschwitzten Seite des Bettes liegt. Sie weiß, was er wahrscheinlich denkt: dass die Jungs noch schlafen. Es sind Weihnachtsferien, und dies ist eine der seltenen Gelegenheiten, auszuschlafen. Eine der seltenen Gelegenheiten für Sex.

Das letzte Mal ist Monate her, sie scheint ihre Libido verlegt zu haben. Es hat nicht einmal etwas mit Pim zu tun; es sieht schlicht so aus, als hätten sämtliche sexuelle Regungen ihren Körper verlassen. Sich komplett davongemacht. Das Weite gesucht. Selbst ihre schmutzigsten Fantasien lassen sie gleichgültig und kalt. Man denke nur, dass sie einmal als das schärfste Mädchen von Galway galt.

Sie horcht an Ashs Tür und dann an der von Felix, und als sie beide schnarchen hört, tappt sie leise ins Badezimmer und stellt fest, dass der Toilettensitz hochgeklappt ist, obwohl sie es den Jungs und Pim schon tausend Mal erklärt hat. Sie bemerkt den feuchten Fleck auf dem Linoleum. *Wie schaffen sie es nur immer alle, danebenzupinkeln?*

Sie versucht natürlich, sich in diesen Dingen durchzusetzen und zu verhindern, dass alle sie wie ein Dienstmädchen behandeln. Sogar viktorianische Küchenmädchen hatten manchmal frei, betont sie immer wieder, doch die Konflikte in diesem Haushalt sind unerbittlich. Sie weiß, dass sie es ist, die etwas ändern muss, aber es ist schwer. Gestern hat sie Felix aufgefordert, das Badezimmer zu putzen, aber er nahm den Lappen und das Spray mit in sein Zimmer und vergaß es dann. Sie hatte es so satt, ihn immer wieder daran zu erinnern, dass sie es am Ende selbst machte.

Während sie mit Klopapier den Fußboden aufwischt, stellt sie fest, dass sie blutet. Es ist ihre erste Periode seit beinahe sechs Monaten. Seltsam, dass es nicht die üblichen Vorzeichen gab, aber ihr Zyklus scheint zu machen, was er will. Sie hat ein Hassliebe-Verhältnis zu ihrer Periode. Fast zehn Jahre lang hat sie vergeblich versucht, schwanger zu werden, und jedes Mal geweint, wenn sie doch blutete. Bis sie endlich mit Hilfe künstlicher Befruchtung Felix bekam. Ash stellte sich dann von ganz allein ein. Heutzutage verbringt sie viel Zeit damit, sich zu fragen, was aus ihrer superpünktlichen Periode geworden ist. Sie würde gern mit einer Freundin besprechen, was da gerade passiert, dass ihr erratischer Zyklus und die Hitzeattacken höchstwahrscheinlich den Beginn ihrer Menopause anzeigen. Sie überlegt, ob sie das Thema gegenüber einer ihrer Schwestern in Irland anschneiden soll, aber nachdem sie sie das ganze Jahr über nicht gesehen hat, sind sie ihr für so ein persönliches Gespräch zu fremd geworden.

Wie auch immer, sie kann sich Siobhans Reaktion höchstens ausmalen, wenn Claire ihr gestehen würde, dass sie sich Pim, obwohl sie während des Lockdowns rund um die Uhr mit ihm zusammen ist, ferner fühlt als je zuvor. Sie schämt sich zu sehr, zuzugeben, dass sie sich häufig zwar nicht einsam, aber der vergnügungssüchtigen Frau, die sie einmal war, mit Sicherheit fern fühlt. Ihre Schwester würde wahrscheinlich behaupten, Claire befinde sich gerade auf einem steinigen Weg, wenn sie lieber zu Aldi ging, als mit ihrem Mann zusammen zu sein. Und wahrscheinlich hätte sie sogar recht.

Die Strandpromenade von Brighton ist, abgesehen von einer einsamen Gestalt, die mit hochgezogenen Schultern den Fußgängerüberweg überquert, praktisch menschenleer. Claire verlangsamt, stoppt an der roten Ampel und stellt den lokalen Radiosender ein. Gerade läuft Werbung. Gesucht werden Freiwillige aus der Gemeinde, und sie verspürt einen Stich wegen ihres eigenen mangelnden Engagements, als ihr Blick durch die Windschutzscheibe sich mit dem eines Jungen trifft. Er wirkt vollkommen resigniert, und obwohl sie eigentlich keine Vermutungen anstellen möchte, würde sie wetten, dass er obdachlos ist.

Nicht dass sie sich mit Pim über jemanden wie ihn unterhalten könnte, nicht, solange der sich darüber aufregt, dass die Stadt während Covid Obdachlosen Hotelzimmer bezahlte. Er war entsetzt, als eines der örtlichen Hotels verwüstet wurde – die Bewohner hatten Armaturen und Inventar herausgerissen, um sie zu verkaufen, wahrscheinlich, um Geld für Stoff zu beschaffen.

Claire kann nicht verhindern, sich all die Dinge auszumalen, die schiefgegangen sein müssen, dass dieser Junge so niedergeschlagen aussieht. Sie beobachtet, wie er die Preston Street entlangschlurft, und denkt schuldbewusst an ihre Privilegien, an ihr warmes Zuhause und dass sie unterwegs ist, um noch mehr Essen für Weihnachten einzukaufen.

Das grüne Männchen auf der Fußgängerampel wechselt auf Rot, aber beim Anfahren würgt sie den Wagen ab und flucht.

Sie ist froh, dass Pim ihr Ungeschick nicht mitbekommt. Sie denkt an ihren Mann im Bett und spürt erneut einen Stich und bedauert, dass sie nicht geblieben ist, aber wahrscheinlich ist er längst wieder eingeschlafen, und sie sagt sich, dass er das verdient hat. Nicht lange, dann wird er wieder den ganzen Tag im Klassenzimmer und vor dem Bildschirm verbringen.

Er findet es schrecklich, nur noch zu Hause zu sitzen, und wenn sie ehrlich ist, war es auch für sie nicht gerade ein Zuckerschlecken, ihn zu Hause zu haben. Sie muss auf Samtpfoten um ihn herumschleichen, damit er den ganzen Tag zoomen kann. Und es ist anstrengend, unsichtbar zu sein. Einzig die Einkäufe im Supermarkt verschaffen ihr hin und wieder eine Verschnaufpause.

Aber schon bei dem Gedanken, dass sie Zeit ohne ihre Familie braucht, kommt sie sich niederträchtig vor. Sie weiß, dass die ganze Covid-Geschichte für die Kinder viel schlimmer gewesen ist, auch wenn Ash behauptet, er sei glücklich zu Hause. Doch sie macht sich Sorgen, dass er nicht die nötigen sozialen Kompetenzen entwickelt. Sosehr sie ihren Jüngsten, ihr Baby, liebt, er ist fast zehn, und sie weiß, dass er seine eigenen Fühler ausstrecken muss. Felix ist ebenso sehr ein Grund zur Sorge, so plötzlich, wie er zum Teenager geworden ist. Er scheint nur noch in Grunzlauten mit ihr zu kommunizieren, und sie nimmt es ihm und Pim übel, dass sie stundenlang miteinander Fortnite spielen. Jetzt haben sie auch noch Ash angesteckt. Wenn es sie glücklich macht, auf dem Bildschirm Dinge in die Luft zu jagen, wenn es ihnen hilft, bis sich ihr Leben etwas normalisiert haben wird, dann sollen sie, so Pims Meinung, ruhig weitermachen. Also lässt Claire sie gewähren und hält den Mund.

Sie beschließt, zur Feier des Tages zum Tee einen Walnuss-Dattel-Kuchen zu backen, und fügt im Geist Backpulver zu ihrer Einkaufsliste hinzu. Ärgerlich, dass sie nicht an das Notizbuch in ihrer Handtasche herankommt, um es aufzuschreiben. Ihr Gehirn gleicht neuerdings einem Sieb. Die Jungen machen sich gnadenlos über ihre Vergesslichkeit lustig. Sogar Pim hat am Weihnachtsabend mit eingestimmt, als sie sie nachahmten, wie sie mit den Fingern schnippt und sagt ›Gib mir mal das Dingsbums da in dem Wasauchimmer‹. Der Satz ist zum Familienspruch geworden. Sie weiß, er ist liebevoll gemeint, tut aber trotzdem weh.

Beim Losfahren blickt sie zum Strand hinüber und ist überrascht, als sie in der Ferne ein paar Frauen in den Wellen herumspringen sieht. Die Art, wie sie sich vor Lachen krümmen, lässt sie ein zweites Mal hinschauen. Sieht aus, als hätten sie Spaß.

Als sie am Morgen des Weihnachtstags ein paar Nachbarn auf der Straße sah, war Claire hinausgegangen, um Jenna abzufangen und ihr frohe Weihnachten zu wünschen. Jenna war mit einigen Freundinnen auf dem Weg zum Strand und in eine dieser riesigen Dryroben mit Tarnmuster gehüllt. Sie hatte Claire aufgefordert, mitzukommen, aber Claire hatte abgelehnt. Sie ist vierundvierzig, und die Tage der öffentlichen Körperpräsentation sind lange vorbei. Vor der superfitten Jenna und ihren strahlenden Freundinnen käme sie sich viel zu schlaff und schwabbelig vor.

Vielleicht sollte sie sich aus ihrer Komfortzone wagen und nächstes Mal trotzdem mitgehen, denkt sie. Das neue Jahr steht vor der Tür, und sie muss etwas unternehmen, um frischen Wind in ihr Leben zu bringen. Sie kann nicht immer nur Vorsätze fassen und sie dann wieder ignorieren. Ungeachtet dessen greift sie über das Armaturenbrett nach dem Fach, wo Ash, wie sie weiß, ein halbes Päckchen Haribos gebunkert hat. Die neue Diät kann im Januar beginnen.

# 7
## Zierkissen

Einfach lächerlich, findet Maddy, dass sie inzwischen für alle elementaren Aktionen so sehr auf ihr Telefon angewiesen ist, dass sie sich hilflos fühlt, seit es nicht mehr funktioniert. Normalerweise bezahlt sie alles mit ihrer Wallet-App, aber da sie ihr Portemonnaie zu Hause in ihrer Parkatasche zurückgelassen hat, kann sie sich nicht einmal ein billiges Ersatzgerät kaufen. In den Fächern ihrer Sporttasche hat sie elf Pfund in Kleingeld zusammengekratzt, aber sie weiß, damit wird sie nicht weit kommen; diese Suppe wird sie auslöffeln müssen.

Selbst ohne viel Verkehr braucht sie über eine Stunde, bis sie wieder zu Hause ist. Als sie in Cobham ankommt, ist sie erschöpft. Sie parkt den Wagen auf der Auffahrt, froh, dass Trents Auto nicht da ist. Sie stellt fest, dass der Kranz und die weihnachtliche Lichterkette immer noch in einem wilden Durcheinander neben der Haustür liegen. Am Weihnachtsmorgen hatte alles so frisch und freundlich ausgesehen, jetzt kommt ihr das eigene Zuhause fremd und beunruhigend vor.

Als sie aus dem Wagen steigt, merkt sie, wie sich ihre Augen unerwartet mit Tränen füllen. Was hat sie erwartet? Dass ihr Zuhause sie freundlich empfangen würde? Das wieder alles in Ordnung wäre? Immerhin handelt es sich um das Haus, das sie bravourös aus dem Nichts aufgebaut hat, sämtliche Schritte auf @made_homelog und ihrem Instagram-Account genauestens dokumentiert. Sie hat alles geteilt: angefangen vom Gebot auf den hässlichen Bungalow, der früher auf dem Grundstück stand, bis hin zu ihrem Bulldozer-Einsatz, als sie ihn abgerissen hat. Jeden Dachziegel, jeden Fensterrahmen, jede Heizkörperaufhängung und jede Glühbirne hat sie höchstpersönlich ausgesucht, gar nicht zu reden von dem auffälligen Dekor und den todschicken Möbeln. Sie kennt mindestens fünf Leute, die ihr marokkanisch inspiriertes Fliesenmuster für ihre eigenen Badezimmer übernommen haben.

Sie hat bewiesen, dass so ein Projekt ein Kinderspiel ist. Das Einzige, was man braucht, ist eine Vision und einen guten Riecher für günstige Angebote. Unter beträchtlichen Anstrengungen ist es ihr gelungen, die Illusion aufrechtzuerhalten, das Haus sei ein heiterer Ort, wo sie ihre vielen Freunde empfängt. Ein Ort, der gleichzeitig gemütlich, cool und romantisch ist. Der Pfiff bei dem Ganzen war, ein Heim zu schaffen, in dem sie die »optimale Version ihres Lebens« verwirklichen konnte, wie sie so viele Male gehashtagt hat.

*Himmel, wenn die Leute wüssten.*

Als sie das stille Haus aufschließt, tut ihr buchstäblich das Herz weh, und sie erkennt einmal mehr, dass es nicht das Gebäude ist oder die Designerküche, die ein Zuhause ausmachen; es ist weniger greifbar als das. Zuhause, das ist die Atmosphäre im Innern. Und für die Art Atmosphäre, die sie jetzt gerade wahrnimmt, gibt es keinen Hashtag. Zumindest keinen, den sie öffentlich teilen wollte. Sie ist es gewohnt, jederzeit die verschiedenen Ecken und Winkel ihres Zuhauses herzurichten, ins beste Licht zu rücken und zu präsentieren, doch jetzt empfindet sie zum ersten Mal so etwas wie Scham.

Sie muss daran denken, wie schnell sie über die Kinder in Jamies Klasse den Stab gebrochen hat, die aus einem ›zerrütteten Elternhaus‹ kamen, wie sie ihm zuredete, sich nicht mit denen anzufreunden, so als wären sie vom Pech verfolgt oder irgendwie gezeichnet. Geschiedene Eltern, Eltern, die Alkoholiker waren. Alle, die ihre Probleme geschmackloserweise öffentlich machten, wurden von ihr in einen Topf geworfen und vorschnell verurteilt.

Doch wie sich herausstellt, lässt sich ein Zuhause leicht zerrütten. Sie hat bis heute gebraucht, um zu begreifen, dass ein Zuhause zwar solide wirken kann; aber stabil wird es durch das, was unsichtbar ist, den guten Willen und die Aufrichtigkeit seiner Bewohner. Freundlichkeit ist der Stoff, der es zusammenhält, der Kitt. Ohne zerbricht es.

Trent hat während ihrer Abwesenheit nicht aufgeräumt. In der Spüle steht schmutziges Geschirr. Aus Gewohnheit klappt sie den Geschirrspüler auf, dann fällt ihr wieder ein, wann sie das letzte Mal an genau dieser Stelle stand ... und warum ... und geht stattdessen ins Arbeitszimmer und schnappt sich unterwegs ein paar leere Taschen aus dem Garderobenschrank.

Ihr altes Smartphone liegt in der Schreibtischschublade. Sie nimmt es, zusammen mit einigen sorgfältig abgehefteten Papieren zu ihrem Telefonvertrag, ihren Pass und die Kfz-Versicherung. Sie bemerkt die braunen Ränder an ihrer Pfeilwurzpflanze und füllt in der Toilette die Designer-Gießkanne. Dann setzt sie die arme Pflanze unter Wasser und fragt sich, ob sie sie mitnehmen soll. Erst in diesem Moment begreift sie, dass sie nicht bleiben wird.

Mit grimmiger Entschlossenheit geht sie, immer zwei Treppenstufen auf einmal nehmend, nach oben in Jamies Zimmer. Nach seinem Weggang hat sie es neu eingerichtet. Es war ein Schandfleck gewesen mit den Haschpfeifen und der durchlöcherten Überdecke, aber vielleicht hätte sie es lieber für ihn so lassen sollen. Machten gute Eltern das nicht so? Errichteten einen Schrein für ihr abwesendes Kind? Wie im Film.

Sie versucht, ihn sich in dem Zimmer vorzustellen, in dem er vermutlich jetzt lebt. Sie hofft, er hat es nett, bezweifelt es aber. Auf ihrem Trip nach Brighton hat sie ein paar ernüchternde Fakten darüber gelernt, was Jamie widerfahren sein könnte, und langsam sieht es finster aus. Er wird wahrscheinlich keinen festen Wohnsitz haben. Eine Wohnung wäre Wunschdenken, denn er hat keine Hypothek aufgenommen und sich nicht in ein Wählerverzeichnis eingetragen. Sie hat keine Möglichkeit, festzustellen, ob er überhaupt noch in Brighton ist. Sie nimmt sein gerahmtes Porträt und legt auch sein Schulfoto in eine der Taschen.

Dann holt sie tief Luft und betritt ihr Schlafzimmer. Oder das ›Boudoir‹, wie sie es, ein wenig ironisch, in ihren Posts nennt. Es hat ihr solchen Spaß bereitet, daraus einen entschieden intimen, aufregenden, sexy Ort zu machen. Sogar eine schnuckelige kleine Bar aus Metall und Samt gibt es, die sie in Paris aufgestöbert hat. *O Gott. Haben Trent und Helen es hier getan? Hat Trent dieses ultimative Sakrileg begangen? Hat Helen ihre Handtücher benutzt, ihr Shampoo, ihre Gesichtscremes?*

Das Bett ist ungemacht, die Zierkissen sind vom Sessel so rücksichtslos auf dem Boden gelandet, dass sie sich vorstellt, wie Trent im Bett sitzt und sie mit Wucht durchs Zimmer schleudert. Er weiß, welchen Wert sie auf ein aufgeräumtes Schlafzimmer legt, denn sie nutzt die petrolblauen und goldenen Chinoiserie-Wände häufig als Hintergrund für ihre Livesendungen und Filme. Auf Trents Bettseite steht eine leere Weinflasche neben einem Glas mit einem angetrockneten Rotweinrest.

Während sie die Zierkissen wieder ordentlich in ihrer festgelegten Reihenfolge arrangiert, geht ihr die abgeschmackte Untreue ihres Mannes nicht aus dem Kopf. Möglich, dass sie ihm auf einer fundamentalen Ebene nie richtig vertraut hat. Jedenfalls nicht, nachdem er sie in Mayfair in eine Bar geschleppt hatte und sie, nachdem sie gleich am ersten Abend mit ihm geschlafen hatte, herausfand, dass er bereits verlobt war. Ihr zuliebe hatte er mit seiner Verlobten Schluss gemacht und es damals als romantischste Geste überhaupt dargestellt, aber heute erkennt sie, was es tatsächlich war: grausam.

Sie drückt ein Brokatkissen an die Brust und findet es ebenfalls grausam, dass er seine Gefühle nicht mit ihr, sondern mit Helen geteilt hat. Offensichtlich hatte er die Affäre bereits vor Jamies Verschwinden. Helen musste demnach gewusst haben, wie angespannt die Situation bei ihnen zu Hause war. Inzwischen weiß Maddy nicht mehr, was ihr mehr ausmacht – Helen, die sich hinter ihrem Rücken hämisch gefreut haben muss, oder Trent, der in Helens Armen Trost fand, als es Maddy so mies ging.

Trent und Helen. Helen und Trent. Hat er sich etwa verliebt? Heftiger in Helen verliebt als damals in sie? Jedenfalls muss er ernsthafte Gefühle für sie hegen, wenn es schon drei Jahre dauert. Drei Jahre. *Und alle wussten Bescheid.* Außer ihr.

Sie rückt das Kissen unnötig energisch an seinen Platz. Sie war immer sehr stolz auf ihre Beobachtungsgabe, wie konnte sie übersehen, was sich direkt vor ihrer Nase abgespielt hat? Selbst während des Lockdowns? Sie versucht, sich an die letzten Monate zu erinnern. Außer an ihrem Hochzeitstag hatten sie kaum Sex.

Früher sah es entschieden anders aus. Vor Jahren hatten Trent und sie wie Kaninchen gerammelt. Aber seit sie darauf wartete, dass ihre Hormonersatztherapie zu wirken begann und die Dinge wieder ein bisschen normalisierte, war es vorbei damit. Trent war verständnisvoll und geduldig gewesen. Wie auch nicht. Er hatte ja anderswo bekommen, was er wollte.

Objektiv betrachtet, kann sie verstehen, wie problemlos es Helen gelang, ihren notgeilen Mann zu verführen. Sie ist schon immer eine Frau der Tat gewesen. Schon bei ihrem ersten gemeinsamen Elternabend war Maddy das aufgefallen, als Helen, die damals nur ein Kind in der ersten Klasse hatte, sich bereits darum bemühte, die Leitung des Schulfests zu übernehmen.

O ja, es muss Helen einen Kick verschafft haben, ihn sich zu kapern, auch wenn es vermutlich nicht allzu schwierig war. Trent konnte charmant sein, wenn er wollte, außerdem war er sehr großzügig und körperlich in guter Verfassung. O Gott, denkt sie, als ihr der Crosstrainer einfällt, den sie ihm zum Fünfzigsten geschenkt hat. Er hatte wie besessen damit trainiert und beinahe sechs Kilo verloren, und jetzt versteht sie warum. Sie hat ihn unwissentlich für eine andere Frau in Form gebracht.

Sie nimmt ihre bewährte Paul-Smith-Reisetasche vom obersten Regal ihres begehbaren Schranks und beginnt, einige Kleidungsstücke einzupacken. Sie hat sich so viel Mühe gegeben mit der Gestaltung dieses kleinen Refugiums mit seinen maßgefertigten Schuh- und Pulloverregalen. Sie hat sich immer wie ein Filmstar gefühlt, wenn die auf Bewegung reagierenden Leuchtspiegel ansprangen, aber als sie jetzt ihr Spiegelbild sieht, ohne den schmeichelnden Schnickschnack, den sie für ihre geposteten Fotos benutzt, sieht sie einfach … *alt aus. Kein Wunder, dass Trent sie nicht mehr attraktiv findet.*

Sie denkt an den anstehenden Termin mit Jackie, der Kosmetikerin, die ins Haus kommt und ihr regelmäßig das Gesicht ›auffrischt‹. Sie wird den dringend benötigten Termin absagen müssen. Wie kann sie sich mit Jackie treffen, die höchstwahrscheinlich ebenfalls über Trent und Helen Bescheid weiß? Maddy selbst hat Helen Jackies Nummer gegeben, bald nachdem sie sich miteinander angefreundet hatten und Helen einmal bemerkte, Maddy sehe immer so ›frisch‹

aus. Maddy hat ihr das Geheimnis anvertraut und ihr verraten, dass Jackie all ihre engen Freundinnen ›herrichtete‹. Aber Helen hatte sie nicht bewundert; sie hatte lediglich versucht, einen Vorteil für sich herauszuschlagen. Es fühlt sich an wie ein grober Verrat unter Schwestern.

Ihr entfährt ein kleiner, selbstmitleidiger Schluchzer, als sie ihre Thermounterwäsche, ihre Jeans und bequeme Schuhe einpackt, dann geht sie nach unten in den Stiefelraum, auf der Suche nach ihren Wanderschuhen und dem Mantel. Das Portemonnaie steckt in ihrer Tasche.

Sie hievt die Taschen gerade auf den Flur, da hört sie es draußen auf dem Kies knirschen, dann das Röhren von Trents Landrover, als er den Motor abstellt. Durch den schmalen Mattglasstreifen erkennt sie seinen Schatten, das Schwarz seiner Lederjacke. Früher einmal begann ihr Herz bei seinem Anblick zu rasen, doch jetzt schlägt es voll böser Vorahnung.

»Du bist zurück«, sagt Trent, als er hereinkommt und seine Schlüssel auf den Ablagetisch wirft. Er schleppt eine Waitrose-Tüte voller Flaschen. Offenbar war er in dem kleinen Laden in Helens Dorf.

Sein Ton schmerzt.

»Ich bin nur gekommen, um ein paar Sachen zu holen.«

»Ich habe dich immer wieder angerufen.«

»Mein Telefon ist kaputt.«

»Oh. Na ja, du hättest mich nicht so in Sorge versetzen dürfen.«

Sie war einmal in Trent verliebt gewesen. Das erkennt sie, als er jetzt auf sie zukommt. Sie zieht den Arm weg, bevor er sie berühren kann. Sie mag ihm nicht in die vertrauten grauen Augen sehen, denn sie verraten, dass er es aufrichtig meint. Sie hat ihn beunruhigt. Er liebt sie durchaus. Auf seine

Weise. Und sie weiß das, weil sie seit Ewigkeiten zusammen sind.

»Wir müssen reden«, sagt er und legt ein bisschen zu herablassend den Kopf schräg. Es genügt, dass sie wieder zu Verstand kommt.

»Was gibt es da zu bereden? Dass du seit drei Jahren mit meiner besten Freundin schläfst?«

»Keine drei ... ich ...«, stammelt er, überrascht, dass der zeitliche Rahmen eine Rolle spielt. »Ich wollte damit aufhören. Ehrlich, das wollte ich. Aber Helen ... sie war einfach da und so willig und ich ... na ja, ich war schwach, Baby. Ich weiß. Ich sehe es ein. Aber ich wollte dich nicht verletzen. Es hat mir nichts bedeutet. Ehrlich, du musst mir glauben.«

»Ich glaube dir nicht.« Denn sie tut es nicht. Sie kann es in seinem Gesicht lesen. Er lügt. Wie kann er es wagen, so zu tun, als wäre er immer wieder gegen seinen Willen von einer bösen Sex-Sirene verführt worden? Es ist einfach jämmerlich.

Sie will an ihm vorbei.

»Maddy.« Er packt sie am Arm, und sie erstarrt, blickt auf seinen Ehering. Einen angespannten Moment später lässt er sie los. Ihr Herz schlägt so wild, dass ihr übel wird. Sie geht zur Haustür, öffnet sie. »Wann bist du zurück? Wir sind eigentlich im Lockdown. Du solltest nirgendwo hinfahren, außer es ist lebenswichtig.«

Sie antwortet nicht, obwohl sie ihn gern anherrschen würde, dass es sich hier *sehr wohl* um einen Notfall handelt; dass sie das Recht hat, herumzufahren. Denn es ist *absolut lebenswichtig*, dass sie von ihm wegkommt.

»Maddy«, ruft er. »Maddy, komm schon. Sei vernünftig. Sag mir zumindest, wo du hinwillst. Das bist du mir schuldig.«

»Wenn du es genau wissen willst, ich gehe Jamie suchen«, bringt sie heraus.

Trent lässt ein abfälliges Schnauben hören und ruft ihr nach: »Na, dann viel Glück. Ist es nicht ein bisschen spät, Mutter des Jahres zu spielen?«

# 8
# Familien-Zoom

Tor konnte es kaum noch erwarten, ins Meer zu kommen, und hat Mitte der Woche einen Aufruf an die Sea-Girls verschickt. Lotte hat sich genüsslich, wie nur Lotte es vermag, in ihre freie Zeit gestürzt. Da der Salon geschlossen ist, frisiert sie zu Hause und hat angefangen, ihrem Mitbewohner Declan ein kompliziertes Tattoo zu stechen; das Ersatz-Studio hat sie wenig passend in der Küche eingerichtet. Im Haus herrscht ein ständiges Kommen und Gehen von Freunden, die trinken und sich im Garten zudröhnen. Tor hat versucht, die Lockdown-Regeln durchzusetzen, aber Lotte glaubt offenbar, dass sie für sie nicht gelten. Tor ist verärgert, dass beider Haus und Leben so öffentlich sind. Sie sind kaum einmal fünf Minuten miteinander allein, aber Lotte gefällt es, im Mittelpunkt zu stehen, es gefällt ihr, Hof zu halten, und diese Treffen schrammen jedes Mal haarscharf an einer ausgewachsenen Party vorbei.

Dem Ganzen zu entkommen, ist eine große Erleichterung. Die Flut ist da, das Wasser schimmert tiefblau in der Wintersonne und der Himmel wasserfarbenblau. Tor tritt energisch mit den Beinen, ihre Handschuhe greifen durchs Wasser, und sie keucht erschrocken auf, als sie die Schultern untertaucht und von der Kälte erfasst wird. Ihre Haut brennt wie damals bei dem Sonnenbrand kurz nach ihrer Ankunft in Afrika. Sie ist froh über ihre Strickmütze.

Dominica und Helga sind unterwegs zur Boje, die im Sommer gut zu erreichen ist; doch jetzt bewirkt die einsetzende Ebbe einen kräftigen Sog, und die Boje scheint meilenweit entfernt. Als Tor allmählich zurückbleibt, kommt Helga zu demselben Ergebnis.

»Los, wir schwimmen in diese Richtung«, meint sie und weist mit dem Kopf zu der hölzernen Buhne. Wie immer ist Tor dankbar, sich in so sicheren Händen zu wissen.

»Mein Gott, tut das gut. Ich kann gar nicht sagen, wie froh ich bin, dass Weihnachten vorbei ist«, sagt sie zu Dominica. Und meint es auch.

»Ich habe neulich ganz vergessen zu fragen«, sagt Dominica. »Wie war dein Familien-Zoom?«

»Furchtbar.«

»Warum?«

»Weil meine Schwester Alice so eine Staatsaktion daraus gemacht hat. Sie trug sogar hohe Absätze. Wer trägt schon High Heels an Weihnachten?«

Über Alice herzuziehen ist ein prickelndes Gefühl, garniert mit dem vertrauten Schuldgefühl. Sie wurden in dem Glauben erzogen, ihr Zwillingsband sei etwas Heiliges, doch häufig genug fühlt es sich nur wie ein billiger Schnack an. Sie mochten sich zwar den Mutterleib geteilt haben, doch damit enden die Gemeinsamkeiten auch schon.

»Wir mussten alle gleichzeitig unsere Geschenke öffnen. Gott, war das furchtbar.«

Typisch Alice, dass sie ihr eine Gesichtscreme geschickt hat, und ein Blick auf die Rückseite der Packung bestätigte Tor, dass sie eindeutig nicht vegan war. Sie erinnert sich, dass Alice ihr empfahl, sie sparsam zu benutzen, da ›das teure Zeug‹ dann lange hält. Und sie riet Tor, dringend etwas gegen die Falte zwischen ihren Augenbrauen zu unternehmen.

Sie führt ihnen vor, wie Alice auf den Bildschirm starrt und in ihrem eigenen Gesicht auf die mit Botox behandelte Stelle deutet, die sie bei Tor beanstandet, und Helga und Dominica müssen lachen.

»Sie ist so unverschämt. Und merkt es nicht einmal.

Wirklich, wir sind wie Feuer und Wasser. Waren es immer. Aber sie tut dauernd so, als setze mein Aussehen sie in ein schlechtes Licht. *Immer* geht es um sie.« Erst, als sie das laut ausgesprochen hat, merkt sie, wie nötig es war, diesen Groll loszuwerden.

»Meine Schwester war genauso«, sagt Helga.
»Wirklich?«, fragt Tor.
»Oh, sie war ein Albtraum. Sie hat mich immer von oben herab behandelt, obwohl ich es war, die die Segelpokale gewonnen hat. Das spielte für sie überhaupt keine Rolle. Sie hat meinen Erfolg nie anerkannt.«
»Ich wusste gar nicht, dass du eine Schwester hattest.« Dominica klingt neugierig.
»Sie ist mit vierzig bei einem Skiunfall gestorben«, antwortet Helga. »Meine Nichte war noch klein. Mette. Inzwischen sind wir einander sehr nah, aber das wäre nie geschehen, wenn meine Schwester am Leben geblieben wäre, sie war so ein Kontrollfreak. Dass sie mit einem schrecklichen Mann verheiratet war, hat es auch nicht besser gemacht. Und ich meine wirklich schrecklich. Ich konnte seinen Anblick nicht ertragen.«
»Ich kann meinen Schwager auch nicht ausstehen«, sagt Tor. Es tut gut, das offen zuzugeben.
»He. Ich höre zu gern von anderen Arschlöchern«, sagt Helga, dreht sich auf den Rücken und nickt Tor zu, weiterzuerzählen.

Und das tut Tor, erklärt, wie alles anfing; wie sie ihren Eltern, Alice und Graham erzählt hatte, dass sie bei einer Wohltätigkeitsorganisation aushalf, worauf ihre Mutter, mit einer Ernsthaftigkeit, die Tor jedes Mal auf die Nerven geht, verkündete, dass sie es ›löblich‹ finde, wenn Tor diesen ›armen Menschen‹ beistand. Tor hätte sie gern darauf hingewiesen, dass diese armen Menschen wesentlich besser dran wären, wenn ihr einfacher Wunsch erhört worden wäre und sie alle, wie sie es erbeten hatte, für das kommende Wohltätigkeitsschwimmen bei Sonnenuntergang gespendet hätten, anstatt ihr Geschenke zu schicken.

Da hatte sich Graham eingemischt.

»Das behauptest du, Rita, aber ich glaube, die Hälfte der Leute, die auf der Straße sitzen, sind gar nicht obdachlos.« Tor bemerkt, wie er und Alice Blicke wechseln, während sie Seite an Seite vor ihrem gigantischen Mac-Bildschirm sitzen. Er nimmt einen großen Bissen von seinem üppig belegten Käse-Cracker, nicht ohne hinzuzufügen: »Ich wollte das nur mal gesagt haben.«

Ein typischer Graham-Kommentar, und Tor wappnet sich. Sie darf Graham nicht ins Gebet nehmen. Nicht jetzt. Nicht nach dem Brexit-Streit vor zwei Jahren, der erst nach etlichen Monaten ausgestanden war. Immer noch kauend, macht er weiter.

»Sie könnten in ein Hostel gehen. Dafür bezahle ich schließlich Gemeindesteuern.« Seine Wangen sind gerötet von dem Champagner, den die beiden trinken (offenbar schon seit dem Frühstück), und jetzt nimmt er einen Schluck Port, um den Käse hinunterzuspülen. Er fährt sich auf abstoßende Weise mit der Zunge über die Zähne. Tor weiß zufällig, dass er am Vorabend seiner Hochzeit eine von Alice' Brautjungfern angemacht hat, seitdem traut sie ihm nicht. Oft hat sie sich gewünscht, sie wäre mutig genug gewesen, den Mund aufzumachen und Alice die Wahrheit zu sagen, aber Konfrontationen sind nicht ihre Stärke. Ein gewisses Glitzern in Grahams Augen verleiht ihr allerdings jetzt den nötigen Mut.

»Das ist aber nicht ganz dasselbe wie ein Zuhause, meinst du nicht, Graham? Es gibt auf jeden Fall Obdachlosigkeit. Menschen, die draußen schlafen müssen. Aber es gibt auch Unbehaustheit, Menschen, die nur vorübergehend einen Unterschlupf haben.«

»Immerhin besser als gar nichts.«

»Aber nur ein kleines bisschen. Verdienen die Leute nicht etwas Besseres? Wie würdest du dich fühlen, wenn du in einem Hostel unterkommen müsstest? Umgeben von Fremden? Ohne die Vorzüge eines Zuhauses? Wo dir morgens gesagt wird, dass du verschwinden und weiterziehen sollst?«

Tor weist nicht darauf hin, dass es noch andere, weit schlimmere Formen von Heimatlosigkeit gibt. Wie bei den Familien, mit denen sie es zu tun hat, die in unsicheren Wohnverhältnissen leben, in den Fängen von Kleinkrediten und Schulden und in ständiger Angst vor dem Klopfen an der Tür, das die Räumung bedeutet. Oder bei Jugendlichen, die auf das Sofa von Freunden angewiesen sind.

»Na ja, diese Leute wissen sich einfach nicht zu helfen, oder? *Ich* verlasse mich lieber nicht auf andere«, sagt Graham.

»Sie sind nicht *freiwillig* obdachlos, Graham. Meist spielen viele Faktoren eine Rolle.«

»Zum Beispiel?«

*Er ist so verdammt ahnungslos.* »Viele wurden zum Beispiel entlassen, oft an Orten, wo keine Hoffnung besteht, einen neuen Job zu finden. Und wenn Menschen ihr Zuhause verloren haben, haben sie nicht unbedingt Anspruch auf Sozialleistungen, manchmal fehlen ihnen auch die Bildung oder die sprachlichen Fähigkeiten, sich online Hilfe zu holen. Und dazu kommen Menschen, die psychisch krank sind, und solche, die aus dem Gefängnis entlassen wurden oder ihren Partner oder die Person verloren haben, die ihnen zur Seite stand.«

»Na ja –«

»Oder Menschen, die nach einer Trennung ihr Zuhause verlassen müssen, sich anderswo aber die Miete nicht leisten können«, fällt sie ihm ins Wort. »Ganz zu schweigen von den vielen Menschen, denen ich ständig begegne, die entsetzlichen Missbrauch erlitten haben. Würdest du in einem Haus bleiben wollen, wo dich jemand immer wieder verprügelt oder vergewaltigt?«

»Von *denen* rede ich nicht. Ich rede von den Schmarotzern.«

»Ah ja, den Schmarotzern.« Tor wünscht sich, Alice und ihre Eltern würden bemerken, wie bigott er klingt.

»Die Menschen, die hierherkommen –«

»Die Flüchtlinge? Oder die Wirtschaftsemigranten? Oder Menschen, die vor Verfolgung oder Krieg fliehen? *Diese* Schmarotzer?«

»Ach, ihr beiden«, fährt Alice dazwischen, und Tor erkennt, dass es Zeit wird, die Klappe zu halten.

»Na ja, es muss aber doch andere Lösungen geben, nicht nur Almosen. Mehr sage ich gar nicht«, räumt Graham ein, doch Tor ärgert sich über die selbstzufriedene Art, mit der er sich im Sessel zurücklehnt.

»Wenn private Vermieter –«, Tor ist sich ihrer geröteten Wangen und ihrer bebenden Stimme bewusst, »nicht ständig die Mieten erhöhen würden, dann gäbe es vielleicht keine solche Wohnungsnot.«

Graham ist Eigentümer einer ganzen Reihe von Gewerbeflächen und Wohnungen. Er zuckt die Schultern, aber sein Blick ist stählern. »Lass uns nicht damit anfangen, Viktoria. Ich weiß, dass du es vielleicht schockierend findest, du mit deiner ›Hippie-dippy-Brighton-Tour‹ – er malt mit den Fingern Gänsefüßchen um den selbsterfundenen Spruch –, »aber ich bin nicht für die Kräfte des Marktes verantwortlich.«

Dominica und Helga hören genau zu, als Tor ihnen das alles Wort für Wort wiedergibt. Sie haben kehrtgemacht und sind auf dem Weg zum Ufer. Sie bleiben pro Grad Wassertemperatur eine Minute im Wasser, und heute hat es acht Grad.

»Ja, er ist ein Arsch«, verkündet Helga. »Erster Klasse. Du hast recht, Tor. Gut, dass du dich behauptet hast.«

»Und wir werden alle bei deinem Schwimmen dabei sein«, erklärt Dominica. »Es findet im März statt, oder? Mach dir keine Sorgen. Gemeinsam werden wir ein paar Spendengelder auftreiben.«

So entspannt hat Tor sich den ganzen Tag nicht gefühlt. Sie wird langsamer, als sie sich dem Ufer nähern. Noch kann sie den Boden nicht mit den Füßen berühren. Sie folgt Helga und Dominica, und gemeinsam überlassen sie sich einer Welle, die sie über die Kiesel trägt und im flachen Wasser absetzt, wie eine Mutter, die ihr Kind zum Weitergehen ermuntert.

»Tut mir leid, dass ich das alles bei euch abgeladen habe«, sagt sie zu Dominica, als sie den Strand hinaufstapfen. Sie stellt fest, dass ihre Beine orangerosa leuchten, aber Dominica in ihrem hellblauen Badeanzug mit Delphinmuster sieht aus wie eine Göttin.

»Das muss dir nicht leidtun«, antwortet sie lächelnd. »Dafür ist das Meer da.« Und Tor fragt sich, was sie zurücklässt, wenn sie herauskommt.

# 9
## Der Anbau

Claire wedelt gegen die Hitze mit den Fingern und leckt sie ab, nachdem sie die letzte gefüllte Pastete auf den Kuchendraht geschoben hat. »Asbestfinger«, nennt Pim sie, weil sie so hohe Temperaturen aushält, tatsächlich liegt es aber nur an ihrer Faulheit. Sie hat sich nie die richtigen Gerätschaften besorgt und nimmt stattdessen die Finger. Jetzt fragt sie sich, wie lange es dauern wird, bis die Jungs sich von den Bildschirmen losreißen können und herunterkommen. Nicht mehr lange, vermutet sie, denn der Duft zieht durchs ganze Haus. Sie nimmt die letzte Pastete – die mickrige, schiefe – und steckt sie sich in den Mund. Belohnung für die Köchin.

Sie wartet auf das übliche Sperrfeuer von Selbstbeschimpfungen, weil sie es nicht schafft, sich an die Kalorienzählung zu halten, aber heute ist der letzte Tag des Jahres, und sie freut sich schon auf den morgigen Start mit den neuen Vorsätzen. Sie hat eine ganze Reihe von Beschlüssen gefasst und Visualisierungen ihrer Forderungen an sich aufgeschrieben. Es kam ihr ein wenig albern vor, sie zu notieren, aber sie hat einen Podcast gehört, in dem einem geraten wird, seine Wünsche ins Universum zu schicken, daraufhin hat sie die Bitte nach einem ganz neuen Ich ausgesendet. Einen Versuch ist es wert.

Was das Wetter angeht, war es ein wenig trübsinnig – die endlosen Tage zwischen Weihnachten und Neujahr waren noch nie ihre Lieblingszeit –, aber als sie jetzt ein Guckloch in das beschlagene Küchenfenster wischt, sieht sie, dass die Sonne scheint.

Sie nimmt ihr Telefon aus der Schürzentasche und textet

Jenna, dass sie beinahe startbereit ist und gefüllte Pasteten mitbringt. Sie versucht, einen lockeren Ton anzuschlagen, tippt die Nachricht immer wieder neu, so als wäre schwimmen gehen für sie ganz normal. Dabei findet sie es großartig und symbolisch, am letzten Tag des Jahres bei Sonnenuntergang schwimmen zu gehen – zwei Dinge in ihrem Leben, die so eindeutig gefehlt haben, dass sie ganz kribbelig ist vor Aufregung.

Sie ist Jenna vor ein paar Tagen auf dem Heimweg von Aldi über den Weg gelaufen und hat zugesagt, sie heute zu einem Sonnenuntergangsschwimmen zu begleiten. Jenna ist eine Anhängerin des Kälte-Predigers Wim Hof, und nachdem sie sich online den Thriller ›The Iceman‹ angesehen hat, stellt Claire in letzter Zeit die morgendliche Dusche auf kalt, obwohl sie diese masochistische Qual nur wenige Sekunden aushält. Aber das Meer? Zu dieser Jahreszeit? Kriegt sie das wirklich hin?

Dann fallen ihr die Frauen wieder ein, die sie beim Spielen in den Wellen beobachtet hat. Ob das wirklich so schwer ist?

Sie tippt auf Senden und legt das Telefon beiseite, dann nimmt sie ein paar der Energiebällchen nach dem Rezept aus dem ›Gesund leben‹-Kochbuch, das Siobhan ihr zu Weihnachten geschenkt hat, wickelt sie in Pergamentpapier und packt sie in eine Tupperdose. Ihr Telefon klingelt.

*Perfekt. Ich hole dich ab.*

Claire lächelt und fühlt sich entlastet, jetzt dient ihre Backaktion einem richtigen Zweck. Sie geht zum Trockenschrank neben dem Bügelbrett, in dem sich ungebügelte Wäsche stapelt, und nimmt ein Handtuch heraus.

Sie hat gerade alles in ihre Tasche gepackt und macht noch eine Thermosflasche Tee, als Pim in die Küche kommt.

Er trägt eine fleckige graue Jogginghose und einen Hoodie. Warum hat er nicht die frische Hose aus dem sauberen Wäschestapel angezogen, die sie vorhin neben sein Bett gelegt hat?

Er wedelt ihr mit einem Blatt Papier vor der Nase herum, das er vom Computer ausgedruckt hat. Sie ist kurz davor, einen Kommentar abzugeben, weil er den Farbdrucker benutzt hat (etwas, das er den Jungs ausdrücklich verboten hat), als sie bemerkt, dass er hinter seiner Brille sehr finster guckt.

»Lies das.« Sein Ton verheißt nichts Gutes.

Claire wischt sich die Hände an der Schürze ab und nimmt das Blatt. »Was ist das?«

»Ich hätte es nie zu Gesicht gekriegt«, sagt er, während er auf den Schachbrettlinoleum vor der Spüle auf und ab geht, »wenn ich nicht zufällig darauf gestoßen wäre.«

Claire versucht zu entschlüsseln, was sie da sieht und was ihn so aufgebracht hat.

»Lies es einfach, Claire«, sagt er scharf, und sie spürt, wie ihr Magen einen Satz macht. Sie kann es nicht leiden, wenn er diesen Ton anschlägt, als hielte er sie für dumm. Er trifft sie ganz tief drinnen, berührt uralte Unsicherheiten. Weil er sein Studium abgeschlossen und sie es abgebrochen hat. Etwas, das er sie nie vergessen lässt. »Es ist ein Antrag auf Planungsgenehmigung. Deine Freundin Jenna und Rob nebenan planen, ihr Haus zu erweitern. Das wird uns alles Licht blockieren. Vom Lärm und dem Schmutz ganz zu schweigen.«

»Ein Anbau?«, fragt Claire und blickt durch das Fenster auf den Kirschbaum. Offiziell steht der Baum auf Jennas Seite, doch zum größten Teil ragt er auf ihr Grundstück. Den werden sie doch nicht etwa fällen, oder? Sie liebt diesen Baum und das Rotkehlchen, das sie liebevoll Sam getauft hat – gerade sitzt es auf einem der kahlen Äste. Claire fragt sich, ob das Rotkehlchen zu ihr hereinschaut und ihr Leben beobachtet, genauso wie sie seins.

»Hat sie es nicht erwähnt?«

»Nein.«

»Bist du sicher?«

»Ich denke schon, ich würde mich daran erinnern, wenn sie mir mitgeteilt hätte, dass sie anbauen wollen.« Es gelingt ihr nicht, den Groll aus ihrer Stimme herauszuhalten. Sie mag ja vergesslich sein, aber nicht in so einem Fall.

»Deshalb war sie so nett zu dir.« Pim wackelt mit dem Finger, als hätte er gerade etwas Schlaues entdeckt. »Diese ganze Schwimm-Nummer. Sie versucht nur, dich einzuwickeln.«

Seine Vermutung verletzt sie. »Ich bin sicher, so ist es nicht –«

»Es ist *exakt* so. Sie sind genau die Sorte Menschen, die glauben, sie könnten immerzu nehmen, nehmen, nehmen. Ich habe mich während des ganzen Lockdowns damit abgefunden, dass Rob im Morgengrauen mit seinem Fahrrad herumklappert, aber damit ist jetzt Schluss.«

»Und was willst du machen?«, fragt Claire; an der Verachtung in Pims Stimme merkt sie, dass er Rob genauso beneidet wie sie Jenna.

»Ich weiß es nicht. Aber du wirst dich nicht mit ihr treffen, bevor wir nicht unseren Standpunkt klargemacht haben.«

»Du kannst mir nicht einfach verbieten, mich mit –«

»Du wirst dich nicht mit ihr treffen. Hast du mich verstanden? Nicht bevor wir nicht unseren Standpunkt mitgeteilt haben.«

»Aber ich gehe mit ihr schwimmen.«

Wie auf ein Stichwort erklingt die Türglocke. Claire und Pim starren einander wütend an.

»Das ist sie«, sagt Claire mit dünner Stimme.

Sie möchte sich behaupten und selbst an die Tür gehen, aber Pim ist schneller. Sie zieht sich zurück in die Küche und würde sich am liebsten die Ohren zuhalten wie als Kind, wenn Dad betrunken nach Hause kam und mit ihrer Mutter stritt. Sie hasst Konfrontationen jeder Art, und ihr wird prompt ganz flau im Magen.

Pim und Jenna sprechen miteinander, dann hört sie, wie sich Pims Ton verändert.

»Also, sie kommt jetzt nicht«, sagt Pim. »Und zwar deswegen. Dachtest du, du könntest das einfach so unterm Radar laufen lassen?«

»Eigentlich sollte es öffentlich aushängen.« Jenna klingt überrascht, hält sich aber tapfer. Claire wagt sich so weit vor, dass sie einen schmalen Streifen von Jenna im Blick hat, die etwas unterhalb von Pim auf der Treppe steht. Sie hat perfektes blondes Haar, das unter ihrem schicken Hut hervorguckt. Sie trägt ihre tarnfarbene Dryrobe, aber selbst in einem solchen Ungetüm von Kleidungsstück kann man erkennen, wie schlank sie ist. Ihr perfektes Kinn ist vorgereckt. Sie lässt sich von Pim nicht einschüchtern. »Ich dachte, du hättest es gesehen.«

»Es gab keinen Aushang.«

Claire drückt sich so an den Gasherd, dass sie die Zündung auslöst. Sie sollte raus an die Tür. Sie sollte die Wogen glätten und Frieden stiften, aber sie schreckt davor zurück, sich mit den beiden auseinanderzusetzen. Normalerweise neigt Pim überhaupt nicht zu Streitigkeiten. Meist ist er behutsam und höflich. Das hatte ihn anfangs so anziehend gemacht – er war solch ein Gentleman. Doch der Lockdown hat alle gestresst und empfindlich werden lassen, und diese Geschichte hier eskaliert viel zu schnell. Sie muss es aufhalten.

»Es gibt viele Häuser mit Anbauten in dieser Straße, deshalb glaube ich nicht, dass du deine Zeit und Energie verschwenden und einen solchen Aufstand machen solltest. Wir werden dafür kämpfen, egal, was du sagst.« Jennas Stimme klingt eisern. Ihr Tonfall ist vornehmer geworden.

Einen Augenblick später hört Claire, wie die Tür zugeschlagen wird. Pim geht ins Wohnzimmer und schaltet den Fernseher ein.

»Pim. O mein Gott! Du warst so grob! Hast du ihr gerade die Tür vor der Nase zugeschlagen?«

Pim lehnt sich gerade selbstzufrieden im Ruhesessel zurück. Er tut so, als schaute er eine Spiele-Show – die Sorte, die er überhaupt nicht ausstehen kann.

»Du kannst nicht so aggressiv sein. Sie ist unsere Nachbarin. Sie ist meine Freundin.« Claire ist entsetzt.

»Sie ist es doch, die aggressiv ist! Und überhaupt, eigentlich solltest du auf meiner Seite sein.«

Sichtlich verärgert über ihre Kritik, steht er auf und stapft geräuschvoll die Treppe hinauf. Die Jungs sind nebenan mit ihrem Computerspiel beschäftigt und kriegen nichts mit.

Claire steht im Flur und spürt, wie männliche Energie durch das Haus pulsiert. Am liebsten würde sie direkt zu Jenna gehen und die Situation bereinigen. Stattdessen holt sie, aus einer Laune heraus, ihre Schwimmtasche aus der Küche. Es besteht immerhin die Chance, dass Jenna trotzdem an den Strand gegangen ist.

## 10
## Luna

Maddy sitzt an ihrem Laptop. Als das Telefon brummt, springt sie auf und greift danach, sieht, dass die Nummer unterdrückt ist. *Bitte mach, dass es ein Rückruf vom Sozialdienst ist*, betet sie.

Es ist unerträglich, dass sie eventuell in derselben Stadt ist wie ihr Sohn, aber inzwischen ist sie schon beinahe eine Woche hier, ohne ihn gefunden zu haben. Nicht, weil sie es nicht versucht hätte. Es macht sie wahnsinnig, dass er in jedem dieser Gebäude sein könnte. Möglicherweise ist er nur eine Wandbreit von ihr entfernt.

Es *ist* der Rückruf, und sie redet auf diese Frau, Reeva, ein, sagt, wie dankbar sie ist, dass sie sich Zeit für sie nimmt. Aber Reeva – eine Frau, die selbst bei größtem Einsatz nicht noch gelangweilter klingen könnte – wird ihr auch keine Antworten liefern. Es ist dieselbe alte Geschichte, die Maddy bei ihren Anläufen überall gehört hat. Jamie ist erwachsen. Reeva ist nicht befugt, ihr zu sagen, ob es zumindest irgendwelche ›Daten‹ von ihm gibt.

»Aber ich bin seine Mutter«, protestiert Maddy.

Es ist, wie gegen ein Festungstor zu hämmern. Es macht sie so wütend, dass jetzt andere die Informationen über ihren Sohn hüten, gibt ihr das Gefühl, wertlos zu sein. Eine solche Versagerin.

»Wenn jemand nicht gefunden werden will, können Sie nicht viel tun«, sagt Reeva.

Damit endet das Gespräch, und Maddy presst Daumen und Zeigefinger an ihre pochenden Schläfen.

Immerzu muss sie an Jamies Nachricht denken. *Mum.*

Und die Art, wie er es gesagt hat. Sie bekommt es nicht aus dem Kopf. Irgendein Urinstinkt sagt ihr, dass er sie braucht.

Seit ihrer Begegnung mit Trent vor drei Tagen fühlt sie sich so kaputt, und sie ist davon überzeugt, das Einzige, was ihr helfen würde, wäre, Jamie wissen zu lassen, dass sie hier ist. Nur wie?

Ihr Laptop zeigt einen niedrigen Batteriestand an, und sie will das Gerät einstöpseln, doch ihr Fuß ist eingeschlafen, und sie muss zur Wand humpeln und fühlt sich jämmerlich.

Sie öffnet die Jalousien, um das Nachmittagslicht hereinzulassen, und entdeckt, dass es vor dem zusätzlichen Zimmer einen kleinen Balkon gibt. Ihr Magen knurrt. Vorsichtig hinkt sie zur Küchenzeile, wo es, wie sie feststellt, müffelt, sie zieht den kleinen Mülleimer heraus. Zu Hause kümmert sich meistens Rey, die Putzfrau, um den Abfall und das Recycling. Wie wird Trent der neugierigen Rey wohl Maddys Abwesenheit erklärt haben? Vielleicht steht Rey aber auch auf der langen Liste der Verräterinnen, die über Trent und Helen Bescheid wussten?

Ihr Telefon brummt erneut, und Maddys Herz schlägt ein wenig schneller, als sie sieht, dass es Manpreet ist. Sie lässt das Telefon einmal, dann noch zweimal klingeln. Sie will nicht zu beflissen wirken, aber wie sie sich auch verhält, es ist schwierig, sich gegenüber Manpreet nicht bieder zu fühlen. Sie denkt an die kostspielige Medienberaterin, die in Kaschmir und irgendetwas Tollem durch ihr perfektes Notting-Hill-Domizil schwebt. Maddy hat auf ihre Weise versucht, Manpreet und ihre Fotos in den sozialen Netzwerken nachzuahmen, die aussehen wie eine Foto-Strecke in einem Hochglanzmagazin, ein Leben voller bekannter Promi-Namen, deshalb war sie ziemlich begeistert, als Manpreet sich bereit erklärte, Maddy als ihre jüngste Klientin anzunehmen.

Ihr Puls rast noch schneller, als sie die Antworttaste drückt.

Sie tauschen ein paar Nettigkeiten aus, und Maddy hört im Hintergrund Wellen ans Ufer rollen.

»Ist das das Meer?«, fragt sie und überlegt, ob sie ihr erzählen soll, dass sie selbst auch am Meer ist. Bei jedem Gespräch mit Manpreet fühlt sie sich genötigt, Gemeinsamkeiten herauszustellen.

»Ach ja, wir sind über Weihnachten in unser Haus auf den Malediven geflogen«, sagt Manpreet, als wäre das nichts Besonderes. »Wir brauchten einfach eine Pause.«

Tun wir das nicht alle, denkt Maddy und fragt sich, wie es kommt, dass die Superreichen sich offenbar keinerlei Gedanken machen wegen der Covid-Regeln oder ob sie erwischt werden.

»Was ist los? Ich habe keine Posts von dir gesehen.«

Maddy beginnt zu erklären, dass sie gerade nicht zu Hause ist.

»Dann liefer später wieder. Du darfst keine so großen Lücken lassen.«

Es sind doch nur ein paar Tage, verteidigt Maddy sich im Stillen.

»Wenn du willst, dass es richtig losgeht, musst du dem Affen Zucker geben. Lückenlos. Immerzu. Erinnerst du dich an die Regeln, die ich dir genannt habe?«

»Ja«, antwortet Maddy und krümmt sich innerlich. Sie fühlt sich zurechtgewiesen. Als wäre sie beim Schummeln bei ihrer Diät ertappt worden.

»Jedenfalls, wenn du von den Leuten ernst genommen werden willst, heißt das. Eine Marke, das bedeutet Dauereinsatz. Und bis jetzt hast du dich doch gut angestellt.«

Maddy will gerade erklären, dass ihr Telefon kaputt ist,

und ihr danken, dass ihr der Weihnachtsgrotten-Post so gut gefallen hat, als Manpreet den Ton ändert.

»Aber deshalb rufe ich nicht an«, sagt sie. »Es ist ein wenig heikel, aber ich habe mich gefragt, warum die letzten Rechnungen nicht beglichen wurden?«

Aus diesem Grund ist sie eine erfolgreiche Geschäftsfrau, denkt Maddy. Weil Manpreet keine Scheu hat, sich zu nehmen, was sie will, oder direkte Fragen zu stellen. Maddy hat so sehr darauf gesetzt, Manpreet könnte im richtigen Leben ihre Freundin werden, doch jetzt wird sie wieder daran erinnert, dass ihre Beziehung rein geschäftlicher Natur ist.

»Oh, tatsächlich? Ich hatte keine Ahnung. Ich werde mich darum kümmern«, entschuldigt sich Maddy.

Sie reden noch kurz weiter, dann erklärt Manpreet, dass sie sich beeilen müsse, sie gebe ein Abendessen. Sie wünscht Maddy ein gutes neues Jahr und beendet das Gespräch, und Maddy stellt sich vor, wie sie ihren persönlichen Koch herumkommandiert und ihren perfekten Tisch deckt.

Sie loggt sich bei ihrer Bank ein und sieht, dass auf dem gemeinsamen Konto jämmerlich wenig ist. Gewöhnlich kümmert Trent sich darum und füllt es auf, aber diesen Monat hat er es nicht getan, und sie denkt an die Kreditkartenabrechnung, die demnächst fällig wird. Wie soll sie Manpreet bezahlen? Von der weiteren Inanspruchnahme ihrer Dienste gar nicht zu reden?

Von dem Anruf ernüchtert, schiebt sie etwas Brot in den Toaster; während sie wartet, scrollt sie durch die Posts ihrer wichtigsten Influencer und achtet sorgfältig darauf, positive, ermutigende Kommentare zu senden, denn sie weiß, dass sie die Gegenleistungen dieser Accounts brauchen wird. Darum geht es nämlich in den sozialen Medien. Ich kraul dir den Nacken, du mir. Man nennt das Netzwerken, aber jeder weiß, dass es sich eher um Fressen oder Gefressen-Werden handelt, als dieser aalglatte Ausdruck aus der Geschäftswelt es vermuten ließe.

Sie wird bald etwas posten müssen, viel länger kann sie es nicht mehr hinausschieben. Immerhin ist Silvester, und sie hat so lange geschwiegen, dass es Manpreet aufgefallen ist. Aber wie soll sie sich für dieses trostlose Airbnb begeistern, dessen charakterlose Fadheit gar nichts hergibt?

Vielleicht kann sie draußen etwas machen, überlegt sie, obwohl sie eigentlich nur mit Lifestyle im Haus befasst ist. Sie kann ihren Followern erzählen, dass sie gerade eine kleine Pause einlegt. Sie wird etwas zaubern, beschließt sie, es genau ausarbeiten, wird den Reisespiegel aufklappen, hineinlächeln, ihr Haar erst zurückbinden, dann doch locker fallen lassen und einen Schmollmund unter ihrer Wollmütze machen; sie erinnert sich an ihren pelzgefütterten Hut, sie wird stattdessen den aufsetzen. Pelz und Lipgloss verleihen ihr immer das Gefühl, den Einsatz erhöht zu haben. Wie ihr Großvater zu sagen pflegte: »Ein Hauch Puder, ein Hauch Farbe, und schon ist eine kleine Dame eine ganz andere.«

Sie nimmt die Mülltüte, verlässt die Wohnung und schließt die Haustür.

»Luuuuuna!«, hört sie nebenan einen Mann durch den Spalt in der Tür rufen. Ein strubbeliger kleiner Hund mit kurzem, rotgelocktem Fell kommt angeschossen und will entwischen. Instinktiv stellt Maddy ihm den Fuß in den Weg.

Der Mann tritt aus der Wohnung, bückt sich und nimmt den Hund auf den Arm. »*Gracias*«, sagt er dankbar. Er hat einen spanischen Akzent, olivfarbene Haut und eine üppige Masse brauner Locken. Er trägt eine Strickjacke mit Knöpfen, die Maddy an Toffees erinnern, und eine Art weicher grüner Schnürstiefel, wie nur Europäer sie tragen. Trent mit seiner Designer-Sportschuh-Besessenheit ist in solchen Dingen ein großer Schuh-Snob, Schuhe sind immer das Erste, was ihm an jemandem auffällt. Vermutlich ist der Mann Ende dreißig, vielleicht auch Ende vierzig, schätzt sie. Jedenfalls mindestens zehn Jahre jünger als sie.

»Ich habe nicht mitbekommen, dass die Wohnung vermietet ist. Es tut mir leid, wenn ihr Gebell Sie gestört hat.« Seine Stimme klingt nach Sonnenschein.

»Alles in Ordnung«, sagt Maddy, obwohl die Wohnung über keinerlei sichtbare Lärmisolierung verfügt und sie beide das wissen.

»Ich bin in Quarantäne, und der Hund will unbedingt raus, aber ich hänge gerade in der Leitung mit der Botschaft …« Er verzieht entnervt das Gesicht. »Ich versuche, mein Visum zu regeln, aber …« Er zuckt die Schultern und lächelt. »Und die arme Luna ist ganz unglücklich drinnen. Sie ist noch ein Welpe.«

»Ich könnte sie ausführen?«, bietet Maddy an.

»Könnten Sie das? Sie meinen, es würden Ihnen nichts ausmachen?« Er lächelt, und Maddy lächelt unwillkürlich zurück.

»Ich habe gerade nichts vor. Na ja, ich gehe zum Mülleimer.«

Seiner Miene ist anzusehen, dass ihr unerwartetes Angebot für ihn lebensrettend ist.

»Ich hole ihre Leine.«

Er geht zurück in die Wohnung, während er auf Spanisch mit Luna spricht, und Maddy würde am liebsten einen vorwitzigen Blick in seine Wohnung werfen. Besser gekleidet, mit einem anständigen Haarschnitt und frisch rasiert, könnte man ihn sogar als gutaussehend bezeichnen. Lisa würde ihn als ›heißen Typ‹ beschreiben. Aber allein an Lisa zu denken fühlt sich an, als zupfe sie an einer schmerzenden, verschorften Wunde.

Er kommt mit der Leine und zwei kleinen Plastiktütchen zurück. Sie wird die Hundekacke aufheben müssen, bei dem Gedanken schreckt sie zurück, aber jetzt ist es zu spät.

»Ganz herzlichen Dank, …?«

»Maddy«, sagt sie und merkt zu spät, dass sie ihm ja nicht die Hand geben kann. All dieser fehlende Kontakt und dieses unnatürliche Benehmen – wird es jemals enden?

»Matteo«, stellt er sich vor. Sie stoßen ungeschickt die Ellbogen aneinander, und er entdeckt, dass seine Strickjacke am Ellbogen ein Loch hat. Er beißt sich mit einem gewinnenden Lächeln auf die Lippen und zupft daran herum.

»Tut mir leid. Sie ist … äh … *vieja*. Alt.«

Sie wedelt seine Verlegenheit weg, und als er sich das Haar aus dem Gesicht streicht, malt sie sich plötzlich aus, dass er genau diese Geste vermutlich auch im Bett macht. Sie schluckt, lächelt und reißt sich von dem Anblick los, wie er da, die Hände in die schmalen Hüften gestützt, im Türrahmen steht. »*Muchas gracias*«, ruft er ihr nach.

»*De nada*«, ruft sie zurück und fühlt sich wie ein albernes, prahlerisches Schulmädchen. Sie kann kaum ein Wort Spanisch. Was muss er von ihr denken, mit ihrer Mülltüte voll klirrender Flaschen? Zum Glück hat sie Make-up aufgelegt, und er hat sie nicht in ihrem früheren Zustand gesehen.

Am Strand dauert es eine Weile, bis Maddy mit Lunas Teleskopleine zurechtkommt. Jamie hat sich immer einen Hund gewünscht, aber sie schafften es nie, ihm einen zu besorgen. Trent war viel zu sehr mit seinen Geschäften befasst, und auch sie hatte nicht die Zeit dafür. Jetzt fragt sie sich, wie ihr Leben wohl verlaufen wäre, hätte sie Jamies schlichtem Wunsch nachgegeben. Wenn er einen Hund gehabt hätte, den er lieben konnte, vielleicht wäre er dann geblieben? Warum ist sie nie auf die Idee gekommen, dass sie ihn nur in der begrenzten Zeitspanne würde bemuttern können, die sie mit ihm unter demselben Dach lebte? Sie hätte mehr tun können. Ihm mehr Dinge schenken, die er sich wirklich wünschte, statt solcher, von denen sie glaubte, er würde sie brauchen. Und jetzt ist es zu spät.

Sie spaziert vorbei an dem Pub The Fortune of War, dem Fischhändler mit seiner Räucherkammer und den brettervernagelten Arkaden bis zum Palace Pier. Hoch am Himmel segelt eine Schar aus tausenden Staren, steigt und sinkt gemeinsam, eine synchronisierte Flugschau, eine kreisende, schwingende Wolke.

Ihr Telefon piepst. Trent. Er hat mehrere Nachrichten hinterlassen. Einige in bittendem Ton, eine wütend. Sie weiß, dass ihr Benehmen ihn verwirrt und auch verletzt, aber sie will nicht mit ihm sprechen. Sie will die jämmerlichen Rechtfertigungen seiner Affäre nicht hören. Denn sie weiß, er wird versuchen, ihr die Schuld in die Schuhe zu schieben. Er wird versuchen, sich aus seiner Unrechtsposition herauszureden. Das tut er immer. Am besten bestraft sie ihn, wenn sie ihm keine Chance lässt, sie von seiner Version zu überzeugen. Doch sehr bald wird sie sich ihm stellen und die heikle Frage ihrer Finanzen klären müssen, und sie weiß jetzt schon, dass es ihr nicht gelingen wird, weiterhin wütend zu sein – nicht, solange sie ihm verpflichtet ist.

Sie fühlt sich so schwach und bedauernswert in ihrer Abhängigkeit. Jetzt wünscht sie sich, sie hätte ihren Beruf nicht aufgegeben. Sie hätte Chefin eines Unternehmens werden können. Sie hätte selbst Geld verdienen und Manpreet bezahlen können. Sie wird an ihre letzten Ersparnisse gehen müssen, um die Angelegenheit in Ordnung zu bringen, doch danach wird es absolut kein Polster mehr geben, und dafür kann sie nur noch sich selbst die Schuld geben. Ihre großen Pläne für ihre @made_home-Kanäle kommen ihr plötzlich wie windige Luftschlösser vor.

Dann sieht sie es – die Stare formen einen massiven Phallus vor dem grauen Himmel. Tatsächlich, ein Schwanz und zwei Eier. So viel zur Anthropomorphisierung. Sie muss lachen. Seit Tagen lacht sie zum ersten Mal. Sie macht kehrt und fragt sich, ob es jemanden gibt, mit dem sie diesen Moment teilen kann, aber sie ist allein.

Sie zieht ihr Telefon aus der Tasche und fotografiert den Schwarm, aber Schwanz und Eier haben sich aufgelöst. Jetzt ist da nur ein riesiger Kreis, wie eine Sprechblase. Während sie einen Filter über das Bild legt, denkt sie an all die Hashtags, die sie gern verschicken würde, wie #scheißaufdasjahr, #scheißaufmeinenmann; stattdessen verschickt sie einen Sermon darüber, wie sehr sie die Natur und die Wintersonne am Strand genießt. *Hashtag Schwachsinn*, denkt sie.

# 11
## Das schlechte Juju abwaschen

Dominicas Schwägerin ruft aus London an, und ihr weicher walisischer Akzent erinnert sie so sehr an Chris, dass ihr ganz schwach zumute wird. Seit Weihnachten versucht sie sich an einem Experiment – einer Form von Verleugnung, das weiß sie –, sie will sich zwingen, keinesfalls in Erinnerungen abzutauchen, sondern möglichst in der Gegenwart zu bleiben. Allerdings ist die Vergangenheit so viel verlockender, dass es ihr oft schwerfällt, dieser bittersüßen Rückschau zu widerstehen, die zunächst so verführerisch beginnt, sie dann aber unter Schmerzen entlässt.

Gerade erinnert sie sich wieder an Chris' Lachen vor all den Jahren, in Hongkong, über die ganze Hotelbar hinweg. Sie hatte gerade zu Bett gehen wollen. Der Zwischenstopp in Hongkong war nicht geplant gewesen, und nach ihrer Rechercherreise durch Australien für ihre Firma, einen Urlaubsveranstalter, bei der sie auch Personal anheuerte, war sie erschöpft. Chris hatte ihren Blick aufgefangen und darauf bestanden, ihr etwas zu trinken zu bestellen.

Sie hatte ablehnen wollen, aber dann war er lächelnd herübergekommen, hatte sich vorgestellt und sich für seine rüpelhaften Kameraden aus dem Rugby-Club entschuldigt, die Urlaub machten und das Team von Wales auf dessen Tournee unterstützten. Er bat sie, ihm ein paar Minuten Erholung von deren gnadenlosem Geplänkel zu schenken. Vom ersten Moment an hatte er ihr das Gefühl gegeben, Mitglied im Team Chris geworden zu sein. Sie beide gegen den Rest der Welt.

Damals war sie unerschütterlicher Single gewesen und

hatte es so gut wie aufgegeben, sich zu verabreden oder gar zu verlieben. Sie war vierzig Jahre alt und hatte sich nach einer verunglückten Zysten-Operation an den Eierstöcken mit Anfang zwanzig, durch die sie unfruchtbar geworden war, mit ihrer Kinderlosigkeit abgefunden. Männer fanden ihre Körpergröße, ihren Erfolg, ihr Selbstvertrauen zu einschüchternd, doch Chris schien sie auf eine Weise zu sehen, die ihr das Gefühl gab, dass sie nicht mehr auf der Hut sein musste, sondern sich entspannen konnte. Sie erinnert sich gut an dieses einmalige Gefühl, dieses *Ah, da bist du ja. Ich habe die ganze Zeit den falschen Baum angebellt.* An das norwegische Wort *forelsket* hat sie damals gedacht, das diese Euphorie am Anfang einer Liebe beschreibt.

Gegen Morgen des nächsten Tages hatte sie – wahrscheinlich immer noch alkoholisiert – genau das zu ihm gesagt, und er hatte erwidert, dass er es genauso empfinde. *Forelsket,* sagte er, treffe es ganz genau. Er wollte nicht unbedingt Kinder. Er wollte einfach weiterhin das bestmögliche Leben für sich, mit ihr an seiner Seite. Einen Monat später waren sie verlobt. Als ihre Freunde sie gemeinsam erlebten, hatte nicht einer von ihnen Zweifel, dass sie es zu schnell angingen.

Chris hatte unbedingt gewollt, dass sie seine jüngere Schwester Emma kennenlernte, die er eindeutig anbetete. Nach dem frühen Tod ihrer Mutter hatte Chris es übernommen, für sie zu sorgen. Er war so stolz darauf, dass sie Ärztin werden wollte. Dominica wies ihn nie darauf hin, dass er selbst Arzt hätte werden können, wenn seine Eltern noch am Leben gewesen wären und er die nötige Unterstützung für sein Studium bekommen hätte. Stattdessen war er Sanitäter geworden, und es hatte zu ihm gepasst – stets der Erste bei einem Notfall zu sein und mit seiner walisischen Stimme alle zu beruhigen. Dominica würde bedenkenlos wetten, dass er mehr Leben gerettet hatte als die meisten Ärzte.

Mit einem Rumms landet sie wieder in der Gegenwart.

»Dom? Silvester? Pläne?«

»Oh, nichts. Wahrscheinlich gehe ich früh zu Bett.«

Emma will gleich zu einer Straßenparty in der Nachbarschaft, und Dominica spürt, dass sie aufgeregt ist.

Dominica hat noch nie gern Silvester gefeiert. Bevor sie Chris kennenlernte, war sie über Weihnachten oft verreist. Und in den letzten Jahren hatte Chris oft Dienst gehabt. Sanitäter waren immer knapp, und sie brauchten jemanden mit seiner Erfahrung. Dieses spezielle Datum sollte also kein Ding sein. Nur dass es das doch ist. Wie wird es sein, wenn es Mitternacht schlägt und sie sich einem frischen neuen Jahr ohne Chris gegenübersieht? Es fühlt sich nach einer schlimmen Zäsur an.

»Ich würde nur gern …«, beginnt sie und hält inne. Sie hat so viele Wünsche, die sich eher wie Kummer anfühlen.

»Ich wünschte mir auch, dass er da wäre«, sagt Emma mit brüchiger Stimme.

Es folgt ein kurzes, emotionsgeladenes Schweigen. Dominica stellt sich vor, wie Emma in ihrem Reihenhaus in Nordlondon auf der Treppe sitzt und die Tränen hinunterschluckt. Das ist zwar schlimm, aber Emmas Schmerz gibt ihr das Gefühl, weniger einsam zu sein. Chris war für sie großer Bruder, Förderer und Eltern in einem gewesen; zwar hat Emma einen sehr netten Ehemann, Jack, und ihre Kinder, aber Dominica weiß, dass auch in ihrem Leben eine riesige, Chris-förmige Lücke klafft.

»Ich wünschte, ich könnte dir eine *cwych* geben. Ich finde es unerträglich, dass du allein bist«, sagt Emma.

Das Wort enthält einen süßen Stachel: Chris' walisisches

Wort für eine Umarmung, auch wenn seine Umarmungen eher den überwältigenden eines Bären glichen. »Ich auch.«

»Weihnachten war so seltsam. Keiner brachte etwas Blödes oder unpraktisch Riesiges mit.«

»Erinnerst du dich noch an den singenden Fisch?« Dominica muss unwillkürlich lächeln. Vor Jahren hatte Chris dieses Geschenk Emma unbedingt kaufen wollen, damals, als sie noch geglaubt hatten, seine jüngere Schwester werde ewig Single bleiben, und sie sie aus ihrer Bude geschleppt hatten. Chris hatte den künstlichen Fisch auf einem Wandregal platziert, wo er Emma beinahe zu Tode erschreckte, als er zum ersten Mal heftig zappelnd mit seinem blöden Song losgelegt hatte.

»Oder als er mit der Klaviertanzmatte ankam«, erinnert Emma an das Plastik-Ungetüm, das das ganze Zimmer ausgefüllt hatte. »Und wir uns betrunken und versucht haben, die Szene aus dem Film *Big* nachzustellen, in der sie ›Chopsticks‹ spielen.«

Dominica lacht. »Und du dir eine Leistenzerrung geholt hast.«

Die Erinnerungen helfen, und sie plaudern weiter, bis Dominica verkündet, dass sie aufhören muss. Sie will mit Helga und Tor bei Sonnenuntergang schwimmen gehen.

»Es ist so gut, dass du sie hast«, sagt Emma. »Deine Schwimm-Freundinnen.«

Dominica pflichtet ihr bei. Wenn die Sea-Girls nicht wären, hätte sie vermutlich das Haus überhaupt nicht verlassen.

»Wenn du das nächste Mal in die Stadt kommst«, sagt Emma, »könnten wir vielleicht in Hampstead Pond schwimmen gehen? Im Frühling. Dann hätten wir beide etwas, auf das wir uns freuen könnten. Bring deine Freundinnen mit, wenn du magst.«

Der Frühling scheint noch so fern, denkt Dominica. Sie kann ihn sich noch nicht vorstellen. Offenbar kann sie sich noch nicht mit der Zukunft beschäftigen, solange die Vergangenheit drohend auf ihr lastet.

Dominica entdeckt die Frau in dem schmuddeligen Parka am Strand, als sie mit Helga und Tor an ihr vorbeigeht, um wie üblich ihre Sachen an der Buhne abzulegen. Die Frau, die mit beiden Händen den Deckel einer Thermoskanne umfasst, blickt auf.

»Waren Sie drin?«, fragt Dominica und nickt Richtung Wasser, weil sie vermutet, dass sie schwimmen war. Eine Gruppe ist bereits im Wasser, und Dominica fragt sich, ob sie dazugehört. Sie ist etwas pummelig, und unter ihrer pinkfarbenen Bommelmütze guckt lockiges graues Haar hervor.

»Nein. Nein, ich wollte, aber dann ist die Person, mit der ich schwimmen gehen wollte …«, der Satz verliert sich. Sie spricht mit einem schönen, melodiösen irischen Akzent, aber Dominica hört ein Stocken heraus. »Und allein wage ich es nicht. Ich habe … um ehrlich zu sein, ich habe zu große Angst. Ich bin eigentlich keine Schwimmerin, ich dachte nur, heute könnte ich vielleicht …«

»Kommen Sie mit uns«, schlägt Helga vor. Typisch für sie, eine verirrte Schwimmerin aufzugabeln, doch die Frau wirkt unsicher.

»Sie sind herzlich eingeladen.« Dominica lächelt ihr ermutigend zu, und die Frau steht auf, nimmt ihre Tasche und folgt ihnen.

Die neue Schwimmerin heißt Claire und wohnt etwas weiter oben an der Straße, auf der Hove-Seite der Friedensstatue. Dominica erklärt, dass sie von ihrer Wohnung in Kemp Town mit dem Rad an diesen Strand fährt, Helga von den Lanes kommt und Tor von Seven Dials.

Sie plaudern ein wenig, während Claire versucht, unter ihrem Mantel in den Badeanzug zu schlüpfen.

»Ich hätte mich vorher umziehen sollen«, murmelt sie und versucht, das Gleichgewicht zu halten.

Dominica lächelt. Ihre Schwimmklamotten sind immer griffbereit, und zwei Wärmflaschen und eine metallene Trinkflasche liegen ständig neben ihrem Wasserkessel.

»Sie werden die Tricks schnell genug lernen.« Es ist schön, ausnahmsweise mal andere zu beruhigen und nicht diejenige zu sein, die beruhigt wird. Sie findet es irgendwie befreiend, dass diese Frau, Claire, keine Ahnung hat, dass Dominica in Trauer ist.

»Wir treffen uns dort unten«, sagt Tor und geht mit Helga Richtung Wasser, während Dominica zurückbleibt und auf Claire wartet. Sie wirkt ein wenig zerbrechlich und zurückhaltend, was Dominica sympathisch findet. Tor und Helga sind so forsch, aber Claire besitzt eine Sanftheit, die ihr gefällt. Es hat etwas Gewinnendes, wenn jemand ganz offensichtlich versucht, mutig zu sein.

Das Meer spiegelt die stahlgraue Wolke, die über dem Strand hängt, aber am Horizont liegt zwischen Meer und Himmel ein weißrosa Streifen. Über der Seebrücke machen die Stare, ein gewaltiger Schwarm, was Stare eben tun. Nicht lange, und sie werden verschwunden sein.

Helga geht wie immer direkt ins Wasser, während Dominica und Claire, die sich den gekräuselten Wellen am Wassersaum nähern, stehen bleiben, als plötzlich die Sonne unter der Wolke hervorscheint, ein unvermittelter orangefarbener, über dem Horizont schwebender Fußball. Sie sehen zu, wie auf der Wasseroberfläche ein geriffelter, rosagoldener Glanz auf sie zukommt.

Dominica geht zu allen Tageszeiten gern ins Wasser, aber bei Sonnenuntergang ist es ein besonders eindringliches Erlebnis. Dann hat sie das Gefühl, mit der Erdumdrehung eins zu sein, als könnte sie sich im Wasser einschwingen, mit der Zeit gehen, statt wie ein Rennkuckuck an Land dagegen anzukämpfen.

Claire steht da, leicht x-beinig vor Angst, und Dominica hätte ihr am liebsten geraten, sich aufzurichten und den Platz in Besitz zu nehmen, auf dem sie steht. Sie erinnert sich, dass Chris ihre Größe immer zu einer Tugend erklärte. Ihre Größe *und* ihre Hautfarbe *und* ihr Lächeln. Ohne ihn ist ihr, als stünde sie permanent im Schatten.

»Wenn Sie es nicht gewohnt sind, bleiben Sie lieber nicht zu lange drin«, ruft Helga Claire zu, die für den Rat dankbar lächelt.

Dominica stapft ins Wasser. »Und los«, sagt sie zu Claire, die ihr folgt und wegen der Kälte erschrocken nach Luft schnappt. »Langsam atmen. Keine Panik.«

Die Flut hat sich schon halb zurückgezogen, und so dauert es nicht lange, bis die Steine unter ihren Füßen plötzlich davonrollen und zu Sand werden. Dominica ist daran gewöhnt, aber Claire verliert ihren festen Stand und schreit auf, als ihre Schultern unerwartet unter Wasser geraten. Dominica greift nach ihr und hilft ihr, wieder Halt zu finden.

»Verdammt, ist das kalt«, keucht sie. Sie zeigt das großäugige Entsetzen einer neuen Schwimmerin.

»Entspannen Sie sich einfach«, spricht Dominica ihr beruhigend zu. »Atmen Sie.«

Sie schwimmt neben Claire her, die mit klappernden Zähnen ängstlich ein paar Brustzüge macht. Helga kommt herüber, sie unterhalten sich, und Dominica nickt; sie weiß, dass Helga Claire gleich beruhigen, ihr zu mehr Selbstvertrauen im Wasser verhelfen wird. Sie schwimmt zu Tor.

»Und … da geht es dahin«, sagt Dominica zu Tor, während beide Wasser treten und zusehen, wie die Sonne im Meer versinkt. »Das beschissenste Jahr überhaupt. Vorbei.«

»Es wird besser werden.« Tors Gesicht schimmert rosig. Hinter ihr ist das Wasser tiefblau und purpurfarben. Tor streckt ihre schwarz behandschuhte Hand aus und greift unter Wasser nach der Dominicas.

Die Geste verstört Dominica – hauptsächlich, weil sie so unerwartet kommt, aber auch, weil sie so tief empfunden ist.

Tor lächelt.

»Komm, lass uns all das schlechte Juju abwaschen«, schlägt sie vor. »Los, tauch unter. Ich halte deine Mütze.«

Dominica sieht Tors herausfordernde Miene und fügt sich, setzt ihre Bommelmütze ab und gibt sie ihr. Dann taucht sie unter, bewegt sich energisch, schwimmt auf den Horizont zu, ihr Gesicht ist eiskalt. Sie kommt hoch und stößt einen Schrei aus.

»Vereistes Gehirn«, keucht sie.

»Das reicht.« Tor schwimmt lachend heran und gibt Dominica ihre Mütze zurück, die sie über Wasser trocken gehalten hat. Dann macht Tor es ihr nach, und bald keuchen sie beide.

Und während ihre Köpfe Seite an Seite durchs Wasser wippen, beobachten sie das letzte, winzige Scheibchen Sonne, das wie ein goldener Cursor aussieht. Dominicas ganzer Körper prickelt. Vielleicht hat Tor recht. Vielleicht wird es wirklich langsam besser.

# 12
# Hundeüberfall

Claire ist eine gute Ergänzung für ihre Gruppe, findet Helga. Ein liebes Mädchen. Kein Selbstvertrauen. Das sieht jeder, aber jetzt, nach dem Meer, geht ein Leuchten von ihr aus. Man kann sich mit sämtlichen Anti-Aging-Cremes der Welt einschmieren, aber es gibt keinen besseren Trick, einige Jahre loszuwerden, als ein Bad in eiskaltem Wasser.

Helga reibt sich mit dem Handtuch den Nacken trocken und bewundert einen Moment lang den Himmel, loderndes Pink und Orange im Westen und im Osten, hinter der Seebrücke die dunkelblau anbrechende Nacht. Tag und Nacht und sie in der Mitte. Ein Teil ihrer Seele sehnt sich auf ein Boot, wo dieses Gefühl bei Sonnenaufgang und Sonnenuntergang immer am stärksten ist. Sie empfand es immer als großes Privileg, das zu erleben. Sie erinnert sich, wie sie einmal bei Sonnenuntergang vor der Küste Südafrikas eine ganze Schule von Walen beobachtet hat. Heute scheint es in einem anderen Leben gewesen zu sein.

Sie wendet ihre Aufmerksamkeit wieder der Gruppe zu und beginnt sich anzuziehen, aber es ist mühsam. Sie hat vier Oberteile, einen Pullover und einen Mantel, dazu Schal und Mütze, aber sie zittert bereits vom nachträglichen Frieren. Doch sie weiß, sobald es wärmer wird, wird sie dieses Prickeln vermissen.

Dominica liegt auf dem Rücken und versucht, Chris' Trainingshose über ihre langen Beine zu ziehen, aber wie bei Helga ist auch ihre Haut klebrig, und es ist schwierig.

Als sie alle angezogen und fest in ihre Schals, Mützen und Handschuhe gepackt sind, stehen sie gutgelaunt auf den

Steinen beieinander und schwatzen. Dominica reicht ihre Wärmflasche Claire, die heftig zittert, sich aber bald beruhigt und offenbar an etwas erinnert. Sie zieht eine Tupperdose aus ihrer Tasche, öffnet sie und hält sie Helga hin.

Helga späht hinein. Unter zerknittertem, fettabweisendem Papier entdeckt sie eine Schicht hausgemachter gefüllter Pasteten.

»Wie köstlich.« Helga nimmt dankbar eine heraus und reicht die Dose weiter.

»Sind die vegan?«, erkundigt sich Tor.

»Ich fürchte nicht. Aber ich habe noch diese.« Claire, die eindeutig gefallen möchte, fördert eine weitere Tupperdose zutage, mit den von ihr so genannten ›Gesundheitsbällchen‹. Ihre tauben Finger schaffen es nur mühsam, den Deckel aufzukriegen. »Die sind aus Datteln, Kokosöl und Rohkakaopulver. Oh, und Cashewnüssen. Darfst du Nüsse essen?«

»Auf jeden Fall. Und die hier bestimmt«, erwidert Tor, als sie in ein Bällchen hineinbeißt. »Die sind köstlich. Wow.« Ihre widerspenstigen Haare gucken unter dem umgeschlagenen Rand ihrer dicken Pudelmütze hervor, und sie grinst mit kakaoverschmierten Zähnen.

»Du kannst wiederkommen«, meint Helga. »Wenn du magst, nehme ich dich in unsere WhatsApp-Chatgruppe auf.«

»Das wäre toll. Es ist schön, Essen zuzubereiten, das auch geschätzt wird. Ich backe schrecklich gern, aber ich werfe die Sachen, die ich gemacht habe, ungern weg. Und dann passiert das Schlimmste ... ich esse am Ende alles selbst.« Claire klopft missbilligend auf ihren Bauch. Sie ist hübsch rundlich, denkt Helga. Kompakt. Auf gute Weise. Sie fragt sich, ob sie wohl mal für ihre Aktklasse Modell stehen würde. Etwas frisches Blut würde ihnen allen guttun, nachdem sie inzwischen immer nur Keith gezeichnet haben. Sie weiß nicht, ob sie den Speckfalten auf seinem Rücken und seinen abfallenden Schultern noch länger Gerechtigkeit widerfahren lassen kann. Aber Claire hat etwas Botticellihaftes an sich.

»Wirf bloß nie Kuchen weg. Ich nehme ihn dir jederzeit gern ab«, sagt Tor. »Für die Tafel. Ich meine es ernst. Ich kenne Dutzende Menschen, die für eine solche hausgemachte Pastete ihren rechten Arm hergeben würden.«

»Ich werde daran denken.«

Helga spekuliert über Claires Privatleben. Sie muss verheiratet sein. Nur ein Mann, der seine Frau nicht zu schätzen weiß, schafft es, derart ihr Selbstvertrauen zu untergraben, wie es bei Claire offensichtlich der Fall ist. Außerdem ist sie Mutter. Das erkennt sie an den Stickern auf den Tupperdosen. Helga würde wetten, dass auch ihre Kinder sie nicht zu schätzen wissen. Hätten sie mit ihr an den Strand kommen sollen? Hat sie aus diesem Grund all diese Köstlichkeiten mitgebracht? Aber Helga ist beeindruckt von Claire, sie mag ihren irischen Charme. Jeder, der willens ist, am letzten Dezembertag bei Sonnenuntergang ins Meer zu gehen, steigt in ihrer Achtung.

Sie zieht ihr Notizbuch aus der Tasche ihrer alten Öljacke, um sich Claires Nummer aufzuschreiben. Sie liebt ihr Telefon mit der Kamera, hat aber einen billigen Vertrag, der sie an das WLAN in ihrem Häuschen bindet, deshalb benutzt sie für Nummern, Listen und Zeichnungen ihr altvertrautes Notizbuch, wie schon ihr ganzes Leben. Stift und Papier sind am Meer stets die einzigen Dinge, die tatsächlich funktionieren. Sie wird nie begreifen, warum die Menschen so besessen von moderner Technik sind. Sie lässt einen doch dauernd im Stich. Eines Tages wird das Internet zusammenbrechen, und Helga kann nicht umhin, das für eine gute Sache für die Menschheit zu halten. Alle waren viel glücklicher vor diesen

Apps und Spielen und diesem ständigen ›Sieh mich an‹-Getue, das Helga nicht ausstehen kann. Sie verweigert sich ausnahmslos diesen Social Media, sehr zu Mettes Verärgerung.

Sie blättert zu der Seite, wo sie vor Kurzem rasch eine Kohlmeise auf dem Vogelhäuschen skizziert hat, ihre gestreiften Flügel und weißen Wangen. Sie hat heute ihren uralten gelben Pullover angezogen, um sich der eindrucksvollen Brustfärbung anzugleichen.

Claire nennt gerade ihre Nummer, als ein kleiner, braungelockter Hund über den Kies auf Helga zurast und auf ihren Schoß springt, so dass sie ihren Tee verschüttet. Dann flitzt er um die anderen herum und steckt die Schnauze in die Pastetendose. Claire greift hastig danach.

»Es tut mir so leid«, entschuldigt sich die Hundebesitzerin. Sie ist in einen winddichten Designermantel gehüllt und trägt eine Pelzkappe. Irgendwie wirkt sie sehr bewusst zurechtgemacht und hat die verkniffene Miene einer Frau, die eine Gesichtsbehandlung hinter sich hat; ihre Haut ist blass, und die Makellosigkeit ihrer Stirn hebt die Augenfältchen umso mehr hervor. Warum tun Frauen sich so etwas an?, denkt Helga. Vermutlich der größte Schwindel, der je erfunden wurde, vor allem, weil das Ergebnis in so klarem Widerspruch zur Absicht steht. Diese Frau könnte genauso gut eine Leuchttafel vor sich her tragen, auf der ›unsicher‹ steht; sie selbst merkt es natürlich nicht. Es nervt Helga, dass niemand alt werden will. Wenn man sich einen Scheiß darum kümmert, was die anderen denken, kann man die Anzeichen von Reife doch einfach nur liebenswert finden.

»Würden Sie Ihren Hund bitte zurückhalten?« Helga versucht, ihre Pastete vor dem hüpfenden, japsenden Hund in Sicherheit zu bringen. Sie mag Hunde nicht besonders. Es gefällt ihr nicht, wie sie Vögeln nachstellen.

»Es ist nicht mein Hund, wissen Sie. Es tut mir so leid. Luna. Luna!«, ruft die Frau und versucht, den Hund zu packen.

Dominica muss über das Chaos lachen, das der Hund angerichtet hat. »Ein entschlossenes kleines Ding, nicht wahr? Ist es ein Er? Oder eine Sie?«

Der Hund springt Dominica auf den Schoß. Sie packt seine Ohren und gibt beruhigende Laute von sich, gewinnt seine Aufmerksamkeit.

»Sie. Sie ist noch ein Welpe und gehört meinem neuen Nachbarn.« Im Versuch, Dominica den Hund abzunehmen, bückt sich die Frau, verliert aber das Gleichgewicht, stolpert und setzt sie sich mit einem Plumps in den Kies.

»Oh, alles in Ordnung?«, fragt Dominica. Sie streichelt den Hund, der sich auf ihrem Schoß zusammengerollt hat. Die beiden sehen sehr zufrieden aus miteinander, aber so ist Dominica eben, denkt Helga. Sie ist groß und gelassen, und auch Helga fühlt sich in ihrer Gegenwart immer entspannt. »Das ist besser als eine Wärmflasche. Sie ist so schön warm.«

»Ich hätte nie einwilligen dürfen, sie auszuführen. Sie ist verrückt«, sagt die Frau beinahe zu sich selbst. Sie klingt sauer, und Helga kann die Stress-Energie, die sie verströmt, schwer ertragen. Nach dem Schwimmen fühlt man sich so durchlässig, da ist es schwer, jemanden um sich zu haben, der so angespannt ist. Die Frau betrachtet ihre Hände, als wäre sie entsetzt, dass sie den Boden berührt haben. Sie reibt sie aneinander und überprüft die Rückseite ihres Mantels. Helga sieht, dass ihre Haut makellos ist und ihre Nägel professionell in einem seriösen Rotbraun lackiert sind. Helga, die den Schmutz unter ihren Fingernägeln gewöhnlich mit der Spitze eines Schraubenziehers herauskratzt, fragt sich, wie viel diese Frau wohl für ihre äußere Erscheinung ausgibt – und warum. Es ist noch nie etwas Gutes dabei herausgekommen, wenn man zu häufig in den Spiegel blickt. Besonders in nüchternem Zustand.

»Tief durchatmen«, sagt Helga, ehe sie es verhindern kann.

Die Frau wirkt erschrocken. Sie ist es eindeutig nicht gewohnt, dass jemand ihr sagt, was sie tun soll. *Eine von denen*, denkt Helga und fühlt sich an die grässlichen Freunde ihrer Schwester erinnert. Sie überspielt den Moment mit einem Lächeln. »Möchten Sie eine Pastete? Es gibt reichlich.« Claire bestätigt nickend das Angebot, und Helga offeriert die Dose. Sie ist gespannt, ob die Frau Theater machen wird, weil sie Essen miteinander teilen und wegen all der blöden Covid-Regeln, die sie eigentlich befolgen sollten, aber die Frau lächelt, und das spricht für sie.

»Sind Sie sicher? Das ist sehr nett von Ihnen.«

Die Augen der Frau weiten sich vor Freude, als sie einen Bissen nimmt. »So viel zu meiner Diät«, sagt sie und lacht verlegen, als müssten alle wissen, was sie damit meint. Helga ist allerdings verwirrt. Denn die Fremde sieht aus, als äße sie kaum etwas, ihre Haut spannt sich über den Knochen. Claire starrt sie an, eindeutig ebenfalls verwirrt, aber auf eine Art, die Helga eher wie *Neid* vorkommt.

»Ich kann nicht glauben, dass Sie alle im Wasser waren«, fährt die Frau fort, in dem Versuch, den Moment zu retten. »Damit will ich sagen, Sie müssen verrückt sein. Sie würden mich nie …« Sie bringt den Satz nicht zu Ende, als sie merkt, dass alle sie immer noch anstarren. »Es ist so kalt.«

Helga zuckt die Schultern. »Das Meer ist immer kalt. Es ist nur eine Frage der Grade.«

»Ganz im Ernst, bei mir prickelt alles«, sagt Claire und rückt Dominicas Wärmflasche an ihrer Brust zurecht. »Sie sollten es mal ausprobieren.«

»Ich?« Die Frau ist schockiert. Sie lacht. »Nein, nein. Das könnte ich nie.«

»Warum nicht?«, will Helga wissen.

»Weil … weil, egal, was Sie sagen, es ist eiskalt.« Sie lacht, als wäre dies eine verrückte Tatsache, die sie alle übersehen haben.

»Es ist nur kaltes Wasser. Wir sterben nicht an Unterkühlung«, erklärt Helga. »Tatsächlich passiert ziemlich genau das Gegenteil.«

»Nun, Sie mögen ja recht haben, aber das Meer ist nichts für mich.«

»Wie kann das Meer nichts für Sie sein?« Helga hat noch nie etwas so Lächerliches gehört, und die Frau errötet.

»Wenn Sie es genau wissen wollen, ich habe Angst vor Fischen«, gesteht sie. »Ich habe in zu zartem Alter *Der Weiße Hai* gesehen.«

»Oh, na dann verstehe ich, dass es nichts für Sie ist«, sagt Helga und tut, als meine sie es ernst. »Unter der Seebrücke gibt es Aale.«

»Ja, genau. Wer weiß, was sich alles im Wasser tummelt?«

Ein paar Dreizehenmöwen mit ihren schwarzen Flügelspitzen fliegen in einer Reihe über den Strand auf den Horizont zu.

Helga würde ihr gern erzählen, dass dort draußen eine eigene, wundervolle Welt existiert – Hornhechte, Schleimfische, Dornhaie, Seesterne und Seepferdchen. Stattdessen lächelt sie.

»Wissen Sie, wie man Ängste am besten verliert?«
»Nein.«
»Indem man sie besiegt.«
»Das klingt so einfach.«
»Ich wette, Sie würden es genießen. Wenn Sie den Mut

fassen würden, es auszuprobieren?« Helga zuckt wieder die Schultern, und während sie die Frau aus dem Augenwinkel beobachtet, fragt sie sich, ob sie den Köder wohl schlucken wird. Ihr selbst ist es gleich, ob diese Frau schwimmt oder nicht, aber sie hat das Gefühl, ihr könnte es guttun.

# 13
## Das Versprechen eines Feuerwerks

Nach der Rückkehr in ihre neue Bleibe fühlt Maddy sich entschieden besser. Sie kommt sich zwar albern vor, überprüft aber trotzdem ihre Frisur und trägt noch eine Spur Lipgloss auf, ehe Matteo die Tür öffnet.

»Wie sind Sie beide zurechtgekommen?«

Eigentlich hatte Maddy genau erzählen wollen, was für ein Albtraum Luna gewesen ist, spürt aber, wie dankbar er ist, und will deshalb kein Theater machen. Hinter ihm kann sie ein bisschen von seiner Wohnung sehen. Im Unterschied zu ihrer trostlosen Unterkunft ist sie mit niedrigen Möbeln und Retrolampen vollgestellt. Sie erkennt einen Plattenspieler und einen Stapel dagegengelehnter Schallplatten. Alles entschieden männlich. Eine Junggesellenwohnung, folgert sie. Sie sieht keine Damenschuhe auf dem Regal mit Turnschuhen und Stiefeln unter den Haken voller Mäntel.

»Es war schön am Strand. Ich bin mit ein paar Meeresschwimmerinnen ins Gespräch gekommen.«

»O ja, die sehe ich ständig. Mein Kollege führt einen Rachefeldzug gegen die komischen Mäntel, die sie tragen. Er glaubt, wir würden langsam von Verrückten übernommen. Besonders von denen in Tarnkleidung. Er hat sich mit seinem Freund ein Spiel ausgedacht: Jedes Mal, wenn sie jemanden in so einem Mantel sehen, müssen sie etwas trinken.«

»Das ist vielleicht ein bisschen gemein. Ich würde die Frauen, denen ich begegnet bin, nicht als verrückt bezeichnen, sondern einfach als mutig. Bei diesem Wetter schwimmen zu gehen …?« Sie reibt ihre Oberarme, als würde sie bei dem bloßen Gedanken schon frieren.

Trotzdem sträubt sich überraschenderweise etwas in ihr dagegen, dass Männer sich über die Schwimmerinnen vom Strand lustig machen. Sie hat noch den Geschmack der lauwarmen Pasteten auf der Zunge, aber ein anderer Eindruck ist noch stärker – wenigstens für ein paar Minuten hatte sie das Gefühl, Teil einer verschworenen kleinen Gruppe zu sein. Vielleicht hat sie in den letzten Tagen Gesellschaft einfach so sehr vermisst, dass ihr diese kleine Begegnung weit mehr bedeutet als normalerweise. Solange sie denken kann, hat sie noch nie zufällig irgendwelche Fremden kennengelernt – jedenfalls nicht im wirklichen Leben. Es überrascht sie, wie einfach es war, mit ihnen ins Gespräch zu kommen, und was für eine bodenständige positive Energie sie ausstrahlten. Sie erinnert sich, wie die freundliche Frau mit dem grauen Haar sagte, dass sie sich großartig fühle. Auch die Ältere mit dem weißen Haar und dem komischen Akzent war eine ziemlich beeindruckende Person.

»Ja, na ja, mein Kollege ist ... also, wie soll ich sagen ... jemand, der nie eine Freundin kriegen wird«, stellt er klar, und sie lächelt und ist froh, dass er sich distanziert. »Ich würde Sie ja gern hereinbitten ...«

»Aber das ist gegen die Regeln, ich weiß.« Sie lächelt.

»Wissen Sie was, wenn Sie auf Ihren Balkon gehen und ich auf meinen, dann könnte jeder in seiner eigenen Wohnung bleiben und wir könnten trotzdem miteinander reden.«

»Oh!« Maddy ist überrascht. »Sie meinen jetzt?«

»Oder später?«

»Später?«

»Zum neuen Jahr?«

»Oh.«

»Sagen wir, um Viertel vor zwölf auf dem Balkon?«, fragt er.

Sie möchte ihm am liebsten sagen, dass sie eigentlich geplant hat, sich mit Ohrstöpseln und Augenmaske zu versorgen und eine Schlaftablette zu nehmen, und eigentlich keinen Grund zu feiern hat, aber irgendetwas hält sie zurück. Sie möchte nicht, dass er sie für eine Spielverderberin hält. Außerdem ist sie neugierig, mehr über ihn herauszufinden. Und wenn er auf seinem eigenen Balkon bleibt, ist es wohl kaum ein Date. *Oder?*

Sobald sie in ihrer Wohnung ist, bereut Maddy, der Verabredung zugestimmt zu haben. Wie kann sie auch nur daran denken, sich mit einem anderen Mann zu unterhalten, wenn in ihrem Kopf ein solches Chaos herrscht? Sie hat keine Ahnung, wie sie sich verhalten soll oder wie man mit einem Vertreter des anderen Geschlechts Freundschaft schließt. Sie hat keine männlichen Freunde. Trent war immer zu eifersüchtig, um zuzulassen, dass sie mit alleinstehenden Männern Kontakt hatte. Auch nicht mit verheirateten. Dass sie sich später mit Matteo treffen wird, verursacht ihr Schuldgefühle. *Was lächerlich ist.*

Warum sollte sie nicht mit Matteo zusammen etwas trinken? Aber dass Trent auf einen Jüngeren mit weit dichterem Haar eifersüchtig wäre, macht das Ganze nur noch schlimmer.

Paradoxerweise ist Trent jedoch der einzige Mensch, dem sie gern von ihrem neuen Nachbarn erzählen würde. Nach all den gemeinsamen Jahren empfindet sie es als zutiefst verstörend, von ihm getrennt zu sein. Sie hatte gedacht, loslassen sei einfach, aber ihr weißglühender Zorn hat sich in ein anderes, schwerer zu bestimmendes Gefühl verwandelt. Ein Gefühl wie Trauer. Sie vermisst den sicheren Hafen ihrer Ehe. Sie vermisst ihr Zuhause. Und sie hat niemanden, der sie tröstet. Sie kann sich weder an Trent noch an Lisa wenden. Der Gedanke, dass Matteo auch nur ein vages Interesse daran hat, sich mit ihr zu unterhalten, ist tröstlicher, als er sein sollte.

Sie gießt sich ein großes Glas Weißwein ein und denkt daran, dass Trent diese Nacht wahrscheinlich mit Helen verbringt, und ihr steigt die Galle hoch. Diese Achterbahn der Gefühle ist wie eine endlose Seekrankheit, und sie fragt sich, wann das Ganze endlich aufhört. Sie sehnt sich nach Frieden.

Um sich abzulenken, scrollt sie durch ihren Instagramfeed und sieht, dass Elise, früher einmal eine von Jamies besten Freundinnen, sich gerade verlobt hat. Mit dem Gongschlag zum neuen Jahr – in Hongkong.

Maddy weiß bereits von ihren Posts, dass Elise in Melbourne in einem sagenhaften Appartement wohnt. Sie schrieb, dass sie gleich zu Beginn wegen Corona dort festsaß, doch inzwischen kann sie sich wieder bewegen, und beim Anblick ihres lächelnden Gesichts in einem Restaurant mit Tischen voller Cocktailgläser, Ballons und Luftschlangen fällt Maddy auf, wie erwachsen sie aussieht ... wie souverän. So anders als das magere, jungenhafte Mädchen, das nach der Schulzeit gemeinsam mit Jamie zu einem Jahr der Freiheit aufbrach.

Sie hatte sich damals Sorgen gemacht, Elise und Jamie könnten in Thailand eine Beziehung anfangen, aber Trent hatte eher geglaubt, Jamie würde eine Thailänderin mit nach Hause bringen. Nicht dass etwas mit Elise nicht gestimmt hätte, aber Maddy hatte insgeheim für ihren Goldjungen etwas absolut anderes im Sinn gehabt. Mit seinem Einser-Abschluss und drei bedingungslosen Angeboten von den Universitäten seiner Wahl, darunter das hoch begehrte Oxford, würde das richtige Mädchen auf ihn warten, wenn er diesen Weg einschlug, und das sagte sie ihm auch. Er hatte also auf der Reise nichts anderes zu tun, als auf sich achtzugeben und Spaß zu haben.

Als sie die beiden zum Flughafen fuhr, glaubte sie fest daran, dass Jamie mit genügend Geld in der Tasche und der vernünftigen Elise an seiner Seite ein großartiges Jahr verleben würde.

Sie wird nie erfahren, was sich in Thailand in jener Nacht auf der Vollmond-Party wirklich zugetragen hat. Von Elise weiß sie nur, dass Jamie sich in einem der Hostels mit ein paar schlimmen Jungs eingelassen und bis zum nächsten Morgen auf eine Drogentour begeben hatte, dicht gefolgt von einer zweiten.

Maddy wird nie Elises tränenreichen Anruf um drei Uhr morgens vergessen, als sie erzählte, dass Jamie in großen Schwierigkeiten stecke und sie nicht wisse, was sie tun solle.

Maddy flog gleich am nächsten Tag persönlich nach Thailand und fand Jamie nach achtzehnstündigem Flug zusammengekauert in einem Krankenhausbett vor. Sein Anblick entsetzte sie: Gebräunt, aber ausgezehrt und mit wildem Blick hatte er an seinem Laken gezupft, die Beine angezogen, als säße ein Monster am Fuß seines Bettes. Er erkannte sie kaum.

Sie wird nie erfahren, was sein Gehirn verwüstet hat, vermutlich ein schlimmer Acid-Trip. Die Ärzte wussten es nicht oder es war ihnen egal. Vielleicht hatten sie das alles auch schon früher gesehen. Die Polizei war ebenfalls wenig hilfreich.

Alles ist ein einziger Nebel – die schreckliche Woche in Thailand und die fürchterliche Heimreise. Sie hatte gedacht, Jamie würde aus seiner Psychose herausfinden, sobald der Drogenrausch vorbei wäre, doch das war nicht der Fall, und bald waren sie und Trent mit ihrem Latein am Ende. Maddy hatte noch nie mit derartigen Problemen zu tun gehabt, und als ihr Hausarzt nach einer gründlichen Untersuchung einen stationären Aufenthalt in einer psychiatrischen Klinik für Jamie empfahl, willigten sie zögernd ein.

Es dauerte sechs Monate, bis auch nur ein Schimmer des alten Jamie wiederzuerkennen war, doch zu diesem Zeitpunkt waren seine Freunde weitergezogen. Er verschob den Beginn seines Studiums und ließ den Gedanken daran schließlich ganz fallen. Er blieb zu Hause in seinem Zimmer und behauptete, Cannabis zu rauchen sei das Einzige, was ihn klar denken lasse. Er schlief jeden Tag bis in den späten Nachmittag hinein, und Maddy wusste nicht, was schlimmer war: Trents Zorn über den schlafenden Sohn oder die vorwurfsvolle Atmosphäre, die Jamie verbreitete, sobald er aufgestanden war.

Sie schickt Glückwünsche an Elise und löscht sie wieder. Elise wird nicht an Maddy – beziehungsweise über sie an Jamie – erinnert werden wollen.

*Wo steckt Jamie jetzt?*, fragt sie sich. Hat auch er Flashbacks an jenes schreckliche Silvester, das alles änderte? Sie wünscht sich, sie könnte noch einmal zurück. Sie wünscht sich, sie hätte ihn nie gehen lassen.

Eine Viertelstunde vor Mitternacht sehnt Maddy sich nach dem Vergessen des Schlafs, findet es aber zu peinlich, Matteo zu versetzen. Sie spritzt sich kaltes Wasser ins Gesicht, streicht den Rollkragen ihres Kaschmirpullovers glatt, geht dann in das andere Zimmer und hantiert mit der Tür.

Matteo wartet bereits auf seinem Balkon, die Wohnung hinter ihm ist hell erleuchtet. Er trägt einen hübschen Pullover und eine grüne Moleskinjacke, die gut zu seinen Augen passt. Im Hintergrund läuft angenehme spanische Gitarrenmusik. Es gibt einen kleinen Tisch, und er hat ein paar Kerzen in bunten Behältern angezündet, scheint aber allein zu sein.

»Da sind Sie ja. Hier. Nehmen Sie den Stuhl.« Er reicht einen wackligen Stuhl aus Holz und Metall herüber. Sie kann nicht anders, als ihn entgegenzunehmen und aufzuklappen. »Oh, und hier … auch die Kerze«, fügt er hinzu und reicht ihr ein Marmeladenglas. Er geht zurück in die Wohnung, während sie mehrere Fotos von der Kerze macht und einen Filter darüberlegt. Sie wird die Fotos für später aufheben und versuchen, sich eine gute Bildunterschrift einfallen zu lassen. Vielleicht etwas über die armen Menschen, die an Covid gestorben sind? Nicht dass sie persönlich betroffen war, aber sie käme als mitfühlende Person rüber. Aber schon bei dem Gedanken hasst sie sich für ihre Oberflächlichkeit. Groll steigt in ihr auf gegenüber Manpreet und ihren Followern, auch weil sie ihre Seite dauernd mit diesem Mist füttern muss.

»Und noch das«, ergänzt er, als er mit einer Flasche und zwei Gläsern zurückkommt. Er hat sich wirklich Mühe gegeben, stellt sie fest. »Es ist Neujahr, und es ist das Mindeste, was ich tun kann, als Dank dafür, dass Sie Luna ausgeführt haben. Sie war heute Nachmittag viel ruhiger.«

Er streckt den Arm über das Geländer und reicht ihr lächelnd ein Glas mit einer perlenden Flüssigkeit. »Meine Ex bestand während des Lockdowns darauf, sich einen Hund anzuschaffen, aber sie ist die ganze Zeit online und konnte mit dem Welpen unmöglich arbeiten, also ist Luna bei mir gelandet.«

Dann ist er also tatsächlich Single. Single und anständig genug, seiner Ex auszuhelfen.

Sie hebt ihr Glas und nimmt einen Schluck, dann würdigt sie das Getränk. »Wow, das ist köstlich.«

»Es ist nur ein Cava«, erklärt er. »Aus meinem Heimatdorf.«

Er scheint sich zu freuen, dass es ihr schmeckt. Die Art, wie er ›Heimatdorf‹ sagt, klingt, als wäre er im Exil. Sie ist mit Spanien nicht besonders vertraut, doch im Geist sieht sie ihn mit Strohhut und hohen Kristallgläsern bei einem sommerlichen Mittagessen zwischen Weinstöcken.

»Von hier aus werden wir den Strand und das Feuerwerk gut sehen können.«

»Feuerwerk? Ich dachte, wir seien im Lockdown.«

»Es wird ein Feuerwerk geben«, sagt er. »So ist es immer am Meer. Es wird Ihnen gefallen.«

Sie setzen sich beide, und Kerzenlicht und Musik fühlen sich an wie im Urlaub. Abgesehen von der Temperatur. Sie lässt die Bläschen auf ihrer Zunge zerplatzen. Trent ist ein Snob, was Champagner angeht. Für einen Moment kriegt sie Panik, ob Trent vergessen hat, die Flaschen aus den Kisten in der Garage zu nehmen und sie in den Weinkühlschrank zu stellen. Doch dann fällt es ihr wieder ein. Sie wird keinen Perrier-Jouët mit ihm trinken. Helen wird das tun. Möge sie daran ersticken!

»Und wo ist zu Hause?«, fragt sie Matteo. Er beschreibt ein Dorf auf einem Hügel im Hinterland von Barcelona und seine Schwierigkeiten, während des Lockdowns dort hinzukommen. Er erzählt ihr, wie er seine Ex, Shauna, kennenlernte, als sie in Barcelona Urlaub machte und er gerade einen Studentenjob als Stadtführer hatte.

»Ich bin ihr nach England gefolgt.« Er lächelt scheu. »Ich wollte mein Studium hier fortsetzen, Lehrer werden.«

»Sie wollten Lehrer werden?«

»Das will ich immer noch. Aber ich brauchte Arbeit. Ich musste erwachsen sein.«

Merkwürdig, wie weit Menschen zu gehen bereit sind und dann von den Ereignissen zur Strecke gebracht werden, denkt sie. Als Jamie noch klein war, hatte sie geglaubt, wenn sie ihm die bestmögliche Erziehung zuteilwerden ließ, wäre er gewappnet für die Zukunft und hätte genügend Schwung, um bis zu den Sternen zu gelangen. Doch so war es nicht gekommen.

»Ich träume immer noch davon, mir eines Tages auf einem Stück Land am Rand meines Dorfes ein eigenes Haus zu bauen. Von dort hat man einen Blick auf die Berge, für den es sich zu sterben lohnt.«

»Das hört sich wunderschön an«, sagt sie. »Und Shauna?«

»Wir passten nicht so gut zueinander, wie wir dachten«, sagte er. »Der Lockdown hat uns gezeigt, dass wir einfach zu verschieden sind. Ich habe sie geliebt – tue es in gewissem Sinne immer noch –, aber wir gerieten uns viel zu oft in die Haare. Sieben Tage lang vierundzwanzig Stunden zusammen zu sein hat manche Menschen einander nähergebracht, uns hat es kaputtgemacht.«

»Das tut mir leid.«

Er zuckt die Schultern. »Es war eine gruselige Zeit. Shauna war wegen Covid sehr, sehr ängstlich. Sie rieb sich dabei auf.«

»Sie werden nicht wieder zusammenkommen?«, fragt sie.

»Nein, nein«, antwortet er und zuckt traurig die Schultern. »Nein. Es ist vorbei.«

Maddy fragt sich, ob es dem Mädchen, Shauna, leidtut, dass sie ihn hat gehen lassen.

»Und was ist mit Ihnen, Maddy?«, erkundigt er sich. Sie mag die Art, wie er ihren Namen ausspricht. Sie mag, wie er sie ansieht. Als interessiere es ihn tatsächlich. Sie stellt fest, dass sie sich nicht erinnern kann, wann Trent sie zuletzt anders als abweisend oder desinteressiert angesehen hat.

Sie spielt mit dem Stiel ihres Glases. »Oh, das möchten Sie nicht wissen. Es ist eine lange Geschichte.«

»Wir haben die ganze Nacht Zeit.«

Sie lacht und sieht ihn an und merkt, dass er meint, was er sagt. Und so schildert sie, was an Weihnachten passiert ist und wie sie Trent verlassen hat. Es laut auszusprechen, fühlt sich wie eine Befreiung an. Die ganze Verwirrung, die sie noch vor Kurzem verspürt hat, löst sich auf, als sie Matteo ins Gesicht blickt. Trents Affäre mit Helen ist verabscheuungswürdig. Unverzeihlich.

»Au wei«, sagt er und zieht die dichten Augenbrauen zusammen. »Das klingt bitter.«

Sie merkt, wie unerwünschte Tränen aufsteigen, und versucht sie zurückzuhalten.

»Danke«, sagt sie.

»Auf bessere Zeiten«, sagt er, beugt sich über das Balkongeländer und stößt mit ihr an. Dann tropft doch noch eine Träne in ihr Glas, als am Strand das Feuerwerk losgeht. Sie lacht über ihre Gefühlsduselei. Es ist ihr peinlich, vor ihm zu weinen.

»Trent ist ein Idiot«, sagt Matteo.

Sie nickt und lächelt. Endlich jemand. Auf ihrer Seite.

# 14
## Innerer Superheld

Claire steht in der Küche, und während sie darauf wartet, dass der Wasserkessel kocht, beobachtet sie die Vögel, die zwischen Kirschbaum und Zaun hin und her flattern. Es ist ein konturloser, bedrückender Tag, und die Atmosphäre im Haus ist nicht besonders. Sie und Pim haben nicht wirklich Frieden geschlossen seit dem Streit an Silvester über Jenna und Rob, und er hat sich schlau in eine alles absorbierende Aura von Stress wegen des anstehenden Unterrichtsbeginns zurückgezogen. Sie selbst hat die letzten vierzehn Tage mit ihrer neuen Januar-Diät verbracht, aber noch kein einziges Pfund verloren. Wie boshaftes Geflüster vernimmt sie den Ruf der Schokoladenbrownies, die sie sicher in einer doppelt verklebten Blechdose verwahrt.

Pim sitzt mit Kopfhörern am Küchentisch. Sie ist tatsächlich vollkommen unsichtbar für ihn, stellt sie fest. Gerade findet eine Lehrerkonferenz statt, und sie hört ihn lachen.

Sie fragt sich, ob sie, wenn die Dinge sich anders entwickelt hätten, selbst hätte Lehrerin werden können. Dann wäre jetzt *sie* vielleicht diese unbeschwerte Kollegin, gehörte zu einem Team. In ihren Zwanzigern hatte sie einen guten Job bei einer Personalfirma, den sie aufgab, als sie wegen Pims Stelle nach Brighton zogen und sie sich darauf konzentrierte, schwanger zu werden. Und als die Babys dann da waren, wurden sie ihr Lebensinhalt. Sie wollte alles geben, um eine gute Mutter zu sein. Doch diese schönen Jahre waren viel zu schnell vorbei, und jetzt hat sie irgendwie das Gefühl, selbst nichts vorweisen zu können.

Sie übergießt den Detox-Tee mit Wasser und greift dann zum Telefon, um den Chat der Sea-Gals aufzurufen.

Helgas Videos mit den Staren und den Seemöwen gefallen ihr. Das Haus in Irland, in dem Claire aufgewachsen ist, lag weiter landeinwärts, und sie war kaum je an die zerklüftete Küste gefahren. Trotzdem hält sie sich eigentlich für ein Kind der Küste. Deshalb sind Pim und sie nach Brighton gezogen.

Doch jetzt wundert sie sich, dass sie ein Jahrzehnt lang in unmittelbarer Nähe dieses gewaltigen Elements gelebt hat, ohne es wirklich zur Kenntnis zu nehmen. Wie hat sie es geschafft, nichts über Gezeiten oder Strömungen zu wissen? Wie hat sie die Sonnenaufgänge und -untergänge größtenteils ignorieren können?

Seit sie begonnen hat, im Meer zu schwimmen, entdeckt sie überall Frauen wie sie selbst. Sie hat die ›Salty Seabirds‹ ausfindig gemacht, den Ableger eines gemeinnützigen Vereins, der von zwei Frauen zur Unterstützung von Menschen mit mentalen Problemen gegründet wurde. Überrascht hat sie herausgefunden, dass die Facebook-Gruppe Tausende Mitglieder hat, und ist auch selbst Mitglied geworden, liest die hilfreichen Tipps übers Schwimmen in kaltem Wasser. Es ist aufregend, Teil einer so großen Community zu sein, aber am meisten freut sie sich darüber, dass sie eines der Sea-Gals ist.

Heute hat Dominica das Foto einer Schwimmerin in einem Wonder-Woman-Cape aus einer anderen Schwimmgruppe, den Blue Tits, weitergeleitet. Claire war schon so lange nicht mehr verreist, dass sie es einigermaßen aufregend findet, mit diesen Frauen auf der anderen Seite des Landes verbunden zu sein.

Sie betrachtet das Bild genau – eine Gruppe, die ausgelassen am Ufer herumalbert; Frauen wie sie, im Badeanzug, mit wabbeligem Hinterteil, die die behandschuhten Hände in die Höhe recken und übers ganze Gesicht grinsen. Es ist tröstlich zu wissen, dass ihr eigenes winziges Grüppchen hier am Strand Teil einer gewaltigen Schwimm-Bewegung ist. Wenn alle anderen die meiste Zeit nur stöhnen, kann die Tatsache, dass es Menschen gibt, die die Wohltat kalten Wassers zu genießen wissen, doch nur Gutes bewirken. Sie stellt sich diese riesige Armee an den britischen Küsten gern als beharrliche Das-schaffen-wir-schon-Typen mit Durchsetzungsvermögen vor. Denn das will der Post eigentlich sagen: Schwimmen in kaltem Wasser ist ein Appell an den inneren Superhelden.

So hat Claire noch nie darüber nachgedacht, doch es stimmt. Wenn man eine Million Jahre lang glaubt, man könne nicht ins Wasser gehen, und es dann plötzlich doch tut, dann ist das der Hammer. Möglicherweise, so der Post, wirkt deine Superheldenkraft noch den ganzen restlichen Tag. Und du findest vielleicht den Mut, eine leuchtendere Farbe zu tragen oder bei einer Konferenz etwas Kühnes zu sagen.

Claire sieht, dass Dominica gerade schreibt, und klickt die Nachrichten an. Sie fragt, ob jemand Lust hat, mit ihr bei Ebbe schwimmen zu gehen. Claire fühlt sich angestachelt. Sie wirft einen Blick auf die Uhr am Herd. Sie kann es schaffen. Sie kann an den Strand gehen und wieder zurück sein, bevor die Jungs zu Hause sind. Pim bemerkt nicht, dass sie das Haus verlässt.

Die Flut zieht sich zurück, und als Claire am Strand Helga und Dominica trifft, herrscht Seenebel, der alles ein wenig verschwommen macht.

»Sie wissen offenbar etwas, das wir nicht wissen«, meint Claire, als sie ihre Tasche absetzt. Die Surfer, ganz in Schwarz, treiben auf dem stillen Wasser in der Nähe der ausgebrannten Seebrücke. Nirgends auch nur die Spur einer Welle. Was tun sie da?

Tor kommt von der Promenade auf sie zu, ihre Füße rutschen auf dem Kieshang. Außer ihrer Truppe und den fernen Surfern kann sie niemanden entdecken, abgesehen von einem Mann, der auf der Musiktribüne neben einem Zelt Dehnübungen macht. Nicht gerade ein Ort zum Entspannen, findet sie.

»Schaut.« Helga zeigt zu der Buhne, wo ein kleiner brauner Vogel auf dem Kies herumhüpft.

»Es ist ein Steinwälzer.«

Claire beobachtet, wie er an einer Muschel herumpickt, dann aufblickt, ob ihn jemand dabei gesehen hat, und den Kopf wieder senkt. Hätte Helga nicht auf den Vogel hingewiesen, wäre er ihr nie aufgefallen. Sie merkt, wie hin- und hergerissen er ist zwischen der Welt zu seinen Füßen und der Welt um ihn herum. Es ist faszinierend, ihm zuzuschauen.

Im Wasser beginnen alle, langsam parallel zum Strand zu schwimmen. Ein stählerner Wille war nötig, aber jetzt ist Claire stolz auf sich, dass sie es wie Helga ohne viel Drama geschafft hat. Sie schaut auf die Handschuhe unter Wasser und kann noch immer kaum glauben, dass es ihre sind. Neoprenstiefel und Handschuhe hat sie auf der Website der Salty Seabirds erstanden und fühlt sich viel stärker zugehörig, seit sie die richtige Ausrüstung hat.

»Wie findest du es?«, fragt Helga sie.

»Scheißkalt, aber gut.« Irgendwie fühlt es sich okay an, vor Helga zu fluchen.

»Hmm, mein Temperaturfühler sagt mir, dass es *verdammt* kalt ist. Nicht *scheiß*kalt«, meint Tor, und Claire lacht, als sie merkt, dass es sich um einen Insiderwitz zwischen den Frauen handelt.

»Im Februar und März ist es scheißkalt«, stellt Dominica affektiert vornehm klar, als wäre es tatsächlich wichtig.

»Ich bin froh, dass dein Temperaturfühler funktioniert.

Ich scheine meine Temperatur beim besten Willen nicht kontrollieren zu können«, sagt Claire zu Dominica. »Ich wache ständig nachts auf und bin schweißgebadet.« Es ist das erste Mal, dass sie das eingesteht, aber sie sieht, dass Tor und Helga zuhören, und redet weiter. »Es macht meinen Mann wahnsinnig. Ich kann es nicht ertragen, dass er mich anfasst, schleudere die Bettdecke weg und liege einfach nur da und spüre, wie ich von Kopf bis Fuß schwitze. Es ist ekelhaft. Das Nachthemd klebt mir am Körper, mein Haar ist nass, und meine Kopfhaut fühlt sich an, als stünde sie in Flammen. Und genauso schnell friere und zittere ich dann wieder.«

»Ach ja. *Das.*« Dominica versteht eindeutig genau, was Claire da beschreibt.

Claire erzählt ihnen, wie frustrierend es ist, so ungeschickt zu sein wie sie, und dass Pim und die Jungs sich über sie lustig machen, weil sie Wörter falsch ausspricht und alles vergisst.

»Sie schaffen es, dass ich mir wie eine richtige Idiotin vorkomme.«

»Können sie denn kein Menopausisch?«, fragt Dominica. »Ich weiß genau, was ein Dingsda in einem Wasnochmal im richtigen Kontext ist.«

»Wenigstens jemand, der es versteht.«

»Für mich hört sich das an, als müsstest du besser ausgerüstet werden. Als Erstes brauchst du ein Kühlkissen.«

»Und was ist das?«

Dominica dreht sich auf den Rücken, um sich leichter mit Claire unterhalten zu können. Ihre Worte bilden Atemwölkchen über dem Wasser, als sie erklärt, dass es ein Ding ist, das man in den Kühlschrank legt und nachts unter sein Kopfkissen, dann kann man das Kissen umdrehen, damit der Kopf nicht mehr so heiß ist.

»Außerdem habe ich gehört, dass Magnete sehr gut wirken sollen«, fährt Dominica fort. »Meine Schwägerin schwört darauf. Menopausenmagnete. Es gibt eine Webseite. Ich schicke dir den Link. Du klebst ein Pflaster mit einem winzigen Magneten auf einen Akupressurpunkt in deinem Nacken. Bei manchen wirkt das Wunder.«

»Hast du die Menopause überstanden?«, fragt Claire.

»Ja«, sagt Dominica. »Ich war achtundvierzig.«

»Ich bin vierundvierzig«, meint Claire.

»Na ja, das war vor acht Jahren.«

Claire ist verblüfft. Sie hatte Dominica für jünger gehalten, nicht für beinahe zehn Jahre älter. Aber ihre Erfahrung ist tröstlich, und sie ist froh über dieses Gespräch, denn bis zu diesem Moment ist es Claire nie in den Sinn gekommen, dass es für ihre Menopausen-Symptome alternative Lösungen geben könnte.

»Mein Mann sagt, ich solle zum Arzt gehen und mir eine Hormontherapie verordnen lassen.« Sosehr sie auch leidet, Claire glaubt nicht, dass ihr Gefühl, sie würde sich verändern, verschwindet, wenn sie sich mit Hormonen vollstopft. Auch hat sie gehört, dass die Hormontherapie die Menopause nur hinauszögert. Sie will diese Schweißausbrüche nicht kriegen, wenn sie siebzig ist. All das erzählt sie Dominica, die ihr uneingeschränkt zustimmt. Sie fragt Claire, welche Nahrungsergänzungsmittel sie schluckt, und macht tzz, tzz, als Claire ihr erzählt, dass sie gar nichts nimmt. Es gibt eindeutig sehr viel mehr, was sie für sich tun kann. Dominica sagt, sie werde noch ein paar weitere Links schicken.

»Als ich in deinem Alter war, haben Frauen überhaupt nicht über die Menopause gesprochen«, mischt Helga sich in die Unterhaltung ein. Sie schwimmt vor Claire, und gelegentlich stoßen ihre Knie durch die Wasseroberfläche. Doch ihr

Kopf gleitet anmutig schwanengleich dahin. Claire muss ein wenig schneller schwimmen, um mitzuhalten und sie zu verstehen. »Es traf mich wie ein totaler Schock. Innerhalb eines Monats trocknete alles aus. Meine Haut, meine Vagina.« Tor und Claire lachen über ihre Offenheit. »Ich meine es ernst. Meine Libido verschwand zusammen mit meiner Taille. Einfach so.«

»Genau so fühle ich mich«, meint Claire.

»Ich war immer so schlank und fit und dann, ohne dass ich etwas anders gemacht habe, habe ich zugenommen und Speckröllchen bekommen«, meldet sich Dominica.

Sie ist so hochgewachsen und wunderschön. Und hat mit Sicherheit keine Speckröllchen, das will Claire ihr gerade sagen, als Helga fortfährt: »Aber es geht vorbei. Und der zweite Akt im Leben ist bei Weitem der Lohnendste.«

»Das ist beruhigend«, sagt Claire.

»Und glaub mir, Schwimmen ist das Beste, was du tun kannst.«

»Tatsächlich?«

Helga nickt. »O ja. In den Wechseljahren musst du nach draußen in die Natur. Du musst begreifen, dass du dich von einem Mädchen, das mit dem Mond und seinen Zyklen verbunden ist, in eine Frau verwandelst, die sich den langsameren Rhythmen von Mutter Erde angleicht. Du erlebst diese Veränderung wie ein Vogel, der auf festem Boden landet. Ich empfinde mich jetzt sehr viel stärker mit den Jahreszeiten verbunden als je zuvor.«

Während sie schwimmt, denkt Claire über Helgas Weisheiten nach und hat das Gefühl, ein warmes inneres Leuchten erfülle sie. Es ist eine neue Art, über die Zukunft nachzudenken. Der Gedanke, wie ein Vogel auf Mutter Erde zu landen, gefällt ihr. Er ist irgendwie tröstlich. Als habe sie noch immer ein Ziel. Als zähle sie immer noch.

Ohne sich abzusprechen, machen Tor, Helga und Dominica kehrt, um zurückzuschwimmen, dabei steigt Claire eine kleine Welle in die Nase. Ihre Kleiderhaufen am Strand sehen plötzlich aus, als seien sie meilenweit entfernt, weil Helga für den Rückweg eine Strecke über die ganze Breite des Strands gewählt hat wie eine Entenmutter, die ihre Entlein anführt. Claire ist ein wenig außer Atem und spürt, wie ihre Beine ausschlagen, aber im Wasser fühlt sie sich weder unförmig noch dick. Sie fühlt sich stark.

»Ich habe die ganze Zeit Angst vor der Menopause«, sagt Tor. »Und vor alldem, was dann auf mich zukommt. Ich habe Panik, dass ich mich in eine alte Schachtel verwandle.«

»Oh, hoffentlich«, verkündet Helga. »Ich identifiziere mich hundertprozentig als alte Schachtel. Ich male immer ein neues Extra-Kästchen in diese staatlichen Formulare, wenn ich danach gefragt werde.«

»Na klar«, stichelt Dominica.

»Alte Schachteln waren früher mal weise Frauen, die ein unabhängiges Leben führten. Die sich mit Heilmethoden auskannten«, erklärt Helga sachlich.

Tor lächelt. »Du bist eine kerngesunde alte Schachtel, Helga.«

»Du genießt es, jung zu sein«, erklärt Claire Tor. »Mit deiner hübschen Figur. Ich wäre sehr gern so schlank.«

»Ich *hasse* es, schlank zu sein«, erklärt Tor entschieden. »Ich hasse es, flachbrüstig zu sein und einen Jungenhintern zu haben. Warum möchtest *du* schlank sein?«

Claire ist überrascht – von Tors Geständnis und ihrer echten Verwirrung. »Na ja, zum einen, um gesünder zu sein. Mich wieder attraktiv zu fühlen.«

»Du fühlst dich unattraktiv? Erzählt dir dein Mann, dass

du nicht attraktiv bist?«, will Helga wissen, und Claire ist schockiert von ihrer Direktheit.

»Pim?« Claire hat plötzlich das Gefühl, illoyal zu sein, schämt sich, dass Helga so von ihm denken könnte. »Nein … nein …«, stottert sie, aber in Wahrheit kann sie sich nicht erinnern, wann Pim das letzte Mal tatsächlich mit ihr geflirtet hat. Sie kann sich nicht erinnern, wann sie das letzte Mal spontan mit ihm geknutscht hat. Es ist so lange her, dass die Vorstellung geradezu absurd ist. Dass er es für eine Art Angriff halten würde, wenn sie ihn, zum Beispiel – gegen den Kühlschrank drücken und küssen würde, mit Zunge.

»Wer sagt dir dann, dass du nicht attraktiv seist?«, fragt Helga.

»Ich bin, nehme ich an …« Sie kann die Wahrheit nicht aussprechen. Dass sie in den Spiegel blickt, sich häufig seitlich hinstellt und ihre überhängende Bauchfalte über der doppelten Kaiserschnittnarbe ansieht und dabei einen so heftigen Widerwillen empfindet, dass ihr gelegentlich Tränen in die Augen steigen. Und dass sie sich immer öfter fragt, wohin ihre jugendliche Haut verschwunden ist und was zum Teufel sie gegen ihren grauen Haaransatz unternehmen kann.

»Unsinn, ich möchte, dass du für mich Modell stehst«, erklärt Helga.

»Modell?«

»Ich unterrichte Aktzeichnen. Du bist so viel interessanter als Keith.«

»Ich will nicht, ich kann nicht …«

»Doch, du kannst«, erklärt Helga aufmunternd und meint es auch so.

Im selben Moment rollt wie aus dem Nichts eine Welle heran und bricht über ihren Köpfen.

»Das kam jetzt aber überraschend«, prustet Claire.

»Es gibt nichts Besseres als das Klatschen einer Welle auf den Hinterkopf, um dich daran zu erinnern, wer hier der Boss ist«, sagt Helga. »Pass auf, da kommt der Rückfluss.«

Sie nickt in Richtung der fernen Surfer, die jetzt alle in Bewegung sind.

Eine weitere Welle schlägt über Claires Kopf zusammen, und sie wird vorwärts gezerrt und sucht mit den Füßen den Boden. Tor gleitet der Länge nach an ihr vorbei wie ein Delfin und jauchzt vor Freude.

Claire lächelt immer noch, als sie nach Hause kommt. Pim klagt bereits über seine Arbeitsbelastung, über die jüngste Anweisung seiner Nemesis – der stellvertretenden Direktorin –, doch ausnahmsweise erinnert sie sich an die Schwimmerin in ihrem Wonder-Woman-Cape, und ehe sie sich's versieht, behauptet sie sich.

Sie fixiert ihn und erklärt ihm, dass es ihr nicht passt, wenn er in ihrem Revier arbeitet. Er solle bitte ins Esszimmer gehen und die Holztür hinter sich zumachen oder sich nach oben in das kleine Arbeitszimmer zurückziehen. Sie könne nicht weiter auf Zehenspitzen um ihn herumschleichen.

»Ich brauche meinen Raum«, erklärt sie ihm. »Und ich komme nicht zurecht, wenn du dich hier breitmachst.«

Er sieht sie überrascht an. »Aber du tust doch nichts.«

Sie öffnet den Mund, ist schockiert, dass er tatsächlich so denkt. »Pim, ich mache alles. *Verdammt alles.* Ich putze, ich räume auf, ich wasche und bügle, ich denke darüber nach, was einzukaufen ist, und bereite bis auf das letzte Krümelchen alles Essen zu, das du dir in den Mund schiebst, dann spüle ich deinen Teller, räume ihn weg und benutze mein sehr unausgelastetes Gehirn dazu, die nächste Mahlzeit zu planen, damit sie interessant bleibt – nicht dass einer von euch es jemals ... jemals zu schätzen wüsste.«

Ihre Stimme ist lauter geworden. Sie kann nicht glauben, dass sie diese Worte gerade wirklich ausgesprochen und nicht nur still vor sich hingemurmelt hat.

»Claire –«, sagt er, aber sie hebt die Hand.

»Bitte versuche nicht, dich zu rechtfertigen. Nimm einfach zur Kenntnis, was ich gerade gesagt habe.«

»In Ordnung. Ich habe es gehört«, sagt er, einigermaßen geschlagen. »Es tut mir leid. Ich werde dir aus dem Weg gehen.«

Sein Computer gibt ein Geräusch von sich – noch ein weiteres Zoom-Gespräch. Er steht auf, nimmt seinen Laptop und lässt sie, am ganzen Körper zitternd, in der Küche zurück.

Sie hält sich an der Arbeitsplatte fest und beobachtet die Elstern im Kirschbaum. Etwas später schaltet sie das Radio ein. Ein Popsong aus den neunziger Jahren – die Cardigans –, sie kennt die Melodie. Sie summt mit und lässt ihre Stimme und ihre Gedanken die Küche zurückerobern.

»Nichts«, sagt sie laut. »Was für eine Frechheit!«

# 15
## Zeltbesuch

Es ist früher Nachmittag, und Maddy macht mit Luna wie üblich ihren Spaziergang um den Friedhof. Seit Neujahr hat sie Tag für Tag den kleinen Hund Gassi geführt, nicht nur, um Matteo auszuhelfen, sondern auch, weil es ihr einen Grund liefert, der Wohnung zu entkommen. Die Unterhaltungen mit Matteo im Türrahmen werden langsam zum täglichen Höhepunkt.

Wie gern würde sie mit einer Freundin über diesen kleinen Flirt reden. Ist sie eine Verrückte in den Wechseljahren, die glaubt, Matteo könnte sie attraktiv finden, so wie sie ihn? Der Altersunterschied zwischen ihnen ist doch so groß. Sicher würde ein heißer Typ wie Matteo sich eher für eine Jüngere interessieren? Er hat ihr anvertraut, dass er gern Kinder möchte und es deshalb mit Shauna nie etwas werden konnte, weil sie sich mental nicht stabil genug fühlte, um Mutter zu sein; Maddy ist in der völlig falschen Lebensphase für ihn. Was also sieht er in ihr? Doch sicherlich nichts? Aber dann ... die Art, wie er sie anschaut ...? Sie kann nicht umhin zu glauben, dass da *etwas* sein könnte. Nicht dass sie genügend Mut aufbrächte, etwas zu unternehmen, sie fühlt sich wie ein verdammter Teenager, sobald sie sich vorstellt, wie er wohl nackt aussieht.

Lisa würde ihr helfen, das Ganze besser zu verstehen, aber Maddy kann sich nicht an sie wenden. Die Tatsache, dass sie über Trents und Helens Affäre Bescheid wusste, dieser Verrat ist einfach zu heftig. Sie musste über sämtliche Details informiert gewesen sein. Sämtliche Treffen, sämtliche ... Moment mal ... *Urlaube*? Maddy kann nicht anders, als die Vergangenheit nach Beweisen zu durchkämmen, und verspürt jedes Mal einen Stich, wenn ihr ein weiterer Anlass einfällt, bei dem er ihr Lügen auftischte – zum Beispiel Trents Golfreisen. Die er ihr immer in allen öden Details schilderte, bis sie gedanklich abschaltete ... worauf er zählte. Und sie erinnert sich auch an das festliche Abendessen im Golfclub – wie charmant Trents Freunde zu ihr waren. Hatten *sie* gewusst, dass er sie betrog? Ein Mann – Geoff – ist ihr in Erinnerung geblieben. Er hatte einen Scherz gemacht, den sie nicht verstand, und Trent war rasch darüber hinweggegangen.

Aus der heutigen Distanz erkennt sie, dass es wohl Zeichen gab, sie sie aber bewusst ignorierte. Vielleicht hatte es mit ihrer Menopause zu tun oder damit, dass sie und Trent sich zu sehr aneinander gewöhnt hatten und er sich inzwischen langweilte. Aber es ist so schwer, alles auseinanderzudröseln, auch was ihre Ehe und Jamie betrifft, ohne in Hilflosigkeit und Scham zu versinken.

Außerdem ist es nicht gerade hilfreich, dass das neue Jahr bereits zwei Wochen alt ist und sie bei der Suche nach Jamie nichts erreicht hat. Allmählich hält sie es für möglich, dass er seinen Namen geändert hat. Oder gar nicht hier lebt. Vielleicht hat er an Weihnachten nur kurz hier Halt gemacht. Sie hat in der ganzen Stadt ›Vermisst‹-Poster an Laternenpfähle und in die Telefonzelle geklebt, von der aus Jamie am ersten Weihnachtstag anrief. Sie hat in jedem Geschäft und praktisch jedem, dem sie begegnet ist, sein Foto gezeigt ... nichts.

Gerade als sie jetzt ein laminiertes Foto am Informationsbrett des Friedhofs befestigt, fällt ihr eine Frau auf, die sie anlächelt. Sie wird begleitet von zwei Jungs, die auf ihren Skateboards den gewundenen Weg entlanggesaust sind. Die Frau nähert sich ihr durchs Tor. Die Jungs sind vermutlich zwischen neun und elf. Beide haben einen dichten schwarzen Haarschopf und sind eindeutig Brüder. Der ältere ist groß und schlaksig und erinnert sie an Jamie in diesem Alter. Wie er plötzlich in die Höhe schoss, Beine und Haare praktisch über Nacht wuchsen. Sie weiß auch noch, was für ein Ninja er war – wie sicher auf den Beinen und wie mutig. Er hatte vor nichts Angst, hatte volles Vertrauen in seine körperlichen Fähigkeiten.

»Oh«, sagt die Frau, »Sie waren die Dame am Strand. Ich erkenne den Hund wieder.«

Maddy erschrickt. Sie kennt niemanden hier, mit Ausnahme von Matteo, und es fühlt sich seltsam an, wiedererkannt zu werden.

»Oh, Luna, ja.« Maddy erinnert sich an die Frau – der irische Akzent. Sie trägt einen flauschigen pinkfarbenen Mantel und Lippenstift im falschen Farbton, und ihr Lächeln ist freundlich. Sie sieht Maddy erwartungsvoll an.

»Ich war so beeindruckt, dass Sie ins Wasser gegangen sind«, sagt Maddy. »Ich fand es nett, dass Sie eine Clique waren.«

»Ja. Vermutlich sind wir eine Clique. Miteinander schwimmen zu gehen, schafft, glaube ich, eine unmittelbare Verbindung. Ich lebe seit zehn Jahren hier, aber dort unten am Strand habe ich mich zum ersten Mal als Teil einer größeren Gemeinschaft gefühlt. Die Sea-Gals, das sind wirklich tolle Frauen.«

Maddy lächelt. Die Sea-Gals. Sie erinnert sich, dass die Ältere den Namen erwähnte. Ihr gefällt die witzige Bezeichnung. Offenbar nehmen diese Frauen sich selbst nicht allzu ernst. »Alle waren sehr nett zu Luna.«

»Dominica hat sich völlig in Luna verliebt.«

Dominica, das war wohl die Große, Auffällige, denkt

Maddy und erinnert sich, wie Luna auf ihren Schoss kletterte.

»Warum stoßen Sie nicht bei Gelegenheit dazu? Helga hatte schon fragen wollen, ob Sie nicht Lust hätten, mitzumachen. Ich kann mir Ihre Nummer notieren, wenn Sie mögen, und sie fügt Sie dann hinzu«, sagt die Frau und holt ihr Telefon heraus.

Maddy ist schon im Begriff abzulehnen, doch die Frau scheint beharrlich zu sein, und ehe Maddy sich's versieht, hat sie ihr ihre Nummer gegeben.

»Wie lange leben Sie schon hier?«, fragt Claire – so hat sie sich gerade vorgestellt.

»Erst ein paar Wochen.«

»Nur?« Sie klingt erschrocken.

»Ja, ich bin ... ich habe ... ich habe meinen Mann verlassen.«

Claire beißt sich verlegen auf die Lippen. »O nein. Das tut mir leid.«

»Es hat sich schon eine ganze Weile angekündigt.« Erst als sie diese Worte ausspricht, merkt Maddy, wie wahr sie sind.

»Geht es Ihnen einigermaßen? Sind Sie bei Ihrer Familie untergekommen?«

»Nein, nein, ich bin allein, versuche aber, meinen Sohn zu finden. Er lebt hier, glaube ich.«

»Das glauben Sie?«

»Wir haben uns aus den Augen verloren und ...« Maddy merkt, dass ihr die Stimme bricht und Gefühle sie überwältigen; Tränen schießen ihr in die Augen. Sie nickt in Richtung des Fotos, das sie gerade aufgehängt hat.

»Sie müssen sich nicht entschuldigen. Ehrlich, ich beschwere mich die ganze Zeit über die beiden, fände es aber unerträglich, von ihnen getrennt zu sein. Das muss sehr schwer sein.«

Ihr echtes Mitgefühl ist sehr tröstlich. »Ich habe wirklich alles versucht, ihn zu finden, aber bisher ohne Erfolg.«

»Kommen Sie mit zum Schwimmen. Oder wenigstens an den Strand, um die anderen kennenzulernen. Sie alle leben schon seit Jahren in Brighton. Vielleicht kann eine Ihnen helfen. Wir gehen immer morgens. Um neun. Sie wären sehr willkommen.« Claire lächelt aufmunternd und drückt ihren Arm, als wäre es bereits ausgemacht.

Maddy erwidert das Lächeln und winkt ein wenig, als Claire mit ihren Söhnen durch das Tor davongeht. Bei sich zu Hause hat sie Jahre gebraucht, um Freundschaften zu schließen, Allianzen werden sorgfältig durch Freunde von Freunden angebahnt, neue Frauen werden genauestens überprüft, ob sie auch die richtige Mischung aus angemessenem Status und geselligem Charakter vorweisen können. Alle sind sie wohlhabend. Alle besitzen Designer-Häuser. Alle sind, wie sie jetzt vermutet, auf unglückliche Weise dünn.

Es ist sehr lange her, seit sie zum letzten Mal spontan mit jemandem Freundschaft geschlossen hat, insbesondere mit jemandem wie Claire. Jemandem Normalen. Sie kann sich Trents abfälligen Kommentar über Claires Erscheinung mühelos vorstellen. Er war immer schon solch ein Körperfaschist – einer der Gründe, warum Maddy so sehr auf ihre Fitness und Schlankheit geachtet hat. Trents ›hohen Ansprüchen‹ zuliebe. Doch dass sie nun weiß, was für ein Dreckskerl er ist, macht sie nur umso entschlossener, Claires freundliches Angebot anzunehmen und morgen mit den Frauen schwimmen zu gehen. Wird sie auch mutig genug sein?

Sie geht mit Luna bis ans Ende des Wegs und stellt fest, dass zwischen den hintersten Grabsteinen ein Zelt aufgebaut ist. Schockierend, dass jemand im Januar in einer Friedhofsecke zeltet. Doch mittlerweile sieht Maddy überall hilflose Menschen. Menschen mit hängenden Schultern und gehetztem Blick. Jeder von ihnen könnte Jamie sein. Falls Jamie obdachlos ist, heißt das. Aber *ist* er das? So wenig, wie sie weiß, könnte er auch auf einem herrschaftlichen Anwesen leben und auf dem Weg zum Tech-Millionär sein. Hat er nicht früher einmal erklärt, dass er das werden wolle?

Doch irgendwie weiß sie, sie *weiß* es einfach, dass das Wunschdenken ist. Dass seine Träume tatsächlich niemals wahr wurden und dass es an ihr ist, ihn zu finden und alles in Ordnung zu bringen.

Aus einer Laune heraus geht sie zu dem Zelt, fragt sich allerdings, wie man an einen Stoffeingang klopft.

»Hallo«, ruft sie. »Ist da jemand?«

Sie wartet vor dem Zelt. Niemand antwortet. Luna kommt angelaufen und schnuppert am Reißverschluss.

Ein Rascheln im Zelt. Ein sehr verschlafener Mann öffnet den Reißverschluss und späht hinaus. Sein Zahnfleisch ist schwarz verfärbt, mehrere Zähne fehlen.

»Was wollen Sie?« Sein ausgezehrtes Gesicht blickt verwirrt, als er Maddy und Luna mustert.

»Entschuldigen Sie die Störung«, sagt Maddy. »Es ist nur ... ich suche meinen Sohn.« Als sie stotternd die Worte herausbringt, merkt sie, wie jämmerlich hochnäsig sie klingt. Wie bedürftig und ahnungslos.

Die Erschöpfung des Mannes offenbart sich ihr auch durch einen abscheulichen Geruch. Er ist krank. Richtig krank. Er sackt in sich zusammen, als erwarte er einen Kampf. Jetzt wirft sie einen Blick in das Zelt und erkennt eine leere Ciderflasche, einen Haufen Kleider und Bettzeug.

»Das ist er.« Sie zieht das Bild von Jamie aus der Tasche,

und bei dem Gedanken, Jamie könnte sich ebenfalls in einem solchen Zustand befinden, krampft sich ihr Magen zusammen. Sie zeigt dem Mann das Foto, aber er schüttelt den Kopf. Er schwankt leicht, und Maddy begreift, dass er vor Hunger beinahe ohnmächtig wird.

»Kann ich Ihnen irgendwie helfen?«, fragt sie, doch als der Mann sie ansieht, schafft sie es nur knapp, nicht voller Ekel den Blick abzuwenden.

»Haben Sie ein wenig Geld übrig?«, fragt er.

»Ja. Einen Zehner, glaube ich.« Gleichzeitig fällt ihr ein, dass das Kleingeld in ihrer Jeans möglicherweise das letzte Bargeld ist, auf das sie überhaupt Zugriff hat. Sie hat ein Konto aufgelöst, um Manpreet und ihren Lebensunterhalt zu bezahlen, aber das wird nicht lange vorhalten. Da das gemeinsame Konto mit Trent merkwürdigerweise immer noch leer ist, hat sie keine andere Wahl, als auf ihre Kreditkarten zurückzugreifen, um sich durchzuschlagen. Sie hatte es immer tröstlich gefunden, über ein kleines Sicherheitsnetz aus eigenen Ersparnissen zu verfügen, aber seit diese aufgebraucht sind, findet sie es beängstigend, ihre Ausgaben planen und auf eine Art über Geld nachdenken zu müssen, wie sie es seit Jahren nicht mehr getan hat.

Er nickt, und sie sucht in ihren Taschen, zieht das Geld heraus, denn er hat es offensichtlich nötiger als sie. Der Mann schnappt sich den neuen Geldschein. Dann reckt er zum Dank das Kinn, und sie versteht die Geste als Zeichen, sich zu verabschieden.

Als sie mit Luna zum Tor kommt, betreten zwei Polizeibeamte in neonfarbenen Jacken den Friedhof, ein Mann und eine Frau. Die Frau bückt sich, um Luna zu streicheln, und Maddy denkt, dass Luna auf Schritt und Tritt Menschen für sich gewinnt. Als sie mit der Polizistin zu plaudern beginnt, geht ihr auf, wie gut ein Welpe das Eis brechen kann. Doch dann springt das Funkgerät des Polizisten an, und er wendet sich an Maddy.

»Ist Ihnen vielleicht etwas Verdächtiges aufgefallen?«

»Nein, ich habe gerade mit dem Mann dort drinnen gesprochen.« Maddy zeigt auf das Zelt. »Ihm scheint es nicht besonders gut zu gehen. Ich habe ihm einen Zehner gegeben.«

»Das ist nett von Ihnen, aber Sie sollten besser nicht mit solchen Leuten reden«, sagt der Polizist stirnrunzelnd. »Manche sind gefährlich, wenn sie tagsüber gestört werden. Manche haben auch ein Messer.«

Maddy merkt, wie blauäugig sie gewesen ist.

»Warum können sie nicht in ein Hostel gehen?«, fragt sie die Polizistin.

»Das könnten sie. Aber in den Hostels dürfen sie keine Drogen nehmen, deshalb schlafen sie lieber im Freien. Machen Sie sich keine Sorgen. Wir vertreiben ihn schon.«

»Nein, nein, dazu besteht kein Anlass –«

Aber sie marschieren bereits los zu ihm.

Maddy sieht, wie das Tor zufällt, und es packt sie die Furcht. Unterwegs erschauert sie bei dem Gedanken, dass sie die Dinge womöglich ungewollt verschlimmert hat.

## 16
## Austernfischer

Helga kann nicht schlafen, steht beim ersten Vogelgezwitscher in der Dämmerung auf und vertrödelt vor dem Heizgerät im Wintergarten ein paar Stunden mit den angefangenen Aktzeichnungen, aber ohne jede Inspiration. Keith, das Modell mit seinen breiten Schultern und dem behaarten Rücken, lässt sich unmöglich als schön darstellen. Sie fragt sich, ob Claire den Mut aufbringt, auf ihr Angebot einzugehen. Sie hat so ein Gefühl, dass sie, wenn sie sich auszöge und alles entblößte, das Selbstvertrauen erlangen könnte, das ihr fehlt.

Sie geht zu dem Bücherregal, wo sie gestern ihre Bilder zwischen zwei schweren Bänden gepresst hat. In beiden Fällen handelt es sich um Segelbücher, und aus einer Laune heraus schlägt sie eines auf. Ein Blatt Papier flattert auf die abgetretenen Bodendielen, sie hebt es auf, und ihr Herz macht einen Satz, als sie erkennt, um was es sich handelt. Sie ist nicht sentimental – schon gar nicht bei Erinnerungsstücken. Sie wirft die meisten Dinge weg und hält ihre Unordnung so auf einem niederen Niveau. Sie mag es, wenn ihr Haus tadellos aufgeräumt ist, alles an seinem natürlichen Platz, und würde sich schämen, wenn jemand wüsste, dass sie all die Jahre diesen Zettel von Linus aufgehoben hat. Ein Zipfel ihres Herzens, verwahrt auf einem dünnen Blatt Papier, vergilbt und mürbe von einer längst untergegangenen Sonne.

*Treffen wir uns an der Anlegestelle.*

Sie seufzt und legt den verblichenen Zettel zurück in das Buch. Für Bedauern ist kein Platz, sagt sie sich. Trotzdem schweifen ihre Gedanken zu den sonnendurchfluteten Weihnachtstagen auf Antigua, als sie mit Linus auf Booten herummachte – oh, es musste mindestens fünfzig Jahre her sein, aber sie sieht noch alles vor sich, als wäre es gestern gewesen. Sie erinnert sich an seinen gebräunten, geschmeidigen Oberkörper, seine blonde Stirntolle, sein ansteckendes Lächeln.

Und sie denkt zurück an den Tag, als sie sich entschied, sich *nicht* an der Anlegestelle mit ihm zu treffen.

Sie war so besessen gewesen. So wild entschlossen, als Einhandseglerin anerkannt zu werden, doch die Segeltrophäen, die ihr damals so wichtig erschienen, würden heute nicht einmal mehr auf einem Flohmarkt etwas einbringen. Es ist viel zu spät, und doch fragt sie sich manchmal, was passiert wäre, wenn sie ihn *nicht* hätte allein weitersegeln lassen?

»Ach, um Himmels willen«, sagt sie laut. Das ist *eine Ewigkeit* her. Sie muss darüber hinwegkommen.

Sie lenkt sich mit einem Anruf bei Mette ab, die vor ein paar Tagen eine Nachricht hinterlassen hat; sie schuldet ihrer Nichte einen Rückruf. Für sie ist Mette immer noch ein junger Teenager mit langen, schlaksigen Fohlenbeinen und blonden Zöpfen, die morgens den Zuckerguss von Gebäckstücken leckt. Helga ist überrascht, als Mettes Sekretärin abnimmt, bis sie begreift, dass Mette bereits auf der Arbeit ist.

Mettes Gegend war von Covid weniger stark betroffen gewesen, und sie sieht sie in Gedanken in ihrem gläsernen Kopenhagener Büro, wie sie ihre Angestellten herumkommandiert. Mette hat inzwischen kurzes Haar und trägt modische, gut geschnittene Kleidung in gedämpften Schwarz- und Grautönen. Helga fragt sich, wo das stets zu Späßen aufgelegte Mädchen geblieben ist, das sich alberne Tänze ausdachte. Sie ist inzwischen so ernst geworden, zu gewissenhaft. Zu ernst, um sich nach einem Mann umzuschauen. Zu ernst für Kinder. Helga respektiert sie als eine unabhängige Frau. Natürlich tut sie das. Sie war selbst so eine stolze Frau, wünscht sich aber, sie wäre mutig genug, Mette zu sagen, dass, wer immer nur zielstrebig seinen eigenen Weg geht, irgendwann auch einsam und allein ganz vorn stehen kann.

Trotzdem findet Helga es tröstlich, ihre Muttersprache zu hören, als man Mette das Telefon reicht und sie mitbekommt, wie sie einer Untergebenen Anweisungen gibt. Mette ist Leiterin eines Architekturbüros, und Helga ist immer wieder überrascht von ihren logistischen und planerischen Fähigkeiten. Deshalb hat sie wahrscheinlich auch einen so wichtigen Job gefunden.

»Da bist du ja«, sagt Mette erleichtert und wendet ihre Aufmerksamkeit Helga zu. »Endlich. Ich habe mir schon Sorgen gemacht.«

Sie gehört dieser Generation an, denkt Helga, bei der immer alles sofort passieren muss.

»Mir geht's gut. Ich hatte mein Telefon ausgeschaltet.«

»Aber was ist, wenn etwas passiert? Was, wenn du krank wirst?«

»Warum sollte ich krank werden?«

»Ich mache mir Sorgen um dich.«

»Verschwende nicht deine Energie mit Sorgen um mich. Dafür gibt es keinen Grund.«

Wann hat sich ihre Beziehung so verändert, fragt sich Helga. Seit wann ist sie nicht mehr die, die sich um Mette kümmert, sondern die, um die man sich kümmern muss? Das Machtverhältnis fühlt sich völlig falsch an.

»Aber ich mache mir Sorgen. Ich wünschte, du würdest in einer Gemeinschaft leben. Unter Menschen, die auf dich achten. Es ist nicht gesund, so allein zu sein. Schon gar nicht während des Lockdowns.«

»Ich habe eine Gemeinschaft. Ich habe meine Schwimmerinnen«, erklärt Helga abwehrend. Früher hat sie ein wildes, unabhängiges Leben geführt, und die Menschen haben sie dafür bewundert; es ärgert sie, dass Mette findet, in ihrem Leben fehle etwas.

»Hör zu. Ich wollte mit dir über etwas reden. Ich arbeite momentan an einem neuen Projekt. Altersgerechte Wohnungen. Ich schicke dir den Prospekt. Ich glaube, es würde dir gefallen. Es wäre ganz in der Nähe. Wir könnten uns ständig sehen –«

»O Mette, nein ... nein, ich könnte die anderen nicht ausstehen. Du weißt, dass ich mit alten Leuten nicht gut zurechtkomme.«

»Aber –«

»Im Ernst. Spar dir deine Mühe. Ich meine, was ich sage.«

Mette macht so ein Wir-werden-ja-sehen-Geräusch. Helga weiß, dass Mette es gut meint, aber sie hasst dieses Gefühl ... als sei sie zu einer Last geworden. Sehr ernüchternd, von Mette für alt gehalten zu werden.

Sie steht auf und schaut in den Spiegel, das ist ein Fehler. Das Gesicht, das ihr daraus entgegenstarrt, *ist* alt.

Mette versucht es anders.

»Du wirst nach Hause wollen«, sagt sie. »Irgendwann. Ich weiß, dass es so sein wird. Besser, du tust es, ehe es zu spät ist.«

»Ich weiß nicht«, sagt Helga. Sie weiß es wirklich nicht. Was sie hingegen weiß, ist, dass Mette über ihr Leben spricht, als sei nicht mehr viel davon übrig, und das bringt ihr Herz unangenehm zum Flattern.

»Ich hab dich lieb«, sagt Mette plötzlich voller Zuneigung. »Ich möchte nur das, was für dich richtig ist. Außerdem ... fehlst du mir.«

»Ich vermisse dich auch, Liebes. Aber es geht mir gut, wirklich. Konzentriere du dich jetzt auf deinen tollen Job. Wir sprechen uns bald.«

Helga schaltet das Telefon aus und fragt sich, ob Mette recht hat, ob sie wirklich eines Tages nach Hause zurückkehren möchte wie die jütländischen Gänse. Aber ist Dänemark denn wirklich ihr Zuhause? Sie ist vor langer, langer Zeit von dort weggegangen, hat das Meer zu ihrer Heimat gemacht und sich dann vorübergehend in England niedergelassen. Sie blickt sich in ihrem schäbigen Cottage um und denkt, dass sie dieses Haus nie als dauerhafte Lösung angesehen hat. Doch die Vorstellung, zurückzukehren, um sich für die verbleibenden Jahre in einem Altersheim einzuquartieren, erfüllt sie, so elegant dieser Ort auch sein mag, mit Furcht.

Als sie zum morgendlichen Schwimmen den Strand erreicht, freut sie sich, dass Maddy, die Frau, die sie vor einigen Tagen zum Mitmachen aufgefordert hat, am Strand wartet. Sie hat die Kapuze ihres Parkas hochgezogen, lächelt nervös, während sie sich mit Dominica unterhält. Claire hatte ihnen in einer aufgeregten WhatsApp-Nachricht mitgeteilt, dass sie sie getroffen und eingeladen hat.

»Sie sind also da«, sagt Helga mit einem Nicken.

»Beinahe wäre ich nicht gekommen, aber jetzt bin ich doch hier.«

»Das allein zählt.«

Claire eilt im flatternden neuen Camouflage-Mantel den Strand herunter. »Ich komme, ich komme«, ruft sie.

»Oh, du hast dir einen besorgt?«, stellt Dominica fest.

»Du hattest völlig recht.« Claire grinst und klatscht zufrieden mit ihren Handschuhen. »Auf dem Marktplatz bei Facebook habe ich ihn für einen Zwanziger gekriegt.«

»Ich dachte mir schon, dass man dort nach Weihnachten fündig werden kann.«

»Mir wäre das nie eingefallen, wenn du es nicht erwähnt hättest. Danke also für den Tipp. Ich liebe ihn. Und bei diesem Wetter habe ich ihn im Nullkommanichts gekriegt. O Maddy, Sie haben sich der Clique angeschlossen.« Sie lächelt strahlend und will Maddy umarmen, dann fallen ihr gerade noch rechtzeitig die Distanzregeln ein.

Helga weiß, wie wichtig es ist, dass sie nicht so nah beieinanderstehen. Ein Mann, der seinen Hund ausführte, hatte sich vor ein paar Tagen furchtbar aufgeregt, weil sie wie eine Gruppe wirkten, bis sie ihm erklärt hatte, dass er sich verpissen solle – eine sehr befriedigende Erfahrung. Ihm war das sehr peinlich gewesen, weil Claire und Dominica so heftig lachen mussten. Helga war es egal. Sie hat die Nase voll von diesen Leuten, die mit dem Finger auf andere zeigen. Leuten, die vorgeben, sich genau an sämtliche Regeln zu halten, aber den gesunden Menschenverstand ignorieren. Es ging ihn eigentlich nichts an, aber da sie sich nur mit den Schwimmerinnen trifft, gelten sie als ihre soziale Gruppe. Was ihre Person angeht, sie bricht keine Regeln, aber sie hatte keine Lust gehabt, das dem scheinheiligen Hundespaziergänger zu erklären.

Helga wundert sich ständig über die Bosheit und Wut der meist weißen Männer mittleren Alters angesichts der Schwimmerinnen. In der Presse entdeckt sie immer mehr schnippische Clickbait-Artikel vor allem über Schwimmerinnen – die meisten offenbar von Männern verfasst –, über Frauen, die im Alltag Umkleidemäntel tragen, ganz so, als sei es nicht erlaubt, in einem bequemen, wasserdichten Kleidungsstück seinen Alltagsgeschäften nachzugehen. Ebenso wenig scheinen sie es zu billigen, wenn diese sogenannten Dryrobes zu dem ihnen zugeschriebenen Zweck getragen werden. Aber Frauen, die von Männern bei mutigen Taten beobachtet wurden, haben im Laufe der Geschichte schon immer Säbelrasseln hervorgerufen. Helga findet es eigentlich wunderbar, dass die Schwimmgruppen am Strand an ihren langen Kapuzenmänteln erkennbar sind.

Sie zieht sich rasch um und beobachtet, wie Maddy ihre Sachen ordentlich in ihrer Tasche verstaut.

»Seht mal, Austernfischer.« Helga zeigt auf einen Schwarm Vögel mit langen, orangefarbenen Schnäbeln, die sich gerade vor ihnen auf der Buhne niederlassen, als wollten sie ihre Gruppe inspizieren.

»Heißen die so? Sie sind mir noch nie aufgefallen«, sagt Maddy.

»Helga hat mir so vieles über Seevögel beigebracht«, meint Claire. »Jedes Mal, wenn wir hier sind, lerne ich etwas Neues dazu. Wie diese hier. Strandläufer, richtig?«

Helga nickt und folgt ihrem Blick zu den gesprenkelten Vögeln. Claires Lob freut sie herzlich. Sie spricht gern über Vögel, ist immer wieder überrascht, dass die Menschen nicht bemerken, wie sie rufen und miteinander kommunizieren, wie sie plaudern, streiten und spielen. Ihrer Meinung nach ist es weit lohnender, Vögel zu beobachten, als sich im Fernsehen eine Seifenoper anzusehen: Die Kämpfe, die Affären, die Liebe, das Territorialverhalten – es ist faszinierend.

Alle entkleiden sich. »Mehr tragen Sie nicht?«, fragt Maddy mit Blick auf Helgas blauen Badeanzug, und diese schaut an sich hinunter und denkt, dass sie sich endlich einen neuen Badeanzug kaufen müsste. Während er früher straff und geschmeidig saß, verrät sich das elastische Material heute in Form von lauter weißen Würmchen, und das ganze Ding ist sackartig ausgeleiert – ungefähr so, wie Helga selbst sich fühlt.

Maddy trägt einen Wetsuit unter einem Sweatshirt und Sweatpants. »Ich fühle mich overdressed. Ich habe die Sachen von meinem Nachbarn geliehen. Sie sind für einen Mann, aber sie passen.« Ihr Körper ist trainiert und fest, und Helga erinnert sich, dass sie selbst einmal so aussah. Kurz blitzt die Erinnerung auf, wie Linus einmal Champagner in die Kuhle ihres Bauchnabels goss.

»Was immer für Sie das Richtige ist.« Helga ist in solchen Dingen kein Snob. Die Leute sollen tragen, was sie wollen. Was immer sie ins Wasser bringt.

Tor kommt angelaufen, sie ist gehetzt und hat ein Bad sichtlich nötig, das arme Mädchen. Helga lebt in ständiger Angst, eines Tages selbst an Arthritis zu erkranken. Viele Menschen ihres Alters leiden darunter, doch sie hofft, dass das lebenslange Kaltwasserschwimmen sie vor dieser Plage bewahrt, zumindest fürs Erste. Doch irgendetwas wird sie bald genug ereilen. Zumindest laut Mette. Nach dem Anruf vorhin ist sie immer noch durcheinander.

Die Flut zieht sich zurück, die Sonne hat sich hinter den Wolken verborgen, eine scheue Braut hinter ihrem Schleier.

»Ich bin eigentlich keine Schwimmerin.« Maddy hält sich dicht an Helga, als sie über die Steine zum Wasser hinuntergehen. Weiter draußen sind ein paar Schwimmer, ziehen gemächlich ihre Bahn.

»Ich auch nicht«, meint Claire. »Aber wäre es nicht toll, so schwimmen zu können?«

»Du könntest Stunden nehmen«, meint Helga, weil sie sich daran erinnert, dass Dominica einmal ihren Schwimmunterricht im Queens Hotel erwähnt hat. »Hattest du nicht vor einer Weile welche?«, fragt sie sie.

»Ja«, antwortet Dominica. »Bei Andy. Ich gebe dir seine Nummer.«

»Ist er nett?«, will Claire wissen.

»O ja«, sagt Dominica mit seltsamem Unterton, und Helga fällt wieder ein, dass Dominica ihn als sehr attraktiv geschildert hat. »Ich glaube, du wirst ihn mögen.«

»Und was ist der Trick? Wie taucht man ein, meine ich?«, fragt Maddy, als sie knöcheltief im Wasser stehen.

»Ganz langsam hineingehen«, erklärt Helga. »Deshalb ist es gut, bei Ebbe schwimmen zu gehen. Immer nur vorsichtige Schritte machen«, lockt sie.

Tor, Dominica und Claire waten voraus, machen die Knie steif gegen die heranrollenden Wellen. Sie gleichen kriegerischen Amazonen auf dem Weg in den Sonnenuntergang. Tor zieht die Schultern höher und höher, um zu vermeiden, dass die Achselhöhlen mit dem kalten Wasser in Berührung kommen, dann fasst sie Mut und taucht unter wie eine Meerjungfrau. Mit einem freudigen Juchzer taucht sie wieder auf.

»O Gott«, sagt Maddy und bleibt stehen. »Sorry«, entschuldigt sie sich. »Ich kann das nicht.«

»Du kannst. Keine Angst. Es wird nichts Schlimmes passieren.«

»Wirklich nicht?«

»Du wirst ein paar ganz normale Reaktionen haben. Die erste ist, dass du reflexhaft keuchen musst, wenn du scharf einatmest. Dein Herzschlag wird sich beschleunigen. Aus diesem Grund geraten Leute in Schwierigkeiten, wenn sie in eiskaltes Wasser springen, aber so wie du es machst … und langsam hineingehst … dann wird alles gut.«

Maddy nickt und geht mit Helga weiter.

»Also, das wird nicht angenehm sein, aber mein Vorschlag ist, dass du untertauchst, damit dir vorn kaltes Wasser in den Neoprenanzug läuft. Dann hast du das schon mal hinter dir.«

»Und was passiert dann?«

»Na ja, wart einfach ab. Nach dem ersten Schock geht es dir gut.«

Maddy taucht unter und lässt Wasser in den Halsausschnitt ihres Anzugs laufen. Sie kreischt und keucht gleichzeitig.

»Verdammte Hölle. Du hattest recht. Das ist ja schrecklich.«

Helga hat für Wetsuits nichts übrig. Hatte sie noch nie. In ihren Augen ist ein Wetsuit ein Ganzkörperkondom, und sie hat kein Interesse an völligem sensorischem Entzug; schließlich geht es beim Kaltwasserbaden in erster Linie darum, sämtliche Sinne zum Sprühen zu bringen. Die anderen sind inzwischen alle im Wasser, und auch sie lässt sich mit einem Lächeln hineingleiten.

Maddy folgt ihr unerschrocken ins tiefere Wasser. »Wie kalt ist es? Ich meine, was gilt überhaupt als kalt?«

»Tja, alles unter sechzehn Grad ist kalt, und unter zehn ist es wirklich kalt. Ich glaube, heute sind es ungefähr neun.«

»Ähm ... tja. Ich würde sagen, es ist wirklich kalt.« Maddy lacht schockiert auf. »Ihr müsst meinetwegen nicht länger drin bleiben.«

»Wir bleiben ohnehin nicht länger als ungefähr zehn Minuten.«

»Und was passiert, wenn doch?«

Helga muss an das nächtliche Schwimmen denken, als Linus und sie in Schwierigkeiten geraten waren. Es war im Sommer, doch skandinavische Nächte sind immer kalt. Es waren ihre ersten gemeinsamen Ferien. Sie hatte ihn mit nach Hause gebracht und ihrer Großmutter vorgestellt, dann waren sie mit ihrem Einverständnis mit ihrem geliebten alten Campingbus an die Küste gefahren.

»Man geht davon aus, dass irgendwo zwischen fünf und dreißig Minuten in kaltem Wasser Finger und Unterarme so sehr auskühlen, dass man sie nicht mehr bewegen kann.«

Sie sieht Linus vor sich, sein blondes Haar, das ihm ins Gesicht fällt, seine Lippen blau im Mondschein, wie er mit den Wagenschlüsseln herumfummelt, außerstande, sie im Schloss umzudrehen, und sie in den Sand fallen lässt, während die Flut schon gefährlich nahe war.

»Es ist unheimlich. Ist mir einmal passiert. Ich konnte mich überhaupt nicht mehr richtig bewegen, bin herumgestolpert wie eine Betrunkene.« Sie erinnert sich, wie sie zum Van gestolpert ist und sie sich gerade noch rechtzeitig in Sicherheit bringen konnten, mit knirschenden Reifen über einen Teppich aus Piniennadeln, während sie durch die Bäume vor dem Wassersaum flüchteten. Wie sie sich auszogen und unter Decken auf der Matratze nackt aneinanderklammerten, beide mit blauen Lippen und klappernden Zähnen und voller Angst; sie hatte ihn nie wieder loslassen wollen. Warum erinnert sie sich so deutlich an all dies, während manches aus den späteren Jahrzehnten so verschwommen und vergessen ist?

»Das wär's. Benetze deine Arme und den Nacken.«

Dominica kommt mit ein paar lässigen Schlägen angekrault.

»Du hast dein Gesicht untergetaucht«, sagt Maddy, eindeutig beeindruckt.

»Um den Vagusnerv zu stimulieren.«

»Den Vagusnerv? Klingt wie etwas beim Spielen.«

»Das ist einer der größten Nerven im Körper«, erklärt Helga. »Er verläuft hier entlang«, sie legt die Hand auf Gesicht und Kehle, »bis hinunter in den Bauch. Tatsächlich geht er überallhin. Vagus, das bedeutet Wanderer auf Lateinisch, er ist also mit allen Organen verbunden. Normalerweise ist es so, dass beim Kontakt mit kaltem Wasser dein Fight-or-Flight-System aktiviert wird. Aber kaltes Wasser stimuliert auch den Vagusnerv, der wiederum das Gegenteil bewirkt. Er setzt dein parasympathisches Nervensystem in Gang.«

»Wusstest du, das Pharmaunternehmen bei der Herstellung von Antidepressiva versuchen, den Vagusnerv nachzuahmen?«, ergänzt Dominica.

Helga runzelt die Stirn. Sie hat mit Dominica über die Tabletten gesprochen, die der Arzt ihr verordnet hatte, und ihr deutlich gemacht, dass es ihrer Ansicht nach ein Fehler ist, mit Tabletten anzufangen, da Dominicas Trauer doch nicht zu vermeiden ist. Es ist ein Prozess. Wie alles andere im Leben. Dagegen Tabletten einzunehmen *stoppt* diesen Prozess nicht, es dämpft ihn bloß. Und was hat man davon, wenn man das Leben nur gedämpft wahrnimmt? Helga ist der Meinung, Gefühle seien wie inneres Wetter, und sie glaubt sehr daran, dass man alle, auch extreme, Wetterlagen aushalten sollte. Schließlich kann man im Leben nicht nur Sonnentage erwarten. Das ist unrealistisch. Man braucht auch die grauen, langweiligen Tage oder die mit Dauerregen, um die Sonne zu schätzen, wenn sie endlich herauskommt.

Helga behält das für sich. Es ist nicht besonders populär, an Selbstheilung zu glauben, aber sie hat es Dominica schon früher gesagt: Sie glaubt, dass kaltes Wasser fast alle Wunden heilen kann. Selbst ein gebrochenes Herz.

»Dann handelt es sich also um Wissenschaft?«, hakt Claire nach. »Es ist wissenschaftlich nachgewiesen, warum wir uns dann so gut fühlen?«

»Absolut.«

»Ich werde also schneller und langsamer? Gleichzeitig?«, fragt Maddy verwirrt.

»Erinnerst du dich an das Baby auf dem Nirvana-Album?«, fragt Claire, und Maddy nickt, »wie glücklich es aussieht? Das meine ich. Das ist fest in uns verankert.«

»Tauch einfach unter. Mach ein paar Züge und stell dich dann wieder hin. Dann wirst du wissen, ob es dir gut geht«, schlägt Helga vor. »Vergiss die Wissenschaft, was zählt, ist, wie du dich fühlst.«

Maddy holt tief Luft und taucht mit den Schultern ins Wasser, holt, die Augen weit aufgerissen, noch einmal Luft, taucht den Kopf ins Wasser und schwimmt ein paar Züge. Sie kommt breit grinsend wieder hoch, und Helga und die anderen klatschen Beifall. Zu Helgas Überraschung bricht Maddy in wildes Geheul aus.

»Wie es aussieht, haben die Sea-Gals jemanden dazugewonnen«, stellt sie fest.

# 17
## Robs Erklärung

Claire ist froh, dass Maddy in ihre Gruppe aufgenommen wurde, aber noch mehr freut sie sich, als sie erfährt, dass Tor mit Obdachlosen arbeitet und Maddy vielleicht helfen kann, ihren Sohn zu finden. Claire hat angeboten, auf freiwilliger Basis für Tors Wohltätigkeitsorganisation zu arbeiten und ein paar Kuchen für die Tafel vorbeizubringen, und jetzt kommt auch Maddy mit.

Sie kehrt gerade mit den Zutaten von Aldi zurück, und ihr schwirrt der Kopf von den Kuchen, die sie backen will. Sie will es nicht übertreiben. Biskuitböden mit Marmelade und Kokosraspeln. Alte Schule. Es wird genug für alle da sein.

Als sie die Straße überquert, sieht sie Rob, Jennas Mann, der auf dem Bürgersteig aus der anderen Richtung auf sein Gartentor zuradelt, demonstrativ das Bein über den Sattel schwingt und zu Fuß weiterläuft. Sie könnte langsamer gehen, doch gerade kommt ein Auto, und sie muss sich mit ihren Einkaufstüten beeilen, von denen die schwerere zu platzen droht, weshalb sie mit gebeugtem Rücken losrennt, die Tüte dicht über dem Boden, für alle Fälle.

Sie erreicht den Bürgersteig im selben Moment, als Rob ihn mit seinem Designerfahrrad blockiert. Eigentlich sollte er ihr den Vortritt lassen. Das wäre nur höflich, aber er läuft absichtlich langsamer, ihr direkt in den Weg, und blickt sie blasiert an, als sie im Rinnstein stehen bleibt. Er trägt einen Helm, und Schweiß rinnt ihm übers Gesicht. Wie nennt man die noch mal? MAMIL – Middle-agend-men-in-lycra. Seine strammen Shorts mit der offensichtlichen Beule vorne sind einigermaßen irritierend.

»Nein, nach dir.« Claire macht eine Geste, um ihn vorbeizulassen. Ohne Dank nimmt er seinen Helm ab, und über seine Grobheit wie vor den Kopf geschlagen, marschiert Claire entschlossen auf ihr Gartentor zu.

»Wie ich hörte, habt ihr beim Stadtrat Widerspruch eingelegt«, ruft Rob ihr nach, als würde das sein Verhalten rechtfertigen.

Pim hat eine Ewigkeit an dieser E-Mail gefeilt.

»Ich finde es absurd, dass ihr diesen Baum fällen wollt, das ist alles.« Sie sagt nicht, dass sie entsetzt ist, wie viel Licht der zweistöckige Anbau an der Rückseite ihres Hauses wegnehmen würde. Claire hat die Pläne gesehen, das Nachbarhaus soll offenbar zu einer modernen Monstrosität umgebaut werden. »Wir hätten vorher darüber reden können«, fügt sie hinzu. »Es hätte freundschaftlich bleiben können.« Anstatt feindselig. Das sagt sie nicht, ihr Ton impliziert es aber. Sie fühlt sich zittrig, aber fest, wie ein Baum, der vom Wind geschüttelt wird. Es sieht ihr überhaupt nicht ähnlich, jemanden mutig zu konfrontieren – schon gar nicht ein Alpha-Männchen wie Rob. Doch vor ihrem inneren Auge sieht Claire plötzlich Helga. Die würde sich von jemandem wie Rob *niemals* etwas gefallen lassen.

»Wir sind Nachbarn. Wir müssen keine Freunde sein.«

»Ist das nicht eine ziemlich traurige Haltung?« Denn ... *echt*? Interessiert ihn das gar nicht? Die Umwelt? Die Menschen in seiner Umgebung? Im Geist hört sie den alten Song aus der Seifenoper *Nachbarn*. Darüber, dass jeder gute Nachbarn braucht. Und gute Nachbarn Freunde werden. »Hör zu, Rob, ich will keine Missstimmigkeiten, und ich wünsche mir, dass wir eine Lösung finden«, sagt sie und stellt ihre Tüten ab. »Jenna zuliebe«, fährt sie fort. »Sie und ich sind befreundet, selbst wenn du und ich es nicht sind.«

»Jenna?«, sagt er und schnaubt verächtlich. »Und du? Befreundet?«

Claires Wangen brennen bei seinem rüden Ton.

»Befreundet ist wohl zu hoch gegriffen. Ich glaube, Jenna findet dich ein bisschen … gruselig. Wie du sie nachahmst. Du weißt schon, der gleiche Mantel und so.« Claire ist es peinlich, bei der Rückkehr vom Einkaufen in ihrem Wärmemantel ertappt zu werden, aber sie hat sich nach dem Schwimmen noch nicht umgezogen. Ihr war nicht in den Sinn gekommen, dass sie den gleichen Mantel hatte wie Jenna, aber jetzt pocht das Blut in ihren Schläfen. *Gruselig?* Hat Jenna so über sie gesprochen?

Ist das so ein Lockdown-Ding? Sie hat im Fernsehen eine Sendung gesehen, wonach die Menschen weniger filtern als früher. Aber vielleicht ist Rob einfach nur ein erstklassiges Arschloch?

Sie würde sich schrecklich gern verteidigen, ihm eine vernichtende Demütigung an den Kopf werfen, aber die Worte wollen nicht kommen. Stattdessen geht sie eilig davon, ihre Augen schwimmen in Tränen, als sie das Seitentor aufstößt und die Tüten den schmalen Weg zwischen ihrer Hauswand und dem Zaun entlangschleppt, sich an den Fahrrädern der Jungs vorbeidrückt und dem Gartenschlauch ausweicht, der neben dem Wasserhahn aus seinem Plastikbehälter quillt. Dort stapelt sich auch ein Turm leerer Plastikpflanztöpfe von ihren letzten gärtnerischen Versuchen.

Ein kleiner Grünfink sitzt auf einem Ast des Kirschbaums. Seit sie Helga kennengelernt hat und so einiges über Vögel erfährt, bemerkt Claire sie überall, aber ganz besonders im Kirschbaum. Das Vögelchen hat ein goldgrünes Federkleid und einen pinkfarbenen Schnabel, und einen Augenblick lang starren sie einander an. Dann fliegt der Fink durch den Garten davon. Claire lauscht dem Vogelgezwitscher, das die Luft erfüllt. Es klingt wie lärmende Schulkinder auf dem Pausenhof.

Sie versucht, sich von dem Klang beruhigen zu lassen und Robs schreckliche Worte auszublenden, aber sie zittert, als sie die Hintertür öffnet.

Pim scrollt gerade durch sein Telefon, kommt aber herbeigeeilt, um ihr mit den Tüten zu helfen.

»Das hätte ich doch besorgen können. Sie sehen schwer aus. Verdammt. Sie sind echt schwer. Was hast du bloß eingekauft?«

»Hauptsächlich Mehl und Zucker. Und Marmelade. Und bitte, fang nicht wieder an. Es ist alles im Angebot. Und für Tors Wohltätigkeitsorganisation.« Claire richtet sich auf und schüttelt die Hände. Sie tun weh, wo sich die Griffe eingegraben haben, und ihr ist nach dem morgendlichen Schwimmen immer noch nicht richtig warm. Sie zittert. Vor Kälte? Demütigung? Möglicherweise vor beidem.

»Geht es dir gut?«

»Nein, eigentlich nicht.«

»Was ist los?«

Claire zeigt mit dem Finger in Richtung Robs und Jennas Haus. »Leute wie sie. *Die* sind es, was los ist.« Die wütenden Tränen, die sie unterdrückt hat, kommen jetzt.

»Claire?«

Sie schüttelt den Kopf und schluckt die Tränen hinunter. Sie kann Pim unmöglich erzählen, was Rob gesagt hat. Wenn sie es tut, wird er eine noch viel größere Szene machen.

»Nur um das festzuhalten, ich möchte, dass du eins weißt, du hattest vollkommen recht, gegen Rob und Jenna unsere Interessen zu verteidigen. Ich will es immer jedem recht machen, aber diesmal nicht, Pim. Nicht dieses Mal.«

Zu ihrer Überraschung nimmt er sie in die Arme. Dann küsst er sie auf den Scheitel, und sie atmet seinen tröstlichen Duft ein. Sie presst das Ohr an seine Brust und horcht auf seinen Herzschlag. Sie teilen jede Nacht das Bett, aber diese intimen Momente während des Tages sind selten. Sie ärgert sich oft über Pims Fehler und Unzulänglichkeiten, doch der gleichmäßige Rhythmus seines Herzens erinnert sie daran, dass auch er nur ein Mensch ist. Und genau wie er sie kaum noch wahrgenommen hat, hat sie möglicherweise auch ihn kaum noch wahrgenommen.

»Was ist passiert?«, fragt er und löst sich von ihr, hat die Arme aber immer noch um ihre Taille gelegt und ihre Hüften sind aneinandergepresst. So standen sie früher immer zusammen, erinnert sie sich. In den alten Tagen. Als sie umeinander warben. Sogar im Pub stand er so mit ihr da. Immer ganz dicht bei ihr.

Immer noch gegen die Tränen kämpfend, schildert sie ihm ihre Begegnung und stellt klar, dass sie nicht will, dass Pim ihretwegen in die Schlacht zieht.

»Jenna ist verrückt, wenn sie deine Freundschaft in den Wind schlägt«, meint er. »Glaub mir, sie wird es bereuen.«

»Danke. Das bedeutet mir viel.«

»Willst du wirklich nicht, dass ich hinübergehe und Rob das Licht auspuste? Ich glaube nämlich, es würde mir gefallen. Und er hat es definitiv verdient.«

Sie schüttelt den Kopf. »Nein. Aber trotzdem danke.«

Sie beugt sich vor, reißt ein Stück von der Küchenrolle ab und putzt sich die Nase, während er sie wie früher im Arm hält und langsam hin und her wiegt. Die sehr sanfte Einleitung zum Vorspiel damals, als Sex noch unvermeidlich auf der Tagesordnung stand. Dann legt er den Finger unter ihr Kinn und hebt ihr Gesicht, und sie lächeln einander an. Die

Vertrautheit dieser Verbindung fühlt sich so aufregend fremd und gleichzeitig so tröstlich an, dass ihr Herz einen kleinen Sprung macht.

Das hat sie vermisst. Dieses Gefühl, dass sie zusammengehören. Sie hat es so sehr vermisst. Sie will es gerade aussprechen, als Felix von oben nach ihm ruft.

»Dad. Komm und sieh dir das an!«

Er ist bei Fortnite, und sie sieht, wie Pims Augen aufleuchten.

»Komme!«, ruft er zurück.

Sie will nicht, dass er geht. Sie liebt dieses Gefühl, wenn er an sie gepresst dasteht, trotzdem nickt sie kurz zustimmend, und er eilt aus der Küche und die Treppe hinauf, immer zwei Stufen auf einmal nehmend.

Claire putzt sich erneut die Nase. Sie fühlt sich besser, seit sie ihrem Ärger über Rob Luft gemacht hat und Pim offensichtlich ihren Standpunkt verstanden hat.

Sie werden diesen Baum nicht fällen. Nicht, wenn sie es verhindern kann.

## 18
## Schwer zu verzeihen

Seit ihrem Bad im Meer am Samstag fühlt Maddy sich anders. Wie nach einem kleinen Reset, und ihr geht durch den Kopf, dass sie noch nie so viel Zeit für sich hatte – eine Pause, um so etwas wie eine andere Perspektive einzunehmen. Ihre Tage zu Hause sind gewöhnlich angefüllt mit tausend Dingen, die ihre Aufmerksamkeit beanspruchen: die Lücke im Backsteinpflaster der Auffahrt, das quietschende Garagentor, die leckende Pumpe im Whirlpool und die Sicherheitsbeleuchtung, die den Garten neuerdings kurz nach Mitternacht in blendendes Licht taucht. Welch eine Erleichterung, von alldem weg zu sein und einen objektiveren Blick darauf werfen zu können. Nicht dass sich viele Antworten abzeichneten.

Manpreet war froh, als sie schließlich bezahlt wurde, aber Maddy musste ihr in einem peinlichen Gespräch erklären, dass sie in Zukunft auf sie verzichten müsse. Ein beängstigendes Gefühl, allein weiterzumachen, ohne Manpreets Ermunterungen und Strategien.

Vor Weihnachten war Maddy so in Schwung gewesen, ganz und gar auf ihre wachsende Instagram-Gemeinde konzentriert, doch ohne das Haus, dem ihre Kanäle gewidmet sind, gehen ihr allmählich die Ideen aus. Als sie alte Fotos durchsieht und sie aus einer anderen Perspektive erneut postet, wird ihr klar, wie viel Zeit sie damit verbracht hat, sich mit den falschen Dingen zu beschäftigen. Anstatt aus Kupferleitungen vom Sperrmüll Treppenstangen zu basteln, hätte sie besser nach ihrem Sohn gesucht oder darauf geachtet, was ihr Ehemann im Schilde führte.

Trent ist in ihrer Korrespondenz inzwischen von weinerlicher Verärgerung zu aggressiver Gemeinheit übergegangen, besonders als sie ihn auffordert, ihr eine genaue Aufstellung ihrer finanziellen Situation zu geben. Was Geld anging, hatte er ihr stets versichert, alles unter zu Kontrolle zu haben. Aber seit sie weiß, dass sie ihm nicht trauen kann, macht sie sich Sorgen um die Zukunft, die sie bisher für so sicher gehalten hat. Mit wachsender Beklemmung denkt sie immer wieder an einige Andeutungen, die er vor Weihnachten gemacht hat, an diverse Gesprächsversuche, die sie ignoriert hat, weil sie zu sehr mit ihren Posts beschäftigt war. Doch jetzt will sie wissen, in wie großen Schwierigkeiten er geschäftlich wirklich steckt. Sie hat sich immer für wohlhabend gehalten, doch das leere Konto war ein Schock. Trent hat sie in dem Glauben gelassen, alles werde gut werden, doch was, wenn nicht? Und was, wenn er schon die ganze Zeit Möglichkeiten und Pläne durchspielt, sie wegen Helen zu verlassen?

Was dann? Hätte sie genug für ein unabhängiges Leben? Ihr schwant, dass sie hätte schlauer sein müssen. Sie war nie auf die Idee gekommen, einen Anwalt zu konsultieren, doch sie kennt genügend Details aus den hässlichen Scheidungen einiger Freundinnen, um zu wissen, dass sie Trent hätte auffordern müssen, das gemeinsame Haus zu verlassen. Eigentlich hätte sie ihn hinauswerfen müssen, sie war jedoch so empört gewesen, dass sie gegangen war. Im Nachhinein betrachtet, war das ziemlich leichtsinnig gewesen.

Anfang der Woche hatte Dominica bei einem ihrer Schwimmtreffen eine Online-Eheberatung vorgeschlagen, aber Maddy will nicht mit einem fremden Menschen ihre Ehe auseinandernehmen. Wozu? Sie kann – und wird – ihm niemals verzeihen.

Allerdings – auf dem moralisch hohen Ross ist es ein bisschen einsam. Sie muss leider zugeben, dass sie sich weniger unsicher fühlen würde, wenn sie in der Bequemlichkeit ihres eigenen Heims auf dem hohen Ross säße.

Doch dann wäre sie nicht hier, ruft sie sich in Erinnerung. In Brighton, wo Jamie möglicherweise ganz nahe ist. Noch immer gibt es keine Spur von ihm, aber das wird sich hoffentlich bald ändern, wenn sie demnächst bei Tor mitarbeitet. Sie freut sich schon darauf, an vorderster Front zu stehen und Spenden der Tafel auszugeben. Unter den Obdachlosen wird gewiss jemand eine Antwort haben. Jamie hat immer schnell überall Freunde gewonnen. Jemand wird wissen, wo er sich aufhält. Darauf setzt sie fest.

Sie öffnet die Tür zum Balkon, tritt ins Freie und streckt sich, genießt ein wenig die Nachmittagssonne. Sie hat ihren Schreibtisch hier neben der Tür aufgebaut, die Aussicht gefällt ihr. Anfangs war sie enttäuscht, weil man so wenig vom Meer sah, aber seit sie so oft daraufgeblickt hat, ist ihr dieser kleine Ausschnitt des Ozeans ans Herz gewachsen. Sie staunt, dass er jeden Tag eine andere Farbe hat. Heute ist er lila-blau. Kleine rosa Wölkchen jagen über den Horizont.

Während sie dasteht, flattern die Hausspatzen, die sie beim Nestbau im Stockwerk über sich beobachtet hat, mit viel Flügelgeflirr vor ihr auf und ab.

»Hey.«

Sie dreht sich um. Es ist Matteo. Er steht ebenfalls auf dem Balkon, als mache auch er eine kleine Pause, sie fragt sich allerdings, ob er vielleicht herausgekommen ist, nachdem er sie gesehen hat.

»Hi«, sagt sie und wendet sich ihm zu, streicht die Haare hinter die Ohren. »Wie geht's?«

»Na du weißt schon … wie immer.« Er sagt nichts weiter und tritt lächelnd näher zu ihrer Seite seines Balkons. Er trägt einen salbeigrünen Wollpullover, und kurz geht die Fantasie mit ihr durch, und sie malt sich aus, wie es wohl wäre, die Arme um ihn zu legen. Sie könnte weiß Gott eine Umarmung gebrauchen, und Matteo sieht aus wie die Sorte Männer, die einen wirklich schön umarmt.

»Wenn nachher die Sonne untergeht, mache ich mit Luna einen Spaziergang. Möchtest du nicht mitkommen?«, fragt Matteo.

»Liebend gern, aber ich habe heute Abend Freiwilligendienst. Bei der Tafel.« Sie hakt die Daumen in die Gürtelschlaufen ihrer Jeans – eine alte nervöse Angewohnheit. Er lächelt, sieht aber auf ihre Lippen. Ihr fällt ein Dokumentarfilm über einen dieser berühmten Hollywoodschauspieler ein. Der erklärte, es sei ganz einfach, den Verführer zu spielen – man müsse nur von den Augen auf die Lippen der Frau und dann wieder in ihre Augen blicken. Flirtet Matteo mit Absicht? Sicher nicht. Dennoch wird ihr ganz schwummerig, und sie beißt sich auf die Lippen, unsicher, wie sie sich im Scheinwerferlicht seiner Aufmerksamkeit verhalten soll.

»Verstehe. Dann ein anderes Mal.«

»Oder … oder zum Frühstück? Ich habe am Strand ein nettes Café entdeckt, wo man einen Kaffee bekommen kann«, platzt es aus ihr heraus.

»Gern. Ich verschiebe meine Besprechung und wir gehen dorthin. Klingt gut. Viel Spaß heute Abend.«

Sie schließt die Tür und betrachtet ihren diamantenbesetzten Verlobungs- und Ehering. Es kommt ihr vor, als sei sie einen unlauteren Pakt eingegangen. Und sie fragt sich, was Lisa dazu sagen würde.

Das Telefon klingelt erneut, und Maddy nimmt den Anruf an, obwohl sie die Nummer nicht kennt. Es könnte der Mann von der Stadtverwaltung sein, den sie beauftragt hat, ihr bei der Suche nach Jamie zu helfen. Sie antwortet mit einem enthusiastischen Hallo.

»Was zum Teufel?«, schreit Lisa. »Du reagierst tatsächlich nicht auf meine Anrufe.«

Maddy ist verärgert, weil sie überrumpelt wurde, aber ihr Herz macht bei Lisas Stimme einen Sprung. Sie hatten schon immer so ein komisches Telepathie-Ding miteinander. Woher *wusste* Lisa, dass sie gerade an sie gedacht hat? Normalerweise würde sie dies kommentieren, lässt es jetzt aber sein. Das hat Lisa nicht verdient.

»Ich war beschäftigt.«

»Womit denn? Was ist so wichtig, dass du dich die ganze Zeit nicht meldest?« Lisa klingt empört.

»Ich versuche Jamie zu finden.«

Lisa schweigt einen Moment und lässt die Information sacken. »Trent ist außer sich.«

»Ach ja?«

»Ich weiß, dass du sauer bist, aber komm nach Hause«, sagt Lisa. »Du lebst *hier*. Du kennst niemanden *dort*.«

»Doch.«

»Wen denn?«

»Meinen Nachbarn.« Maddy reibt einen Schmutzfleck von ihrer Jeans und fügt aus Übermut hinzu: »Und meine Schwimmgruppe.«

»Deine was?«

»Ich habe angefangen, im Meer zu schwimmen.«

»Du hasst das Meer.«

»Tue ich nicht.«

»Du bist viel zu sehr Prinzessin, um ins kalte Wasser zu steigen. Damals in Champneys bist du nur ein einziges Mal in den Pool gestiegen, und der war geheizt.«

»Vielleicht kennst du mich doch nicht so gut, wie du

denkst«, sagt Maddy, sauer, weil Lisa eine gemeinsame Reise erwähnt, mit all den Erinnerungen, die sie einander wieder näherbringen.

»Jetzt reicht's«, verkündet Lisa. »Ich komme dich holen.«

»Nein. Auf keinen Fall. Ich muss allein sein. Ich bin viel zu wütend.«

»Auf mich?« Lisa klingt gekränkt.

»Ja, genau.«

»Ich wollte nie zwischen euch stehen. Das musst du mir glauben. Es war ein Albtraum ...«

»Du hast nicht dazwischengestanden. Du hast dich für eine Seite entschieden. Und zwar nicht für meine.«

Lisa gibt ein frustriertes Knurren von sich. »Du bist so verstockt«, faucht sie, und Maddy erschrickt, als sie hört, wie Lisa mit den Tränen kämpft.

Der Vorwurf tut Maddy weh. Nach der Unterhaltung mit Matteo war sie so guter Stimmung, aber die ganze Geschichte ist noch viel zu frisch. »Du hast kein Recht, mich zu beschimpfen, nachdem du dich nicht gerade wie eine Freundin aufgeführt hast. Schon gar nicht wie eine beste Freundin. Du wusstest die ganze Zeit von ihrer Affäre ...«

»Anfangs hatte ich keine Ahnung«, fällt Lisa ihr ins Wort; sie will unbedingt alles klarstellen. Ihre Stimme ist immer noch tränenerstickt. »Ich weiß erst seit ganz Kurzem, dass es etwas Ernsthaftes ist. Sie haben es unter der Decke gehalten.«

»Eindeutig.«

Das wirft ein anderes Licht auf Lisas Verhalten, trotzdem fühlt Maddy fühlt sich noch immer verraten. Wäre es andersherum gewesen, hätte Maddy Lisa sofort Bescheid gesagt.

»Außerdem ... ich weiß auch nicht ... ich wollte es dir sagen, aber es war nie der richtige Zeitpunkt, und überhaupt hatte ich den Eindruck, du und Trent, ihr hättet euch irgendwie verständigt.«

»Uns verständigt?«

»Ich wollte es dir nach Weihnachten sagen. Wenn du weniger zu tun hättest.«

»Tja, da kommst du verdammt noch mal zu spät.«

»Mein Gott, Maddy. Du siehst immer alles nur schwarz und weiß.«

»Tja, tut mir leid, aber es fühlt sich auch schwarz und weiß an.«

»Ufff.« Lisa ist eindeutig genervt. »Weißt du, was dein Problem ist? Du bist genau wie Jamie.«

»Wie Jamie?«

»Er war sich auch immer so sicher, dass er im Recht war. Deshalb ist er nach eurem Streit nicht mehr nach Hause gekommen.«

Jetzt steigen Maddy Tränen in die Augen. Außerstande, etwas zu sagen, beendet sie das Gespräch. Es schmerzt allzu sehr, dass Lisa recht hat.

# 19
## Ein Hoffnungsschimmer

Mit Areks und Maddys Hilfe hat Tor am Treffpunkt-Café an der Uferpromenade von Hove die mobile Tafel aufgebaut. Tor zieht damit durch die ganze Stadt, doch diese Stelle liegt dem ursprünglichen Standort am nächsten. Es ist bereits dunkel, in der Ferne schimmert Mondlicht auf dem schwarzen Wasser. Kaum zu glauben, dass sie dort schwimmen gehen.

Auf der großen Esplanade sind nur wenige Autos unterwegs, der Regen dämpft das Licht ihrer Scheinwerfer. Ein Krankenwagen heult. Sie bemerkt, wie ein paar Menschen verstohlen grüppchenweise aus den gegenüberliegenden dunklen Straßen huschen.

Sie lächelt Maddy zu. Es ist so süß von ihr, wiederzukommen. Letzte Woche erschien sie mit Claire, aber heute hat Claire Online-Elternabend, und so ist Maddy allein. Tor hatte gedacht, Maddy würde sich ungern die Hände schmutzig machen, tatsächlich aber war sie unglaublich hilfsbereit.

»Wo kommt das alles her?«, fragt Maddy und deutet mit dem Kinn auf die stabilen grünen Kisten, die gerade aus dem Laster geladen werden. Ungeschminkt, in einem langen Steppmantel und mit Mütze nimmt sie hinter dem Tapetentisch ihren Platz neben Tor ein.

»Von den Supermärkten. Sie unterstützen unsere Initiative wirklich sehr.« Tor nimmt eine Suppendose und dreht sie um. Es handelt sich um die ›Herzhafte Cheeseburger-Suppe‹. »Hab ich noch nie probiert. Ich bin mir nicht sicher, ob sie auf meiner Liste ganz oben stünde. Sieht aus wie verflüssigter McDonald's. Das kann nicht wirklich nahrhaft sein.«

»Es ist einfach schrecklich, dass so viele Menschen von

den Tafeln abhängen«, meint Maddy. »Ich dachte, wir seien ein Erste-Welt-Land? Ich hatte von alldem ja keine Ahnung.«

»Wusstest du es nicht oder hattest du dich entschieden, es nicht zu wissen?«, fragt Tor und überlegt, ob das zu grob klingt, merkt dann aber, dass es ihr leichtfällt, Maddy gegenüber direkt zu sein.

»Tja, na ja, berechtigte Frage. Letzteres, vermute ich. Meine Freunde würden mir das hier niemals glauben.«

»Warum nicht?«

Maddy überlegt, sucht nach der richtigen Antwort. »Wenn ich ehrlich bin – weil sie sind, wie ich selbst früher war.«

»Was meinst du damit?«

»Es ist einfach, Urteile zu fällen, wenn man abgeschottet in einem Haus mit elektrischen Toren lebt. Ich muss schon sagen, wenn ich das hier sehe, empfinde ich mich hundertprozentig als die privilegierte weiße Frau aus der Mittelschicht, die keine Ahnung hat, was tatsächlich los ist.«

»Wir alle sind immer nur ein paar Schritte von der Obdachlosigkeit entfernt«, sagt Tor und winkt Vic zu, der auf dem Gehweg auf sie zukommt. »Hallo, Vic. Geht's dir gut?«

»Ganz schön kühl. Ich hasse den Regen. Bis zum Sommer ist es lange hin.«

»Ich weiß. Aber die schönen Tage kommen schon noch.« Tor versucht, ihn aufzumuntern.

»Ich schätze, den Januar haben wir bald hinter uns«, meint Vic. »Mein Kumpel Scotty wollte auch kommen, aber er ist bereits am Whisky dran, den er sich eigentlich für Burns Night aufgehoben hat. Du hast nicht zufällig Haggis, oder?«

»Ich fürchte, nein.« Tor lächelt ihm zu. Er ist immer optimistisch. »Das ist Vic«, erklärt sie Maddy und stellt ihn vor. »Er ist einer meiner Stammkunden. Und das ist Maddy. Sie arbeitet als Freiwillige, sucht aber auch ihren Sohn.« Tor nickt Maddy ermutigend zu, und sie zieht Jamies laminiertes Foto aus der Manteltasche.

»Das ist das letzte Foto, das ich von ihm habe«, sagt sie. »Sie haben ihn nicht zufällig irgendwo gesehen? Ich bin mir allerdings nicht einmal sicher, ob er in Brighton ist.«

Vic kratzt seinen Bart. »Hm, wenn ich's mir recht überlege, kommt er mir tatsächlich bekannt vor.«

»Ach ja?«

»James ... Jamie?«, sagt Vic.

»Ja«, sagt Maddy und geht einen Schritt auf ihn zu. »Ja ... Jamie.«

Sie holt tief Luft und blickt zu Tor, voller Hoffnung und mit leuchtenden Augen. Sie legt die Hand auf Vics Arm. »Haben Sie ihn gesehen? Ist er hier irgendwo?« Ihre Stimme zittert.

Er zuckt zurück, aber Maddy merkt es nicht. Tor, die weiß, dass er es nicht gewohnt ist, berührt zu werden, nimmt ihren Arm und zieht sie sanft von ihm weg.

»Schon eine Weile nicht mehr. Ich habe mich mal mit ihm unterhalten«, erklärt Vic, wirkt aber verwirrt und in die Enge getrieben von dem Drama, das sein unschuldiger Kommentar ausgelöst hat.

»Wissen Sie, wo er wohnt?«

Vic zuckt bloß die Schultern.

»Aber ist er ... ist er ... so wie Sie?«

»Nein, eigentlich etwas jünger.«

Maddy versucht es erneut. »Nein, ich meine ...«

»Ja, ja, ich versteh schon. Auf der Straße? Ja, war er. Zumindest, als ich ihn traf.«

Tor sieht, wie es in Maddy arbeitet. Sie haben schon früher über Jamie gesprochen, und Tor hat versucht, Maddy von einer optimistischen Sichtweise zu überzeugen – nicht davon auszugehen, dass er obdachlos ist oder in Schwierigkeiten steckt –, Vics Begegnung mit ihm ist also ein schwerer Schlag. Tor hat ein flaues Gefühl in der Magengrube. Sie kann sich nicht vorstellen, dass ein Jugendlicher, der wie Jamie aufgewachsen ist, dort draußen gut zurechtkommt. Nicht angesichts bestimmter Typen, die, wie sie weiß, hier unterwegs sind.

»Aber wann? Wann haben Sie ihn gesehen? Wann genau?« Maddy lässt nicht locker.

»Weiß nicht mehr«, sagt Vic.

»Und wie ging es ihm?«, drängt Maddy. »Wie kam er Ihnen vor?«

Vic seufzt. »Wahrscheinlich beschissen. Die jungen Typen finden es besonders hart. Vierundzwanzig Stunden auf der Straße, das macht einen anderen Menschen aus dir.«

»Wie meinen Sie das?«

»Es gibt nichts Schrecklicheres, als kein Dach über dem Kopf zu haben. Sich nicht sicher zu fühlen. Allein zu sein. So fürchterlich allein. Die Welt zum ersten Mal so zu sehen, wie sie wirklich ist, als Ort, wo der Mensch des Menschen Wolf ist. Das verändert dich dadrin, verstehst du. Für immer.« Vic tippt sich mit dem schmutzigen Zeigefinger an die Stirn.

»Dann sagen Sie's mir. Sagen Sie mir einfach, wo ich ihn finden kann.« Maddy klingt verzweifelt, aber Vic weicht zurück.

»Ich kann Ihnen nicht helfen.« Er dreht sich um und geht davon. »Mein Gott, Lady. Das ist alles, was ich weiß.«

Tor legt spontan die Arme um Maddy, denn sie sieht, dass ihr die Tränen in den Augen stehen.

»Es tut mir leid. Ich wollte ihn nicht verscheuchen.«

»Ist schon in Ordnung«, sagt Tor und verkneift sich die

Bemerkung, dass Maddy vorsichtig mit den Menschen umgehen muss. Sie wird es hinkriegen, dessen ist Tor sich sicher, aber für diese Leute sind sie zum Helfen da, nicht, um zu viele Fragen zu stellen. Die Menschen hängen manchmal nur noch an einem seidenen Faden. Sie haben weder den Willen noch die Energie, sich zu behaupten.

Maddy wischt sich mit dem Mantelärmel die Tränen ab. »Wenigstens etwas. Es ist so gut, zu wissen, dass er vielleicht in der Nähe ist. Zu wissen, dass er ...« Ihre Stimme bricht, »ja, dass er am Leben ist. Dass er vielleicht hier ist.«

»Warst du nicht darauf gefasst?«

»Ich habe sämtliche Szenarien durchgespielt. Ach, ich fühle mich wegen der ganzen Sache so beschissen, Tor. Ich hätte ... ich weiß nicht. Ich hätte alles anders machen müssen.«

»Du solltest dir selbst keine Schuld geben.« Sie tut Tor wirklich leid.

»Aber das tue ich. Es ist mein Fehler. Wenn man jung ist, denkt man, man hätte alle Antworten, wenn man erst mal alt ist, aber dann schafft man es trotzdem, alles zu verpfuschen. Ich hätte so gern die Chance, die Sache mit ihm in Ordnung zu bringen. Das ist alles.«

»Wir werden ihn finden.« Tor versucht, überzeugend zu klingen, weiß aber, dass Obdachlose in jeder Beziehung unsichtbar werden. Das ist es ja, was diesen Menschen am meisten zu schaffen macht – die Art und Weise, wie sie ignoriert und so behandelt werden, als ob sie buchstäblich nicht existierten. Sie hat eine solche Demütigung und Verletzung mit eigenen Augen gesehen, als junge Obdachlose auf der West Street von alkoholisierten Typen einer Junggesellenparty angepinkelt wurden.

Tor ist nicht religiös, wird aber das Gefühl nicht los, dass die Gesellschaft im Allgemeinen entschieden auf dem Holzweg ist. Wo sind Freundlichkeit und Mitgefühl geblieben? Warum wurden sie durch Misstrauen und Furcht ersetzt? Letztlich sind wir doch alle Menschen. Und sitzen alle im selben Boot. Hat die Pandemie uns das nicht gelehrt?

Es folgt der übliche Ansturm von Stammkunden, und Tor wendet sich ihnen nur zu gern zu. Sie sieht, dass Maddy sich ein wenig erholt hat und ebenfalls mit ihnen plaudert.

Sämtliche Lebensmittel sind nach weniger als einer halben Stunde verteilt, und Tor beginnt, die leeren Kisten zu stapeln.

Sie lächelt Maddy zu. »Du warst großartig. Danke, dass du gekommen bist. Ich habe die zwei Extra-Hände wirklich gebraucht.«

»Weißt du was? Ich kann es gar nicht glauben, dass ich vor einem Monat nur eins im Sinn hatte, nämlich wie sich ein perfekter Instagram-Post noch weiter perfektionieren lässt – und jetzt bin ich hier«, sagt sie und schüttelt ein wenig den Kopf.

»Tja, ich kann jede Hilfe gebrauchen, die ich kriegen kann. Es wird immer schlimmer. Immer mehr Menschen fallen durchs Raster. Was wir hier machen, ist nur ein Tropfen auf den heißen Stein.«

»Aber wenigstens *tust* du etwas. Im Ernst, Tor, ich muss es mal sagen ... all das auf die Beine zu stellen ... den Menschen zu helfen, so wie du es tust, ist sehr inspirierend. Deine Eltern müssen sehr stolz auf dich sein.«

»Ich würde nicht sagen, dass sie stolz auf mich sind.«

»Aber das müssen sie doch.«

»Ich habe eine Zwillingsschwester, Alice. Sie ist das Goldkind. Der Liebling«, erklärt Tor und sieht, dass Maddy beim Stapeln der Kisten innehält. »Ich wünschte, meine Mutter wäre wie du. Sie ist lieb, nimmt mich aber nicht wahr. Immer geht es nur um Alice.«

Maddy schüttelt den Kopf. »Ich bin sicher, dass das nicht stimmt.«

»Du kennst meine Familie nicht, und im Grunde kennen die mich nicht. Sie haben keine Ahnung, dass ich mit meiner Freundin Lotte zusammenlebe. Dass wir, du weißt schon …« Tor schüttelt den Kopf. Warum ist es so einfach, mit Maddy zu reden, und sie bringt trotzdem die richtigen Worte nicht heraus?«

»Du bist …« Maddy versucht, ihr auf die Sprünge zu helfen. Sie sucht Tors Blick, und Tor errötet.

Sie sagt hastig: »Dass wir ein Paar sind, aber meine Familie … die wissen nicht mal, dass ich homosexuell bin.«

»Und warum hast du es ihnen nicht gesagt?«

»Weil …« Tor weiß nicht, wie sie ihre Beziehung mit Mike erklären soll und dass es ihren Eltern die Sprache verschlagen wird, wenn sie feststellen, dass das Ganze eine einzige Scharade war. »Im Grunde … weil ich glaube, dass sie mich verstoßen würden. Mich verurteilen würden.«

»Nein, das würden sie nicht.«

»Du kennst sie nicht. Meine Mum wird ja ›so enttäuscht‹ sein.«

»Also ich weiß, dass jemand, der ein Mädchen aufgezogen hat, aus dem eine Frau wie du geworden ist, ein guter Mensch sein muss, einer, der sich wünscht, dass du glücklich bist. Und außerdem, eine Mutter merkt immer, wenn ihr Kind lügt oder etwas vor ihr verbirgt. Zumindest dachte ich das bei Jamie. Jetzt aber stelle ich fest, dass er die ganze Last, den Druck, dem ich ihn ausgesetzt habe, und das daraus folgende Unglück für sich behalten hat«, gesteht sie mit gerunzelter Stirn, als sei ihr das gerade erst aufgegangen. »Was ich sagen will: Falls deine Mutter nicht schon längst Bescheid weiß, hat sie zumindest einen Verdacht, das garantiere ich dir. Alles, was sie sich für dich wünscht, ist, dass du dich glücklich und geborgen fühlst. Das ist es, was eine Mutter möchte.«

Tor nickt, als sie diese Sätze auf sich wirken lässt. Sie ist es so gewohnt, dass ihre Mutter Alice umsorgt, dass sie sich seit je ausgeschlossen fühlt, doch auf ihre Art hat ihre Mutter sie durchaus unterstützt. Sie hatte Tor darin bestärkt, ihren eigenen Weg zu gehen. Viele Mütter mischen sich in die Entscheidungen ihrer Töchter ein, doch Tor durfte immer selbst bestimmen, was sie wollte. Vielleicht hat Maddy ja recht. Vielleicht ist ihre Mutter stolz auf sie. Vielleicht hat sie das Gefühl, dass ihre Aufgabe in gewisser Weise erledigt ist, was bei Alice niemals der Fall sein wird.

Sie fand es seltsam heute, mitzubekommen, wie sehr es Maddy drängt, Jamie zu finden. Wäre ihre Mum genauso, wenn Tor vermisst würde? Die Vorstellung, ihre Mutter könnte verletzt sein, löst in Tor eine heftige Reaktion aus. Genau dasselbe Gefühl, wie wenn sie sie über Lotte aufklären würde, befürchtet sie. Doch was, wenn Maddy recht hat und ihre Mum ahnt, dass Tor ihr etwas verheimlicht? Sicherlich wäre das noch verletzender?

Schließlich ist es an der Zeit, nach Hause zu gehen, und Tor ist froh darüber. Ihre Knochen schmerzen, besonders der kleine Finger, dessen verkrümmter Knöchel ganz rot ist. Sie hofft auf einen kurzen Sprung ins Meer am nächsten Morgen, und Maddy meint, dass sie mitkommen wird.

Ehe sie sich verabschieden, erkundigt Tor sich noch nach Trent.

Maddy zuckt traurig die Schultern. »Ich schätze, es ist vorbei.«

»Du klingst nicht so sicher.«

»Es ist einfach nur traurig und chaotisch, und ich vermisse ihn, zumindest vermisse ich uns. Was wir einmal waren und was aus uns noch hätte werden können. Dann fällt mir wieder ein, was er getan hat, und dann, na ja … dann war's das.«

»Ja, das Leben ist chaotisch. Du musst nur bei einer Wohltätigkeitsorganisation mit Obdachlosen arbeiten, um zu verstehen, dass nichts jemals nur schwarz oder weiß ist. Es geht schlicht darum, immer wieder die lichteren Momente zu erkennen.«

»Wahrscheinlich.«

»Weißt du, was du brauchst?«

»Was denn?«

»Du solltest dich mit jemand anderem treffen.«

»Inwiefern würde das etwas ändern?«

»Würde es nicht. Aber es könnte Spaß machen.«

»Wo du es gerade erwähnst, es gibt da tatsächlich meinen Nachbarn Matteo.« Maddy schüttelt den Kopf und lächelt verlegen. »Ich kann gar nicht fassen, dass ich dir das überhaupt erzähle.«

»Matteo?«

»Der Besitzer von Luna. Er und ich, nun, wir haben uns … angefreundet? Und ich spüre … ich weiß auch nicht … eine gewisse gegenseitige Anziehung. Wir waren letzte Woche zweimal Kaffee trinken und verstehen uns wirklich gut.«

»Eine gewisse gegenseitige Anziehung? Das ist doch gut, oder? Vielleicht solltest du, du weißt schon, … einen Schritt auf ihn zugehen.«

»Im Ernst? Ist das nicht nur Ablenkung? Mache ich die Dinge damit nicht noch komplizierter?« Tor fällt Alice' alter Ausspruch ein aus den fröhlichen Tagen vor Graham. »Der einzige Weg, *über* jemanden hinwegzukommen, ist *unter* jemand anderem.«

Maddy muss lachen, und als Tor die Augenbrauen hochzieht, lacht sie noch mehr. »Hör auf. Hör bitte auf«, fleht sie.

# 20
## Schwimmen im Schnee

Heute ist Chris' Geburtstag. Er wäre sechzig geworden. In einem anderen Universum, wo Chris noch lebt und Covid nicht existiert, würden sie die geplante Party im Hotel feiern. Dominica fragt sich, ob die Rugby-Jungs für einen Skydive zusammengelegt hätten, und stellt sich vor, wie Chris in seinem neuen, dreiteiligen Anzug mit aufgekrempelten Hemdsärmeln das Geschenk entgegengenommen hätte. Sie stellt sich die Playlist vor, die er arrangiert hätte, und den Song, bei dem er sie höchstwahrscheinlich auf die Tanzfläche gezogen hätte – Al Greens ›Let's Stay Together‹. Sie sieht alles genau vor sich; es scheint beinahe greifbar. Jedes Detail ein Stich ins Herz.

Auf der Suche nach Ablenkung nimmt Dominica die iCloud in Angriff. In letzter Zeit hat sie vermehrt die Nachricht bekommen, der Speicherplatz sei voll, aber sie weigert sich aus Prinzip, mehr zu bezahlen. Chris hat immer von den großen Konzernen gesprochen, die einen reinlegen und dann drankriegen und Geld verlangen. Was ist falsch daran, seine Fotos bei Boots auszudrucken? Ein Ausspruch von ihm, der ihr noch in Erinnerung ist. Warum braucht man für alles ein Back-up auf einem Supercomputer am Meeresboden? Sie hat nie um so etwas gebeten. Wer hat schon Unterlagen, die *derart* wichtig sind? Sie stellt fest, dass Videos den meisten Platz auf ihrem Computer einnehmen. Und als sie die Videos aufruft, ist sie verblüfft über die Menge an Filmmaterial, das offenbar automatisch von Chris' altem Mobiltelefon herübergeladen worden ist.

Sie hatte keine Ahnung von der Existenz dieser Videos

und findet es die schönste Form eines Geburtstagsgeschenks. Als melde er sich jenseits des Grabes bei ihr. Und während sie sich durch das Filmmaterial von 2016 arbeitet, verwandeln sich ihre Vorurteile gegenüber der iCloud in demütige Dankbarkeit. Es war das Jahr, in dem sie auf der Honda Goldwing, das winzige Klappzelt in den Radtaschen, durch die Staaten gejuckelt sind. Chris, immer zu Späßen aufgelegt, filmt sich selbst, wie er mit breitestem Grinsen die Zeltplane zurückzieht, um sie zu wecken. Er hat ihr ständig Streiche gespielt, erinnert sie sich.

Die Erinnerungen tun schrecklich weh, aber es ist ein Schmerz, der süchtig macht. Sie kann nicht anders, als die Videos erneut abzuspielen, bis ihr vom vielen Weinen die Augen schmerzen. Am liebsten würde sie den Bildschirm zerschmettern und ins Gerät kriechen. Sie vermisst ihn so sehr, dass es sich anfühlt, als sei ihr Inneres nach außen gekehrt.

Emma ruft an, bevor sie zur Arbeit geht. Dominica hat ihren Anruf erwartet.

»Es schneit«, sagt Emma. »Die Kinder sind ganz aufgeregt.«

Dominica steht vom Schreibtisch auf und blickt aus dem Fenster in den düsteren Morgen, fragt sich, ob es hier unten im Süden ebenfalls anfangen wird.

»Chris hat den Schnee geliebt«, sagt Dominica, dann bricht ihr die Stimme.

»Ach, Süße.«

»Ich habe ein paar Videos gefunden. Ich schicke sie dir«, erzählt Dominica und erklärt Emma, was sie seit Tagesanbruch tut. »Ich bin wild entschlossen, mich nicht zum Kauf von mehr Speicherkapazität zwingen zu lassen. Nicht an Chris' Geburtstag. Er wäre außer sich.«

»Solche Benachrichtigungen bekomme ich auch. Ich

träume davon, dass jemand mit einem Klemmbrett am Tor zur Cloud steht und mich abhakt als jemanden, der die Ressourcen dieser Erde verschleudert, damit ein Supercomputer voller Fotos und Videos von meinen Grimassen schneidenden Kindern funktioniert.«

Beim Gedanken an ihre Nichten und Neffen muss Dominica lächeln, und ihr tut das Herz weh, als ihr wieder einfällt, wie die kleine Cerys eine Narzisse aus Seidenpapier gebastelt und geschickt hat, damit Dominica sie auf Chris' Sarg legt, und wie ihre Unterlippe zitterte, als Dominica sich auf FaceTime bei ihr bedankte. Diese Kinder vergötterten ihren Onkel. Bard und Owen fanden nichts schöner, als im Feuerwehrgriff von ihm über die Schulter geworfen und herumgewirbelt zu werden.

»Ich wünschte mir, ich wäre nicht so traurig«, sagt Emma.

»Ich weiß, Liebes. Mir geht es genauso. Aber er würde nicht wollen, dass wir ...«

»Ins Grübeln verfallen. Ich weiß.«

Ein kurzer Moment, und sie akzeptieren es beide.

»Oh, habe ich dir eigentlich erzählt, dass ich von meinem Arbeitgeber eine Mail bekommen habe?«, fragt Dominica. »Ich gehe nächsten Monat wieder ins Büro. Nach und nach holen sie uns zurück.«

»Das ist eine tolle Neuigkeit.«

*Wirklich?* Dominica überlegt, wie es sich wohl anfühlen wird, bei dem Reiseveranstalter wieder die Fäden ihres alten Lebens aufzunehmen. Der Gedanke an Kontakte mit Kunden und Kollegen macht sie nervös. Sie hat darum gebeten, nur an drei Tagen in der Woche zu arbeiten, um sich langsam wieder einzugewöhnen, aber sie weiß, wie vereinnahmend die Arbeit werden kann und sie sich dann unvermeidlich auf die anderen Tage ausdehnt.

»Hör zu. Ich muss gehen. Gehst du mit deinen Freundinnen schwimmen?«

»Im Schnee?«

»Hat dich das je abgehalten?«, meint Emma lachend.

Dominica ist versucht, ins Bett zurückzukehren, aber nachdem Emma aufgelegt hat, verschickt sie stattdessen eine WhatsApp-Nachricht. Emma hat recht. Sie muss heute etwas tun, um an Chris' Geburtstag ein Zeichen zu setzen. Etwas, das ihn mit Stolz erfüllt hätte. Bei Schnee zu schwimmen fühlt sich genau richtig an.

Mit dem Rad war es eine schlittrige Fahrt, die sie in Hochstimmung versetzt hat, und Dominicas Atem bildet Wölkchen, als sie das Rad abschließt und den Blick über den Strand wandern lässt. Auf allem liegt eine dünne Schneeschicht, so dass die stille Szene einer Weihnachtskarte gleicht, und die ausgebrannte Seebrücke zeichnet sich als scharfes Relief vor dem weißen Himmel ab. Das Meer ist bläulich grau – eine elegante Farbe, wie sie die Wände eines Boutique-Hotels zieren könnte. Es liegt glatt da, die Wellen laufen matt am Strand aus, als würden auch sie ihre Energie aufsparen.

Die Kiesel sind festgefroren, als Dominica den Strand betritt. Beim Gehen fühlt es sich seltsam an, und sie lacht überrascht auf, als sie bei den anderen ankommt.

Helga ist ganz aufgekratzt und erzählt von einem Zeitungsartikel über ein paar hartgesottene Schotten, die mit einer Axt zum Schwimmen losgezogen seien, um das Eis aufzuschlagen und in das Loch zu steigen. Im Vergleich dazu sei das hier gar nichts, sagt sie, als sie sich auf den Weg machen. Dominica weiß, dass Helga mit ihrem abenteuerlichen Leben sie alle für Weicheier aus dem Süden hält, dennoch trägt sie, wie Claire und Dominica auch, als Zugeständnis an das Wetter eine Pudelmütze zu ihrem Badeanzug.

Maddy steckt von Kopf bis Fuß in ihrem Wetsuit; sie erklärt, sie fühle sich gut geschützt, und wartet, bis alle umgezogen sind. Sie öffnet den Chat auf ihrem Telefon und sieht, dass Tor es an diesem Morgen nicht schaffen wird.

»Ich habe übrigens nachgedacht ... über Tor«, sagt Claire.

»Oh?«, meint Dominica.

»Ich habe da im Radio etwas gehört«, sagt Claire. »Sie wollen Helden der Gemeinde ehren. Menschen, die sich während des Lockdowns besonders hervorgetan haben. Maddy und ich dachten, wir sollten Home Help nominieren – und ganz besonders Tor.«

»Das ist eine großartige Idee«, sagt Dominica.

»Wenn ich euch den Link schicke, könnt ihr beide sie ebenfalls nominieren«, sagt Maddy. »Aber verratet ihr nichts.«

»Na klar«, sagt Dominica und ist froh, dass auch Maddy und Claire Tor unterstützen wollen. Sie möchten sie eindeutig beschützen. Genau wie Dominica, die liebend gern die Gelegenheit ergreift, Tor mehr Sichtbarkeit und Anerkennung zu verschaffen. Sie ist ein gutes Mädchen. Eines der besten.

Sie unterhalten sich über Tors Wohltätigkeitsschwimmen in ein paar Wochen, und Dominica verkündet, dass sie Tor bereits zugesagt habe. Maddy sagt, sie werde auch kommen.

Vielleicht schafft Dominica es, ihre Kollegen aus dem Büro zu fragen, ob sie sie finanziell unterstützen wollen. Der Himmel weiß, wie oft die sie schon zu ihren Wohltätigkeitsaktionen gedrängt haben.

Das Wasser ist eiskalt, als Dominica einen Fuß in eine abfließende Welle hält, und Claire streckt ihr die Hand hin. Gemeinsam gehen sie konzentriert, Schritt für Schritt und ohne ein Wort hinein. Helga ist ihnen voraus, und sogar sie zögert mehr als gewöhnlich, muss sich an die Temperatur erst gewöhnen. Sie schöpft Wasser und gießt es sich über die Schultern.

Langsam tastet sich Dominica vor, versucht, ihren Körper an den Schock zu gewöhnen. Sie atmet tief, blickt versonnen zum Horizont. In der Ferne flitzen zwei Kormorane über die Wasseroberfläche, ihr kehliger Ruf hallt laut über das fast reglose Wasser.

Bis zur Taille im Wasser, wappnet sie sich und taucht die Schultern unter. Ein Gefühl, wie in Quecksilber zu schwimmen. Ihr Körper summt, als sich das Blut aus den Extremitäten zurückzieht.

»Ich kann nicht glauben, dass ich im Schnee schwimme.« Claire beugt sich nach hinten, um mit offenem Mund eine Schneeflocke einzufangen. Ein paar schüchterne Flöckchen schwebten vom Himmel. Ihre Augen funkeln voller Staunen, und Dominica versteht, was sie meint. Schnee kann alles verzaubern, doch im Wasser fühlt er sich noch sehr viel besonderer an. Der Schnee fällt jetzt dichter, eine weiche weiße Decke legt sich über die Steine am Ufer.

Einen Augenblick lang schweigen alle, immer noch im Wasser. Dominica ist an ihre fröhliche Schwatzhaftigkeit im Meer gewöhnt, umso mehr fällt ihr jetzt das ehrfürchtige Schweigen auf, während um sie herum sachte die Schneeflocken vom Himmel schweben. Es ist ein sehr elementares Gefühl. Dominica ist sich ihrer unendlichen Winzigkeit im Universum bewusst.

Die Frauen schwimmen schweigend weiter, und sie stellt sie sich als Nonnen vor, die in einem Kloster umhergleiten. Ihrem heutigen Schwimmen haftet eindeutig etwas Religiöses an.

Auf dem Rückweg zum Strand bricht Dominica das Schweigen.

»Heute ist Chris' Geburtstag«, verkündet sie. Irgendwie erscheint es ihr sicher, an diesem stillen, magischen Ort mit den Freundinnen über ihre Gefühle zu sprechen. »Er hatte solch einen Abenteuergeist. Heute Morgen habe ich Aufnahmen von einigen unserer alten Urlaubsreisen gefunden. Das hier hätte ihm gefallen.«

»O Dominica«, sagt Helga. Ihre Stimme ist voller Mitgefühl. »Dann ist heute ein harter Tag.«

»Du weißt, dass mein Mann, Pim, Physiklehrer ist?«, fragt Claire.

Sie wusste es nicht, aber es leuchtet ihr ein, dass Claire mit einem intelligenten Mann zusammen ist. Auch wenn sie sich manchmal kleinmacht, hat sie doch einen scharfen Verstand.

»Er redet immerzu von Einsteins Ansicht über den Tod«, fährt Claire fort.

»Ach ja?«, sagt Dominica interessiert.

»Einstein hatte die Vorstellung, dass Energie immer erhalten bleibt. Wenn das stimmt, dann, sagt die Wissenschaft, ist Chris' Energie – seine Wärme, alles, was ihn zu *ihm* gemacht hat – immer noch dort draußen im Universum. Seine Energie ist immer noch da.«

Sie schwimmen ein Stückchen weiter, dann bemerkt Helga: »Und dann existieren Vergangenheit, Gegenwart und Zukunft gleichzeitig. Und alle diese Videos? Alle diese Momente spielen sich irgendwo in der Raumzeit immer noch ab.«

Dominica spürt, wie in ihr heftige Gefühle aufwallen; sie äußern sich als eine Art Seufzer, in die wirbelnden Flocken hinauf. Sie blickt zum Himmel, denkt, dass dieser Augenblick – dieser spezielle Augenblick mit ihren Freundinnen im Schnee – ebenfalls mit ihr durch die Zeit reisen wird. Ein sehr tröstlicher Gedanke.

»Ich denke ständig daran, dass wir eine Party gefeiert hätten«, sagt Dominica. »Ich sehe sie ganz deutlich vor mir.«

»Vielleicht hat Claire recht. Irgendwo geht alles weiter«, meint Maddy. »Und hoffentlich ohne diese verdammten Covid-Regeln, die alles kaputtmachen.«

»Das hoffe ich auch. Obwohl Chris eine peinliche Rede gehalten hätte«, sagt Dominica lächelnd.

»Wieso peinlich?«, fragt Maddy.

Dominica merkt, wie sich ihr die Kehle zuschnürt. »Na ja, indem er allen erzählt hätte ... gesagt hätte ...« Sie schüttelt den Kopf. Sie weiß, die anderen warten darauf, dass sie etwas sagt, dieser Moment im stillen Schnee erfordert Aufrichtigkeit. »Er hätte den Leuten erzählt, ich sei die Liebe seines Lebens.« Ein Schluchzer entfährt ihr. »Entschuldigt, es ist peinlich. Ich war immer so verlegen, wenn er so was sagte, aber ich hätte ... ich hätte ...«

»Was?«, fragt Helga.

»Ich hätte mich vermutlich bedanken sollen«, sagt sie.

»Aber diese Liebe ist nicht gestorben«, sagt Claire. »Mit ihm. Sie ist da. Sie ist in dir.«

Dominica nickt, und ihre Tränen vermischen sich mit dem Salzwasser.

»Er klingt wie ein wirklich guter Typ«, sagt Maddy. »Es tut mir sehr leid, dass es so weh tut.«

»Nun, falls du zuhörst, Chris, herzlichen Glückwunsch zum Geburtstag«, sagt Helga und beugt sich blinzelnd nach hinten.

»Herzlichen Glückwunsch«, wiederholen Maddy und Claire und blinzeln im Schnee.

Dominica nickt lächelnd, kann aber nicht sprechen, ihr Herz ist so voll.

# 21
## Ein kurzer Blick ins Nachbarhaus

Der Laden an ihrer Ecke ist in den letzten Jahren feudal geworden, und Helga ist sauer, empfindet es als ungerecht, dass sie warten muss, bis der Typ hinter der Theke sich endlich herablässt, sie zu bedienen. Er ist mit der gewaltigen, zischenden Kaffeemaschine beschäftigt und braucht Ewigkeiten, bis er sich ihr zuwendet, um ihre Milch, die Eier und das Mehl einzuscannen. Sie ist nicht religiös, aber heute Morgen hat sie im Radio gehört, dass Fastnachtsdienstag ist, und sie hat Lust, Pfannkuchen zu backen. Dominica hatte vorausgesagt, der Schnee werde nicht lange halten, aber Helga kann eine dräuende schwarzgraue Wolke ausmachen. Sie wird Mühe haben, rechtzeitig nach Hause zu kommen, ehe der Himmel seine Schleusen öffnet. Sie kennt sich mit solchen Wolken aus. Schon klatschen ein paar dicke Tropfen gegen die Schaufensterscheibe und kündigen den Regenguss an. Sie grummelt ärgerlich und überlegt, ob sie ihre Sachen einfach liegenlassen und loslaufen soll.

Stattdessen zwingt sie sich, Ruhe zu bewahren, dann driften ihre Gedanken wieder zu ›Tweet of the Day‹, ihrer Lieblingssendung bei Radio 4, und den faszinierenden Informationen über Buch- und Bergfinken. Sie hat nicht gewusst, dass Buchfinken in ihren immer auf einen Triller endenden Rufen regionale Dialekte entwickeln. In der Sendung wurde darauf hingewiesen, dass dieser Klangschnörkel am Ende für manche wie ›Ingwerbier‹ klingt, was Helga gut gefällt, und so hat sie versucht, ihn bei ihrem Freund herauszuhören, dem Buchfinken in der hohen Platane am Ende der Gasse. Aus einer Laune heraus nimmt sie noch eine Flasche Ingwerbier aus dem Regal und bezahlt. Der Mann beobachtet sie argwöhnisch über seine Maske hinweg.

Draußen setzt Helga die Kapuze ihrer uralten gelben Öljacke auf, überquert die Straße und biegt in die Gasse ein, die zu den Cottages führt. In einem Hauseingang hockt ein junger Typ und raucht einen stinkenden Joint, eine ganze Wolke weht Helga ins Gesicht. Bei dem unangenehmen Geruch muss sie husten. Ihre Blicke treffen sich.

»Warum hörst du nicht auf, diesen Mist zu rauchen«, murmelt sie. »Er wird dein Gehirn verfaulen lassen.«

»Verpiss dich.«

»Deine Antworten würde es vielleicht auch verbessern.«

Sie geht weiter, spürt seinen drohenden Blick im Rücken. Ihr Puls geht schneller, aber sie beschleunigt nicht. Sie steht zu ihren Worten. Sie kann es nicht ertragen, diese kaputten, von Drogen und Alkoholmissbrauch zerrütteten jungen Typen zu sehen. Sie ist immer sehr stolz darauf gewesen, dass sie sich nicht scheut, die Dinge beim Namen zu nennen, aber während sie die schmale Gasse entlanggeht, geht ihr auf, dass das vielleicht dumm war. Was, wenn er ihr folgt?

Und dann kommt ihr plötzlich ein Gedanke ... was, wenn es sich bei diesem Jungen um Jamie handelt? Maddys Sohn? Sie dreht sich um und überlegt, ob sie umkehren und ihn fragen soll, aber er ist weg. Da liegt nur noch ein Stück Karton, auf dem er saß und nassgeregnet wurde. Die Vorstellung, dass sie vielleicht eine persönliche Verbindung zu ihm hat, macht ihr zu schaffen. Gerade in diesem Moment kommt Will, der Nachbar von nebenan, aus seinem Haus. Er hält seine hochschwangere Frau Katie an der Hand, die sich an ihm festhält, als ginge es um Leben und Tod. Ihre roten Wangen sind geschwollen.

»Ist sie ...?«, fragt Helga, als Katie einen erstickten Laut von sich gibt und ihre Knie nachgeben. Sie kann sehen, dass Wills Finger sich unter ihrem Griff lila verfärben.

»Wir fahren ins Krankenhaus, aber wir müssen Josh mitnehmen. Der Zug meiner Mutter ist unterwegs steckengeblieben. Es ist ein Albtraum«, sagt Will. Er klingt geängstigt. »Komm schon, Josh. Beeil dich«, drängt er.

Helga sieht, wie es ihn zerreißt – wie er versucht, seine Frau zu unterstützen, aber auch sein Kind nicht ängstigen will. Beide sind schon klatschnass. Helga blickt zu dem kleinen Jungen, der sich hinter dem Türrahmen verbirgt. Er ist immer noch im Schlafanzug, hält einen Spielzeughasen umklammert und presst ein Hasenohr an seine Oberlippe.

»Jetzt komm schon, Kumpel, los geht's. Wir müssen Mummy ins Krankenhaus bringen«, versucht Will, ihm gut zuzureden. Er wirkt verzweifelt.

»Ich passe auf ihn auf, bis sie kommt«, bietet Helga an. »Ihre Mutter, meine ich. Ich tue es gern.«

»Wirklich?«

Helga versucht, Ruhe auszustrahlen. »Ja. Sicher. Ich helfe wirklich gern.«

Katies Knie geben wieder nach. »Schnell.«

»Granny kommt in wenigen Minuten.« Will kniet vor dem Kind, küsst es und sagt: »In Ordnung? Bist du ein braver Junge und wartest mit …?«

»Helga«, erinnert ihn Helga. »Er kann mit zu mir kommen, wenn er möchte«, schlägt sie vor, aber Will schüttelt den Kopf. »Können Sie bei uns mit ihm warten? Es ist gegen die Regeln, glaube ich, bin mir aber nicht sicher. Das hier ist ein Notfall, oder nicht?«

Helga nickt und steigt über den niedrigen Zaun – was sie noch nie getan hat –, und Will küsst den kleinen Jungen auf den Scheitel. »Sei ein guter Junge, ja?« Er sieht nervös zu

Helga. »Danke. Meine Mutter wird nicht mehr lange brauchen. Fünfzehn Minuten, höchstens.«

»Wiiiillll«, stöhnt Katie.

»Gehen Sie. Ach, was macht er denn gern? Muss er etwas essen?«

»Josh? Nein. Er hat bereits gegessen. Er malt gern. Er malt immerzu.«

»Dann zeige ich ihm, wie man ein Boot malt.« Der kleine Junge sieht mit großen, furchtsamen braunen Augen zu ihr auf. »Es ist in Ordnung. Ich beiße nicht«, erklärt sie ihm. »Viel Glück«, ruft sie noch, bevor sie die Tür schließt.

Wills und Katies Cottage sieht aus, wie auch ihr Haus aussehen könnte, wenn sie sich ein bisschen Mühe gegeben und es modernisiert hätte. Es ist hell und licht, überall stehen üppige Zimmerpflanzen und Leinensofas.

»Magst du mir dein Bild zeigen?«, fragt Helga, während sie ihren nassen Mantel auszieht und neben die Tür hängt. Josh geht zu einem Schreibtisch in der offenen Küche, hebt bedächtig den Deckel und zieht einen Stapel A3-Blätter heraus, alles Bleistift- und Buntstiftzeichnungen, manche ganz zerknittert von dick aufgetragener Farbe. Er bringt sie ihr, und Helga studiert jedes Blatt sorgfältig. Sie erkennt, dass die Proportionen bei allen stimmen, dass der kleine Josh ein gutes Auge hat.

Helga kniet sich mit knirschenden Gelenken neben den Tisch, nimmt die Buntstifte und ein frisches Blatt Papier.

»Ich hatte einmal ein Boot«, erzählt sie ihm. »Die *Sheelagh*. Sie hatte ein mächtiges Großsegel, so wie dieses.«

Sie zeichnet die Yacht, erzählt vom Ruderhaus, von Dschunkensegeln und dass der Spinnaker höllisch schwer einzuholen war. Der kleine Junge sagt noch immer kein Wort, hört aber aufmerksam zu und verfolgt mit den Augen den

Stift, der über das Papier gleitet, während Helga ihre Tage auf See beschreibt.

»Wie wär's, wenn du mal versuchst, die *Sheelagh* zu malen?«, sagt sie schließlich. Sie gibt ihm den Stift, und er versucht, ihr Bild nachzumalen. Während er konzentriert zeichnet, neigt sie den Kopf und beobachtet seinen ernsten Gesichtsausdruck, die Zungenspitze, die sich im Mundwinkel zeigt. Sie nimmt wortlos ein Blatt Papier und fertigt eine Skizze von ihm an.

Tatsächlich sind sie beide so vertieft, dass sie zusammenfährt, als die Tür mit einem Schlüssel geöffnet wird. Eine Frau betritt geräuschvoll den Raum. Sie wirkt erhitzt und gestresst. Offenbar Wills Mutter. Sie trägt einen schicken Trenchcoat, ihr weißes Haar ist kurzgeschnitten.

»Josh?«, ruft sie. »Josh. Alles in Ordnung? Ich bin so schnell wie möglich gekommen.« Sie läuft in die Küche und stellt den triefenden Schirm in den Ausguss. »Ach, Kind.« Josh lässt den Stift fallen und läuft in ihre Arme.

Helga steht mit schmerzenden Knien vom Fußboden auf. Die Skizze von Josh lässt sie liegen und hält sich am Tisch fest, als sich in ihrem Kopf plötzlich alles dreht.

»Sie müssen die Nachbarin sein«, sagt Wills Mutter.

»Helga. Ja.«

»Ich bin Judith. Danke, dass Sie auf ihn aufgepasst haben. Diese verdammten Züge. Es war ein Albtraum. Aber jetzt bin ich da.«

Helga nickt und will zur Tür gehen, ist aber ganz steif.

»Geht es Ihnen gut? Sie zittern ja.«

»Ich war vorhin im Meer schwimmen«, erklärt sie Judith.

»Im Meer?« Judith sieht sie an, als hätte sie sich verhört.

Helga nickt. »Ich versuche, an den meisten Tagen schwimmen zu gehen.«

»Das ist ja beeindruckend.«

»Ich bin noch nicht wieder warm geworden. Das ist alles.«

Sie lässt Judith mit Josh allein. An der Tür dreht sie sich noch einmal um und sieht, wie die Großmutter den kleinen Jungen auf ihrem Schoß in die Arme nimmt. Ihre Bewegungen sind geübt und sicher, und Helga verspürt ein ihr unbekanntes Neidgefühl.

»Auf Wiedersehen, Josh«, sagt sie traurig, weil sie sich plötzlich so überflüssig vorkommt.

Judith lächelt kurz, dann ist sie entlassen, und Helga versichert, sie finde allein hinaus.

Sie geht zurück in ihr Cottage, schließt die Tür und überlegt, dass Judiths Leben ganz anders aussieht als ihres. Sie sagt sich, dass einzig und allein ihr Stolz daran schuld ist. Sie hätte sich anders entscheiden können. Sie hätte eine Familie haben können. Auch sie könnte ein Enkelkind haben, das sie liebt, stattdessen ist sie allein. Bisher war sie immer einverstanden mit dem Alleinsein. Und zwar ganz entschieden. Doch während jetzt im Wintergarten der Regen gegen die Scheiben trommelt, fühlt sie sich auf ungewohnte Weise völlig ratlos.

# 22
## Nacht der Verabredungen

Matteo lehnt in seiner Wohnungstür und blickt zu dem Leck in der Decke des Hausflurs.

»Es ist einfach gnadenlos«, sagt Maddy und stellt einen Kochtopf aus der Küche ihres Airbnbs darunter. »Fast wie bei einer Wasserfolter.«

»Wohl wahr.«

Trotz des Lecks in der Decke hat sie Schuldgefühle, weil sie drinnen im Warmen ist. Ob Jamie sich irgendwo da draußen im kalten Regen herumtreibt? Was, wenn er in einem Zelt haust? Oder in einer miesen, feuchten Unterkunft? Seit dem Gespräch mit Vic hat sie ihre Bemühungen verstärkt und hofft täglich auf eine neue Nachricht. Sicherlich hat er die Plakate gesehen, die sie aufgehängt hat, oder er hat beim Sozialdienst erfahren, dass sie in der Stadt ist und nach ihm sucht?

»Machst du dir Sorgen wegen Jamie?«, fragt Matteo. Sie lächelt traurig, verwundert, dass er so leicht ihre Gedanken lesen kann.

»Mir geht immerzu durch den Kopf … was, wenn er weiß, dass ich hier bin, und mich absichtlich ignoriert? Was dann?«

»Ich halte das für höchst unwahrscheinlich. Im Ernst, Maddy. Du tust doch alles, was du kannst. Ich bin sicher, du findest ihn ganz bald.«

Sie mag es, dass er so gelassen reagiert und immer eine rationale, von gesundem Menschenverstand geleitete Meinung hat. Was hätte sie bloß in den vergangenen Wochen ohne seine klugen, tröstlichen Worte getan?

»Wie wär's, wenn du zum Essen kämst? Heute Abend?«, schlägt er vor, und sie dreht sich zu ihm.

»Zum Abendessen?«

»Ja, zum Abendessen. Ich kann durchaus kochen«, sagt er. »Aber es gibt nur was Kleines, Improvisiertes.«

»Ja, gern. Ich nehme an ... ich meine, ich habe eigentlich nichts vor.« Sie kommt sich lächerlich vor, als sie das sagt. Natürlich weiß er, dass sie nichts vorhat.

»Dann komm doch um acht.«

Er lächelt, und als sie begreift, dass die Unterhaltung beendet ist, geht sie zurück in ihre Wohnung und lehnt sich erst einmal gegen die Tür.

Abendessen.

Ein Date.

Ein Date mit Abendessen.

Sie war seit Jahrzehnten nicht mehr mit einem Mann verabredet beziehungsweise von einem Mann zum Abendessen eingeladen, und jetzt ist sie starr vor Unentschlossenheit, als sie im Geist ihre Garderobe durchgeht und was jede dieser Entscheidungen unbeabsichtigt aussagen könnte.

Sie nimmt ihr Telefon und verschickt eine Nachricht an die Sea-Gals. »Bin bei Matteo zum Abendessen eingeladen. Hilfe!« Prompt ist sie in Panik, wie albern sich das wohl anhört. Sie könnte beinahe Tors Mutter sein.

»Endlich«, antwortet Tor beinahe augenblicklich. »Nichts wie ran. Viel Glück.«

»Ich bin so nervös«, antwortet Maddy.

»Du bist aus der Übung«, schreibt Claire zurück. »Alles wird gut.«

Maddy lacht. Vielleicht stimmt es. Es gab eine Zeit, da platzte sie nur so vor Selbstvertrauen, wenn es um Männer und Dates ging. Immer war sie es, die alles unter Kontrolle hatte, die sagte, wo es langging, flirtete und ständig ihre Möglichkeiten abwog. Sie muss daran denken, wie Lisa und sie im Taxi quer durch London zur nächsten Party fuhren. Damals war sie so unbeschwert und fröhlich.

Nach der Dusche föhnt Maddy sich die Haare und lackiert die Nägel, stellt fest, dass diese kleinen persönlichen Rituale ihr fehlen, seit sie in Brighton ist und mit dem Schwimmen angefangen hat. Wozu hätte sie sich auch die Haare föhnen sollen, wenn sie später unter einer Kappe stecken? Sie hat bisher auch wenig Lust gehabt, ein Nagelstudio aufzusuchen, obwohl diese wieder geöffnet haben.

Sie zieht sich um, schlüpft in ihr Glitzertop und sprüht sich etwas Jo-Loves-Parfüm auf die Handgelenke. Und dann, als Zugabe, auch noch zwischen die Brüste. Verstohlen blickt sie in den Spiegel. Plant sie etwa, Matteo in die Nähe ihrer Brüste zu lassen? Doch sicherlich nicht? Sie verhält sich wie eine Verzweifelte, sagt sie sich. Matteo ist nur ein Freund. Ein Nachbar. Und mehr als zehn Jahre jünger als sie.

Trotzdem hat sie Herzklopfen, als sie vor seiner Tür steht. Sie umklammert die gekühlte Flasche Albarino, die sie beim Weinhändler in der Stadt erstanden hat, und genießt die Kälte an den Handflächen.

Matteo öffnet die Tür, beugt sich vor und küsst sie auf die Wange. Er trägt ein hübsches blaues Hemd und gutgeschnittene Jeans, ein leinenes Geschirrtuch hängt über seiner Schulter. Er ist glatt rasiert, stellt sie fest, und seine Haare sind ordentlicher als bisher. Er lächelt. »Du siehst hübsch aus«, sagt er, und es klingt, als meinte er es auch. »Hereinspaziert, hereinspaziert.«

Sie möchte ihn umarmen oder ihn auf die Wange küssen, aber seit die Covid-Welle durchs Land schwappt, sollte man eigentlich Distanz halten. Sie hat sich zu Hause getestet und versichert ihm, dass alles in Ordnung sei, als sie seine Wohnung betritt.

Sofort fällt ihr auf, wie geschickt durch die Beleuchtung eine behagliche Atmosphäre geschaffen ist. Auf dem alten Plattenspieler läuft ›Hejira‹, ihre Lieblings-LP von Joni Mitchell, und auf dem Herd köchelt in einem angeschlagenen orangefarbenen Le-Creuset-Bräter etwas, das einen köstlichen Duft verbreitet. Von ihren Freunden wird sie immer in deren modernen, todschick eingerichteten Häusern bewirtet, doch hier wirkt alles auf gute Weise ein bisschen abgenutzt, fast studentisch. Es gibt sogar einen Macramé-Übertopf, in dem eine wild wuchernde Grünlilie wächst.

Er bringt ihr in einem winzigen geschliffenen Glas einen Sherry – »echten Sherry, nicht dieses ungenießbare englische Weihnachtszeug«, frotzelt er –, und sie setzt sich am Küchentresen auf die Kante eines 70er-Jahre-Retro-Hockers, während er eine Platte köstlich aussehender Tapas arrangiert – kleine runde, getoastete Weißbrotscheiben mit zerlaufendem Käse.

Es ist so lange her, seit jemand für sie gekocht hat, dass jeder Happen köstlicher schmeckt als alles, was sie je in ihrem Leben in einem Sterne-Restaurant vorgesetzt bekommen hat. Trent liebt solche Orte mit dem ganzen Getue. Wo es darum geht, den besten Tisch zu ergattern und ein Vermögen für einen guten Wein hinzublättern, einfach nur um anzugeben. In Wahrheit ist er jedoch kein Gourmet. Als sie jetzt Matteo dabei beobachtet, wie er die Soße abschmeckt und noch eine Prise Salz hinzufügt, kann sie sehen, dass Essen für diesen Mann ein sinnlicher Genuss ist.

Matteo deckt für zwei Personen auf dem Küchentresen auf hübschen Raffiasets, reicht ihr eine ockerfarbene Leinenserviette und serviert in Keramikschalen ein spanisches Ragout.

»Hast du etwas dagegen, wenn ich ein Foto mache?«, fragt sie.

»Wovon?«

Sie kommt sich albern vor. »Ich habe diesen Account und … na ja, ich muss immer weiter posten. Darum geht's. Und das hier … das sieht sehr instagramabel aus.«

Matteo schaut in den Topf, als sei das eine Überraschung. »Tatsächlich?«

»Ja«, erwidert Maddy, macht ein Foto, formatiert es rasch und hält es hoch. In dem ständigen Versuch, zwischen ihrem heutigen Alltag und ihrem früheren anspruchsvollen Lebensstil eine Verbindung herzustellen, hat sie in letzter Zeit wahllos Sachen gepostet, doch allmählich wirken diese Versuche immer verzweifelter. Das Bemühen, die angeblich kleinen Dinge ernst zu nehmen und gleichzeitig so zu tun, als führe sie ein ästhetisch anspruchsvolles, angenehmes Leben, wächst sich zu echtem Stress aus, gelinde gesagt.

Sie hält ihm ihr Telefon hin.

»Siehst du? Macht doch einen sehr essbaren Eindruck«, meint sie. »Soll ich dich mit aufnehmen?«

»O nein«, antwortet er und schüttelt den Kopf. »Ich mache bei diesen sozialen Medien nicht mit.«

»Du machst nicht … willst du damit sagen, du hast keine Accounts?«

»Ich hatte welche, habe sie aber alle gelöscht. Ich weiß nicht, wofür sie gut sein sollen. Ich bin schüchtern, und das Ganze hat mich einfach gestresst. Außerdem haben sich Freunde von mir auf Twitter getrennt. Ich finde, es tötet die Sprache – alles wird zu kurzen Häppchen reduziert. Es gibt keinen Raum für Humor, für Zwischentöne oder … wie ist noch mal das Wort … nein … Nu …?« Er verzieht das Gesicht bei dem Versuch, sich zu erinnern.

»Nuancen?«

»Nuancen. Genau. Außerdem glaube ich, dass die Probleme meiner Freundin – meiner Ex«, korrigiert er sich, »damit zu tun hatten, dass sie dauernd online war. Sie litt an Essstörungen und …«, er zuckt seufzend die Schultern, »ich persönlich glaube, ihre Besessenheit mit Instagram hat alles sehr verschlimmert. Die ständigen Vergleiche mit anderen haben ihr Selbstwertgefühl zerstört. Ich verstehe einfach nicht, was daran gut sein soll.«

Maddy fühlt sich von seiner ehrlichen Einschätzung zurechtgewiesen. Sie weiß, dass ihr Selbstwertgefühl ebenfalls unter den ständigen Vergleichen gelitten hat, aber von Matteo an die Gefahren von Social Media erinnert zu werden, ist ernüchternd. Denn immerhin ist sie selbst auch süchtig, oder etwa nicht? Der Gedanke, dass er sie deshalb weniger schätzen könnte, reicht aus, das Telefon zur Seite zu legen, und sie beschließt, es in seiner Gegenwart nicht wieder zu benutzen.

Die Unterhaltung verläuft zwanglos, und bald sind sie bei ihrer Suche nach Jamie angelangt. Matteo scheint aufrichtig zu bedauern, dass sie ihn noch immer nicht gefunden hat. Sie ertappt sich dabei, wie sie ihm erzählt, dass sie online Kontakt zu seinen Freunden aufgenommen hat, und wie sehr es sie schmerzt, dass offenbar alle nichts mehr mit ihm zu tun haben.

Sie schildert ihm ausführlich Jamies Thailandreise und in welch schlechter Verfassung er danach war. Sie beschreibt die angespannte Atmosphäre zu Hause und wie sich vergangenen Januar alles zuspitzte. Sie schaudert, wenn sie an den Streit denkt und wie Jamie nach dem Essen die Sicherung durchbrannte, weil er Trents inständige Bitte, sein Leben zu ändern, sehr persönlich genommen hatte. Er war über sie beide hergefallen, hatte ihnen erklärt, dass sie als Eltern völlig nutzlos seien.

Trent war wütend geworden, sie jedoch war eher verletzt. Sie erinnert sich, dass sie weinte und zu Jamie sagte, dass er das sicher nicht so meine, doch er machte immer weiter, in immer gemeineren Worten, schrie ihr ins Gesicht, er hasse alles, wofür sie stehe. Trent versuchte natürlich, ihn zu einer Entschuldigung zu bewegen, doch daraufhin richtete Jamie seine Wut gegen Trent, und es wurde sehr schnell körperlich. Sie weiß noch, dass sie versuchte, die beiden zu trennen. Als Trent Jamie einen Schlag versetzte, verfärbte sich sein Auge beinahe augenblicklich blau.

Die Körperlichkeit der Auseinandersetzung treibt ihr die Scham ins Gesicht – bis heute.

»Und dann ist Jamie gegangen. Er verließ einfach das Haus«, erzählt sie Matteo. »Er war schon als kleiner Junge so dramatisch, aber es war furchtbar. Ich dachte lange, er würde zurückkommen und sich entschuldigen.«

»Das muss sehr hart gewesen sein.«

»Ich fand es schrecklich, dass Trent ihn geschlagen hat und wir die Kontrolle verloren haben, aber Trent zeigte nicht die geringste Einsicht. Er sagte, Jamie hätte es kommen sehen müssen und dass er es verdient habe. Dass wir uns nicht mit emotionalem Missbrauch durch unseren Sohn abfinden dürften. Trent meinte, es sei an der Zeit, dass Jamie selbst Verantwortung übernehme, aber ...« Maddy seufzt und nippt an ihrem Wein. Über all das sprechen zu können, ist gleichzeitig beängstigend und befreiend. »Ich wünschte, ich könnte die Zeit zurückdrehen und es anders machen. Uns zurücknehmen und verstehen, dass er Hilfe brauchte. Denn jetzt ... jetzt bin ich wirklich in Sorge.«

»Kann dein Mann dir nicht helfen? Könnt ihr Jamie

nicht gemeinsam suchen?«, fragt Matteo und sieht sie dabei unverwandt an; sie versinkt in seinem warmen Blick.

»Nein.« Sie schüttelt den Kopf. »Es ist zu kompliziert … lass uns nicht weiter über Trent reden.« Sie möchte Trent nicht hier in diesem angenehmen Zimmer haben, in diesem angenehmen Moment.

»Einverstanden.«

Sie hat Schmetterlinge im Bauch und spürt, wie lang vergessene erotische Gefühle sich regen. Blitzschnell sausen ihr Szenarien durch den Kopf – ihre Hand auf seiner nackten Brust, ihre Beine, die sich um seinen Körper schlingen. »Lass uns stattdessen über das Dessert reden«, sagt er.

Er hat eine Crema Catalana zubereitet, die sogar noch besser schmeckt als das Hauptgericht. Maddy fühlt sich nach Strich und Faden verwöhnt, als sie später auf dem Sofa sitzen und er ihr einen Brandy serviert. Sie hat bereits seine Plattensammlung inspiziert, und auf der Anlage läuft James Taylor. Luna liegt schlafend in ihrem Korb, während draußen der Regen gegen die Scheiben trommelt. Matteo legt den Arm auf die Sofalehne und streicht ihr das Haar aus dem Gesicht.

Ein kurzer Moment, und sie sieht die Frage in seinen Augen. Sie muss nur das richtige Signal setzen, dann landen sie in seinem Bett.

Sie wird jedoch von Panik erfasst, als sie sich die nächsten fünf Minuten vorstellt. Denn sosehr sie sich zu ihm hinüberbeugen und ihn küssen möchte – und sie weiß, dass sie den ersten Schritt zu machen hat, schließlich ist er ein Gentleman –, ist sie weder mutig noch selbstbewusst genug, um das Versprechen eines Kusses einzulösen.

»Ich habe Neuigkeiten«, sagt er.

»Oh?«

»Zu Hause hat sich ein neuer Job ergeben, für den ich

mich beworben hatte, und heute habe ich erfahren, dass ich ihn bekomme.«

»Das ist großartig, Matteo.«

Plötzlich ist sie verlegen, weil sie die ganze Zeit nur über sich gesprochen hat, während er sicher seine Neuigkeit loswerden wollte. Er hat sie nicht küssen wollen ... *er wollte, dass sie den Mund hält.*

»Wann gehst du?«

»Bald ... na ja, sobald ich reisen kann. Mit Sicherheit im Sommer.«

»Oh.«

»Alles wird dann wohl anders werden«, sagt er und streicht mit den Händen über seine Oberschenkel. Seine fantastisch schlanken Oberschenkel, wie sie feststellt.

»Aber ... das ist doch gut, oder?« Sie versucht zu lächeln, klingt aber angespannt.

»Ja. Ich freue mich.«

Ihre Blicke begegnen sich kurz, und ihr Herz hämmert. Sie möchte cool sein, platzt aber beinahe vor Gefühlen. Sie möchte nicht, dass er weggeht. Er hat es geschafft, dass sie sich hier sicher fühlt, und hat ihr geholfen, mit diesem seltsamen, neuen unabhängigen Leben zurechtzukommen, doch seine Neuigkeit macht ihr klar, wie schrecklich vorläufig ihr Leben momentan ist. Wenn er geht, wird sie außer den Sea-Gals hier niemanden mehr haben. Sie konsultiert ihre Fitbit-Uhr. Es ist halb elf.

»Ich sollte gehen«, sagt sie.

Kurz flackert Enttäuschung in seinen Augen auf. »Natürlich.«

»Es war ein schöner Abend. Ich habe ihn wirklich genossen.«

Er nickt. »Ich auch.«

Sie geht zur Tür und fragt sich, was sie gerade kaputtgemacht hat, beziehungsweise, wie sie die Spannung zwischen ihnen lösen kann. Denn sie hat die Situation definitiv nicht gut gemeistert. Sie hat das Gefühl, rüde gewesen zu sein. Sie sollte nicht aufbrechen, nachdem er ihr eine so einschneidende Neuigkeit mitgeteilt hat, aber was wäre die Alternative? Sie muss mit ihrer Bestürzung allein sein. Sie will nicht, dass er sieht, wie sie zusammenklappt.

»Wir sollten das bei Gelegenheit wiederholen«, meint er.
»Das würde mir gefallen.«

Als sie sich verabschiedet, versuchen sie nicht, sich zu küssen – nicht einmal auf die Wange.

Maddy versucht, entspannt zu ihrer Wohnungstür zu gehen, sich bewusst, dass er sie beobachtet. Sie öffnet mit dem Schlüssel, winkt ihm zu, und er winkt zurück. Sie stellt sich vor, dass er sie mit Blicken auszieht, bevor sie sich klarmacht, dass das allein ihre Fantasie ist und keineswegs real. Er lächelt ihr nachbarschaftlich zu.

Sie betritt die Wohnung und stößt einen Seufzer aus, lässt sich gegen die Tür fallen und hört ihr Herz pochen. Sie führt sich auf wie ein verdammter Teenager, sagt sie sich. Sie nimmt ihr Telefon und wählt Lisas Nummer, besinnt sich aber eines Besseren und drückt auf die rote Taste. Lisa würde sagen, dass sie sich lächerlich macht. Sie macht sich lächerlich mit ihrer blöden Flirterei.

Sie geht in die Küche, gießt sich ein großes Glas Wein ein und stürzt es zur Hälfte hinunter. Das Telefon summt, und ihr Herz macht einen Sprung. Vielleicht eine Nachricht von Matteo? Der sie bittet, zurückzukommen?

Aber es ist keine Nachricht von Matteo. Sondern von Trent. Es ist spät, und er ist wahrscheinlich betrunken, trotzdem ist sie auf seine Worte auf dem Display nicht gefasst.

*Ich liebe Dich, Maddy. Ich habe Dich immer geliebt und werde Dich immer lieben.*

Sie spürt Tränen aufsteigen. Wie kann er es wagen? Wie kann er es wagen, ihr jetzt so zu kommen, wo sie ohnehin schon verwirrt genug ist?

Eine Windbö peitscht Regen gegen das Fenster, und sie schließt die Läden. Auf der anderen Straßenseite sieht sie das Ende einer Zigarette aufglühen, wo jemand zitternd in einem Hauseingang steht.

# 23
## Quad Bike

Nach den grauen Tagen lässt sich wieder die Sonne sehen, der Himmel ist strahlend blau und das Meer glitzert wie ein Haufen Diamanten. Sie könnten an der Côte d'Azur sein, allerdings ist Februar, und es ist eisig kalt. Claire schirmt mit der Hand die Augen ab und sieht, dass die Flut sich zurückzieht, doch der Kenterpunkt ist noch nicht erreicht. In weiter Ferne verschleiert ein eigenartiger Dunst die Windkraftanlage. Ein perfekter Tag zum Schwimmen.

Sie lächelt in sich hinein. Vor wenigen Monaten hätte sie sich allein bei dem Gedanken daran vor Entsetzen geschüttelt, doch je öfter sie schwimmt, desto mehr ist es ihr ein Bedürfnis. Siobhan wollte es gar nicht glauben, als sie am Abend zuvor miteinander zoomten. Ihre Schwester hatte gleich zu Anfang, auf diese für sie typische Art, bemerkt, Claire sehe verändert aus, als benutze sie irgendein Zaubermittel, von dem sie ihnen nichts erzählt. Aber es gibt kein Geheimnis. Das Meer ist das Zaubermittel.

Hinzu kommt, dass sie angefangen hat, Nahrungsergänzungsmittel zu nehmen, und der Menopausenmagnet, den Dominica letzte Woche online für sie gekauft hat, wirkt Wunder bei ihren nächtlichen Schweißausbrüchen. Pim war zuerst skeptisch, ob sie überhaupt einen Unterschied merken würde, aber als Physiker konnte er die Wissenschaft hinter der Chinesischen Medizin und die Tatsache, dass die Stelle im Nacken seit Jahrtausenden erfolgreich gegen Hitze behandelt wird, nicht abstreiten. Ob es nun an dem Magneten, den Nahrungsergänzungsmitteln oder dem Meer liegt oder einer Kombination von allem – sie hat das Gefühl, zwar nicht ganz wieder die Alte zu sein, aber als komme allmählich eine neue Version ihrer selbst zum Vorschein.

Hunde flitzen über den Kies, und Leute blasen ihre Paddelbretter auf. Wer könnte es ihnen bei solch guten Bedingungen, bei dem für diese Jahreszeit so außergewöhnlichen Sonnenschein, auch verdenken? Es müssen an die zwanzig, dreißig Personen sein, die dort draußen auf ihren Brettern knien oder stehen. Sie hört ein Flugzeug, aus Richtung Shoreham ist am Himmel ein Punkt zu erkennen. Sie blickt hoch und sieht, wie das Flugzeug einen Looping fliegt und der Kondensstreifen am Himmel eine flauschige weiße Linie bildet.

Diesmal hat Claire die anderen zum Schwimmen aufgefordert, und als sie oberhalb des Kiesstrands ankommt, grüßt sie laut, und Dominica winkt zurück. Bei ihrer ersten Begegnung mit Dominica hat Claire sich nicht vorstellen können, dass sie viel verbindet, doch je öfter sie zusammen schwimmen gehen, desto mehr schätzt sie ihren Humor und ihre Freundlichkeit. Als Claire zu ihnen tritt, umarmen sich alle herzlich. Helga steht, mit dem Rücken an die Mauer gelehnt, in der Sonne. Sie zeichnet etwas in ihr Skizzenbuch, und als Claire einen kurzen Blick darauf wirft, ist sie beeindruckt.

»Oh, eine Möwe«, sagt sie.

»Eine Silbermöwe«, korrigiert Helga. »Siehst du ihre rosafarbenen Beine? Und die da, mit den dunkelgrauen Flügeln? Das ist eine Heringsmöwe. Sie hat gelbe Beine.

Und diese hier hat schwarze Flügelspitzen. Nicht zu verwechseln mit der Mantelmöwe. Das sind die ganz großen. Mit den Knopfaugen. Und die kleine dort drüben, das ist eine Sturmmöwe. Mit dunklen Augen und gelbem Schnabel. Ich finde sie niedlicher als die Heringsmöwe.«

»Toll. Ich hatte keine Ahnung von diesen Unterschieden. Darf ich mir deine Zeichnungen ansehen?«

»Natürlich.« Helga reicht Claire ihr Skizzenbuch, und sie blättert es andächtig durch. Sie hatte nichts von Helgas Talent gewusst.

»Wer ist das?«, fragt sie, als sie zur Zeichnung eines nackten Mannes kommt. Die Skizze ist perfekt. Helga hat mit wenigen Strichen den resignierten Gesichtsausdruck des alten Mannes eingefangen.

»Das ist Keith. Unser Aktmodell. Er ist der, von dem ich dir erzählt habe. Glaub mir, das hier ist noch eine schmeichelhafte Version. Seinen behaarten Rücken habe ich lieber nicht gezeichnet.«

Claire zeigt das Bild Dominica. »Erstaunlich, nicht wahr?«

»Warum stehst du nicht für uns Modell, Claire?« fragt Helga. »Du wärst ideal.«

»Ich? Ich dachte, du machst Witze. Ich könnte nie … ich bin viel zu schüchtern«, erklärt Claire und schüttelt den Kopf, ist aber dennoch geschmeichelt. Sie versucht sich vorzustellen, wie sie sich vor Fremden entkleidet, und muss kurz lachen, so absurd ist der Gedanke.

»Du solltest es einfach mal ausprobieren«, meint Dominica. »Mal was tun, das außerhalb deiner Komfortzone liegt. Du wärst ein großartiges Modell. Deine Kurven sind genau an den richtigen Stellen.«

Jetzt zieht ein bellender Hund, der sämtliche Vögel verscheucht, ihre Aufmerksamkeit auf sich. Kurz darauf sieht sie in der Ferne Maddy und Luna. Am oberen Ende des Kiesstrands lässt Maddy die Leine los, und der kleine Hund springt über die Steine auf Dominica zu, die ihn auf den Arm nimmt.

»Hallo, du.«

Maddy tritt zu ihnen und begrüßt alle. »Ich habe Matteo versprochen, Luna auszuführen«, erklärt sie und schiebt sich die Sonnenbrille ins Haar. Ihre Augen glänzen. »Sie kann doch auf dem Strand herumlaufen, während wir schwimmen gehen, oder?«

»Ja, du wirst doch brav sein?«, sagt Dominica und tätschelt den Hund. »Du bist wirklich eine Brave. Schaut euch nur dieses Gesicht an. Sie ist so niedlich.«

»Und?«, erkundigt sich Claire und spielt auf Maddys Treffen mit Matteo an. »Erzähl uns alles. Wie lief es?«

»Ich weiß nicht, ich bin irgendwie … na ja, ich bin weggerannt«, sagt Maddy und verzieht das Gesicht. »Und dann hat Trent mir eine Nachricht geschickt … und … ich weiß auch nicht. Ich bin völlig durcheinander.«

»Aber war es denn schön?«, Claire möchte es genauer wissen. Sie ist überrascht. Sie hatte angenommen, für jemanden wie Maddy, mit ihrem Selbstvertrauen und ihrer erstaunlichen Figur und den hübschen Kleidern, sei alles ganz einfach.

»Ja, wirklich schön …« Maddy stellt ihre Tasche ab und zieht den Mantel aus, »… aber ich weiß auch nicht … er ist jünger als ich und … ich hatte plötzlich Angst, mich zur Idiotin zu machen. Und außerdem geht er bald wieder nach Spanien. Es hat also keinen Sinn, mich auf etwas einzulassen, wenn es sowieso gleich wieder zu Ende ist.«

»Wenn ihr mich fragt, ich halte das für ein perfektes Arrangement«, sagt Helga.

Tor kommt als Nächste. »Was habe ich verpasst?«, fragt sie. »Was ist passiert?«

»Maddy hat uns gerade von ihrem Rendezvous mit Matteo erzählt.«

»Und?«

Maddy zieht ein Gesicht. »Ich habe es verbockt.« Sie erzählt Tor, was vorgefallen ist.

»Aber das macht gar nichts. Es ist nicht verkehrt, ein bisschen die Unnahbare zu spielen«, meint Tor. »Du darfst nicht aufgeben.«

»Vermutlich.«

Tor zieht sich um, und Dominica setzt gerade Luna auf ihrem Mantel ab, als sich ein Rettungsschwimmer auf einem Quad nähert. Er ist jung, rasiert sich wahrscheinlich noch nicht mal, hat aber, wie er da auf dem Bike steht, bereits ein sehr selbstgewisses Auftreten.

»Guten Morgen«, sagt er. »Heute müsst ihr gut aufpassen, die Wasserqualität ist nicht besonders.«

Claire ist verwirrt. »Für mich sieht es hervorragend aus.«

»Na ja, Abwasser ist ins Meer gelaufen. Ihr solltet auf keinen Fall Wasser schlucken. Haltet einfach den Kopf hoch.«

Er wendet und fährt so zügig davon, dass der Kies unter seinen Reifen davonspritzt und Luna zitternd zu jaulen beginnt. Dominica tröstet sie, und der kleine Hund schmiegt sich in ihre Arme. Dominica fällt auf, dass Maddy mit feucht schimmernden Augen dem Rettungsschwimmer nachblickt.

»Alles in Ordnung?«

»Er ist ungefähr so alt wie Jamie. Einen Augenblick lang habe ich geglaubt, er könnte es sein ...«

»Was will er damit sagen? Abwasser im Meer?«, fragt Claire.

»Es ist ein verdammter Skandal«, erklärt Dominica. »Es bedeutet ein kontrolliertes Überlaufen von Abwässern.« Sie macht mit den Fingern Anführungszeichen.

»Ein was?«

»Das britisch-viktorianische Abwassersystem ist grundsätzlich veraltet und wurde von den Wasserwerken nie modernisiert. Wir haben also immer noch kombinierte Abwassersysteme, was bedeutet, dass das Regenwasser von Straßen und Dächern in dasselbe System gelangt wie das Abwasser aus den Toiletten. Wenn es zu heftig regnet, kann die Kläranlage dieses gesamte Aufkommen nicht mehr verarbeiten, und man lässt das Ganze dann in die Flüsse und Meere laufen. Ungereinigt. Sie behaupten, das sei besser, als wenn die Häuser der Menschen überflutet würden.«

»Das ist ja widerlich!« Claire kann es gar nicht fassen. »Und wir schwimmen darin!«

»Widerlich ist, dass das erst die halbe Geschichte ist. Wirklich widerlich ist, dass Abwässer vielfach auch dann in die Flüsse und ins Meer gelangen, wenn es nicht geregnet hat«, ergänzt Helga.

»Ist das nicht illegal?«, fragt Maddy.

Dominica nickt. »Das ist es eigentlich, aber niemand überprüft es. Die Wasserwerke kommen ständig damit durch. Oder sie tun es einfach trotzdem und bezahlen die Strafen, falls sie zufällig erwischt werden. Zu allem Überfluss sind sie alle privatisiert, da ist also niemand, der sie wirklich zur Rechenschaft ziehen würde.«

»Ins Meer gelaufen. Das klingt so harmlos. Als wäre ein bisschen übergelaufen«, sagt Claire. »Aber tatsächlich scheißen sie in unser Badewasser.«

Gemeinsam gehen sie ans Wasser, aber seit Claire weiß, dass das Wasser gefährlich sein könnte, hat sich ihre Einstellung verändert. Dominica hat recht, denkt sie. Es ist ein Skandal. Jemand sollte etwas dagegen unternehmen.

Später, bei der Lasagne, die es zum Abendessen gibt, denkt Claire immer noch über das Problem mit der Wasserqualität nach. Ash hat schlechte Laune, weil er in Geografie eigenständig ein Thema bearbeiten muss.

»Worum geht es denn?«, fragt sie ihn.

»Um die Umwelt.«

»Wie langweilig«, meint Felix.

»Das ist nicht langweilig.« Claire sieht ihn stirnrunzelnd an. Er hat für die Ideen seines kleinen Bruders stets nur Verachtung übrig.

»Die Umwelt ist ausnahmsweise etwas, worüber ihr beiden euch Zynismus nicht leisten könnt. Es ist auch an euch, unseren jetzigen Lebensstil zu verändern, damit sie gerettet wird. Ich fürchte, wir haben uns nicht gerade mit Ruhm bekleckert, was unseren Umgang mit diesem Planeten angeht.«

»Eure Mutter hat recht«, sagt Pim, und Claire ist überrascht, dass er ihr zur Seite springt.

»Na ja, ich habe keine Ahnung, wo ich überhaupt anfangen soll, und schon gar keine, wie ich die Welt retten soll«, erklärt Ash.

»Nun, wie wäre es vor deiner Haustür?«, schlägt Claire vor.

»Hä?«

»Alles, was du brauchst, ist direkt hier vor deiner Nase.« Sie deutet mit dem Arm Richtung Strand.

Sie erzählt den dreien von dem Rettungsschwimmer und von dem Abwasserüberlauf. Bisher hat sich ihre Familie eher abfällig über ihr Schwimmen geäußert, als hätte sie mit einem verrückten Hobby angefangen, doch jetzt stellt sie hocherfreut fest, dass ihre Aufmerksamkeit geweckt ist.

Also erzählt sie weiter, wie sie nach dem Schwimmen noch mit Dominica am Strand entlanggegangen und im Büro der Lebensrettungsgesellschaft mit Ella ins Gespräch gekommen sei. Die Surferin und Aktivistin für saubere Meere habe sie über das Projekt ›Saubere Strände‹ informiert. Claire nennt Ash ein paar Internetseiten, die Ella vorgeschlagen hat, und Ash verkündet zur Überraschung seiner Mutter, dass er sich diese nach dem Essen mit ihr zusammen ansehen wolle.

Sie glaubt, das sei nur so dahingesagt, aber dann erklärt Pim, er und Felix hätten heute Abräumdienst, und holt Ashs Laptop.

Claire ruft die Seite ›Surfer gegen Abwässer‹ auf, und ehe sie sich's versieht, taucht Ash immer tiefer in die Thematik ein und macht sich Notizen.

»Das ist perfekt für mein Projekt«, erklärt er. »Hier steht eine ganze Menge. Über die Qualität des Badewassers. Auch über die Offshore-Tankschiffe und das Ausbaggern des Hafenbeckens. Du hast recht, Mum. Es liegt alles vor unserer Haustür.«

Das Geschirrtuch über der Schulter, dreht Pim sich am Spülbecken um und zwinkert ihr zu. »Gut gemacht«, sagt er leise, und Claire lächelt zurück, froh, dass er gemerkt hat, dass zur Abwechslung auch sie mal etwas gut gemacht hat.

# 24
## Zurück im Büro

Dominica nimmt die Maske ab und setzt sich an ihren Schreibtisch. Sie spürt das wohlvertraute Lederpolster des Bürostuhls, das sich immer noch perfekt an ihren Hintern anschmiegt. Sie rückt das Foto von sich und Chris auf dem Schreibtisch gerade. Eine Aufnahme vom Weihnachtsball; in ihrer glitzernden Robe hatte sie sich gefühlt wie ein Filmstar. Mit ihrer Blusenmanschette wischt sie den Staub weg. Mein Gott, ist es seltsam, wieder hier zu sein, denkt sie. Alles ist gleich und doch anders. Als hätte sie geträumt oder unter einem Bann gestanden und wäre soeben erst wieder aufgewacht. Sie dreht sich auf ihrem Stuhl um, blickt aus dem Fenster auf die vertraute Aussicht und stellt fest, dass unter den Bänken, wo sie und ihre Kollegen früher mittags ihr Sandwich aßen, Grasbüschel zwischen den Pflastersteinen sprießen.

Im Garten draußen ist alles gewachsen, doch der Kaktus auf dem Fenstersims ist vertrocknet. Als sie den Topf hebt, ist er federleicht. Sie geht in die Küche, dreht den Wasserhahn auf und stellt den Kaktus darunter, doch das Wasser läuft durch die ausgetrocknete Erde und unten wieder heraus.

»Ein komisches Gefühl, nicht?«, ruft Bonnie ihr zu. »Wieder zurück zu sein.«

Dominica nickt und lächelt ihrer Kollegin zu. Denn sie hat recht. Es *ist* komisch. Sie weiß nicht genau, ob sie sich wieder einfügen kann.

Ihr Telefon summt: eine WhatsApp von den Sea-Gals. Helga wünscht ihr für heute Glück. Und Tor hat geschrieben: »Komm nach der Arbeit mit zum Schwimmen.«

»Und, wie war es denn so?«, fragt Bonnie und kommt

herüber. Sie tunkt einen Schokoladenkeks in ihren Tee und beißt hinein. Sie ist während des Lockdowns gealtert, denkt Dominica, als sie den grauen Haaransatz sieht, außerdem hat sie mindestens sechs Kilo zugenommen. Weiß sie denn nicht von Chris? Seltsam, dass sie ihn nicht erwähnt hat, aber dann wiederum, warum *sollte* sie es wissen? Dominica ist dank Emma und ihrer Freundinnen ein bestimmtes Maß an Aufrichtigkeit gewohnt – alle Teile ihres Lebens sichtbar –, doch jetzt hat sie das Gefühl, in einer unsichtbaren Rüstung zu stecken. Auf der Arbeit ist sie wachsam.

»Du hast dich fit gehalten, wie ich sehe«, meint Bonnie.
»Ich war im Meer schwimmen.«
»Du bist aber verflixt tapfer.«

Dominica würde es weniger tapfer als notwendig nennen. »Ich nehme demnächst sogar an einem Sonnenaufgangs-Wohltätigkeitsschwimmen teil, das eine Freundin von mir veranstaltet.«

»Ich fasse nicht, wie du überhaupt auf die Idee kommst, in aller Herrgottsfrühe ins eiskalte Wasser zu steigen. Da ist es doch noch stockdunkel.«

»Genau darum geht es, denke ich. Etwas Schwieriges zu tun. Sich zu überwinden, verstehst du. Klarzumachen, dass, egal, wie düster es aussieht, immer Hoffnung besteht.«

»Tja, hm, gut für dich. Notier mich für einen Zehner, falls du Unterstützer suchst. Ich sage es weiter.«

»Danke.«

Der Tag nimmt seinen Lauf und vergeht in einem vagen Nebel aus Anrufen und Konferenzen. Es ist so merkwürdig, wieder mitten hineinzuspringen. Als hätte sich nichts verändert, wo sich alles verändert hat. Dominica hatte eigentlich damit gerechnet, die Trauer hätte ihre Fähigkeiten irgendwie eingeschränkt, aber in mancher Hinsicht findet sie es jetzt sogar leichter, auf Autopilot zu schalten.

Gleichzeitig scheint eine unsichtbare Barriere zwischen ihr und allem, was sie tut, zu bestehen. Früher fühlte sie sich total gebraucht, war allzeit bereit, Probleme zu lösen, aber die Probleme, mit denen sie einmal gut umgehen konnte, sind offenbar nicht mehr von Bedeutung. Es ist deprimierend, wie viele der kleinen Unternehmen, mit denen sie früher meist zu tun hatte, während des Lockdowns verschwunden sind. Die ganze Branche liegt am Boden.

Am Ende des Tages ist sie erschöpft, macht sich aber mit dem Fahrrad auf den Weg zum Meer. Sie hat sich vor der Arbeitsroutine gefürchtet, doch am allermeisten fürchtet sie sich davor, in ihr leeres Haus zurückzukehren. Sie ist gerührt, dass ihre Freundinnen das offenbar wissen, auch dass das Schwimmen helfen wird.

Das Licht schwindet so rasch, dass alle sich in Windeseile umziehen. Dominica beschließt, ihre Zipfelmütze gegen eine Badekappe einzutauschen, und kaum ist sie im Wasser, ist sie froh darüber, denn die Dünung ist stark, und sie nutzt die Gelegenheit und taucht unter einer Welle hindurch. Das Wasser gefriert ihr fast auf Nase und Wangen, und als sie auf der anderen Seite wieder auftaucht, denkt sie, dass sie das, bei Gott, wirklich gebraucht hat.

Sie mag es, wenn das Meer bei Flut so ist wie heute. Es ist kabbelig, und man muss seine fünf Sinne beieinanderhaben, um nicht zu viel Wasser zu schlucken. Der Himmel ist blau und grau gefleckt, beinahe wie ein Tarnmuster.

Sie schwimmt weiter hinaus und begrüßt die anderen, stellt fest, dass Maddy ihren Wetsuit abgelegt hat und jetzt einfach in Badeanzug, Neoprenstiefeln und Handschuhen schwimmt.

Es ist windig, die Wellen werden aufgepeitscht, als brächte ein unsichtbarer Puppenspieler sie zum Tanzen. Die Sonne bricht zwischen Wolkenfetzen hindurch, während am fernen Horizont aus einer dunkelgrauen Wolkenbank schräg der Regen fällt. Die fünf Frauen wippen in einem weiten Kreis mit den Wellen auf und ab.

»Ach, es ist wunderbar«, stellt Dominica mit einem großen Grinsen fest. »Huiii!« Sie lacht, als eine große Welle sie hochhebt und dann wieder absetzt.

»Ich finde es herrlich«, erklärt Claire voller Freude. »Als es vorhin regnete, habe ich nicht gedacht, dass wir es ins Wasser schaffen würden.«

»Dort drüben regnet es immer noch«, sagt Tor und zeigt auf die Wolke in der Nähe von Worthing, aus der schräg der Regen fällt.

»In einer halben Stunde ist er hier«, prophezeit Helga.

»Achtung ... passt auf«, sagt Maddy und deutet mit dem Kopf hinter sich. Als Dominica ihrem Blick folgt, sieht sie eine gewaltige Woge heranrollen. Die Dünung ist voller schaumiger Blasen, dann hebt die Welle alle hoch und setzt sie auf der anderen Seite wieder ab. Es ist wie eine Fahrt auf dem Rummelplatz.

»Wie lief es bei der Arbeit?«, fragt Maddy. »Du bist heute wieder hingegangen?«

Sie weiß es zu schätzen, dass Maddy nachfragt, aber es hat keinen Sinn, über die Arbeit zu schimpfen. Nicht, wenn gerade eine neue Welle heranrollt. Sie werden alle davon erfasst und wieder abgesetzt. Ein guter Tag bisher – alles ist vergessen, während sie kreischen wie die Kinder.

Sie sind alle erschöpft und aufgekratzt, als sie sich, die Arme umeinandergelegt, durch die hohen Wellen und den Sog des Wassers zum Strand zurückkämpfen.

Claire in ihrer Dryrobe hat immer noch die Bademütze auf dem Kopf und klappert mit den Zähnen, sieht aber beim Anziehen ausgesprochen fröhlich aus. Sie richtet sich auf und schirmt die Augen ab. Dominica dreht sich um und sieht am Strand einen Mann auf sie zukommen; gleichzeitig beginnt Luna, an ihrer Leine zu zerren. Ihr Herz macht einen kleinen Freudensprung.

»Oh, da ist Luna.«

»Ja. Und das ist Matteo. Ihr Besitzer«, sagt Maddy, die ihm zuwinkt und rasch ihre Sachen zusammensucht. »Ich habe ihm erzählt, dass wir uns zum Schwimmen treffen.«

Er ist jünger, als Dominica erwartet hat, mit dunklem Teint und hellen Augen. Ein heißer Typ, denkt sie sofort.

Maddy dreht sich um und grinst Dominica mit weit aufgerissenen Augen an.

»Ich habe ihn zu mir zum Abendessen eingeladen. Na ja, wir schauen dieselbe Netflix-Serie …«

»Dann also ein Abend mit Netflix und Chillen«, stellt Tor klar. »Du weißt aber schon, dass das ein allgemein akzeptierter Code ist?«

Maddy errötet. »Du meinst …«

»Ja?«, drängt Dominica sie.

»Sex«, sagt Tor.

»Ich habe ihn zum Sex eingeladen?« Maddy ist entsetzt.

»Na ja, auf jeden Fall hast du ziemlich klare Zeichen gesetzt«, zieht Tor sie auf.

»Wirklich?«

Dominica grinst. »Es wird dir guttun.«

»Meinst du?«, fragt Maddy. »Oh, es ist alles so verwirrend. Da ist seine Ausstrahlung, aber als ich es verbockt habe … ich weiß einfach nicht, was eigentlich los ist …«

»Wenn du mich fragst, wirkt er sehr interessiert«, meint Tor.

»Tu es einfach, Maddy. Vermutlich ist eine Runde guter Sex alles, was wir fünf bräuchten«, bemerkt Helga, und alle müssen lachen.

Dominica beobachtet, wie Maddy über den Strand zu Matteo geht, der auf der Promenade steht. Er küsst sie herzlich auf die Wange. Sie sagt etwas zu ihm, woraufhin er die Leine loslässt und Luna auf Dominica zu stürzt.

Maddy winkt lächelnd, und Dominica hebt den kleinen Hund hoch, der vor Freude hechelt, seine braunen Augen glänzen. Dominica ist gerührt, dass Luna sie wiedererkennt.

»Du solltest dir einen Hund zulegen«, sagt Helga. »Dann wärst du zu Hause weniger einsam.«

Dominica hat bereits darüber nachgedacht, aber man kann einen Hund nicht den ganzen Tag lang allein lassen. Es wäre nicht fair. Außerdem hat sie über die drei Millionen neuer Lockdown-Welpen gelesen und dass nach dem Brexit sämtliche Tierärzte England den Rücken gekehrt haben. Sie möchte das Problem nicht noch vergrößern.

»Ich bin kein Hundemensch«, sagt sie. Denn das ist sie nicht. Es gefällt ihr nur, dass ihr Luna gerade das Gesicht ableckt und sie zum Lachen bringt. »Jetzt gehst du besser.«

Sie tätschelt den kleinen Hund, der über den Kies wieder zu Maddy und Matteo zurückläuft, die beide Dominica zuwinken.

Sie verspürt einen kleinen Stich, als sie die beiden so zusammen sieht, weniger aus Neid als aus Traurigkeit. Sie kann nicht einfach weiterziehen, wie Maddy es nach Trent kann. Für sie ist es nicht dasselbe. Nicht, wenn sie Chris immer noch liebt. Wie soll sie je einen anderen lieben?

# 25
## Der Piks

Egal, was die Sea-Gals über »den Code« gesagt hatten, Matteo kannte ihn offenbar nicht. Er war zum Essen erschienen und absolut charmant gewesen; aber als er neben ihr auf dem unbequemen Sofa saß, konnte Maddy sich überhaupt nicht konzentrieren, weil sie die ganze Zeit auf das grüne Kissen zwischen ihnen fixiert war. Sie hatte sich wie ein Teenager gefühlt. Eigentlich war alles total entspannt gewesen, aber er hatte nicht die geringsten Anstalten gemacht, ihr näherzukommen. Und wieso sollte er auch, wenn sie, nachdem er so köstlich für sie zu Abend gekocht hatte, die Flucht ergriffen hatte?

Sie kommt sich wie eine absolute Anfängerin vor, ganz furchtbar unsicher.

Sie würde schrecklich gern schwimmen gehen, hauptsächlich, damit sie den Abend mit den Sea-Gals diskutieren kann, aber sie muss zur Covid-Impfung, sie hat einen Termin in einem Zentrum in einer Sporthalle in Cobham, fast zwei Kilometer von ihrem Haus entfernt.

Sie ist seit Ewigkeiten nicht aus Brighton herausgekommen, und es versetzt ihr einen Stich, dass sie das heutige Schwimmen verpasst und die Sea-Gals sich ohne sie treffen werden. Als sie aus der Stadt hinaus durch die Hügel fährt, sieht sie Wolken vor sich und blauen Himmel im Rückspiegel.

Eigentlich fasst sie es nicht, dass es bereits März ist und sie all die Zeit fern von zu Hause verbracht hat. Sie hat das Airbnb schon für einen weiteren Monat bezahlt, wird sich aber, angesichts ihrer schwindenden Mittel, solch eine teure

Bleibe kaum länger leisten können. Doch sie wird erst gehen, wenn sie Jamie gefunden hat.

Als sie sich Cobham nähert, kommen ihr all die vertrauten Anblicke, die früher wie ein Teil von ihr waren, fremd vor. Nach langen Fahrten hatte Jamie immer bis zu dem braunen Twinning-Schild am Stadtrand runtergezählt, das anzeigte, dass sie schon fast zu Hause waren, doch als Maddy daran vorbeifährt, empfindet sie nichts.

Sie hat Trent nicht erzählt, dass sie sich heute ihre Spritze abholt, und sie wird ganz nervös, weil sie fürchtet, gesehen zu werden, als sie an ihrer Straße vorbeikommt. Sie hatte schließlich doch noch auf Trents SMS reagiert und geschrieben, das sei ein bisschen spät, und darauf hingewiesen, sie sei nicht blöd, und nach dem Sendezeitpunkt seiner Nachricht zu urteilen, sei er ziemlich sicher betrunken gewesen. Das hatte er nicht gut aufgenommen. Er hatte erklärt, sie könne ihre Beziehung nicht einfach beenden, ohne vorher mit ihm zu sprechen. Es sei unfair, dass sie ohne jede Erklärung auf und davon sei. Sie hatte erwidert, er sei es doch gewesen, der ihre Beziehung in den Sand gesetzt habe. Darauf hatte er nicht mehr geantwortet.

Sie setzt den Blinker für den Parkplatz vom Impfzentrum und ist beeindruckt, wie gut alles organisiert ist. Sie streift die schwarze Maske über und hofft, niemandem zu begegnen, den sie kennt. Während sie in der Schlange wartet, schaut sie auf ihr Handy, um jeglichen Augenkontakt zu vermeiden.

Claire hat ein Video von heute früh gepostet, als sie alle im Wasser waren. Und Maddy bekommt heftige Sehnsucht, wieder zusammen mit ihrer Clique dort zu sein. Sie hat die Sea-Gals regelrecht liebgewonnen und ist neidisch, dass sie da unten am Meer herumalbern. Sie möchte selbst im Meer sein.

Wieso ist sie eigentlich nicht an die Küste gezogen, als sie noch jünger war? Jamie hätte am Strand aufwachsen und Surfer oder Rettungsschwimmer werden können. Und es hätte gut er sein können, der in einem dieser Strandbuggys herumsauste. Das hätte ihm Spaß gebracht.

Auch das Wetter in Brighton gefällt ihr. Weil es sich stets am Horizont ankündigt. Und wenn es regnet, dann regnet es richtig, aber danach ist der Himmel klar. Hier im Landesinneren ist der Himmel enttäuschend indifferent, wie weiße Tünche, in die eine fiese schwarze Socke geraten ist.

Vor ihr in der Schlange steht ein Typ, der sich an den Ordner mit dem Klemmbrett wendet; in einem irgendwie künstlichen Tonfall und mit Komikerlachen sagt er: »Bin nur für einen kleinen Piks hier«, und der Ordner, der kaum älter als zwanzig sein kann, blickt genervt zu Maddy und verdreht die Augen.

Maddy rückt rasch vor in den mit Seilen abgetrennten Bereich, beantwortet die medizinischen Fragen und wird in die Sporthalle geleitet, und zwar in die Ecke bei der Kletterwand. Vor den Kabinen hat sich eine Schlange gebildet, und sie bereitet sich auf eine längere Wartezeit vor.

Und dann sieht sie sie.

Helen Bradbury. Sie trägt die Uniform einer Helferin und hat ihr kastanienrotes Haar zu einem akkuraten Pferdeschwanz gebunden, aber sie ist es tatsächlich. Als spüre sie, wie sie gemustert wird, dreht Helen sich um, und ihre Blicke treffen sich in dem Augenblick, als Maddy in die Kabine gerufen wird. Sie sieht noch, wie Helens Augen sich über der Maske weiten.

Wieso macht Helen hier Freiwilligendienst? Sie ist keine Sanitäterin, aber das muss sie ja auch nicht. Soweit Maddy sich erinnert, arbeitet sie eigentlich sehr erfolgreich in einer

Versicherungsgesellschaft, aber das ist offenbar vorbei, wenn sie jetzt hier ist. Oder macht sie das nur, um ihren Gemeinsinn zu beweisen? Um zu demonstrieren, was für eine hervorragende Bürgerin sie ist? Wo sie doch in Wirklichkeit eine Ehezerstörerin ist.

Maddy setzt sich wie angewiesen auf den Stuhl, kann sich aber kaum konzentrieren, als die Schwester ihr die Prozedur erklärt. Sie zuckt zusammen, als die Nadel ihre Haut durchsticht, doch ihr schwirrt der Kopf. Die Frau, die ihr den Ehemann gestohlen hat, befindet sich in ebendiesem Gebäude, und sosehr Maddy sie zur Rede stellen möchte, sie weiß, dass dies hier der falsche Ort dafür ist. Sie will auf keinen Fall in der Öffentlichkeit eine peinliche Seifenoper inszenieren, auch wenn sie sich im Geist immer wieder solche Szenen ausgemalt hat.

»Das war's. Schon erledigt –«

Noch bevor die Schwester zu Ende gesprochen hat, ist Maddy schon aufgestanden und strebt zum Ausgang.

»Sie müssen aber zehn Minuten warten«, ruft die Schwester ihr hinterher.

»Ich warte draußen.«

»Aber –«

Sie eilt, so schnell sie kann, ohne zu rennen, Richtung Ausgang, aber es ist zu spät. Helen hat auf sie gewartet. *Scheiße.*

»Maddy«, ruft sie. »Maddy. Warte.«

»Ich habe dir nichts zu sagen.« Maddy drängt sich durch die Doppeltür, aber Helen erreicht die Tür ebenfalls noch, bevor sie sich schließt.

»Bitte«, fleht Helen, als Maddy zum Parkplatz hastet. Helen bleibt ihr auf den Fersen. Da reißt Maddy sich die Maske vom Gesicht und dreht sich zornbebend zu ihr um. Begreift Helen denn nicht? Sie will dieses Gespräch nicht. Nicht hier.

»Trent ist wirklich wütend, weil du nicht mit ihm reden willst«, sagt Helen.

Für einen Moment ist Maddy sprachlos. Helen hat tatsächlich die Frechheit … ist so unverfroren, ihr etwas über die Gefühle ihres Mannes zu erzählen?

Helen trägt ein T-Shirt des Nationalen Gesundheitsdiensts NHS und darunter einen Push-up-BH. Immerhin hat sie sich dann wohl nicht die Brüste vergrößern lassen. Oder vielleicht doch?, denkt Maddy und vergleicht sich plötzlich mit ihr. Helens Haar glänzt beneidenswert, ihre Haut ist faltenfrei, und ihre Nägel sind frisch lackiert. Sie ist attraktiv. Begehrenswert.

In einem Moment deprimierender Selbsterkenntnis begreift Maddy, dass sie immer gedacht hat, sie sei die Tollste unter ihren Altersgenossinnen. Sie hielt sich immer für die Schönste, die Coolste, doch jetzt, in diesem Moment, fühlt sie sich als Verliererin. Und auch als Dödel, weil sie diese Frau in ihr Leben gelassen hat.

Sie waren einmal gute Freundinnen, erinnert sich Maddy. Helen war ehrgeizig gewesen, intelligent und lustig, und obwohl Maddy älter war, hatte es zwischen ihnen sofort gefunkt. Maddy war es damals gewesen, die sie in ihre Clique eingeladen hatte, und Helen hatte sich dieser Ehre würdig erwiesen, war niemandem auf die Füße getreten und hatte die unausgesprochene Hierarchie nicht angetastet, bis sie selbst eines »der Mädels« war. Eine Erinnerung taucht auf, wie sie eines Sommers im Garten von Lisas Haus rumgehangen hatten und Helen plötzlich gestand, wie sehr sie Maddy bewundere, wie sehr alles, was Maddy mache, sie beeindrucke. Doch die hatte das Lob abgewehrt und Helen erklärt, sie, Helen, sei doch die Beeindruckende. Es war ein Liebesgeständnis zwischen Mädchen gewesen. Das scheint so lange zurückzuliegen.

»Es tut mir leid«, sagt Helen. »Ich wollte nicht, dass das passiert. Ich wollte nie deine Ehe zerstören.« Maddy sieht, dass Helen keinen Ehering trägt.

»Aber was wolltest du dann?« Maddy verschränkt die Arme.

»Ich weiß es nicht. Es tat so gut, Aufmerksamkeit zu bekommen. Ich wollte niemals irgendwen verletzen. Das musst du mir glauben. Ich war nicht hinterhältig. Aber dann war ich mit Trent nur mal etwas trinken und wir kamen ins Plaudern …« Sie seufzt. »Es ist ewig lange nichts passiert. Man konnte sich nur so gut mit ihm unterhalten.«

Maddy hatte sich natürlich gefragt, wie die beiden überhaupt zusammengekommen waren, und sich romantische Szenarien ausgemalt, die niemals zu verzeihen sein würden. Sie hatte sich vorgestellt, wie Trent irgendeinen großartigen Auftritt hingelegt hatte, und nun begreift sie, dass es sich um so etwas Gewöhnliches wie ein gemeinsames Glas im Pub handelte, bei dem der Funke übersprang. Um das wechselseitige Bedürfnis nach menschlicher Nähe. Nicht, dass sie deshalb weniger eifersüchtig wäre. Auch sie hat sich immer leidenschaftlich gern mit ihrem Ehemann unterhalten. Weil Trent ihr zugehört hatte. Er war ihr bester Freund gewesen, ihm hatte sie sich anvertrauen können. Wie ist ihr das verloren gegangen? Denn *verloren* hat sie es. Vielleicht sogar schon, bevor Helen auftauchte.

»Hör mich bitte an. Das mit Trent und mir … Es geriet einfach außer Kontrolle.«

»Oh, bitte«, faucht Maddy. Und sie? Ist sie vielleicht eine hilflose Heldin in einem schmalzigen Streifen?

»Es war wirklich nicht einfach für mich. Die ganze Geschichte«, sagt Helen.

»Du bist hier nicht das Opfer.«

Helen legt den Kopf schief. »Alex lässt mich die Kinder nicht mehr sehen. Er redet nicht mehr mit mir und lässt mich nicht einmal ins Haus. Ich wohne bei meinen Schwestern.«

Maddy weiß, dass das jetzt verletzend ist, trotzdem sagt sie: »Kann ich ihm nicht verdenken.«

Helen nickt, schluckt die bissige Bemerkung, und Maddy wird von einem Wirbel heftigster Gefühle ergriffen. Helen sollte ihr doch nicht leidtun. Sie trägt schließlich die Schuld. Sie hat das Ganze in Gang gesetzt. Aber trotzdem kann Maddy es kaum ertragen, wie Helen auf den Asphalt starrt und seufzt. »Es muss schwer sein, die Kinder nicht zu sehen«, lenkt sie ein. »Für dich und für sie.«

Es dauert einen Moment, dann lächelt Helen vorsichtig und greift nach diesem Olivenzweig. »Wie sieht es aus? Bist du auf der Suche nach Jamie?«

Fast hätte Maddy es ihr erzählt. Ihre gemeinsame Geschichte als Freundinnen ist viel länger als die jetzige Zeit der Feindschaft. Normalerweise würde sie mit Helen nur zu gern über alles plaudern, was in ihrem Leben passiert ist. Der Umgang mit ihr war immer so einfach und natürlich. Sie zuckt die Achseln und zieht das Schweigen in die Länge. Helen hat das Recht auf jegliche Information verwirkt.

»Ich möchte, dass ihr, du und Trent, miteinander redet«, sagt Helen. »Dann können wir alle versuchen, nach vorn zu schauen. Es ist einfach zu schrecklich für ihn, dass du das Gespräch verweigerst.«

*Dann sind sie also noch zusammen?* Maddy möchte am liebsten damit herausplatzen, dass Trent ihr simst und immer noch seine ewige Liebe erklärt.

»Der arme Scheiß-Trent«, sagt Maddy und hasst den bitter-gequälten Ton in ihrer Stimme.

Sie muss daran denken, was sie einmal über die Ehe gelesen hat, dass sie nämlich eine Festung sei, die nur sicher sei, wenn man Mauern und Fenster geschlossen hält. Aber Trent hatte die Hintertür weit offen stehen lassen, und jetzt fühlt es sich an, als trample Helen auf etwas Heiligem herum.

Natürlich weiß sie, dass Helen nur praktisch ist. Sie wünscht sich Verbindlichkeit, Versprechungen, ein Szenario für die Zukunft. Was hat sie vor? Will sie in Maddys Haus einziehen? Ist das ihr Plan?

Ihr neuer Status als betrogene Ehefrau verunsichert Maddy völlig. Diese Rolle hat sie sich nie vorgestellt. Und sie hasst Helen dafür, dass sie sie in diese Rolle gezwungen hat. Sie fühlt sich in der Defensive. Wieso sollte Helen klare Vorstellungen für ihre Zukunft verdienen, wenn sie, Maddy, das Gefühl hat, Helen habe sie um ihr Leben gebracht?

Sie stolpert zu ihrem Wagen, drückt den automatischen Türöffner, aber ihr zittern die Beine. Helen ruft ihr noch etwas hinterher, als sie ins Auto steigt, den Motor anlässt und davonfährt. Sie kann im Rückspiegel sehen, wie Helen ihr nachschaut und mit den Schultern zuckt, als versuche sie, vernünftig mit ihr zu reden. Maddy biegt um die Ecke, hält mit quietschenden Bremsen und holt tief Luft. Dann schlägt sie mit den Handflächen aufs Lenkrad und schreit.

Helen wird ihr Haus nicht bekommen. Auf gar keinen Fall. Nur über ihre Leiche.

Für einen Moment überlegt sie, ob sie nach Hause fahren und genau das Trent erzählen soll, aber sie ist zu durcheinander. Sie muss sich erst neu sortieren. Sich Klarheit verschaffen. Sich zusammenreißen.

Sie muss ins Meer.

# 26
## Verabredung in aller Frühe

Als morgens um halb fünf der Wecker klingelt, bringt sie ihn stöhnend zum Schweigen und dreht sich zu Lotte um. Sie streicht ihr die blauen und blonden Haare aus dem Gesicht und staunt, wie kindlich sie im Schlaf aussieht.

»Süße«, sagt sie.

Sie beugt sich zu ihr und küsst sie auf die Wange. Lotte riecht schwach nach Tabak und Nivea-Creme. Sie hat für Schönheitspflege wenig übrig und schminkt sich vor dem Schlafengehen nie ab; wenn sie daran denkt, trägt sie allerdings etwas Creme auf.

»Baby, komm. Wenn wir mitmachen wollen, müssen wir los.«

»Oje«, stöhnt Lotte und klappt ein blutunterlaufenes blaues Auge auf.

»Stimmt. Ist brutal, aber wir machen es.«

Tor hat den Verdacht, dass Lotte vorhat, sie zu ignorieren und weiterzuschlafen, doch immerhin verzieht sie jetzt das Gesicht.

»Okay, okay, ja«, sagt Lotte, und Tor küsst sie noch einmal, denn sie weiß, wie sehr Lotte Kälte und frühes Aufstehen hasst.

Sie schlüpfen in ihre Klamotten, wobei Lotte einfach einen Pullover über das *Fleabag*-T-Shirt zieht, das sie gerade anhat. Ihre Schenkel sind kunstvoll tätowiert, sie stolpert, als sie, von der Taille abwärts nackt, zu der hohen Kommode geht, die sie auf einem Flohmarkt im Yachthafen erstanden haben.

»Ich weiß nicht, wo mein Badeanzug ist«, sagt sie.

»Nette Ausrede. Zieh deinen Neoprenanzug an und darunter eine Unterhose.«

»Meinst du?«

»Du bist die Kälte nicht gewohnt.«

»Weißt du eigentlich, wie sehr ich dich liebe, wenn ich sogar in Betracht ziehe, das mitzumachen?«, sagt Lotte und dreht sich um.

»Ja, das weiß ich. Ich mache uns eine Thermosflasche Tee. Geh nicht wieder ins Bett.«

Regentropfen klatschen gegen das Fenster, und Lotte bibbert. »Ist das etwa Regen? Das ist tatsächlich Regen, nicht? Brrr.«

Tor zuckt die Achseln und verzieht das Gesicht. Gestern hat sie dauernd auf die Wetter-App geguckt, weil sie einfach nicht glauben wollte, dass das mit der hundertprozentigen Regenwahrscheinlichkeit wirklich stimmte. Sie ist mit Eltern aufgewachsen, die seit dem Unwetter von 1987, als ein umstürzender Baum den Volvo ihres Vaters zerschmetterte, grundsätzlich allen Wettervorhersagen misstrauten. Doch der aktuelle Wetterbericht trifft leider zu. Sie hat so sehr auf einen strahlend blauen Himmel gesetzt und darauf, dass ihr Vorhaben zu einem hoffnungsfrohen Ereignis wird, doch jetzt befürchtet sie, dass das Wohltätigkeitsschwimmen ziemlich mickrig ausfallen könnte.

In der Küche guckt sie in den Chat. Dominica und Claire sind gerade im Aufbruch. Helga und Maddy kommen auch. Sie gibt sich einen Ruck und aktualisiert die Spendenseite. Sie hat ihr Ziel zu fünfzig Prozent erreicht, aber ihre Familie hat noch nichts eingezahlt, und Dominica sagt, einige Arbeitskolleginnen hätten versprochen, auch etwas beizutragen.

Im Dunkeln aufzubrechen ist unheimlich. Verschwommenes Laternenlicht spiegelt sich in den Pfützen. Lottes Fahrrad hat einen Platten, und unterwegs sind sie die einzigen Menschen weit und breit.

»Es ist gruselig. Wie in einer Computersimulation«, sagt Lotte. »Komisch, so früh am Morgen mit leerem Magen unterwegs zu sein.«

Bei den großen schwarzen Mülleimern leckt ein Fuchs eine weggeworfene Essensbox aus. Er hält inne und starrt sie an.

Die Straße am Wasser ist leer, die Ampeln stehen in beide Richtungen auf Grün, aber langsam wird es heller, und das Meer liegt verwaschen dunkelgrün vor ihnen. Es gibt keinen Horizont.

Die Sea-Gals warten bei der Buhne, ihre Umkleideroben leuchten vor der grauen Mauer. Dominicas Fahrradlampe bescheint die kleine Truppe. Nach und nach tauchen weitere Teilnehmer auf – Arek vom Wohlfahrtsverein und fünf oder sechs andere, die Dominica nicht kennt, und Dankbarkeit erfüllt sie für diese Menschen, die so früh aufgestanden sind.

Es herrscht Ebbe, aber das Wasser ist aufgewühlt, und Tor weiß jetzt schon, dass sie sich beim Hineingehen und Herauskommen weitere blaue Flecken einhandeln wird. Eigentlich möchte sie sich nicht von ihrem Mantel trennen, aber alle ziehen sich jetzt rasch aus. Lotte setzt die Neoprenmütze mit Kinnriemen auf und klatscht in die behandschuhten Hände. Sie ist von Kopf bis Fuß in wasserabweisende Kleidung gehüllt und sieht aus wie ein Seehund. Tor stellt sie Maddy vor und freut sich, dass die beiden einander offenbar sympathisch sind.

»Ich habe schon viel von dir gehört«, sagt Lotte. »Tor findet, dass du eine großartige Freiwillige warst.«

»Es ist schön, helfen zu können.«

Arek kommt den Strand herunter. »Oh, Maddy. Ich wollte dir längst etwas erzählen«, sagt er. »Ich habe mich letztens mit einem meiner Stammkunden unterhalten und ihm von Jamie berichtet, und er kennt einen Typen, auf den die Beschreibung passt.«

Tor starrt Maddy an, und beide blicken zu Arek.

»Und der weiß, wo er ist?«, fragt Maddy.

Arek schüttelt den Kopf. »Nein. Ich habe versucht, mehr aus ihm herauszubekommen, aber der Typ war high. Und er spricht nicht besonders gut Englisch. Mehr weiß ich also nicht. Tut mir leid. Aber sie glauben, er sei hier in Brighton.«

Maddy nickt, und Tor sieht, wie sie mit ihren Gefühlen kämpft.

»Immerhin ist er in der Nähe«, sagt Tor, in dem Versuch, sie zu trösten. »Das ist doch immerhin etwas.«

»Ich habe von einer Privatdetektei gehört«, sagt Lotte. »Eine meiner Kundinnen aus dem Friseursalon hat die mal beauftragt, ihre Tochter zu finden. Irgendwo habe ich auch deren Nummer. Die sind nicht billig, aber einen Versuch wäre es vielleicht wert.«

Maddy lächelt. »Vielen Dank. Das wäre sehr nett. Ich bin inzwischen zu allem bereit.«

Tor schenkt Lotte ein dankbares Lächeln und ist froh, dass sie mitgekommen ist.

Als geschlossene Gruppe gehen sie jetzt alle zum Wassersaum. In dem feinen Dunst können sie nur ein paar Meter weit sehen.

»So muss es wohl sein, im Himmel zu schwimmen«, sagt Dominica.

»Mich erinnert es eher an einen Badestrand in Bali auf unserer Hochzeitsreise«, sagt Maddy.

»Bali«, stichelt Tor. »Ganz genau. Himmel.«

»Es hat damals ein Vermögen gekostet, und das hier ist

umsonst. Und außerdem besser. Ich muss mich nicht mit Trent einigen.«

»Apropos, wie ist der Stand in der Trent-Geschichte?«, fragt Dominica.

»Frag lieber nicht. Als ich wegen meiner Covid-Impfung in Cobham war, habe ich zufällig Helen getroffen. Das ist die Frau, mit der er eine Affäre hatte. Oder noch hat, wie es aussieht. Ich bin dermaßen wütend ...«

»Verschwende deine Zeit nicht damit, Maddy«, sagt Helga. »Wut tut dir nicht gut.«

»Wahrscheinlich nicht.«

»Du musst positiv bleiben«, erklärt Helga.

Lotte kämpft sich vor und stößt einen Schrei aus, als sie durch eine Welle taucht. Lachend kommt sie wieder hoch.

»Nicht so schlimm, wie ich dachte«, ruft sie, und Maddy folgt ihr ins Wasser.

Tor bleibt noch einen Augenblick neben Dominica stehen. »Weißt du noch, letztes Jahr?«

»Ja, natürlich«, erwidert Dominica. Der Regen prasselt herab, wegen der Tropfen im Gesicht müssen sie blinzeln und die Augen zukneifen. Tor reibt sich die Arme. Das Morgenschwimmen hatte damals einen Monat nach Chris' Tod stattgefunden. Tor hatte gedacht, Dominica würde nicht kommen, aber sie war doch am Strand erschienen, das Gesicht eingefallen vor Trauer.

»Und sieh nur, wie weit du inzwischen bist«, meint Tor zu ihr.

»Findest du? Ich fühle mich überhaupt nicht verändert.«

»Aber du hast weitergemacht. Das ist doch etwas. Das ist etwas, worauf du stolz sein kannst. Du bist weiter zum Schwimmen gekommen.«

Das Wasser ist trüb, die Wellen sind steil, und wie Tor gedacht hat, ist es schwer, hineinzukommen, wenn das Wasser so ruppig ist. Doch für einen Moment – als sie es wagt und sich ins niedrige Wasser wirft –, fühlt es sich, verglichen mit der Außentemperatur, angenehm warm an. Sie taucht unter einer Welle hindurch, und Claire tut es ihr nach.

»Herrje! Auch eine Methode, wach zu werden«, ruft sie.

Das Wasser übt einen starken Sog aus, und sie schwimmen weniger, als dass sie auf und ab wippen, während sie zur nächsten Buhne gezogen werden. Aber es bringt Spaß, so im Wasser hin und her geworfen zu werden. Arek und seine Freunde kommen jetzt ebenfalls nach, und Tor stellt überrascht fest, wie anders es ist, mit Männern zu schwimmen. Wie sie da herumalbern, einander untertauchen, verströmen sie eine ganz andere Art von Energie.

Erst als auch die anderen Strände sichtbar werden, merkt Tor, dass das Licht sich verändert. Soweit sie den Küstenstreifen überblicken kann, ist nirgendwo eine Menschenseele zu sehen.

Helga kündigt an, es sei an der Zeit, umzukehren, aber Tor hat keine Lust, das Wasser zu verlassen. Sie weiß allerdings, dass sie es tun sollte – dass die Nachwirkung heute supertoll sein wird.

Claire ist dicht hinter ihr, wird aber von einer Welle umgeworfen.

»Ganz ruhig«, sagt Tor und packt ihre Hand, als sie prustet. Sie hilft ihr, zwischen zwei Wellen festen Boden zu finden und an Land zu gehen.

»Danke. Das war ein bisschen heikel«, sagt Claire.

Als sie wieder bei ihren Taschen sind, nimmt Tor ihr Handtuch und trocknet sich das Gesicht ab. Ihr Körper prickelt und summt von Kopf bis Fuß.

Dann berührt Lotte sie am Arm, und alle halten inne und verstummen. Unmittelbar neben ihnen ist eine Taube gelandet. Sie steht reglos auf den Steinen, ihr weißer Körper irgendwie übernatürlich auf dem bräunlich schwarzen Kies.

»Ist das eine Taube?«, fragt Tor Helga, die nickt.

»Ist das ein Zeichen?«, flüstert Claire.

Auf jeden Fall fühlt es sich für Tor an, als sei es eins. Die weiße Taube hat etwas Symbolisches.

»Neue Anfänge. Und Frieden«, sagt Helga. »Dafür stehen Tauben.«

»Man lässt sie auf Hochzeiten fliegen.« Dominicas Stimme ist heiser.

»Ich finde, das ist ein Zeichen, Maddy, allen Ernstes«, sagt Lotte. »Ich denke, es bedeutet, dass du Jamie finden wirst.«

Tor streckt Lotte die Hand hin. Wieso weiß sie immer das Richtige zu sagen?

Für einen Moment blicken alle auf den kleinen Vogel, und es ist ein beinahe religiöses Gefühl. Dann rührt Maddy sich. Sie nimmt ihr Handy aus der Tasche, und die Bewegung vertreibt den erschrockenen Vogel.

Tor sieht, dass Helga ihr einen Blick zuwirft.

»In Ordnung«, sagt Maddy. »Geschieht mir recht. Vielleicht ist dieser Moment zu besonders, um auf Instagram zu landen.«

Helga nickt und bedenkt sie mit einem kleinen Lächeln.

# 27
## Aktzeichnen

Claire steht in Helgas Schlafzimmer und kann es nicht fassen. Es ist so lange her, dass sie etwas Verwegenes, Neues getan hat. Sie wäre zwar gern eine beeindruckende Persönlichkeit in den Augen Dominicas, Helgas und der anderen, die sie ermutigt haben, ihre Komfortzone zu verlassen, konnte bisher aber keiner von ihnen gestehen, wie beängstigend sie die Idee findet.

Sie kann den Sea-Gals nicht sagen, dass sie ihren Körper seit der Geburt ihrer Jungen meistens hasst. Das wäre eigenartig, nachdem sie sich seit Monaten vor ihnen auszieht. Die Körperbeschaffenheit scheint unwichtig zu sein, da in ihrer Gruppe sämtliche Größen und Formen vertreten sind. Und im Meer ist die Vorstellung eines »perfekten Körpers«, die Claire immer so eingeschüchtert hat, vollkommen irrelevant. Und, Hand aufs Herz, Claire findet jede einzelne der Frauen, die sie in ihrer Schwimm-Clique kennen- und schätzen gelernt hat, ebenso wunderschön wie aufregend. Ob die Frauen etwa dasselbe über sie denken? Offenbar tun sie das, wenn Helga so weit geht, sie zeichnen zu wollen.

Sie streicht über die weiche Decke auf dem Fußende von Helgas niedrigem Bett und betrachtet das gerahmte Segelyachtmodell an der Wand. Das Zimmer mit seinen blauen Läufern auf den abgetretenen Fußbodendielen und den durchhängenden Deckenbalken hat etwas seltsam Maskulines an sich. Claire nimmt die gerahmte Fotografie neben dem Bett in die Hand. Sie zeigt eine ernste, junge, blonde Frau. Um das Foto ist ein altes Lederhalsband mit einer Muschel geschlungen.

»Das ist Mette, meine Nichte«, sagt Helga, die gerade mit einem Kittel ins Zimmer tritt. »Zieh den an und komm runter, wenn du fertig bist. Wir sind bereit. Alle sind da.«

Claire nickt und bedankt sich. Zu spät, jetzt noch abzuspringen.

Sie steigt aus ihren Kleidern und ist ziemlich nervös, als sie ihren BH aufhakt. Sie legt ihre Sachen in einem adretten Häufchen auf den niedrigen lederbezogenen Stuhl in der Ecke und schlüpft in den Kittel. Er riecht abgestanden und schwach nach Parfüm, und sie fragt sich, wann er wohl zum letzten Mal gewaschen wurde. Sie holt ihr Handy hervor und sieht die Daumen-hoch-Reaktion von Pim auf ihre SMS. Sie hat ihm mitgeteilt, dass sie mit einer Freundin etwas trinken geht, und er ist eindeutig unbesorgt. Die Rückkehr in die Schule ist irrsinnig anstrengend für ihn, und sie hat sich nicht getraut, ihm zu sagen, wo sie ist und was sie treibt. Nicht, dass er etwas gegen die Sea-Gals hätte, aber sie weiß, dass ihre neuen Freundinnen ihn ein wenig irritieren. Überhaupt, dass sie Dinge tut, die sie noch nie getan hat: Freiwilligendienst bei Tor und in aller Herrgottsfrühe schwimmen gehen. Als sie anschließend nach Hause kam und ihm erzählte, wie ihr beim Verlassen des Wassers kurz schwindelig wurde, meinte er, es sei blöd von ihr, sich dem Risiko einer Überhitzung auszusetzen, und sie solle bitte vorsichtig sein, wenn sie mit Fremden schwimmen gehe, die keine medizinische Ausbildung hätten.

Sie geht leise nach unten, an den beiseitegeschobenen Sofas vorbei in den Wintergarten, wo Helga ihre Aktklasse empfängt. Neben einem hölzernen Hocker steht ein Elektroofen, außerdem gibt es noch einen Ankleidespiegel und auf einem kleinen Podest einen großen Scheinwerfer. Das Ganze wirkt wie eine Bühne, und Claire ist ganz zittrig vor Nervosität.

»Da bist du ja«, sagt Helga. »Leute, das ist Claire.«

Sie stellt ein älteres Paar vor, einen Mann und eine Frau, deren Namen Claire allerdings nicht mitbekommt; beide mit ähnlichem, grauem Pferdeschwanz. Dann sind da noch ein ernst blickender junger Mann mit einem gewachsten Schnurrbart und ein junges Mädchen mit fuchsrotem Haar. Alle hinter ihrer jeweiligen Staffelei.

Helga führt Claire zu dem Hocker.

»Setz dich mit dem Rücken zu uns«, sagt sie, und Claire lässt sich auf dem Hocker nieder und ruckelt den Hintern zurecht, versucht, eine bequeme Haltung zu finden. Helga richtet den Scheinwerfer auf dem Podest aus, und der ernste Typ bittet sie, ihn etwas zurückzusetzen. Er hat einen komischen Akzent. Vielleicht Russisch.

»Wenn du bereit bist.« Helga drückt zur Beruhigung Claires Schulter.

»Soll ich das ganze Ding ausziehen?«

»Idealerweise ja, aber sei einfach entspannt.«

Entspannt? Das ist das Letzte, was sie ist. Das hier ist weit, sehr weit von ihrer Komfortzone entfernt, für Helga scheint es allerdings keine große Sache zu sein. Claire begreift, dass sie erwachsen sein und das hier durchstehen muss. Sie presst die Schenkel zusammen und ist sich ihrer Nacktheit sehr bewusst, auch der Teile ihres Körpers, die sie versteckt, als sie den Kittel herabgleiten lässt, die Augen schließt und – auf was wartet? Schockiertes Aufstöhnen?

Doch da ist nichts, nur ein Kratzen auf Papier, als die Gruppe zu zeichnen beginnt.

»Kannst du dich ein wenig zur Seite drehen?«, fragt Helga hinter ihrer Staffelei. Falls sie bemerkt hat, wie Claire sich fühlt, dann verliert sie kein Wort darüber.

Claire dreht sich ein wenig und kann jetzt sich selbst und

die Künstler hinter sich im Spiegel sehen. Der Kerl mit dem langen Pferdeschwanz hat schon begonnen, sein Blatt mit einem Kohlestift zu bearbeiten. Er tritt einen Schritt zurück, betrachtet prüfend das Blatt und blickt dann auf Claires Rücken.

»Was soll ich mit meinen Händen machen?«, fragt Claire.

»Halten Sie sie einfach ruhig. So wie eben. Das ist perfekt«, sagt das Mädchen mit dem fuchsroten Haar. Sie wirkt aufgeregt.

Aus dem Atelier erklingt jetzt herrliche klassische Musik. Helga kommt von dem CD-Stapel zurück.

»Die Musik gefällt mir«, sagt Claire.

»Debussy. Claire de Lune. Scheint mir gut zu passen.« Claire lächelt. »Entspann dich, Claire. Du siehst wunderschön aus.«

Trotzdem ist es schwer, stillzusitzen, und sie versucht, ihre Muskeln locker zu lassen. Sie ist sich ihres Bauchs und ihrer hängenden Brüste sehr bewusst, spürt, wie der Hocker ihren Schenkel quetscht und ihre Zellulitis betont, aber dann wirft sie einen Blick auf die Künstler im Spiegel, und sie sieht, wie die Augen der Pferdeschwanzfrau glänzen, als sie erst Claire und dann ihr Blatt anschaut.

Und dieser hingebungsvolle Eifer ist es, der ihr das Gefühl gibt, selbst ebenfalls Künstlerin zu sein. Sie mustert ihre glatte Haut und die Proportionen ihres Körpers und spürt plötzlich keinen Hass mehr, sondern findet, dass dieser Körper, den auch fünf andere Menschen schätzen, eine wundervolle Sache ist. Es ist ein Körper, der Kinder geboren und sie selbst in ihrem Leben bis hierher gebracht hat. Ein Körper, der es wert ist, Kunst zu werden.

Vielleicht ist Älterwerden doch nicht so schlimm, denkt sie. Vielleicht hat Helga recht. Vielleicht ist das ja die richtige

Einstellung, sich nicht im Mindesten darum zu scheren, was andere über einen denken.

Trotzdem ist sie am Ende der Sitzung ganz steif; sie steht auf, reckt sich und zieht den Kittel wieder an, auch wenn sie sich überraschenderweise ans Nacktsein gewöhnt hat. Sie ist nicht verlegen, als sie sich zu der Gruppe umdreht. Als der Typ mit dem Pferdeschwanz ihr seine Zeichnung zeigt, bleibt ihr kurz die Luft weg. Das Bild ist wirklich wunderschön. Sie sieht wie eine Frau in einer von Botticellis berühmten Skizzen aus und, seltsamerweise, wie ihre Mutter. Aber auf gute Weise. Er hat sie im Profil dargestellt – ihr Kinn und die Krümmung ihrer Nase. Selbst ihr Haar, das ihr Kummer bereitet, ist kunstvoll wiedergegeben.

»Vielleicht habe ich es ja bisher falsch gemacht«, erklärt Claire ihm. »Vielleicht sollte ich mich nicht fotografieren lassen, was immer nur meine Mängel zu betonen scheint, sondern die Leute dazu bringen, mich zu zeichnen.«

»Sie können das Blatt behalten, wenn Sie möchten«, sagt er.

»Sind Sie sicher?«

»Ihrem Mann würde es bestimmt gefallen«, meint die Frau mit dem identischen Pferdeschwanz.

Claire nimmt das Geschenk lächelnd entgegen und fragt sich im Stillen, was um Himmels willen Pim wohl sagen wird, wenn sie es ihm präsentiert. Und was werden die Jungs denken? Sie würden wahrscheinlich sterben, wenn sie ein Bild ihrer nackten Mutter sähen. Dass sie, Claire, so etwas Schockierendes getan hat, fühlt sich ziemlich großartig an.

»Möchtest du noch für einen Umtrunk bleiben?«, fragt Helga.

»Ich sollte lieber nach Hause. Zu meiner Familie.«

»Haben Sie Kinder?«, fragt der Pferdeschwanz-Typ. Er

klingt überrascht, und sie hätte fast einen Witz gemacht, dass er es doch anhand ihrer Schwangerschaftsstreifen hätte erraten müssen.

»Ich habe zwei Jungen«, erwidert sie. »Sie sind ziemlich chaotisch.«

»Siehst du, deshalb habe ich nie Kinder gewollt. Ich kann es nicht ausstehen, wenn andere Leute ihr Zeug bei mir rumliegen lassen«, erklärt Helga und trinkt einen Schluck Wein. »Kinder. Brrr.«

»Sie werden sie vermissen, wenn sie aus dem Haus sind«, meint die ältere Frau zu Claire. »Das leere Nest hat uns bewogen, mit dem Zeichnen anzufangen. Als ein Versuch, das Beste daraus zu machen.«

Nach ihrer Modellsitzung ist Claire regelrecht beschwingt. Nicht nur, weil es ihr Selbstbewusstsein gestärkt hat, sondern auch wegen des unerwarteten Vergnügens, neue Leute kennenzulernen; außerdem hatte sie Gelegenheit, Helga in ihren eigenen vier Wänden zu erleben. Sie hat das Gefühl, ihre Freundschaft hat sich dadurch noch vertieft. Doch kaum ist sie durch die eigene Haustür getreten, ist ihre gute Stimmung dahin. Das ganze Haus ist eine Wüstenei. Sie hat den ganzen Morgen geputzt, aber jetzt haben Ash und Felix den Inhalt ihrer Schultaschen auf den Boden gekippt, auf der Treppe sind Matschflecken, in der Küche muss gerade eine Sandwich-Zubereitungs-Aktion stattgefunden haben, und aus dem Fernseher im Wohnzimmer dröhnt ein Videospiel, die Explosionsgeräusche sind ohrenbetäubend.

»Wo warst du?«, fragt Pim. Er sitzt an seinem Laptop, der Tisch ist mit Papieren und Büchern übersät. »Wir verhungern.«

»Ich habe was für Helga gemacht«, erwidert sie ausweichend. Pim ist so desinteressiert, dass er nicht einmal nachfragt. Claire reißt den Tiefkühlschrank auf und nimmt ein Paket Fischstäbchen und eine Tüte Tiefkühlpommes heraus. »Da«, sagt sie und knallt ihm beides vor die Nase. »Sollte nicht allzu schwer sein, damit zurechtzukommen.«

Das sollte es wirklich nicht. Warum zum Teufel können sie sich nicht selbst etwas zubereiten, wenn sie Hunger haben? Warum landet alles immer auf ihren Schultern? Es reicht ihr.

Aufgeschreckt blickt Pim vom Bildschirm auf und starrt sie verwirrt an. »Claire?«

»Ich gehe jetzt in die Badewanne.«

»Mum?«, fragt Felix. »Was gibt es zum Abendessen?«

»Frag deinen Vater«, erwidert sie, poltert die Treppe hinauf und spürt die schockierten Blicke in ihrem Rücken, doch es kümmert sie nicht. Es wird Zeit, dass sie anfangen, sie zu respektieren.

## 28
## Äquinoktium

Es ist ein früher, frischer Morgen mit blauem Himmel, und Helga kann an den Stränden Richtung Hove noch andere Gruppen erkennen. Seit der Frühling in der Luft liegt, registriert sie mehr Schwimmer. Luna liegt zusammengerollt auf Dominicas Mantel am Strand und passt auf die Sachen auf. Tor kommt über den Kies zu ihnen herunter und wedelt mit einem Blatt Papier.

»Habt ihr auch so eins gekriegt?«, ruft sie.

»Was ist das?«, fragt Helga.

»Die haben sie an der Treppe verteilt.«

Helga liest den Zettel, auf dem darum gebeten wird, sich an der Strandreinigung zu beteiligen. Maddy nimmt ihn entgegen und reicht ihn an Claire weiter.

»Das machen wir«, erklärt Claire. »Ich habe Lust, mitzumachen.«

Sie reicht den Zettel Dominica, die nickt. »Ich auch.«

Maddy, die sich gerade umzieht, trägt heute einen todschicken Badeanzug von Speedo. Sie dreht ihr Haar hoch und streift geschickt die Badekappe darüber.

»Wie herrlich, die Sonne auf der Haut zu spüren«, sagt sie. »Ich fand es immer schrecklich, mich am Strand auszuziehen, aber es ist gar nicht so kalt, wie man denken würde.«

»Ja, es kommen schönere Tage«, sagt Helga und hält die Nase in die leichte Brise. Sie kann den Frühlingsbeginn schon riechen. Für einen Moment schließt sie die Augen und spürt die Sonne auf ihrem Gesicht. Ein wunderbares Gegenmittel nach der unruhigen Nacht, die sie damit verbracht hat, die Deckenbalken in ihrem Schlafzimmer anzustarren und sich zu fragen, wieso ihr Herz nicht gleichmäßig schlagen will. Es kam ihr vor wie ein trauriger Vogel im Käfig.

»Heute ist ein großer Tag«, sagt Dominica.

»Wieso?«, fragt Claire.

»Ich wechsele von Stiefeln zu Plastiksandalen«, antwortet Dominica. »Die habe ich gerade bei Decathlon gekauft.«

Sie zieht die Sandalen an und wackelt mit den Zehen. Es ist nicht gerade das schmeichelhafteste Schuhwerk der Welt, aber das am dringendsten benötigte. Helga weiß, dass Frauen ab einem gewissen Alter würdelos aussehen, wenn sie versuchen, barfuß vom Wasser auf den Kiesstrand zu gelangen. Vielleicht sollte sie sich auch solche besorgen. Ihre alten Dinger sind fast durchgelaufen. Doch sie geht grundsätzlich ungern einkaufen und weigert sich, online zu shoppen.

»Die Schwimmhandschuhe hast du aber noch nicht gestrichen?«, fragt Claire Dominica, die den Kopf schüttelt.

»Nein. Eins nach dem anderen«, erwidert sie.

Helga weiß, dass Claire, wenn es ums Schwimmen geht, immer noch bemüht ist, das Richtige zu tun und das vorgesehene Protokoll zu befolgen, stellt aber eine gewisse Veränderung an ihr fest. Besonders, nachdem sie fürs Aktzeichnen Modell saß. Alle in der Malgruppe hatten Helga versichert, was für eine Entdeckung Claire sei. Wie überrascht sie alle gewesen seien, dass Claire sich offenbar nicht bewusst war, was für einen prachtvollen, sinnlichen Körper sie habe, wie schön ihre blasse Haut schimmerte. Was für ein Vergnügen es gewesen sei, sie zu zeichnen.

Helga hofft, dass die Sitzung auch für Claire ein Gewinn gewesen ist. Sie scheint sich tatsächlich aus ihrem Panzer herauszuwagen und ihre schüchterne Beflissenheit, es allen recht zu machen und gefallen zu wollen, abzulegen und mehr Selbstbewusstsein zu zeigen.

Heute ist das Wasser so, wie Helga es liebt. Kalt und kabbelig und mit hoher Dünung. Maddy, die sich gewöhnlich nur langsam hineinwagt, marschiert los, taucht sofort unter und mit einem Seufzer wieder auf. Sie rollt sich auf den Rücken, so wie Helga es ihr gezeigt hat, und während die anderen sich nach und nach zu ihr gesellen, lässt sie sich eine kleine Weile wie ein Seestern an der Oberfläche treiben.

Auf der hohen Buhne angelt ein Mann, seine Leinen sind straff, und Helga kann im klaren Wasser eine schimmernde Makrelenschule erkennen. Das sagt sie Maddy nicht. Sie möchte ihr nicht die Zuversicht nehmen, wo sie doch gerade beginnt, das Wasser entschieden zu lieben. Also schwimmt sie in die entgegengesetzte Richtung, weg von den Anglern.

»Wisst ihr, dass heute Frühlings-Tag-und-Nacht-Gleiche ist?«, sagt Tor, als sie hinausschwimmen.

»Stimmt«, erwidert Helga. Hoch am Himmel erscheint in der Ferne ein Walskelett aus weißen Wolken. »Komisch, wenn man bedenkt, dass unten in Australien heute der Herbst beginnt. Dass denen die dunklen Tage noch bevorstehen und sie ihre Mäntel und Pullover herausholen, während wir uns auf den Sommer freuen.«

Ob Linus wohl in Australien ist? Sie stellt ihn sich in einem hübschen Haus mit einer Yacht am Ende seines privaten Anlegers vor.

»Es ist auch ihre Tag-und-Nacht-Gleiche«, ergänzt sie.

»Mir gefällt das Wort Äquinoktium«, sagt Dominica. »Beim Scrabble gibt es dafür eine Menge Punkte.«

»Es kommt aus dem Lateinischen für gleich, *aequus,* und für Nacht, *nox*«, erklärt Helga. »Beim Frühlings-Äquinoktium bekommen die Nord- und die Südhalbkugel die gleiche Menge Sonne. Und wusstet ihr, dass die Sonnenaufgänge und -untergänge schneller sind bei Äquinoktium?«

»Ich liebe dieses Gefühl des nahenden Sommers«, meint Claire. »Man schaut heiterer in die Welt, wenn die Sonne scheint.«

»Ist es nicht herrlich, wenn wir demnächst nach dem Schwimmen in unseren Badeanzügen auf den Steinen trocknen und uns in der Sonne aalen können?«, meint Dominica. »Auch wenn mir die prickelnde Kälte fehlen wird.«

»Auf jeden Fall«, bestätigt Helga, denn so ist es. Bei wärmerem Wetter wird es anders sein; eines aber bleibt, was ihr ganz besonders gefällt, nämlich dass sie eine feste Gruppe sind: Sie werden auch in den kommenden Monaten gemeinsam schwimmen gehen.

»Ist Frühlings-Tag-und-Nacht-Gleiche dasselbe wie Springflut?«, fragt Maddy, und Helga freut sich, dass die Sea-Gals ihr alle zuhören.

»Nein. Springfluten gibt es nur bei Neumond und bei Vollmond. Sonne, Mond und Erde stehen dann auf einer geraden Linie. Die Flut ist dann besonders hoch und die Ebbe besonders niedrig. Dann gibt es einen Gezeitenhochstand.«

»Und was ist der Unterschied zwischen Springflut und Nippflut?«, fragt Tor.

»Nippfluten treten genau zwischen Neumond und Vollmond auf. Dann stehen, von der Erde aus betrachtet, Sonne und Mond in einem rechten Winkel zueinander, und ihre Anziehungskräfte auf die Wassermassen der Ozeane sind schwächer, so dass der Unterschied zwischen Ebbe und Flut geringer wird. Man kann, wenn man dann bei Ebbe schwimmen geht, mit den Füßen den Meeresboden berühren.«

»Wie kommt es, dass du so viel darüber weißt?«, fragt Maddy.

»In meinen Segeltagen damals habe ich alles über die Sonne und den Mond gelernt«, erwidert Helga: »Es ist einfach faszinierend. Und das Allerseltsamste ist, dass die Sonne, egal in welchem Teil der Erde man segelt, immer im Osten auf- und im Westen untergeht.«

»Ach, wirklich?« Claire klingt echt fasziniert.

»Von heute an steigt die Sonne am Himmel jeden Tag ein bisschen höher.« Sie zeigt nach oben. »Und zur Sommersonnenwende im Juni wird die Sonne etwa dort stehen, weil der Bogen, den sie beschreibt, immer weiter nach Norden rückt.«

»Das ist mir noch nie aufgefallen.« Maddy klingt nachdenklich.

»Deswegen fliegen auch alle Vögel und Schmetterlinge nach Norden – auf den Spuren der Sonne.« Helga hatte in der vergangenen Woche die Stare beobachtet. Sie hatten sich in großer Zahl auf den Telefondrähten versammelt, und sie hatte sich ausgemalt, wie die Vögel sich über ihre Rückreise nach Skandinavien austauschten. Sie wäre so gern selbst wieder auf Reisen gegangen.

»Wie konnte ich fast fünfzig Jahre alt werden und keine Ahnung von solchen Dingen haben?«, sagt Claire.

»Jetzt weißt du Bescheid«, antwortet Helga. »Und ich wette, du weißt eine Menge Dinge, von denen ich keine Ahnung habe.«

»In dieser Woche bin ich übrigens dabei, mich in Bauvorschriften einzuarbeiten. Nicht gerade das faszinierendste Thema«, sagt Claire. »Mein fieser Nachbar ist im Begriff, einen Anbau zu errichten und …«, sie schüttelt den Kopf. »Ich will mich jetzt nicht darüber aufregen. Das hier ist meine Pause von der Geschichte, aber im Moment bin ich fast nur noch mit einem Einspruch beschäftigt.«

»Nichts ist schlimmer als schreckliche Nachbarn«, sagt Dominica.

»Rob und Jenna. Sie halten sich für so perfekt. Sie beabsichtigen, an der Rückseite ihres Hauses einen Monsterbau zu errichten, der uns das ganze Licht wegnehmen wird, ihnen aber vollen Einblick bei uns ermöglicht; das Schlimmste an der ganzen Geschichte ist aber, dass sie den Kirschbaum fällen wollen. Und ich liebe diesen Baum.«

»Aber das können sie doch nicht einfach tun?«, meint Maddy.

»Das sollte man annehmen«, erwidert Claire. »Aber ich weiß nicht, wie wir sie stoppen können.«

»Ich verstehe ein bisschen was von Bauplanung«, sagt Maddy zu ihr. »Vielleicht kann ich dir ja helfen?«

»Das würdest du tun?«

»Ich würde es gern versuchen. Das ist das Mindeste, was ich tun kann, um mich dafür zu bedanken, dass ich beim Schwimmen mitmachen darf.«

Helga schwimmt mit Dominica und Tor voraus und lässt die beiden weiterdiskutieren.

»Findest du dich wieder zurecht auf der Arbeit?«, fragt Tor, und Dominica lächelt. »Wie war die Woche?«

»Ich hatte ein Gespräch mit meinem Chef«, erwidert Dominica. »Er wollte sich vergewissern, ob alles in Ordnung ist, und hat meine Arbeitsziele neu festgelegt. Das mit Chris hat ihn in große Verlegenheit gestürzt.«

»Du meinst, dass du Witwe geworden bist«, stellt Helga klar. Warum eiern die Leute immer so um das Thema Tod herum?

»Ja, genau. Du hättest sehen sollen, wie er sich gewunden hat.«

»Oje«, meint Tor.

»Ich … Es ist einfach nicht wie vorher. Ich bin nicht mehr richtig bei der Sache. Irgendwie interessiert die Arbeit mich kaum noch.«

»Dann mach etwas, das dich interessiert«, sagt Helga.

»Das klingt einfach, so wie du das sagst.«

»Ist es das nicht auch? Das Leben ist mit Sicherheit zu kurz für eine Arbeit, die du nicht mit Leidenschaft tust.«

»Du solltest wieder zu den Samaritern gehen«, meint Tor. »Ich wette, dein alter Chef Bill würde dich mit Kusshand zurücknehmen.«

»Ich weiß. Daran habe ich auch schon gedacht.«

»Dann mach es. Da hast du etwas, das dich ablenkt, worauf du dich konzentrieren musst.«

»Ja, vielleicht hast du recht.«

Helga ist sich nicht so sicher. Sie möchte sich auf keinen Fall anderer Leute Problem aufhalsen. Doch mit Dominica ist es doch etwas anderes. Sie hat so viel Potenzial, und es schmerzt Helga, dass sie sich ohne Chris so sehr quält. Sie weiß, dass sie sich nicht in Dominicas Trauerprozess einmischen darf, möchte ihr aber gern begreiflich machen, wie kurz das Leben ist. Viel zu kurz. Dominica will sicherlich nicht so alt werden wie Helga, um dann in den nächsten zehn Jahren – falls sie das Glück hat, noch zehn weitere Jahre zu erleben – auf nichts Aufregendes hoffen zu können. Abgesehen von der verdammten Senioren-Wohnanlage. Sie hat die Broschüre bekommen, die Mette ihr angekündigt hat, und die hat sie zutiefst deprimiert. Die Hochglanz-Titelseiten solcher Magazine mögen noch so verlockend gestaltet sein, eine Senioren-Wohnanlage ist und bleibt ein Wartesaal für das Grab.

Helga hat Menschen ihres Alters stets gemieden. Trotzdem hat sie sich in den vergangenen Wochen nach dem Lockdown mehrmals mit Judith, der Mutter ihres Nachbarn Will, getroffen und sie zum Kaffee eingeladen. Danach hatten Helga und Katie auf Judiths Vorschlag ihre Zweitschlüssel ausgetauscht, etwas, das Helga noch nie zuvor getan hat. Aber Katie war so nett gewesen, hat sich über die Skizze, die Helga von Josh angefertigt hat, so begeistert gezeigt und sie sogar rahmen lassen. Aber so liebenswürdig Judith auch sein mag, Helga hat im Grunde kaum Gemeinsamkeiten mit ihr, deren einziges Thema ihre Enkelkinder sind.

Während Helga sich anzieht und sich am Deckel der Thermosflasche wärmt, stellt sie wieder einmal fest, wie gern sie mit ihren Sea-Gals zusammen ist, die allesamt jünger sind als sie, und wie sehr ihr die Rolle als weise Frau der Gruppe gefällt. Gleichzeitig fragt sie sich, was die Frauen wohl denken würden, wenn sie von den Ängsten wüssten, die sie in letzter Zeit entwickelt hat.

# 29
## Wohnzimmerfriseurin

Heute hat sich die Tafel bei der Rennbahn aufgestellt, und Maddy bietet Tor und Claire an, sie nach der Schicht nach Hause zu fahren. Tor ist Maddy dankbar für den Fahrdienst und überhaupt für ihre Hilfe. Tors Lieferwagen war die ganze Woche kaputt, und sie hat ihn in die Werkstatt gebracht. Zum Glück kann sie die Reparatur mit den Einnahmen vom Wohltätigkeitsschwimmen bezahlen. Dank des Geldes, das Dominica in ihrem Büro eingesammelt hat und, zu ihrer Überraschung, dank Alice, die bei ihren Schulmütter-Freundinnen die Runde gemacht hat, konnte sie ihr angepeiltes Ziel zu hundert Prozent erreichen. Tor weiß, dass das ein Friedensangebot ist. Seit Weihnachten haben die Schwestern kaum noch miteinander geredet, und Alice erträgt es nicht, wenn sich eine Entfremdung anzubahnen droht. Also hat Tor angerufen und ziemlich rasch begriffen, dass das Spendengeld eine Erpressung war. Alice hat sie für Ostern zu sich zitiert.

»Deine Kuchen sind heute Abend sehr gut angekommen«, berichtet Tor Claire. »Alle mochten sie. Lotte wird sauer sein, wenn nichts mehr davon übrig ist.«

»Sie waren so schnell weg wie noch nie«, ergänzt Maddy. »Du solltest ein Café aufmachen.«

»Ein Café? Ich? O nein, so gut sind meine Kuchen auch wieder nicht.«

»Doch!«, ruft Tor. »Ich würde für den mit Kokosraspeln jederzeit gutes Geld hinlegen.«

Claire grinst. »Das ist wirklich nett, dass du das sagst.«

Tor sitzt hinten im Wagen und beobachtet, wie Claire die Sonnenblende über dem Beifahrersitz herunterklappt.

»Ach du lieber Himmel. Wie sehe ich denn aus!«, sagt sie. »Wieso hat mich keine von euch darauf hingewiesen?«

Maddy lacht. »Hör auf, so selbstkritisch zu sein.«

»Ich habe versucht, einen Termin beim Friseur zu bekommen, aber da kommt man telefonisch einfach nicht durch.«

»Ich könnte Lotte bitten, dir die Haare zu machen«, bietet Tor an. »Sie hat mal in einem Friseursalon gearbeitet.«

»Echt?«

»Ich kann sie fragen«, meint Tor, holt ihr Handy heraus und schreibt eine SMS, während sie weiter in Richtung Innenstadt und Tors Haus fahren. Ihr Handy plingt auf der Stelle zurück.

»Sie schreibt, ich soll dich jetzt gleich mitbringen.«

»Jetzt?«, fragt Claire.

»So spät ist es doch noch nicht. Erst halb neun.«

»Na gut, wenn du meinst?«

»Ich setze euch ab«, sagt Maddy.

»Nein, komm doch mit«, sagt Tor. Sie hat seit Ewigkeiten keine Leute mehr zu sich eingeladen. »Trink was mit uns. Wir haben im Garten Lichterketten aufgehängt, und im Kühlschrank steht Wein.«

Als sie durch die Eingangstür treten, sieht Tor ihr Haus plötzlich mit den Augen der Freundinnen. Das wilde Durcheinander nimmt sie gewöhnlich einfach hin, aber als sie sich jetzt alle auf den verschrammten Dielen im Flur unbeholfen an dem Haufen Fahrräder vorbeischieben, fallen ihr mit einem Mal der uralte, fadenscheinige Treppenläufer und die Pop-Art-Graffiti an den Wänden ins Auge, und sie geniert sich. Sie hat die Nase voll von dieser Art WG-Leben. Sie würde, wenn sie nach Hause kommt, gern einen Ort vorfinden, an dem sie entspannen kann, anstatt ständig mit anderen Menschen zu tun zu haben.

»Ich bin da«, ruft Tor.

»Hier«, ruft Lotte zurück und winkt Maddy, Claire und Tor in die Küche.

»Die Super-Schwimmerinnen«, konstatiert Lotte. »Wunderbar. Los, kommt rein. Übrigens ein tolles Timing. Ich bin gerade fertig geworden«, fügt sie hinzu. Ihr Hausgenosse Declan sitzt auf dem hölzernen Küchenstuhl, und Tors Anglepoise-Lampe ist auf seinen Oberarm gerichtet, wo Lotte den letzten Teil eines kunstvollen Lotosblüten-Tattoos gestochen hat. Vorsichtig deckt sie es mit Transparentfolie ab.

Declan steht auf, und Tor sieht, wie Maddy seine schlaksigen, mageren Glieder und seinen verrückten Bart mustert. Er ist furchtbar schüchtern und schlurft davon.

In der Küche riecht es nach gekochten Linsen, und im Spülbecken stapeln sich Töpfe und Pfannen, aber Maddy lächelt nur. »Seht doch. Die Kräuter und dein wunderschöner Garten«, sagt sie. »Als wäre man mitten auf dem Land.«

Sie bemüht sich einfach, nett zu sein, denkt Tor und sagt: »Entschuldigt das Chaos.«

»Das ist doch kein Chaos. Mir gefällt es. Es hat etwas Anheimelndes. Diese alten edwardianischen Stadthäuser haben ganz erstaunliche Proportionen und eine bemerkenswerte Energie.«

Lotte grinst vergnügt, dabei wird die reizende Lücke zwischen ihren Schneidezähnen sichtbar. Sie trägt ein durchsichtiges grünes Kleid zu ihren Zwölf-Loch-Doc-Martens, und an ihren Armen klimpern Reifen. »Ach, du ... du bist das«, sagt Lotte und umarmt Claire überschwänglich, »die die köstlichen Kuchen backt. Du duftest selbst wie ein köstlicher Kuchen. Und seht nur, was für Locken.« Sie wuschelt durch Claires Haare. »Meine Güte!«

Tor sieht, wie Claire errötet und verlegen ihr Haar glatt zu streichen versucht. Sie vergisst dauernd, wie die Leute reagieren, wenn Lotte sich ihnen zuwendet. Diese Zuwendung fällt immer ziemlich heftig aus.

»Ich hasse Grau.«

»Grau ist nicht verkehrt, aber warum solltest du grau sein? Solange es kein demonstrativer Akt von dir ist. Wie wär's also mit Blond?«

»Ich war früher mal blond. Vor vielen Jahren. In meinen Zwanzigern. Doch bevor ich mich jetzt zu einer so drastischen Änderung entscheide, sollte ich noch mal darüber nachdenken.«

»Nein, Süße. Du musst spontan handeln«, drängt Lotte. »Das Universum hat dich zu mir gebracht, und ich beabsichtige, mein Vorhaben durchzuführen.«

Claire gibt nach, und Lotte geleitet Claire die Treppe hinauf ins Badezimmer. Tor nimmt Maddy mit nach draußen in den Garten.

»Ich mag diese Lichter«, sagt Tor und weist mit dem Kopf zu der Lichterkette, die im Baum hängt. Sie legt ein neues Holzscheit auf die Feuerstelle, und die Funken sprühen hoch, als die beiden sich auf den Sitzen niederlassen, die Lotte aus Paletten und Knautschsäcken zusammengebaut hat.

Als Tor an der Rückwand des Hauses hochschaut, sieht sie Lotte und Claire im Badezimmer. Lotte steht hinter Claire am Waschbecken. Sie hält bestimmt gerade eine ihrer »Beratungen« per Badezimmerspiegel ab. Tor fühlt sich ein bisschen schuldig. Lotte wird der armen Claire einen komplett neuen Look aufschwatzen.

»Was machst du an Ostern?«, fragt Maddy.

»Ich soll bei meiner Schwester erscheinen.«

»Und? Fährst du hin?«

»Ich habe keine andere Wahl«, erwidert sie. »Und du?«

Maddy zuckt die Achseln. »Ich weiß noch nicht. Trent erklärt mir dauernd, dass er mich sehen will, also werde ich wohl nach Hause fahren und mich der Situation stellen.«

»Und was ist mit Matteo?«, fragt Tor.

»Mit Matteo?« Maddy verdreht die Augen.

»Immer noch nichts?«

»*Nada*. Ich fürchte, den Zug habe ich verpasst.«

»Ach, da wäre ich mir nicht so sicher«, meint Tor.

»Er ist diese Woche nicht da. Und ich hätte nicht gedacht, dass ich ihn so vermissen würde.«

»Das ist doch in Ordnung.«

»Ja, schon. Das Dumme ist nur, dass er mir ziemlich gefällt. Und ich weiß, dass das albern ist. Ich klammere mich an ihn, weil er in der Nähe ist. Weil ich eine verzweifelte, einsame alte Dame bin.«

Die Beschreibung als einsame alte Dame passt überhaupt nicht auf Maddy, findet Tor: Ihr gelingt es immer, cool zu wirken, egal was sie tut.

»Wenn du glaubst, es gibt da einen Funken zwischen euch, warum handelst du dann nicht? Und guckst einfach, was passiert?«

Maddy seufzt. »Aber ich weiß nicht, ob ich mich auf meinen Instinkt noch verlassen kann. Nach dieser Geschichte mit Helen bin ich ständig dabei, alles zu hinterfragen. Ich dachte immer, meine Freunde seien meine Freunde, aber sie haben mich alle belogen. Deshalb finde ich es so erfrischend, dass ich euch kennengelernt habe und einfach ich selbst sein kann.«

Sie plaudern noch eine Weile unbeschwert weiter, bis

das Thema Jamie aufkommt. Tor wusste, dass das passieren würde. Maddy hat sich mit Lottes Kontakt in Verbindung gesetzt – diesem Privatdetektiv, den sie dafür bezahlt, dass er Jamie zu finden versucht. Sie sagt, dafür nehme sie das Geld, das sie für Jamies Ausbildung zurückgelegt habe. Ihre letzten Geldreserven, wie sie behauptet. Maddy macht so einen wohlhabenden Eindruck, deshalb ist Tor überrascht, dass sie offenbar Mühe hat, über die Runden zu kommen, und sie hofft, dass der Detektiv erfolgreich ist. Doch ärgerlicherweise gibt es bisher noch keine Hinweise.

Tor ist neugierig. »Wolltest du immer nur Jamie haben? Hattest du nicht das Bedürfnis, mehr Kinder zu bekommen?«

»Doch. Aber es gab eine Komplikation, und ich musste nach Jamies Geburt operiert werden. Kurz dachte ich mal an eine Adoption, aber ich war so verliebt in mein kleines Engelsgeschöpf.« Sie seufzt erneut. »Er war mein Ein und Alles. Er war immer mehr als genug. Hätte ich ihm das doch auch gesagt. Ich glaube, er hat immer gedacht, er müsste für mich mehrere Kinder gleichzeitig sein.«

Tor lächelt aufmunternd.

»Niemand sagt einem, wie Eltern-Sein geht«, erklärt Maddy. »Es kommt wie ein heftiger Schock, und man kann nur improvisieren. Ich habe es durchs Tun lernen müssen. Das Leben vergeht so rasch, und man muss dauernd schnelle Entscheidungen treffen. Wenn man schließlich merkt, dass man etwas Falsches gesagt oder getan hat, ist es zu spät. Jetzt wo ich älter bin, begreife ich, wie einfach es ist, Mist zu bauen. Und dass auch meine Mutter Mist gebaut hat. Einmal hat sie mich öffentlich wegen meiner Noten kritisiert; das habe ich nie vergessen. Für mich war das ein sehr prägender Moment, während sie es wahrscheinlich nicht einmal mitbekommen hat. Aber mich hat es zu der gemacht, die ich bin.«

»Ich glaube, ich weiß, was du meinst. Ich könnte zwar keinen speziellen Moment nennen«, sagt Tor, »aber ich hatte immer das Gefühl, dass meine Eltern Alice mehr lieben.«

»Da wette ich aber, dass das nicht stimmt.«

»Doch«, erwidert Tor mit einem Achselzucken. »Sie ziehen Alice vor.«

»Ist dir jemals in den Sinn gekommen, dass deine Mum vielleicht das Gefühl hat, Alice brauche mehr Zuwendung, weil Alice ihre Mutter braucht und du nicht? Weil du stark bist?«, fragt Maddy.

»Aber das bin ich nicht.«

»Ähm. Entschuldige bitte, aber das bist du«, sagt Maddy. Ihre Unterstützung tut Tor gut.

»Ich weiß nicht. Es ist nur so … Alice hat immer alle Aufmerksamkeit unserer Eltern bekommen. Vielleicht hat das ja damit zu tun, dass sie bei unserer Geburt ernsthaft krank war.«

»Na, siehst du, das ergibt doch Sinn. Ich kann mir gar nicht vorstellen, zwei Babys auf einmal zu haben. Und wenn dann noch eines krank ist, muss es der Horror sein. Stell dir vor, sie hätte deine Zwillingsschwester verloren?«

Tor überkommt ein unerwartetes Gefühl der Zuneigung für ihre Zwillingsschwester. Ein Leben ohne sie kann sie sich nicht vorstellen. Vielleicht wäre es gar nicht so schlecht, Alice und ihren Eltern von sich und Lotte zu erzählen. Tor weiß, dass sie von ihnen geliebt wird, also werden sie doch bestimmt auch das Paar Lotte und Tor mögen? Und selbst wenn nicht, hat sie immerhin Menschen um sich herum, die das tun. Sie beschließt, dass sie das an Ostern klären wird. Irgendwie wird sie einen Weg finden, voranzukommen.

Es ist einfach herrlich, hier draußen an der Feuerschale zu sitzen, und Tor geht es nach dem Gespräch mit Maddy entschieden besser. Claire kommt mit Alufolie im Haar wieder herunter. Sie plaudern miteinander und essen eine Tiefkühlpizza, die Lotte aufgebacken hat.

Lotte ist ganz aufgeregt wegen des neuen Looks, den sie sich für Claire ausgedacht hat; die wirft Tor und Maddy allerdings besorgte Blicke zu.

Auf Lottes Handy klingelt der Wecker, und Claire wird losgeschickt, ihr Haar auszuspülen und zu trocknen.

»Wünscht mir Glück«, sagt sie.

»Glück brauchst du nicht. Du wirst hingerissen sein!«, ruft Lotte begeistert, und Claire muss lachen. Die Leute sind jedes Mal schockiert, wie sicher Lotte sich in all ihren Meinungen über die Dinge ist. Das ist einer der Gründe, warum Tor sie so liebt. Weil sie so entschlussfreudig ist, so selbstverständlich im Leben steht. Das gibt Tor ein Gefühl der Sicherheit.

Gerade erzählt sie Maddy von ihren Abenteuern in Afrika und wie sie vor Mike davongerannt ist und Lotte kennengelernt hat, als Claire in den Garten kommt. Sie hat locker ein Handtuch um den Kopf geschlungen und grinst über das ganze Gesicht.

»Seid ihr bereit?«, fragt sie.

Maddy und Tor erheben sich für die große Enthüllung, und Claire schüttelt das Handtuch ab. Die neue Frisur umschmeichelt ihr Gesicht, ihr Haar schimmert in Karamell- und Buttertoffeetönen. Sie wirkt mindestens zehn Jahre jünger.

»Gefällt es euch?«, fragt sie nervös und tippt sich an den Kopf.

»Allmächtiger!«, ruft Maddy und springt hoch, um sie aus der Nähe zu betrachten. »Absolut umwerfend. Lotte, ich buche dich auf der Stelle.«

»Allen Ernstes?«, fragt Claire und sieht zu Tor.

»Es ist wunderschön«, sagt Tor und küsst sie auf die Wange. Maddy macht derweil Fotos, damit Claire sich auch selbst sehen kann.

»Gut gemacht«, flüstert Tor Lotte zu. »Ich danke dir dafür.«

Lotte grinst zurück. »War mir ein Vergnügen. Sie war lustig. Ich mag deine Freundinnen.«

Die viele Aufmerksamkeit lässt Claire erröten. Sie studiert die Fotos auf Maddys Handy und sagt plötzlich: »Du lieber Himmel. So spät schon. Ich muss nach Hause, zu Pim und den Jungs.«

Lotte umarmt sie fest und küsst sie auf die Wange. Claire quiekt vor Überraschung, dann kichert sie.

»Das hat solchen Spaß gemacht. Ehrlich. Lotte, du bist ein Genie.«

Tor ist sehr zufrieden, weil sie es – wenn auch mit dem Umweg über Lotte – möglich gemacht hat, dass Claire jetzt selbstbewusster ist.

»Ihr geht so selbstverständlich miteinander um«, sagt Maddy zu Tor. »Warum um Himmels willen möchtest du nicht, dass deine Eltern euch so erleben? Wenn du meine Tochter wärst, wäre ich begeistert. Ihr gehört einfach zusammen.«

Tor verabschiedet sie.

»He«, sagt sie zu Lotte und hält sie fest. »Habe ich dir heute schon gesagt, dass ich dich liebe?«

»Nicht oft genug«, entgegnet Lotte und lächelt. Tor umarmt sie, dann gehen beide zurück ins Haus.

## 30
## Strandreinigung

»Oh«, sagt Pim, als er am Samstagmorgen in Schlafanzug und Morgenmantel die Treppe herunterkommt und Claire und Ash in der Küche sieht. Er hält die Teetasse in der Hand, die Claire ihm vor einer Weile ans Bett gestellt hat. »Wo wollt ihr beiden denn hin? Es ist noch früh.«

»Zur Strandreinigung, du weißt doch?«, sagt Claire.

»Ach, ja.« Er hat es eindeutig vergessen. Er nippt an seinem Tee. »Und du gehst mit?«, sagt er zu Ash.

Sie hat Ash gefragt, ob er sie und die Sea-Gals begleiten will, und als er sich bereiterklärte, hätte sie am liebsten in die Luft geboxt. Er hat für sein Projekt sehr viel recherchiert, und sie ist sehr froh, dass er abseits von dem verdammten Videospiel etwas gefunden hat, das ihn interessiert. Pim scheint beeindruckt, als Ash nickt.

Beim Hinausgehen erhascht sie im Flurspiegel einen Blick auf sich. Sie fühlt sich anders, seit Lotte ihr die neue Frisur verpasst hat. Pim brauchte am Freitagmorgen volle zehn Minuten, und bei den Jungs dauerte es eine ganze Stunde, bis sie es merkten, aber für Claire ist es ein tolles Gefühl. Jünger. Lebendiger. Aufgefrischt wie seit Jahren nicht mehr. Sie ertappt Pim immer wieder dabei, wie er sie ansieht. Sogar Ash erklärte, sie sehe hübsch aus. Sie hat intensiv darüber nachgedacht, aber ihres Wissens hat ihr Sohn noch nie irgendein Adjektiv verwendet, um sie zu beschreiben. Was ihn betraf, war sie einfach Teil des Mobiliars, deshalb hat dieses ›hübsch‹ eine ziemliche Wirkung. Sie fühlt sich auch so.

Am Strand stellt sie Ash Dominica und Tor, Helga und Maddy vor und ist stolz auf seine Höflichkeit. Sie kann sehen, dass er sie mit anderen Augen sieht, seit er sie mit ihren Freundinnen beobachtet. Es interessiert ihn, dass Claire ein Leben jenseits ihres häuslichen Käfigs hat.

»Du solltest mal mit uns schwimmen gehen«, sagt Dominica zu ihm, und sein Gesichtsausdruck bringt alle zum Lachen.

»Ihr schwimmt also da drin?«, fragt Ash, als sähe er das Meer zum ersten Mal.

Claire folgt seinem Blick aufs Wasser. Sie verspürt ein körperliches Verlangen, sich hineinzustürzen, und bedauert, dass sie ihre Schwimmsachen nicht mitgebracht hat. Fast würde sie es trotzdem tun, vermutet aber, dass Ash vor Verlegenheit sterben würde, wenn sie sich vor ihm auszöge und in Unterwäsche ins Wasser ginge. Sie hätte nie geglaubt, dass sie so süchtig nach dem Wasser werden könnte, aber der Blick auf die blaue Weite gibt ihr das Gefühl, als hätte sie einen Schatz entdeckt.

Dominica unterhält sich mit dem Organisator der Strandreinigung, dann gibt sie Ash eine Warnweste und eine Greifzange und zeigt ihm, wie man damit umgeht; Claire, die gerade mit ihrer Warnweste kämpft, bekommt einen Plastiksack. Als Claire begriff, dass sie eine Weste würde tragen müssen, hatte es sie zunächst gegraust. Die Westen würden ihr niemals passen, doch dann gleitet die in Größe L ganz leicht über ihr T-Shirt. Gestern hatte sie sich auf der Waage im Badezimmer gewogen und festgestellt, dass sie drei Kilo leichter war als an Weihnachten. Nicht dass sie eine besondere Diät hielte, aber sie isst weniger Zucker.

Sie ist überzeugt, dass es mit dem Schwimmen zu tun hat. Die vormittäglichen und nachmittäglichen Anfälle von Heißhunger nach den Snacks der Kinder gibt es nicht mehr, wenn sie zuvor im Wasser war. Das liegt daran, dass sie sich an nahrhaften Dingen satt isst, wenn ihr kalt ist, anstelle von Junkfood.

Die Menge teilt sich in kleine Gruppen auf, und Claire beobachtet, wie sie am Strand in beide Richtungen losziehen.

»Wohin möchtest du?«, fragt sie Ash, und er nickt in Richtung Hove, und sie machen sich gemeinsam auf den Weg. Dominica und Maddy kommen mit.

Jetzt, wo sie nach Abfall Ausschau halten, bemerkt Claire ihn überall. Es ist immer noch komisch, auf medizinische Masken zu stoßen, denkt sie, als Ash eine aufspießt und mit angewidert gerümpfter Nase in ihren Sack wirft. Hätte sie vor einem Jahr am Strand eine Maske gesehen, hätte sie angenommen, es wäre ein schrecklicher Unfall passiert, mit einem Rettungswagen, und ein Sanitäter hätte eine verloren. Jetzt sind sie überall. Ein entsetzliches Zeichen dieser Zeit. Sie hofft, dass sie über kurz oder lang verbannt sein werden, etwas, woran die Menschen sich erinnern und sagen werden, *Ach ja. Wir haben Masken getragen.* Vielleicht fühlt sie sich deshalb so sehr zum Meer hingezogen. Denn am Strand kann sie die Pandemie mehr oder weniger vergessen.

Dominica plaudert entspannt mit Ash, und auch Maddy mischt sich in das Gespräch ein.

»Oh, mir ist etwas eingefallen. Ich kenne einen Witz. Magst du Witze, Ash? Der hier war immer einer der Lieblingswitze meines Sohnes.«

Er nickt eifrig, und auf Maddys Gesicht erscheint ein breites Grinsen. »Also gut. Was ist der Lieblingsbuchstabe eines Piraten?«

Claire bleibt mit Ash stehen und versucht, eine Antwort zu finden. Ash liebt solche Sachen.

»Ich weiß es nicht«, meint er und gibt auf.

»Man könnte meinen, es wäre das ›arr‹, aber es ist das ›sea‹«, sagt Maddy, und Claire und Ash müssen lachen.

»Damit werde ich Felix drankriegen«, sagt Ash zu Claire, und sie nickt. Sie freut sich, dass er Spaß hat.

»Oh. Warte mal, du hast etwas verpasst«, sagt Dominica zu Ash, als sie zwischen verheddertem Seetang herumstochern. Sie deutet auf etwas.

»Das ist ein Stück Tau, oder?«

»Nein, ich fürchte, *das* ist ein Tampon«, erklärt Dominica.

Bei dem Wort laufen Ashs Wangen rot an. »Ähm ... das ist eklig.«

Claire hebt den Tanghaufen und das Baumwollbündelchen auf.

»Mum!«

»Er ist sauber. Er war im Meer. Aber schau mal, wie sehr er sich aufgelöst hat.«

»Iiih, hör auf«, bittet Ash. »Leg es hin.« Er eilt davon, zu einem ein paar Meter entfernten Plastikdeckel.

»Tut mir leid«, sagt Dominica zu Claire. »Ich wollte ihn nicht in Verlegenheit bringen.«

»Mach dir keine Sorgen.«

»Er ist ein netter Junge«, sagt sie zu ihr, und Claire lächelt.

»Ja, wirklich«, bestätigt Maddy.

Claire holt Ash ein und überlässt Dominica und Claire ihrem Geplauder.

»Hey, warte«, sagt sie. »Dominica hat sich entschuldigt. Sie wollte dich mit dem Tampon nicht in Verlegenheit bringen.«

Er zuckt bei dem Wort zusammen, und Claire stellt fest, wie wenig sie über alles Weibliche gesprochen haben. Es hat sie immer geärgert, dass ihre Söhne sie kleinmachen, aber was hat sie ihnen über das Frausein wirklich beigebracht?

Sie war davon ausgegangen, dass die Schule dafür zuständig ist, aber war das wirklich so? Pim hatte gesagt, er werde es übernehmen, mit den Jungen über Bienchen und Blümchen zu reden, aber jetzt fragt sie sich, wie gut er das hingekriegt hat.

»Ich war schockiert, nicht verlegen. Ich hatte nicht gedacht, dass solche Sachen im Meer enden. Das ist widerlich.«

»Sehr wahr, deshalb ist es auch so wichtig, an der Strandreinigung teilzunehmen; so kriegt man mit, was los ist. Und kann etwas ändern.«

Sie gehen eine Weile weiter, und Claire weist auf die Lachmöwen, die über die Steine flitzen. »Woher kennst du ihren Namen?«

»Meine Freundin Helga hat ihn mir beigebracht«, sagt Claire. »Aber wo wir gerade bei dem Thema Tampons sind –«

»Sind wir nicht.«

»Aber wo wir gerade –«, sein Widerstand amüsiert Claire, »lass uns über die Periode reden. Ich möchte wissen, was du darüber weißt.«

»*Mum.*«

»Es ist wichtig. Komm schon. Zähl mir ein paar Fakten auf. Was weißt du über die Periode?«

»Du bist so peinlich.«

Claire bleibt standhaft. Sie kann das nicht auf sich beruhen lassen.

»Es ist rein körperlich, Ash. Betrifft fünfzig Prozent der Bevölkerung. Es ist nicht peinlich. Es ist das Leben. Und mir als deiner Mutter ist wichtig, dass du die Fakten kennst. Also … los.«

Das ist neu. Sie hat ihn noch nie so herausgefordert, aber sie fühlt sich kraftvoll und entschlossen. Am Meer zu sein gibt ihr Kraft.

»Ich habe keine Ahnung.«

»Ernsthaft?«

Claire seufzt, als sie erkennt, dass er nicht einmal die grundlegendsten Dinge weiß. Und wie sie so Seite an Seite über den Strand gehen, ihre Schritte auf dem Kies knirschen, die Wellen sich am Strand brechen und die Möwen kreischen, entscheidet sie, dass dieser Moment wahrscheinlich so gut ist wie jeder andere. Sie hat gelesen, dass es von Vorteil ist, etwas im Freien zu unternehmen, wenn man mit seinem Kind ein solches Gespräch führen will, und sie wirft einen Blick zu ihrem kostbaren Sohn, dem die dunklen Haare in die Augen hängen.

Fünf Minuten später bleibt Ash mit gefurchter Stirn stehen, die Greifzange in der Hand.

»Du sagst also, dass die Mädchen das jeden Monat haben? Die Mädchen in der Schule? Sie haben ständig damit zu schaffen?«, will er wissen.

Seine Besorgnis rührt sie. »Ja. Manche schon in deinem Alter, aber es betrifft eher die Mädchen in den höheren Klassen.«

»Aber woher weiß man, wer das gerade hat? Du weißt schon, welche gerade blutet?«

»Das weiß man nicht. Die Mädchen behalten es für sich. Sie wollen nicht, dass die Jungs es wissen, aber das heißt nicht, dass du nicht darüber Bescheid wissen solltest.«

Er nickt, dann dämmert ihm etwas. »Passiert das auch dir? Jeden Monat?«

»Früher war das so, aber wenn man so alt wird wie ich, hört die Periode auf, und man kommt in die Menopause.«

»Die *was*?«

Claire schüttelt den Kopf und lächelt in sich hinein. Sie

findet es tapfer, dass sie diese Unterhaltung führt. Ihre Mutter hat mit ihr nie über die Menopause gesprochen. Sie hat sie nicht einmal erwähnt. Sie weiß, dass Pim höchstwahrscheinlich sagen wird, Ash sei zu jung dafür, aber es geht schlicht um Biologie. Sie möchte, dass er Bescheid weiß. Außerdem, wenn er alt genug ist, um Fortnite zu spielen, das technisch gesehen erst ab zwölf erlaubt ist, dann ist er auch alt genug hierfür.

»Die Menopause. Oder die Wechseljahre.«

»Oh.« Ash ist wirklich verwirrt. »Was wechselt denn?«

»Der Metabolismus. Die Hormone. Es wird Wechseljahre genannt, weil die Frauen nicht mehr länger fruchtbar sind und keine Babys mehr bekommen können.«

Er sieht sie an, als wäre es ein entsetzlicher Gedanke – dass sie eventuell noch Kinder gebären könnte –, aber sie redet weiter.

»Du weißt doch, dass ich manchmal vergesslich bin? Oder ihr zieht mich auf, weil ich mich verspreche oder Wortsalat anrichte?«

»Oder du sagst Dads Namen, dann den von Felix, bevor du meinen herausbekommst.«

»Genau. Das ist alles Teil der Menopause. Und manchmal habe ich richtige Hitzewallungen.«

»Du machst das alles durch und hast uns nichts davon erzählt?«

Sie ist gerührt, wie besorgt er klingt.

»Ich erzähle es dir jetzt.«

Dominica nähert sich. »Wie kommt ihr voran?«

»Prima«, sagt Claire und legt den Arm um Ashs Schultern. »Wir haben uns unterhalten.«

»Na dann weiter so. Um zehn gibt's Kaffee und Kuchen bei der Statue.«

# 31
## Häschenohren

Tor hat sich wochenlang Sorgen gemacht wegen Ostern und wie sie das Ganze Lotte beibringen soll, und bedauert jetzt, dass sie nicht von Anfang an ehrlich war. Als sie Lotte informierte, dass sie allein an Alice' Osteressen teilnehmen werde, hatte sie das mit der Zahlenparanoia ihrer Schwester begründet und behauptet, bei dem Essen handle es sich um eine reine Familienangelegenheit. Doch das hat alles nur noch verschlimmert. Es hörte sich an, als sei Lotte eingeladen gewesen und Alice habe dann einen Rückzieher gemacht, während Alice in Wirklichkeit gar nichts von Lotte wusste.

Natürlich kam Lotte wie immer dahinter, und die beiden stritten sich wegen Tors Lüge. Tor hat versucht zu erklären, sie könne Lotte keinesfalls ihrer Familie vorstellen, ohne ihre Familie vorher ins Bild zu setzen, aber Lotte verstand das nicht und knallte die Schlafzimmertür zu. Als Tor nach oben kam, waren Lottes Augen rot vom Weinen.

»Warum verhältst du dich, als sei ich dein schmutziges kleines Geheimnis?«, fragte sie. »Ist das alles, was ich bin?«

»Nein, Lotte, nein. Ich werde das ändern. Ich bringe es in Ordnung.«

Lotte hatte sie mit nassen, vorwurfsvollen Augen angesehen, und während Tor jetzt im Partyzelt sitzt, das Alice in ihrem großen Garten für das Familienessen aufgebaut hat, versucht sie, nicht an diesen Blick zu denken. Sie ist sich bewusst, dass ihr die Zeit davonläuft, und das Gespräch, das sie unbedingt führen muss, steht ihr immer noch bevor.

Das Zelt ist mit Fähnchen, Lichterketten und Troddeln geschmückt, von denen Alice behauptet, sie habe sie aus Papiertaschentüchern selbst gebastelt, die in Tors Augen allerdings verdächtig wie gekauft aussehen. Sie hat einen Lammbraten mit allem Drum und Dran serviert, aber Tor hat nur Gemüse gegessen. Es hätte Alice nicht umgebracht, eine vegane Alternative anzubieten. Vegan zu sein ist heutzutage schließlich keine große Sache mehr, aber man gibt ihr immer noch das Gefühl, sie führe sich seltsam auf. Alice hat darauf bestanden, dass sie alle an Stirnbändern befestigte Häschenohren tragen. *Zum Spaß*.

Es gibt einen von diesen gasfressenden Heizpilzen, die die Ozonschicht vernichten, und Tors Vater hockt mit seinen Hasenohren dicht davor. Er erinnert sie an Vic, wie er sich an der Kohlenpfanne aufwärmt.

Alice' Kinder Thomas und Alfie, von den vielen Schokoeiern im höchsten Zucker-Hoch, das Tor je erlebt hat, rennen kreischend hin und her. Alice scheint es gar nicht zu bemerken. Sie trinkt ›Lady Petrol‹, wie sie es nennt, aus einem riesigen Glas, das sie gerade aus einer der diversen Chardonnayflaschen, die in Eiskübeln auf dem Tisch stehen, nachlässig wieder aufgefüllt hat. Tor rutscht unruhig auf ihrem Stuhl hin und her. Es ist zwar gut und schön, sich persönlich zu treffen, aber per Zoom war es doch wesentlich angenehmer. Hier zwischen den Plastikzeltbahnen, die in der Brise flattern, hat sie das Gefühl, in der Falle zu sitzen.

Sie versucht schon den ganzen Tag, mit ihrer Mutter über das Thema Lotte zu sprechen, aber bisher war es ihr nicht gelungen, mit ihr allein zu sein. Als Alice jetzt die schmutzigen Teller einsammelt und darauf besteht, keine Hilfe zu brauchen, packt sie die Gelegenheit beim Schopf.

Ihre Mum wird demnächst fünfundsechzig und könnte vom Aussehen her zehn Jahre jünger sein, im Vergleich zu Helga allerdings zehn Jahre älter. Sie ist schlank und weißhaarig und trägt immer noch den gleichen Tupfer blauen Lidschatten über ihren braunen Augen wie wahrscheinlich schon in ihren Zwanzigern. Über einem weißen Rollkragenpullover hängt an einer goldenen Halskette ihre Lesebrille. Für zusätzliche Wärme sorgt eine von Alice' Skijacken, so dass sie trotz ihrer Schlankheit pummlig aussieht. Sie lächelt nachsichtig, als Thomas sie anrempelt. Tor wünscht sich, ihre Mutter würde die Wahrheit aussprechen: dass sie sich darüber ärgert, dass Alice und Graham ihre Jungen so wild herumtoben lassen; doch einen so schreienden Verrat würde ihre Mutter niemals begehen. Sie ist eine begeisterte Großmutter, und manchmal empfindet Tor ihre übergroße Nachsicht gegenüber den Jungen als persönliche Brüskierung. Als würde sie die beiden besonders verwöhnen, da sie möglicherweise ihre einzigen Enkelkinder bleiben werden.

Vielleicht weil sie Tors hochgezogene Augenbraue als Einladung zu einer köstlichen Ungehörigkeit versteht, greift ihre Mum auf eine uralte Taktik zurück.

»Du bist also immer noch lila«, sagt sie mit Blick auf Tors Haar.

Ein typischer Rita-Hayworth-Zug, denkt Tor, die sich in diesem Augenblick daran erinnert, dass ihre Mutter, sobald sie allein sind, immer zuerst ein paar spitze Bemerkungen fallen lässt. Die oft genug Tors Mode- oder Lebensentscheidungen betreffen. Kritik, die sie zurückhält, bis sie allein sind, das immerhin, aber Kritik nichtsdestotrotz.

Vielleicht, weil sie ihre kleinen Zwillingsmädchen als identische Püppchen hatte herausputzen wollen – etwas, dem sich Alice gern gefügt hatte, während Tor sämtliche Versuche immer vorsätzlich sabotiert hatte.

»Das ist Lottes Werk«, sagt Tor, »meiner Mitbewohnerin.«

Ihr Herz schlägt schneller. Das ist der Moment.

»Sie ist Friseurin«, fügt sie hinzu.

Ihre Mum runzelt die Stirn und gibt einen Laut von sich, als wollte sie sagen, dann könne Lotte ja keine besonders gute Friseurin sein, und Tor verpasst sich innerlich einen Tritt, weil sie es falsch angefangen hat.

»Es ist sehr lustig, mit ihr zusammenzuwohnen …«

Tor verstummt, als ihr Schwager auftaucht und eine Flasche schwenkt, um ihnen nachzuschenken. Graham trägt rote Chinos und hellbraune Wildlederschuhe mit Quasten ohne Socken, dazu einen grünen Pullover mit dem kleinen Logo eines Polospielers. Ihre Mum bedeckt ihr Glas mit der Hand. Ihre Wangen sind bereits gerötet, aber Graham schiebt ihre Hand beiseite, und sie lächelt gequält über seine Übergriffigkeit.

»Komm schon, Rita. Wir feiern. Ist es nicht wunderbar, endlich wieder zusammen zu sein?«

Er bemerkt Tors Blick. »Tut mir leid. Bin ich irgendwo reingeplatzt?«

»Tor hat gerade von ihren Mitbewohnern erzählt.«

»Mitbewohner«, sagt Graham und verzieht das Gesicht. »Dann führst du also immer noch dieses Studentenleben? Mit fast vierzig! Mein Rat wäre, mach, dass du aus diesem furchtbaren Loch rauskommst.«

»Es ist nicht furchtbar«, antwortet Tor verletzt. »Und es ist kein Loch. Diese edwardianischen Häuser haben eine Menge Platz und Potenzial.« Sie fühlt sich durch Maddys Bemerkung gestärkt.

»Aber ein Haus, das man sich mit anderen teilt, ist kein Zuhause. Jedenfalls kein richtiges.« Bestätigung heischend, blickt er Rita an. Warum verteidigt ihre Mutter sie nicht?

»Einfacher gesagt, als getan. Dort, wo ich wohne, bezahlt man für die Miete Wucherpreise.«

»Dann zieh irgendwohin, wo es billiger ist.«

»Das will ich nicht. Ich möchte in der Nähe der Arbeit wohnen. Und des Meers.«

»Ah, das Meer, ja«, sagt ihre Mum panisch, und ihr Blick huscht zwischen Tor und Graham hin und her. Sie hasst Konflikte, und Tor würde sie am liebsten fragen, wie sie Grahams Anblick erträgt, wenn er ihr doch solches Unbehagen bereitet. »Wie geht es mit dem Schwimmen, Liebling?«

Ihre Mum schenkt ihr ein verzweifeltes Lächeln. Hinter ihr wirft Graham Tor gerade einen finsteren Blick zu, als Alice zu ihnen tritt.

»Gut, danke. Ich schwimme fast jeden Tag.«

»Du bist verrückt«, sagt Alice und hängt sich an Grahams Schulter. Tor fühlt sich regelrecht bedrängt von ihnen.

»Ich wette, du weißt alles über Gezeiten und Mondzyklen?«, sagt Graham in einem Ton, als sei Tor verrückt.

»In *Good Housekeeping* habe ich einen Artikel gelesen. Da heißt es, Schwimmen mache ausgesprochen süchtig«, sagt ihre Mum. Hin- und hergerissen zwischen Tor, Alice und Graham, fügt sie hinzu: »Ich erzähle den Leuten, dass du jeden Tag schwimmen gehst.« Tor weiß, dass sie es gut meint, aber so, wie sie es sagt, klingt es, als würde sie ihren Freunden auch erzählen, dass Tor verrückt ist. Und wenn nicht verrückt, dann unfassbar schrullig.

»Nun, ich versuche es.«

»Verdammter Masochismus, wenn du mich fragst«, erklärt Graham.

Tor hat die Nase voll.

»Eigentlich, Graham, versuche ich, jeden Tag schwimmen zu gehen, weil ich an rheumatischer Arthritis leide und das kalte Wasser schmerzlindernd wirkt«, sagt sie und erhebt sich steif. Sie wollte eigentlich nicht so damit herausplatzen, aber nur die Wahrheit wird ihm den Mund stopfen. Einen Moment lang herrscht verblüfftes Schweigen. »Es war schön«, kriegt sie noch hin, »aber ich sollte jetzt wirklich besser gehen. Mir ist gerade aufgefallen, wie spät es ist, und ich fahre ungern im Dunkeln.«

»Was? Du gehst schon? Nachdem ... nachdem du solch eine Ansage gemacht hast!«, ruft Alice, als Tor sich an ihr vorbeidrückt. Alice packt ihren Arm. »Tor?«

Tor seufzt. »Es ist keine große Sache. Im Ernst. Einfach eine Beeinträchtigung. Ich komme damit zurecht.«

»Wie bei alten Damen?«, fragt Alice.

»Roger, Roger«, ruft ihre Mutter. »Komm schnell.«

Tors Vater, der aus unerfindlichem Grund am Gartentisch ein Kartenspiel sortiert, steht auf.

»Was habe ich verpasst?«, fragt er, und ihre Mutter greift nach seiner Hand, eindeutig nicht in der Lage, diese Information allein zu verarbeiten.

»Victoria geht es nicht gut«, erklärt sie. »Ach, Liebes.«

»Was ist denn?«, fragt ihr Dad verwirrt.

»Arthritis.«

»Oh. Künstlerpech«, sagt er. »Sue hatte das.«

»Tante Sue?«, meldet sich Alice.

»War sie die Behinderte? Im Rollstuhl?«, fragt Graham nach.

Tor sieht mit brennenden Wangen, wie alle sie anstarren. Sie sehnt sich nach Lotte. Lotte wüsste eine Antwort.

»Oh, dann gibt es also einen Grund. Ich wusste es«, sagt Graham, als hätte er schon länger geahnt, warum sie sich selbst bestraft.

Tor erträgt es nicht, dass er so verächtlich über etwas spricht, das sie so sehr liebt. Etwas, das er eindeutig nicht versteht und niemals verstehen wird. Er nickt Alice zu, als sei er besonders schlau gewesen. Tor schüttelt den Kopf und geht zum Ausgang des Eventzelts.

»Wisst ihr was? Ich gehe jetzt einfach.«

Alice holt sie ein, als sie schon halb den Garten durchquert hat. Es ist kalt, und es nieselt. »Warum hast du mir nichts davon gesagt?«, will sie wissen. »Ich bin deine Schwester. Ich bin dein *Zwilling*.«

»Weil du mit diesem unsensiblen Arschloch verheiratet bist.«

»Er ist kein ... er ist ...« Alice versucht, ihn zu verteidigen, aber Tor will nicht länger bleiben und sich die Rechtfertigungen ihrer Schwester anhören. »Du hättest es mir sagen sollen.«

»Warum? Was bringt das? Es ist schließlich nicht so, dass du irgendetwas tun könntest.« Tor spricht gewöhnlich nicht in diesem Ton mit Alice, und Alice zuckt zurück.

»Aber ... ich würde dir helfen. Ich kann nicht glauben, dass du das alles für dich behalten hast.«

»Nun, jetzt weißt du's.«

Tor seufzt kurz. Alice' Kinn zittert empört.

»Du hättest anrufen oder mir texten können oder was auch immer. Unnötig, an Ostern diese Bombe platzen zu lassen. Wo ich doch alles perfekt haben wollte. Ich habe versucht, es für jeden nett zu machen, und du ... du ...« Sie fängt an zu weinen, und Tor schaut zum Himmel.

»Alice ...«, sagt sie seufzend. »Es tut mir leid.«

»Zu spät«, sagt Alice und kehrt unter Tränen zurück zum Eventzelt; ihr Hintern wackelt unter dem engen Rock, während sie auf ihren hohen Absätzen durch das nasse Gras stöckelt.

Wahrscheinlich erwartet sie, dass Tor ihr folgt, sich öffentlich entschuldigt und Frieden schließt, aber Tor will einfach nur nach Hause. Sie geht seitlich am Haus vorbei, wo Declans Auto, das sie sich geliehen hat, auf der Straße geparkt ist, die Schnauze bereits stadtauswärts gerichtet, damit sie schnell wegfahren kann. Sie schafft es, einzusteigen, als sie ihre Mutter winkend die Auffahrt entlangkommen sieht.

»Tor«, sagt sie und klopft gegen die Scheibe, woraufhin Tor widerstrebend das Fenster hinunterlässt. »Komm wieder herein. Lass uns darüber reden.«

Tor lässt das Lenkrad los und wendet sich ihrer Mutter zu. Sie trägt immer noch ihre Häschenohren.

»Liebes«, sagt sie. »Liebes. Stürm nicht einfach so davon.«

Davonstürmen. Das hatte ihre Mutter ihr schon immer vorgeworfen. Sogar, als sie noch klein war.

»Ich stürme nicht davon, Mum. Ich gehe. Denn es ist in dieser Familie unmöglich, eine vernünftige Unterhaltung zu führen.«

»Du erwartest von den anderen immer eine vollkommen rationale Reaktion, wenn du deine Neuigkeiten verkündest.«

Dann sind ihre Erwartungen also zu hoch? Sie versucht, eine Reaktion zu unterdrücken, um ihre Mutter nicht auch noch zu bestätigen.

»Aber ich würde gern helfen. Ich würde gern darüber sprechen«, sagt sie. »Bist du in Behandlung? Wegen, du weißt schon ... deiner Erkrankung? Gibt es etwas, das ich tun kann?«

Tor wird ein wenig weicher. Es klingt, als wäre sie tatsächlich besorgt. »Das Schwimmen im Meer hilft. Es geht dabei nicht nur um Mondzyklen.«

»Ach, vergiss Graham. Er versucht nur, witzig zu sein.«

»Er ist nicht witzig, Mum. Hast du eine Vorstellung davon, wie nervig ich ihn finde?«

»Ach was. Versuch, mit ihm zurechtzukommen«, sagt ihre Mutter. »Alice zuliebe.«

Und … *bingo*, denkt Tor. Seit Jahrzehnten die erste aufrichtige Unterhaltung mit ihrer Mutter, in der es um sie, Tor, geht. Doch schon in der nächsten Sekunde dreht sich wieder alles um Alice.

## 32
### Die Bombe

Am Ostermontag ist Maddy unterwegs zu Trent, und während der Fahrt überlegt sie, was genau er bei diesem ›Gipfeltreffen‹ wohl vorschlagen wird. So hatte der Betreff seiner E-Mail gelautet, und er hatte geschrieben, er müsse dringend etwas mit ihr besprechen.

Sie hofft, verdammt noch mal, endlich auf gute Nachrichten, was ihre finanzielle Situation angeht. Ihren bohrenden Fragen war er ständig ausgewichen, und sie nimmt ihm übel, dass sie nicht nur ihre letzten Ersparnisse und Jamies Ausbildungsfonds aufgebraucht hat, sondern sich für ihre Lebenshaltungskosten auch ein paar Tausend Pfund von ihrem Bruder leihen musste. Es war so demütigend gewesen, ihn fragen zu müssen.

Sie hat Toby versichert, es sei lediglich vorübergehend, bis Trents Immobilienfirma geschäftlich wieder Fuß fasse. Sie hat ihm nicht erzählt, dass sie Trent verlassen hat. Das hätte zu vieler Erklärungen bedurft. Denn sobald sie ihrem Bruder von der Trennung erzählt, werden es auch ihre Eltern erfahren, was unangenehme Gespräche zur Folge haben würde. Sie ist nicht stark genug, um es mit ihrer Bestürzung und ihrer Besorgnis aufzunehmen.

Beim Anblick ihres Hauses, seiner eleganten Linienführung in Stahl und Glas wird ihr wieder bewusst, was sie alles geschaffen hat und wie sehr das ihrer Familie einst imponiert hatte. Sie erinnert sich an eine Serie von Instagram-Videos von dem Kran, der die kolossalen Dachträger an Ort und Stelle hievte, und wie furchterregend das gewirkt hatte. Sie erinnert sich auch an den damaligen Kommentar ihrer Schwägerin, Maddy wisse wirklich, wie man einen Sicherheitshelm in Szene setzt. Sie war sich so kühn vorgekommen … so bedeutend.

Voller Träume war sie damals, so aufgeregt über das neue Zuhause, das sie schuf.

Und es *ist* ihr Zuhause, ruft sie sich ins Gedächtnis. Ihr selbst auferlegtes Exil hat ihr lediglich gezeigt, welch eine gewaltige Leistung, welch einen Wert es verkörpert. Vielleicht ist sie sich inzwischen über ihre Gefühle für Trent besser im Klaren und sie können sich irgendwie über die Zukunft des Hauses einigen. Wie Helga ihr gestern bei dem gemeinsamen Nachmittagsschwimmen deutlich gemacht hat, war es Trent, der sich niederträchtig verhalten hatte; deshalb sollte er auch derjenige sein, der auszog. Maddy schätzte den weisen Rat ihrer Schwimm-Freundinnen. Wenn sie Jamie gefunden hat und nach Hause zurückgekehrt ist, wird sie sie vermissen.

Sie überlegt, ob sie durch die Haustür eintreten soll, doch da sie Trent seit Monaten nicht mehr gesehen hat, empfindet sie es als zu forsch, mit ihrem eigenen Schlüssel die Tür aufzuschließen, und geht stattdessen zum Seiteneingang, wie immer, wenn sie mit ihren Einkäufen nach Hause gekommen ist. Dabei bemerkt sie die gelben Flecken auf den kleinen Buchssträuchern, außerdem ist das zu hohe Gras voller Unkraut. Trent hat wenig unternommen, um alles in Ordnung zu halten.

Sie erkennt ihn durch die verglaste Hintertür. Er sitzt am Küchentresen, die verhasste Lesebrille auf der Nasenspitze. Er starrt auf einen Stapel Papiere. Dass sein Gesicht so hager und faltig ist, war ihr bisher gar nicht aufgefallen. Als sie die Tür aufschiebt, nimmt er überrascht die Brille ab und steht auf.

»Du bist gekommen«, sagt er, als hätte er nicht daran geglaubt.

Die Küche ist nicht aufgeräumt, aber einigermaßen sauber. Er hat die weißen Bodenfliesen gefegt, den Haufen aber in der Ecke liegen lassen. Eine seiner störenden Angewohnheiten.

»Du sagtest, du willst mit mir reden, also bin ich da«, erklärt sie, geht auf ihn zu und stellt am Ende des Tresens ihre Handtasche ab.

Werden sie sich wie zwei Fremde höflich auf die Wangen küssen?, fragt sie sich, aber Trent rührt sich nicht, und der peinliche Moment geht vorüber.

»Du siehst gut aus«, sagt er, als überrasche ihn das. »Strahlend.«

»Vermutlich die Meeresluft. Außerdem war ich schwimmen.«

»Im Meer?«

»Ja.«

»Allein?« Er klingt entsetzt.

»Nein, mit Freundinnen.«

»Was für Freundinnen?«

Die Sea-Gals sind tatsächlich Freundinnen geworden, stellt sie fest und merkt gleichzeitig, dass sie sie niemals Trent vorstellen könnte. Er hat sich immer möglichst ähnliche Freunde gesucht. Oder, besser noch, Freunde, die zwar ähnlich, aber auch ein gewisser Ansporn für ihn waren. Für Maddy war es dagegen wie ein Aufenthalt an der frischen Luft, Menschen mit einem völlig anderen Leben und Hintergrund kennenzulernen.

Sie erzählt ihm ein paar Dinge aus ihrem Leben in Brighton, und er hört zu, als könne er nicht recht glauben, dass sie nicht zu Hause war. Er fragt nicht nach Jamie. Sein Mangel an Neugier spricht Bände, zeigt ihr, wie wenig er sich für ihn interessiert.

Trent versucht umständlich, eine Nespressokapsel in die teure Maschine einzusetzen, ohne sie zu fragen, ob sie überhaupt einen Kaffee will. Er flucht, als es nicht klappt, und sie weist ihn darauf hin, dass er zuerst den Kapselbehälter leeren muss. Noch etwas, das immer sie übernommen hat. Sie fragt sich, wie er ohne sie zurechtgekommen ist, und verspürt eine gewisse Genugtuung. Inzwischen muss er gemerkt haben, wie viel harte Arbeit sie in dieses Haus gesteckt hat, damit es so gut aussah.

Nachdem er ihr einen Kaffee zubereitet hat, geht er hinter den Tresen und schiebt seinen Hintern auf einen weißen Hocker. Er hat Gewicht zugelegt, stellt sie fest, als sie über dem Bund seiner Jeans unter dem weißen Hemd eine Wölbung erkennt. Tatsächlich sind es seine weiteren Jeans. Gewöhnlich ist er geschniegelt und schick, doch jetzt erinnert er sie an einen ausgefransten Teddybär.

»Was ist das?«, fragt sie aus Neugier. Normalerweise arbeitet er in seinem Arbeitszimmer. Es sieht ihm nicht ähnlich, Papiere in die Küche zu bringen.

»Hm, die hier, na ja, … Papiere, die mit Fairfax zu tun haben.«

Sein Blick huscht flüchtig in ihre Richtung und gleitet dann zur Seite. Sein unsteter Blick.

Was hat er angestellt? Trent hat immer behauptet, sobald der Bauvertrag für Fairfax in trockenen Tüchern sei, werde er die Konten auffüllen und seine Anteile zurückkaufen.

»Der Vertrag ist durch, ja?«

Er reibt an einem Fleck auf dem Tresen und windet sich. »Nein, vielmehr ging alles in die Hose.«

»Was meinst du damit, in die Hose?«

»Einfach …«, er zuckt die Schultern, und unvermittelt begreift sie das ganze Ausmaß seiner Worte.

»Wie lange weißt du es schon? Dass es nicht klappen wird?«, fragt sie.

»Schon eine ganze Weile.«

»Und hast mir nichts gesagt?«

»Das hätte ich, wenn du nicht davongestürmt wärst.«

›Davongestürmt‹, als sei sie aus irgendeiner unentschuldbaren Laune heraus abgehauen, und sie erinnert sich an Tors bitteren Ton gestern, als sie vom Vorwurf ihrer Mutter erzählte, sie sei mitten beim Osteressen einfach »davongestürmt«. Vielleicht mag sie Tor deshalb. Sie steht zu dem, woran sie glaubt, und lässt sich von anderen keinen Unsinn gefallen.

Sie starrt Trent böse an. Sie wird nicht zulassen, dass er ihr die Schuld in die Schuhe schiebt. »Was ist passiert?«

Er seufzt, und sie sieht, dass er geschlagen ist. »Ich, na ja, Maddy, es sieht so aus …«

Sie spürt, wie ihre Kehle trocken wird bei seinem Ton und der Art, wie er ihren Namen ausspricht. Er verzieht den Mund, und als er zu erzählen anfängt, bricht ihm die Stimme. Sie stellt ihre Kaffeetasse ab.

»Ich habe alles versucht, das musst du mir glauben. *Wirklich* alles, aber … ich weiß nicht, wie ich es dir sagen soll.«

»Mir *was* sagen?«

Er schrumpft in sich zusammen, schließt die Augen, als erwarte er, dass gleich eine Bombe explodiere. »Das Haus wird dran glauben müssen. Ich muss das Darlehen zurückzahlen. Es ist der einzige Weg.«

Es entsteht ein kurzes Schweigen, doch es hallt nach, als hätte eine Glocke geschlagen.

»Dran glauben?«, fragt Maddy, ohne ganz zu verstehen.

»Ich habe … es gab ein paar Klauseln in dem Darlehensvertrag, und ich habe das Haus als Nebensicherheit …«

»Du hast gesagt, das bedeute nichts. Sei lediglich eine

Formalität. Ohne Risiko«, erinnert sie ihn, und ihr Kopf ist jetzt hellwach, als ihr einfällt, wie er sie vor zwei Jahren bei einem Abendessen bei Kerzenlicht überredet hat, ein paar Papiere zu unterschreiben. »Du hast gesagt …« Sie weicht ein paar Schritte zurück, die Hand an die Stirn gelegt. Ihr ist schwindlig von dieser Bombe, die er da gerade hat platzen lassen. »Mein Gott!«

»Vielleicht setzt du dich …«

»Ich will mich nicht setzen«, schreit sie ihn an. »Verdammt noch mal, du hast *unser Haus verloren*?« Am liebsten würde sie ihm etwas an den Kopf werfen. »Nach allem …« Tränen der Wut steigen in ihr hoch und ersticken sie fast.

»Maddy«, sagt er, »Maddy, bitte …«

»Das werde ich nicht zulassen«, zischt sie und schneidet ihm das Wort ab. Sie will sein Mitleid nicht. »Ich werde einen Anwalt finden und …«

Trent schüttelt den Kopf und nimmt die Papiere in die Hand, die vor ihm liegen. »Das wird nicht klappen. Du hast die hier unterschrieben. Das haben wir beide. Ich dachte nicht …«

»Nein, du dachtest nicht.« Sie stößt einen lauten Schrei aus, ein quälend wütender Klageton, der tief aus ihrem Körper zu kommen scheint.

»Hysterie wird nicht helfen«, sagt Trent. Seine Schultern sind eingesunken, und er murmelt: »Ich wusste, dass du so reagieren würdest.«

Obwohl sie ihn in diesem Moment hasst, hat er recht – hysterisch zu werden hilft jetzt nicht –, trotzdem fühlt sie sich besser nach diesem Schrei. Sie beobachtet ihn, er lässt wie ein kleiner Junge den Kopf hängen.

Sie zwingt sich zu einem anderen Ton. »Okay, dann erkläre es mir.«

»Erklären?«

»Ja, das Ganze. Erkläre es mir. Erkläre mir, warum wir in diesem Schlamassel stecken.« Sie setzt sich ihm gegenüber an den Tresen. »Lass nichts aus«, warnt sie ihn. »Nicht die kleinste Kleinigkeit. Dieses eine Mal will ich die Wahrheit hören, Trent. Die ganze Wahrheit.«

Sie hört zu, zitternd, in betäubtem Schweigen, als er ihr das Debakel dieses Geschäftsvertrags zu schildern beginnt, der schiefging. Und sosehr sie es auch zu vermeiden versucht, ist sie von der Aneinanderreihung gedankenloser, grober Fehler überwältigt, die zu diesem Moment geführt haben. Sie will wissen, warum Trent ihr nichts davon erzählt hat, doch als er beschreibt, wie er versucht hat, die Dinge möglichst zu vertuschen und die Wahrheit von ihr fernzuhalten, versteht sie plötzlich, was ihre Instagram-Ambitionen im Zusammenhang mit dem Haus Trent gekostet haben müssen. Kein Wunder, dass er ihr nichts sagen konnte, wenn sie den ganzen Tag damit beschäftigt war, im Netz mit ihrem perfekten Heim anzugeben. Als sie merkt, wie seine Stimme zittert, geht ihr auf, was für ein entsetzlich großes Geheimnis er mit sich herumgeschleppt hat. So wütend sie ist, kann sie wirklich ihm die alleinige Schuld für diese Entzweiung zuweisen? Früher haben sie immer über alles miteinander gesprochen, doch rückblickend stellt sie fest, dass solche Gespräche schon vor langer Zeit aufgehört haben. Warum war ihr nicht aufgefallen, dass er ihr nichts mehr erzählte? Warum hat sie nicht häufiger nachgefragt?

Weil sie auf ihr Telefon gestarrt hat. Deshalb. Weil sie gar nicht wissen wollte, dass etwas vielleicht nicht perfekt sein könnte. Sie hatte sich selbst in dem Glauben gewiegt, die Dinge würden sich schon richten. In der Festung ihres Zuhauses sei sie sicher.

Aber das ist eindeutig alles Mist. Jetzt stolpert ihr Kopf in die Zukunft, versucht, eine Lösung, einen Ausweg zu finden, doch als sie auf den Vertragsunterlagen und den diversen Anwaltsbriefen ihre Unterschrift mustert, wird ihr klar, dass Trent recht hat. Sie müssen ihr gewaltiges Darlehen zurückzahlen. Die einzige Lösung ist der Verkauf. Und auch wenn sie weiß, dass sie an dieser Katastrophe eine gewisse Mitschuld trifft, fühlt es sich wie ein Dolchstoß an.

»Mein Gott, Trent. Ich kann nicht … ich kann es einfach nicht glauben.«

»Tja nun, das ist nicht meine Schuld. Da war die Pandemie und …«

Sie starrt ihn entgeistert an. Wie kann er äußere Umstände verantwortlich machen, wenn das Ganze absolut sein Fehler war?

»Tut es dir denn nicht einmal *leid*?«

»Mein Gott!«, explodiert Trent. »Wie oft muss ich es noch sagen?«

»Einmal«, schreit sie zurück. »Einmal wäre schön.«

»Ich habe nichts anderes getan, als mich die letzten zwanzig Jahre bei dir zu entschuldigen«, tobt er. »Ich war dir nie gut genug. Ich habe nie genügt.«

Das kommt der Wahrheit erschreckend nahe. Sie haben nie wirklich die richtigen Worte gefunden, um über ihre Beziehung zu sprechen. Anfangs, als sie jung waren, redeten sie über »sich« wie über ein interessantes Thema, vergewisserten sich gegenseitig ihrer Gefühle und dass sie auf derselben Wellenlänge waren. Dann heirateten sie und hörten auf, sich in irgendeiner Weise über ihre Beziehung auszutauschen. Sie war einfach davon ausgegangen, es sei alles in Ordnung. Aber sie hatte sich etwas vorgemacht. Es war keineswegs alles in Ordnung. Besonders wenn das sein Gefühl war.

»Das stimmt nicht«, sagt sie, denn das tut es nicht. Natürlich nicht.

»Doch, es stimmt, verdammt noch mal.« Jetzt bricht seine Stimme wirklich, und sie sieht Tränen in seinen Augen. Sie hat Trent nur einmal weinen gesehen, beim Begräbnis seiner Mutter, und sie erschrickt über diesen Gefühlsausbruch.

Er knurrt frustriert, verlegen. Er wischt sein Gesicht ab und fasst sich wieder, und das stählerne Tor ist unvermittelt geschlossen, der kurze Einblick in sein Inneres unterbunden. Er wendet sich ab, und seine Miene macht deutlich, dass das Thema beendet ist. Das angespannte Schweigen zwischen ihnen dehnt sich aus.

»Am Mittwoch lasse ich es schätzen, Ende der Woche geht es auf den Markt.«

*Ende der Woche würde ihr Haus verkauft?*

»Der Makler sagt, er wird einen guten Preis aushandeln. Er will ein paar Barzahler aus London anspitzen. Ein Haus wie dieses wird im Nu weggehen. Der Markt ist gerade superheiß. Wenn es je eine gute Zeit gab, zu verkaufen, dann jetzt.«

Typisch, dass er versucht, der Sache eine positive Seite abzugewinnen.

»Du kannst Scheiße nicht als Gold ausgeben, Trent«, fährt sie ihn an. Genau den gleichen Satz hat Jamie ihm immer entgegengeschleudert.

»Und was dann?«, fragt Maddy mit rauer Stimme. Die Brust ist ihr eng von einem Gefühl, das sie nicht benennen kann. »Dann sind wir obdachlos. Obdachlos.«

»Das hier ist doch nicht gerade ein Zuhause, oder?«, sagt er, und sein Blick bohrt sich in ihren. »Es ist nur deine Kulisse.«

Er sagt das so höhnisch, so tückisch, und sie ahnt, dass er genau das die ganze Zeit gedacht haben wird. Er hat zwar unterstützende Geräusche von sich gegeben, es ihr aber von Anfang an übel genommen. Dieses wunderschöne Zuhause. In dem er doch hatte leben dürfen.

»Das ist gemein.«

»Aber wahr. Du hast dauernd nur gepostet, um deine Freundinnen zu beeindrucken.«

»Die Freundinnen, die du flachgelegt hast«, faucht sie.

»Ah, dann sind wir also so weit«, sagt er und wirft die Arme in die Höhe. »Ich habe mich schon gefragt, wie lange es dauern würde, bis du damit kommst.«

»*Damit?* Deine Affäre mit Helen, meinst du? Deine anhaltende Affäre? Ich bin ihr nämlich begegnet.«

»Das hat sie mir erzählt.«

»Dann läuft das immer noch? Mit euch beiden? Ihr seid noch zusammen?«

Er zuckt die Schultern. »Helen mag mich immerhin.«

Maddy starrt ihn an, und ihre Augen füllen sich mit Tränen. Mit dieser unwiderlegbaren Wahrheit hat er ihre Auseinandersetzung für sich entschieden.

# 33
## Die Nachtigall

Helga ist gerade im Badezimmer, und ihr Herz macht einen Sprung, als sie sie hört.

Sie ist wieder da. Die Nachtigall ist zurück.

Gewöhnlich kommt sie im April und bleibt bis Juni, wenn man Glück hat. Helga schaltet das Deckenlicht aus und schiebt das Fenster hoch, doch es bewegt sich kaum. Sie geht auf die Knie, damit sie sich auf die Unterarme stützen kann.

Hinter ihrem Cottage liegt ein kleiner Garten, dessen rückwärtige Mauer von einen halbmeterdicken Pflanzendickicht überwuchert ist. Auch wenn es laut der Nachbarn »ein Schandfleck« ist, lässt Helga die braunen Äste und Dornen stehen, damit der scheue kleine Vogel in den undurchdringlichen Tiefen nisten kann.

Sein Gesang war das Einzige, was sie auf See wirklich vermisste, und der einzige lohnenswerte Grund, an Land zu sein. Jetzt kann sie die Nachtigall hören, aber noch nicht sehen. Ehrlich gesagt, ist sie auch nicht gerade ein besonderer Anblick. So groß wie ein Rotkehlchen, aber ohne dessen rote Brust, ist es einfach nur ein unscheinbares braunes Vögelchen, doch mit seinem Gesang verkündet es der Welt sein Dasein mit den erstaunlichsten Trillern. Die Nachtigall ist der lebende Beweis, dass man niemals etwas nur nach seinem Äußeren beurteilen soll.

Sie schließt die Augen, lauscht auf das durchdringende, tirilierende Flöten und staunt über die Bandbreite der Skala. Kein Wunder, dass dieser kleine Vogel seit Jahrhunderten in Musik und Literatur gefeiert wird.

Die Luft ist kühl, und sie öffnet die Augen, als weitere

Vögel am rosigen Himmel in den Chor der Morgendämmerung einstimmen. Sie glaubt, einen Buchfink, eine Amsel und möglicherweise eine Lerche herauszuhören, aber inzwischen schmerzen ihre Knie auf den Fliesen. Hinter der Hecke kann sie zwischen den Gebäuden einen schmalen Streifen Meer ausmachen, und sie fragt sich, wie lange sie wohl noch warten muss, bis sie den anderen eine Einladung zum Schwimmen schicken kann. Diese verdammte Schlaflosigkeit treibt sie noch in den Wahnsinn. Sie weiß nicht, warum sie nicht schlafen kann, nur, dass ihr Herz unregelmäßig schlägt, als wäre sie gerannt, selbst wenn sie ruhig daliegt, und ihre Gedanken voller Sorge um vergangene Verwerfungen und Zukünftiges durcheinanderkreisen. Nach dem Schwimmen wird sie hoffentlich ein Nickerchen machen können.

Sie richtet sich zu schnell auf, und ihr wird schwindelig; fluchend hält sie sich am Fensterrahmen fest. Das Gleiche ist ihr bei Will zu Hause passiert, als sie zu schnell aufgestanden ist. Was, wenn sie rückwärts stürzte und mit dem Kopf an die Badewanne schlüge? Wer würde sie finden?

Im Erdgeschoss liegt ein großer brauner Umschlag auf der Fußmatte, daneben ein kleineres Luftpostpäckchen. Sie öffnet den Umschlag, darin ist eine Kinderzeichnung mit einem Schiff. Joshs jüngster Versuch. Helga lächelt und befestigt die Zeichnung mit einem der Magneten am Kühlschrank, neben den anderen, die er schon für sie gemalt hat. Die eine gute Tat, die sie vollbracht hat, wirkt immer weiter, denkt sie, gerührt, dass der kleine Junge sie beeindrucken möchte. Vielleicht sind die Bilder auch als Entschädigung gedacht, weil sie sich nie über das Geschrei des Neugeborenen beschwert hat. Wer weiß? Sie tritt einen Schritt zurück und bewundert die Yacht, die er gemalt hat, und hofft, dass sie dem kleinen Jungen Lust gemacht hat, sich eines Tages dem Meer zuzuwenden.

Sie öffnet das Luftpostpäckchen und weiß schon im Voraus, dass es von Mette stammt. Der Inhalt ist eine kleine Pappschachtel mit Prägeaufdruck, darin eine Goldkette mit einer schweren grauen Perle. Helga nimmt sie in die Hand.

»Ich weiß, dass Du Schmuck normalerweise nicht magst«, hat Mette auf die Karte geschrieben, »aber ich habe die Kette gesehen und an Dich gedacht.«

Mette denkt immer an ihren Geburtstag, auch wenn sie selbst ihn nie feiert. Sie erzählt nie jemandem davon und wiegt die schwere Perle in der Hand, spürt ihre Verpflichtung Mette gegenüber.

Sie legt die Perle in die Schachtel zurück. Sie wird in die Schublade zu den anderen Geschenken wandern, die Mette ihr im Lauf der Jahre geschickt hat. Helga stellt sich ihre Nichte in einem teuren Juweliergeschäft vor oder in einem dieser eleganten Duty-free-Läden am Flughafen, wie sie auf die Kette deutet und ihr ledernes Portemonnaie voller Kreditkarten öffnet.

Als Kind war Mette überhaupt nicht entscheidungsfreudig. Helga konnte es nicht ausstehen, wenn sie auf die Frage, was sie tun oder essen wolle, jedes Mal antwortete, es sei ihr ›egal‹.

»Es sollte dir nicht egal sein«, hatte Helga ihr erklärt. »Du solltest dir sehr genau überlegen, was du möchtest, und es nicht anderen überlassen. Entscheide, was du willst. Dir selbst zuliebe.«

Wie einfach es damals gewesen war, diesen wertvollen Rat fürs Leben zu erteilen. Sie war davon ausgegangen, dass das Leben mit zunehmendem Alter leichter würde. Dass ihre Entscheidungen immer ihren Wünschen entsprechen würden. Doch das tun sie nicht.

Die vielversprechende Morgendämmerung hat sich zu

einem lichtfunkelnden Tag entwickelt. Als Helga an den Strand kommt, ist das Meer blau, klar und kalt, die Wellen türmen sich zu Millionen blendender Kämme auf. Der Himmel weist verschwommen grünlich blaue Streifen auf.

Helga gähnt und streckt sich Richtung Horizont, über dem ein weicher, rosiger Dunst hängt. Eine Schar schwarz-weißer Seeschwalben steigt auf und stößt wieder herab. Die Brise ist so warm wie seit Monaten nicht, und Helga wendet ihr Gesicht der Sonne zu und schließt die Augen.

»Oh, sie kommt nicht«, sagt Claire neben ihr, als sie auf ihr Telefon blickt. Sie haben auf Tor gewartet, aber langsam ist es an der Zeit, in Bewegung zu kommen. Helga gähnt noch einmal.

»Dann los«, sagt sie.

»Sitz«, befiehlt Dominica Luna. Der kleine Hund setzt sich auf Dominicas Mantel.

»Du wirkst müde?«, meint Claire.

»Ich bin so früh aufgewacht. Die Nachtigall ist in meinen Garten zurückgekehrt«, erklärt Helga.

»Eine Nachtigall? Sind die nicht selten?«

Helga nickt und weist Claire auf eine Aufnahme der BBC hin, die sie sich ansehen soll; ein Cellist spielt, vom Gesang einer Nachtigall begleitet, ›Londonderry Air‹.

Dominica und Maddy sind vorausgegangen und bereits im Wasser. Dominica winkt, als Claire und Helga den Wassersaum erreichen.

»Kommt rein. Es ist wunderbar«, ruft sie ihnen zu.

Als sie hinausschwimmen, ist das Wasser kalt, aber nicht mehr so kalt wie zuletzt und ruhig und klar.

»Helga hat eine Nachtigall in ihrem Garten«, erzählt Claire den anderen, die beide ebenfalls beeindruckt sind.

»Dein Haus hört sich gut an«, sagt Maddy.

»Es würde dir gefallen«, mischt Claire sich ein. »Es ist so besonders, so persönlich.«

»Na ja, es könnte viel schöner sein, aber mir fehlen die Absicht und das Geld.«

»Willkommen im Club.« Maddys Stimme bricht.

»Alles in Ordnung, Maddy?«, erkundigt sich Dominica.

Normalerweise ist Maddy so lebendig und heiter, doch heute scheint sie die Last der Welt auf ihren Schultern zu tragen. »Du wirkst ein wenig niedergeschlagen.«

»Ich will euch nicht langweilen«, sagt sie.

»Wir sind nicht gelangweilt«, sagt Helga. »Wir können genauso gut hier miteinander reden wie anderswo.«

»Sollten wir nicht eigentlich schwimmen?«

»Das können wir, aber wir können auch mal kurz verschnaufen.«

Helga dreht sich auf den Rücken; vor ihr liegt der Strand und dahinter die Stadt in der Sonne. Sie unterhält sich gern mit ihren Freundinnen. Es gefällt ihr, dass sie einander Dinge anvertrauen, doch sie ist schockiert, als Maddy von ihrem jüngsten Drama mit Trent erzählt.

Maddy bricht in Tränen aus, als sie den bösen Streit beschreibt und sagt, dass sie ihr Zuhause verliert. Sie erzählt von der unerträglichen Spannung der letzten Tage, als sie versuchte, ihr Haus für die Schätzung vorzubereiten, und dass sie dann die Flucht ergriffen hat, aus Furcht, dem Makler gegenüber handgreiflich zu werden.

»Es tut mir leid«, sagt Maddy. »Ich bin nur so stinkwütend.«

»Das ist in Ordnung«, versichert ihr Dominica.

»Falls es dich tröstet, mir ist einmal das Gleiche passiert«, sagt Helga zu Maddy.

»Tatsächlich?«

Helga seufzt. Sie hat den Sea-Gals die schockierende Geschichte nie gestanden, doch jetzt ist der passende Zeitpunkt dafür, und ihr Bedürfnis, Maddy aufzurichten, ist größer als ihre Scham; sie möchte ihr beweisen, dass jeder so ausgetrickst werden kann wie sie. Überdies fühlt es sich großartiger an, als sie dachte, sich auf diese Weise zu öffnen.

Sie berichtet ihnen also von ihrer letzten langjährigen Beziehung, der, die sie schließlich für immer von weiteren Beziehungen abgehalten hat. Im Allgemeinen stellt sie sich gern als lebenslänglichen Single dar, doch das entspricht nicht ganz der Wahrheit. Natürlich gab es da Linus, aber lange nach ihm lernte sie auf einem Flug von London nach New York Paul kennen. Einen amerikanischen Galeristen, geschmeidig, weltläufig und reich. Die Kunst brachte sie zusammen.

Er war vollkommen, abgesehen davon, dass er verheiratet war, auch wenn er behauptete, er und seine Frau hätten sich auseinandergelebt. Was, wie so viele andere Dinge, nicht zutraf, wie sie später herausfand.

Sie hatte es für einen Scherz gehalten, als er sich erbot, ihr die Sehenswürdigkeiten von New York zu zeigen. Betört von seinen Schmeicheleien und seiner Aufmerksamkeit, fand sie sich zwei Stunden nach der Landung mit ihm in einem Hotelbett wieder.

Sie hatte sich eingeredet, ihre Verbindung sei schicksalhaft und etwas ganz Besonderes, doch im Nachhinein weiß sie, dass sie sich einfach der albernen Fantasievorstellung von einem internationalen Geliebten hingegeben hatte.

Der Betrug hatte zunächst harmlos angefangen. Sie hatten sich in Paris getroffen, und er war gestresst gewesen. Ein Überbrückungskredit, den er für einen Kunstkauf aufgenommen hatte, war geplatzt. Helga bot an, ihm auszuhelfen. Er tat so, als sei er überrascht, dass sie Geld hatte. Sie lebte zwar einigermaßen bescheiden, erzählte ihm aber, dass sie ihre Segel-Preise gut angelegt, außerdem Anteile am Unternehmen ihres Vaters geerbt habe, was zusammen mit einigen Kunstwerken, die sie verkauft hatte, einen beträchtlichen Notgroschen ergab. Geld war ihr nicht wichtig. Es war etwas, womit sie sich gedanklich nicht beschäftigte. Es machte ihr nichts aus, die Hotelkosten zu übernehmen oder seine Flüge zu bezahlen, wenn das bedeutete, dass sie sich treffen konnten.

»Und so ging es weiter, bis er mich völlig ausgeblutet hatte. Das dauerte ungefähr sechs Monate. Als ich ihn aufforderte, mir das Geld zurückzuzahlen, war er der Charme in Person, versprach mir, das zu tun, und bat um Nachsicht.« Sie erinnerte sich an all die Telefonate, die ihr das Gefühl vermittelt hatten, allmählich verrückt zu werden. Sie hatte versucht, ihm mit Anwälten beizukommen, doch er hatte seine Spuren verwischt. Es zeigte sich, dass er nicht einmal Kunsthändler war. Paul war auch nicht sein richtiger Name. Sie war an der Nase herumgeführt worden.

»O Gott, Helga, das ist furchtbar«, sagt Dominica.

»Er hat ein falsches Spiel mit dir getrieben«, sagt Claire.

»Das tut mir leid, Helga«, sagt Maddy. »Wirklich.«

Helga nickt, dankbar für ihr Mitgefühl. Dankbar, dass sie sie nicht verurteilen, wie sie selbst sich ständig verurteilt.

»Es war nicht der Verlust des Geldes. Es war die Scham, die mir so zugesetzt hat. Ich wundere mich, dass ich es euch überhaupt erzählt habe«, sagt sie. »Es hat lange gedauert, bis ich darüber hinweg war, aber ich habe verstanden, dass Menschen an dem einen oder anderen Punkt ihres Lebens falsche Entscheidungen treffen. So ist das Leben. Noch glaubst du es vielleicht nicht, aber du wirst einen Weg aus dem ganzen Schlamassel finden, Maddy, und wieder obenauf sein. Du bist doch eine kluge Frau«, versichert ihr Helga.

»Ich komme mir nicht besonders klug vor. Ich fühle mich ausgelaugt.«

»Dann lass dir vom Meer deine Energie zurückgeben«, meint Helga. »Komm. Kopf unter. Lass es alles hier.«

Helga ist überrascht, als sie Claire mit entschiedenen, langsamen Kraulschlägen davonschwimmen sieht.

»Schau dir das an«, sagt Helga. »Mrs Speedy.«

»Ich hatte meine erste Schwimmstunde.« Claire wirkt stolz, dass es allen aufgefallen ist.

»Mit dem wunderbaren Andy«, sagt Dominica.

»Mein Gott, ja! Nicht wahr?«

Helga lächelt, als die beiden wie Schulmädchen über den gutaussehenden Schwimmlehrer kichern, der bei Claire Wunder zu bewirken scheint. Und sie erinnert sich an Linus, wie er ins Meer tauchte und grinsend wieder hochkam, das Haar aus dem Gesicht schüttelte und erklärte, er werde sie um die Yacht jagen, und wie sie um ihr Leben geschwommen ist und ihn dennoch nicht schlagen konnte. Wie unbesiegbar sie waren. Wie jung und schön, und ihr Herz verzehrt sich nach jenem goldenen Moment.

Zurück am Strand, packt Claire Pfannkuchen mit Körnern aus, die sie mit Orangenöl aromatisiert hat. Sie sitzen in der Sonne, unterhalten sich und nippen an ihrem Tee.

Das Gespräch wendet sich wieder Maddy zu, die nun wieder nach Cobham muss, um das Haus auszuräumen, falls sie einen Käufer finden. Sie gerät in Panik bei dem Gedanken, wo sie ihre ganzen Sachen überhaupt unterbringen soll und was für ein Kampf das sein wird.

»Tut mir leid«, entschuldigt Maddy sich einmal mehr. »Dass ich das alles bei euch ablade.«

»Ist schon in Ordnung«, sagt Dominica und streichelt den

kleinen Hund auf ihrem Schoß, »wir haben Zeit und können reden. Außerdem möchte ich nicht, dass du gehst, solange Luna mich wärmt.«

Maddy seufzt und zaust Luna die weichen ingwerfarbenen Ohren. »Das Schlimmste ist, dass ich immerzu denke, dass ich es verdiene. Das Ganze. Trent, Jamie, das Haus ... alles.«

»Wieso glaubst du das?«, will Claire wissen.

»Weil ... weil ich eine Betrügerin bin.«

Helga überrascht die Selbstverachtung in ihrer Stimme.

»Eine Betrügerin?«

»Es stimmt. Ich poste all diese Fotos und Kommentare, und wisst ihr was? Es ist alles Mist.« Maddy drückt sich den Mantelärmel auf die Augen. »Wisst ihr was, in Wirklichkeit fühlt es sich richtig gut an, das auszusprechen. Es loszuwerden.«

»Wenn du dieses Gefühl hast, warum bist du dann nicht aufrichtig? Warum berichtest du nicht, wie es wirklich ist? Was du gerade durchmachst? Wie es sich anfühlt?«, schlägt Helga vor.

»Weil ...« Maddy seufzt. »Die Leute erwarten, dass ich perfekt bin, und ich bin nicht mutig genug, die Wahrheit zu sagen.«

»Oh, ich glaube, dass du durchaus mutig bist«, erklärt Dominica.

»Im Nachhinein ist es so einfach, zu erkennen, wo alles anfing schiefzulaufen. Ich wünschte, ich könnte noch einmal zurückgehen. Ohne dieselben Fehler zu machen.«

Helga schüttelt den Kopf. »Nein. Flieg weiter vorwärts«, sagt sie und meint es auch. »Schließlich sind wir die Sea-Gals.«

# 34
## Zerstörung

Claire taucht auf, um Luft zu holen, und winkt Andy zu, dessen muskulöser Oberkörper am anderen Ende des Pools aus dem flachen Wasser ragt. Dominica hat recht. Er bräuchte nur noch einen Dreizack, schon wäre er ein geeignetes Modell für einen Meeresgott. Sie weiß, dass es nicht angeht, ihn als Sexualobjekt zu betrachten, aber es ist schwierig, es nicht zu tun.

Er lächelt und applaudiert. Angefeuert durch sein Lob, klammert sie sich an den Beckenrand und macht sich bereit für eine weitere Bahn. Heute hat er sie richtig in Schwung gebracht. Es war ihre allererste komplette 25-m-Bahn im Brustkraulen; sie hat alle drei Kraulschläge Atem geholt und daran gedacht, ihren Körper im Wasser zu drehen und mit ausgestrecktem Arm zu gleiten. Es fühlt sich großartig an, und sie stößt sich ab, entschlossen, diese Bahn noch eleganter zu absolvieren. Sie will ihn beeindrucken, so wie sie gestern Helga und die Sea-Gals beeindruckt hat.

Sie denkt an ihre früheren, von vorneherein zum Scheitern verurteilten, halbherzigen Versuche, fit zu werden. Da gab es die kostspielige Mitgliedschaft in einem Sportstudio, die dann am Ende nur noch peinlich war, eine Zeit, in der sie so exzessiv joggte, dass sie ihre Schienbeine schienen musste, und die Stunden auf dem Fahrrad, bei denen sie die Dickste war und beinahe einen Herzstillstand erlitten hätte.

Doch das hier ist anders. Und notwendig. Sie hat sich für den Juli mit den anderen für das Umrunden der Seebrücke eingetragen. Dominica hatte es der Gruppe vorgeschlagen. Es handelt sich um die jährliche Zusammenkunft der Meeresschwimmerinnen und -schwimmer an diesem kurzen Küstenabschnitt zur Unterstützung einer Initiative für geistige Gesundheit. Nachdem sie schon bei Tors Obdachlosenhilfe mitgemacht und beim Dämmerungsschwimmen Geld für ihre Initiative gesammelt hat, war Claire ein wenig überrascht, dass noch eine weitere Benefizaktion auf sie zukam. Andererseits gefällt es ihr, dass die Frauen, mit denen sie schwimmen geht, ein soziales Gewissen haben. In Dominicas Worten, sie gehören zu der Art von Menschen, auf die Wohltätigkeitsorganisationen sich verlassen. Da Claire keinen bezahlten Job hat, gibt es ihr ein gutes Gefühl, durch den Einsatz für das Gute und die Unterstützung anderer Menschen der Gesellschaft einen Dienst zu leisten.

Dennoch. Um die Seebrücke herum? Das fühlt sich ziemlich weit an. Helga erzählt, dass sie es schon ein paar Mal getan haben, es sei ganz leicht, Claire könne es schaffen, aber sie möchte sicher sein, dass sie es wirklich kann. Pim hat sie für verrückt erklärt, und die Jungen finden sie eindeutig zu alt, um so etwas überhaupt zu versuchen. Ein guter Grund also, ihnen allen zu beweisen, dass sie falschliegen. Da ihr Treffen mit Andy im Schwimmbad morgens um halb sieben stattfindet, wenn es noch dunkel ist, fällt es ihrer Familie gar nicht auf, wenn sie das Haus verlässt. Demnach kann es ihnen egal sein.

»Gut gemacht«, sagt Andy, als sie ihn am anderen Ende erreicht. »Du hast es geschafft.«

Sie steigen aus dem Pool, und auf dem Weg zu den Umkleidekabinen legt er die Hand auf ihre Schulter, es ist aber nicht unangenehm. »Schade, dass die Sauna nicht geöffnet hat. Das tut immer gut nach dem Schwimmen.«

Als sie den Damenbereich betritt, erhascht sie in einem Spiegel einen Blick auf sich. Ihre Wangen glühen, und aus-

nahmsweise kommen ihr nicht automatisch negative Gedanken über ihren Bauch oder ihre Arme, denn ist sie damit beschäftigt, was Andy da gerade gesagt hat. Hat er mit ihr geflirtet? Hat er gesagt, dass er gern mit ihr in die Sauna ginge?
*In die Sauna? Himmel, das wäre sexy.*
Sie hatte schon so lange keinen sexuellen Gedanken mehr, der sich auf jemand anderen als Pim bezog (eigentlich auch keinen auf ihn), dass es wie ein Schock wirkt, als ihre Libido sich meldet. Aber voilà, da ist sie.
Wow.

Lange vor Schulbeginn ist sie wieder zu Hause. Die Jungen schlafen noch, wie es aussieht, die Vorhänge sind zugezogen.
»Wie war es?«, fragt Pim, der ihr folgt, als sie ihre Sachen in den Hauswirtschaftsraum bringt. »Du bist in aller Herrgottsfrühe los.«
»Anstrengend«, gibt sie zu. »Aber gut.«
Traut sie sich, ihm von sexy Andy zu erzählen? Dass er mit ihr geflirtet hat? Ob er sie mit anderen Augen sähe, wenn ihm klar würde, dass seine Frau von einem anderen Mann bewundert wird?
Plötzlich entscheidet sie, dass das der Moment ist – sie wird ihn umarmen und küssen. Sie wird ihr Sexleben wieder auf die Spur bringen. Sie geht einen Schritt auf ihn zu.
»Es ist schön, sich gesund zu fühlen. Einfach lebendiger ...«
Er lächelt, und sie streckt die Hand aus und löst den Gürtel seines alten Frotteebademantels. Er wirkt überrascht, aber glücklich. Sie tritt noch näher an ihn heran und genießt das unerwartete, aufregende kleine Vorspiel. Sie weiß, es ist verrückt ... absurd, ihren Mann zu erregen, wenn jede Minute

die Jungen herunterkommen können, trotzdem wandert ihre Hand weiter südlich.

Plötzlich ertönt von draußen der ohrenbetäubende Lärm einer Kettensäge. Sie erstarren und sehen einander an.

»Diese Ärsche«, sagt Pim, tritt einen Schritt zurück und bindet seinen Bademantel wieder zu. Er reißt die Hintertür auf. Der Lärm ist entsetzlich. Die Luft ist voller Sägemehl. Direkt über ihnen sägt ein Arbeiter mit Klettergeschirr die Äste von Jennas und Robs Kirschbaum ab. Er grinst, als er sie sieht, und tippt sich an den roten Schutzhelm. Als täte er ihnen einen Gefallen. Claire versucht, ihm etwas zuzurufen, aber er kann sie nicht hören, deshalb läuft sie nach oben ans Flurfenster.

Es dauert eine Weile, bis sie den Schlüssel gefunden hat, um es zu öffnen. Sie reißt es auf und ist mit dem Arbeiter ungefähr auf gleicher Höhe.

»Stopp«, ruft sie. »Hören Sie sofort auf.«

Der Arbeiter legt die Hand ans Ohr, als höre er sie nicht, doch sie winkt heftig, und für einen kurzen Moment ist der Sägelärm unterbrochen. »Sie können ihn nicht fällen. Die Vögel nisten darin.«

Sie sieht, dass Rob in seinen Garten gekommen ist, eine Tasse Kaffee in der Hand.

»Was ist los?«, ruft er dem Arbeiter zu. »Warum haben Sie aufgehört?«

Dann sieht er Claire im Fenster und verdreht die Augen. »Ah, du schon wieder.«

»Du kannst den Baum nicht einfach fällen«, brüllt sie ihn an. »Die Vögel brüten hier. Sie haben schon ihre Nester gebaut. Es ist die falsche Jahreszeit. Und außerdem, du kannst nicht ... du kannst nicht einfach ...«

»Es sind Vögel. Die können überall leben. Sie machen sowieso zu viel Lärm, und die Taube kackt auf mein Korbsofa.«

Claire ist so wütend, dass ihr fast die Tränen kommen. »Es ist dir vollkommen egal, nicht wahr? Alles, was nicht dich selbst betrifft.«

»Das geht dich gar nichts an.«

»Es *geht* mich etwas an. Es ist meine Aussicht.«

»Für die ich unentgeltlich gesorgt habe.«

»Die Natur gehört dir nicht«, ruft sie und knallt das Fenster zu.

»Das lief ja gut«, sagt Pim, aber sie knurrt ihn nur wütend an. Keine Spur davon, dass *er* etwas unternommen hätte. Sie poltert nach unten. Es muss doch etwas geben, was sie tun können? Die Polizei anzurufen scheint allerdings ein bisschen verwegen. Rob hat schließlich kein Gesetz gebrochen. Oder etwa doch? Irgendwie kommt es ihr so vor.

Sie greift nach dem Festnetztelefon.

»Was tust du da?«, will Pim wissen.

»Die Polizei anrufen.«

Er sieht sie an, als hätte sie den Verstand verloren. »Sei nicht albern. Die Polizei kann nichts tun. Lass es einfach gut sein.«

Er schüttelt den Kopf und geht nach oben, um sich anzuziehen. Claire steht da, den Hörer in der Hand, und der Lärm der Kettensäge erfüllt den Flur.

Sie hört das Pling in ihrer Tasche und legt den Hörer auf. Es ist Maddy auf WhatsApp. Sie muss zurück nach Cobham, hat aber ein paar Sachen, die sie Claire gern für die Obdachlosenhilfe mitgeben würde. »Schon unterwegs«, tippt Claire zurück. »Bin in fünf Minuten da.«

Sie kocht immer noch vor Wut, als sie an Maddys Wohnblock ankommt. Es handelt sich um ein Gebäude, wie man es normalerweise übersieht, und sie muss noch einmal die Pin-Nummer überprüfen, die Maddy ihr geschickt hat. Für jemanden wie Maddy wirkt es ziemlich schäbig.

Claire schickt ihr eine Nachricht, und kurz darauf kommt Maddy mit zwei schwarzen Plastiksäcken aus dem Haus. Claire steigt aus und öffnet den Kofferraum.

»Ein paar Jacken«, erklärt Maddy, »und ein paar Hygieneartikel von Lidl.«

»Tor wird sich freuen. Das ist sehr großzügig von dir.«

»Es ist das Mindeste, was ich tun kann. Ich denke immerzu daran, dass Jamie Sachen wie diese gebrauchen könnte.«

»Noch immer nichts?«

»Dieser Typ, den Lottes Kundin empfohlen hat. Er ist an dem Fall dran. Er hat angerufen und mir erzählt, dass Jamie letztes Jahr in einer Unterkunft am Oriental Place gewohnt hat. Ich habe dort mit einer Aufsichtsperson gesprochen, der sich aber nicht an ihn erinnert. Allerdings herrscht dort ein ständiges Kommen und Gehen. Er hatte keine Ahnung, wohin er gegangen sein könnte. Es ist immerhin ein Anfang. Zumindest eine zeitliche Angabe.«

Claire lächelt, aber Maddy runzelt die Stirn. »Hey? Alles in Ordnung mit dir?«

»Eigentlich nicht.«

Claire erzählt, was gerade passiert ist.

»Das können sie nicht machen«, erklärt Maddy, und Claire ist gerührt über ihre Empörung.

»Tja, sie machen es aber.«

»In diesem Augenblick?«

»Ja. Ich bin froh, dass du mir die Nachricht geschickt hast. Ich hätte den Anblick nicht mehr ausgehalten.«

Maddy nimmt ihr Telefon aus der Tasche, blickt mit zusammengekniffenen Augen auf den Bildschirm und wählt. »Mal sehen, ob ich helfen kann?«

»Helfen? Aber wie denn?«, will Claire wissen.

»Matteo.«

»Matteo, der sexy Nachbar?«

Maddy lacht und hebt den Zeigefinger.

»Matteo, ich bin's. Kannst du mir einen Gefallen tun?«, fragt sie. Sie geht ein paar Schritte auf dem Gehweg hin und her und kehrt dann wieder um. Claire hört, wie sie ihm erklärt, worum es geht.

»Ich weiß. Genau.« Sie lächelt, und Claire sieht, wie Maddys Gebaren sich beim Zuhören völlig verändert. »Das würdest du tun? Im Ernst? Oh, Matteo. Das ist großartig. Danke. Ich bin dir etwas schuldig.«

Sie beendet das Gespräch mit leuchtenden Augen. Eine Sekunde später erscheint mit einem Pling eine Nachricht. »Es geht los«, sagt sie, aber Claire versteht nicht.

»Was machst du?«, fragt sie.

Maddy tippt eine Telefonnummer ein und wendet sich mit hochgezogenen Augenbrauen an Claire, dann nickt sie, als am anderen Ende jemand reagiert. In diesem Moment begreift Claire, warum Maddy es geschafft hat, aus dem Nichts ein Haus zu bauen. Sie ist ziemlich beeindruckend.

»Hallo«, sagt sie munter. »Sie kennen mich nicht, aber ich bin Maddy Wolfe. Matteo, mein Nachbar, hat mir Ihre Nummer gegeben.« Eine kurze Pause, und ihre Augen glänzen. »Ach, das hat er getan?« Sie lacht. »Nun, er sagte, Sie könnten mir helfen.« Sie wendet sich ab, und Claire hört, wie sie Jenna und Robs Grundstück beschreibt und den Baum auf der Grenze.

»Ja, sie sind gerade dort«, sagt Maddy. »Wie lautet die

Adresse?«, fragt sie Claire lautlos, und Claire nennt sie ihr. »Vierzehn, Waterloo Drive«, wiederholt sie. »Ja, das ist richtig. Sie gehen jetzt gleich dort hin? Oh, das ist großartig. Danke.«

Claire starrt sie verblüfft an, als Maddy erklärt, dass Matteos Kollege von der Stadtverwaltung sofort bei Rob und Jenna vorbeigehen wird, mit der Anordnung, die Fällung umgehend zu stoppen.

»Ich kann nicht glauben, dass du das geschafft hast«, sagt Claire. »Danke.«

»Kein Problem. Hast du kurz Zeit für einen Kaffee?«, fragt sie.

Claire nickt, schließt das Auto ab, und sie gehen die Treppen hinauf zu Maddys Stockwerk. Noch vor wenigen Monaten wäre Claire danach völlig außer Atem gewesen, doch zu ihrer eigenen Überraschung kann sie mit Maddy mithalten, die immer zwei Stufen auf einmal nimmt. Sie trägt eine alte, verwaschene Levi's, in der ihr Hintern richtig knackig aussieht. Sie hat kein Make-up aufgelegt, und in ihrem ausgeleierten Pullover sieht sie einfach cool und lässig aus. Obwohl so viel passiert, wirkt sie wesentlich entspannter als am Anfang ihrer Bekanntschaft.

Sie betreten die Wohnung, und Luna kommt ihnen aus ihrem Korb in der Ecke entgegengelaufen.

»Oh, hallo du.«

»Ich habe gesagt, ich passe auf sie auf, während Matteo im Büro ist.«

»Und was ist das jetzt mit dir und Matteo? Wenn du ihn einfach so um einen Gefallen bitten kannst?«

»Er ist immer noch nur ein Freund«, sagt Maddy und streicht sich das Haar hinter die Ohren.

»Hättest du denn gern mehr?«

Maddy stößt ein unterdrücktes Lachen aus. »O Gott, Claire. Ich weiß es nicht. Ich finde ihn definitiv toll, aber ich bin zu schüchtern, die Initiative zu ergreifen. Es fühlt sich einfach wie ein riesengroßer Schritt an.«

»Du denkst zu viel darüber nach«, sagt Claire.

»Tue ich das?«

Und während Claire dasitzt und Maddy zusieht, wie sie Kaffee zubereitet, fühlt sie sich wie früher als Teenager mit ihren Schwestern. Es gefällt ihr, dass Maddy ihre Meinung schätzt und ihren Rat sucht.

»Mein Gott, ich weiß nicht, was ich ohne euch täte. Ich würde durchdrehen«, sagt Maddy.

## 35
### Das Heim in einer Kiste

Dank Maddys @made_home Instagram-Berühmtheit ist das Interesse groß, als das Haus auf den Markt kommt. Es wird zu einem beachtlichen Preis angeboten, trotzdem wird nach der Rückzahlung von Trents exorbitantem Kredit kaum etwas übrig bleiben.

Trent ist ganz aufgeregt wegen eines Londoner Interessenten, der bar bezahlen will, und Maddy ist erst seit wenigen Stunden zu Hause, als er ankündigt, dass diese Leute zu einer zweiten Besichtigung kommen werden. »Heute ist es so weit«, sagt er. Sie hasst ihn dafür, dass er den Verkauf so sehr herbeiwünscht.

Nichtsdestoweniger reißt sie sich zusammen, um mit Trent eine geschlossene Front zu bieten, als der Banker mit seiner jungen Frau, einem Ebenbild von Melania Trump, in seinem Ferrari angebraust kommt, dass der Kies nur so von der Auffahrt in die Blumenbeete spritzt.

Sie wandern gemächlich durch die Räume, und Melania fährt mit ihren langen Krallen nachlässig und mit unbewegter Miene über Maddys sorgfältig ausgewählte Möbel. Sie legt dem Banker, den sie um Hauptenslänge überragt, eine Hand auf die Schulter und beugt sich zu ihm. Maddy kann nicht verstehen, was sie ihm ins Ohr flüstert. Gefällt ihnen nun das Haus oder nicht? Was gibt ihnen das Recht zu einer solchen Hochnäsigkeit? Sie spürt, wie ihr Rückgrat vor Empörung kribbelt.

Eine schnippische Bemerkung liegt ihr bereits auf der Zunge, aber Trent hält sie zurück. »Geduld. Bitte«, zischt er aus dem Mundwinkel. »Sie sind unsere größte Hoffnung.«

Trent lädt das Paar zu einem Glas Champagner auf dem Patio ein, auch wenn das noch etwas verfrüht ist. Maddy schafft es knapp, nicht zusammenzuzucken, als Trent die Hand auf ihr Knie legt, als wären sie das perfekte Paar. Es ist ein sonniger Frühlingstag, von der Art, die den Sommer ankündigt. Ein Tag, der zum Schwimmen einlädt. Sie malt sich aus, wie ihre Freundinnen ohne sie ins Meer gehen.

Die Strelitzien, auf deren Blüte sie so sehnsüchtig gewartet hat, sind endlich aufgegangen, leuchtend orangefarbene Blüten vor blauem Himmel. Sie begreift, dass in Zukunft andere ihren sorgfältig geplanten Garten genießen werden. Das heißt, falls sie nicht die gesamte Bepflanzung, einschließlich der Baumschösslinge, die ein Vermögen gekostet haben, ausreißen werden. Diese beiden sehen so aus, als könnten sie sämtliche Beete zubetonieren.

Trent lässt den beiden eine seiner Charmeoffensiven angedeihen, bei denen sie sich immer weit weg wünscht. Sie verschluckt sich beinahe, als der Banker plötzlich lächelnd verkündet, dass sie das Haus zum geforderten Preis kaufen werden. In bar. Wegen der Möbel werde man noch verhandeln. Sie kann sehen, dass es Trent das letzte bisschen Selbstbeherrschung kostet, nicht vor Freude in die Luft zu boxen, und sie wendet sich ab, um die Tränen zu verbergen.

Die nächsten Tage erlebt Maddy wie durch einen Schleier. Sie beginnt, den Hausrat zusammenzupacken, und achtet darauf, möglichst wenig Zeit mit Trent zu verbringen, kommuniziert mit ihm anhand knapper Textnachrichten wegen der nötigen Umzugsvorkehrungen. Er ist sauer, weil sie sich nicht darüber freut, dass es ihm so schnell gelungen ist, einen Käufer zu finden, aber als die ersten Kartons im Umzugswagen zu dem sündhaft teuren Lager davongefahren werden, weit hinten klappernd auch seine kostbaren Golfschläger, scheint er endlich in der Wirklichkeit anzukommen. Sie ziehen tatsächlich aus.

»Können wir nicht miteinander reden?«, fragt er, als er ins Schlafzimmer kommt, wo sie gerade den Inhalt ihrer Nachttischschublade in einem Karton verstaut. Es sind Dinge, an die sie lange nicht mehr gedacht hat. Die zierliche Uhr ihrer Großmutter aus den dreißiger Jahren, eine zusammengefaltete Seite aus einem Filofax mit der Nachricht von Jamie, dass er sie liebhat, ihr erstes Armband vom Glastonbury-Festival. Sie hatte es tröstlich gefunden, diese Erinnerungsstücke im Schlaf in ihrer Nähe zu wissen, doch heute findet sie keinen Bezug mehr zu jener Person, der sie einmal so viel bedeuteten. Sie kann sich nicht vorstellen, dass sie ihr jemals wieder so wichtig sein werden, um an einer ähnlichen Stelle aufbewahrt zu werden. Sie hat so viel über die Energie verschiedener Räume geschrieben, über die Synergien zwischen Gegenständen und Emotionen, doch jetzt erkennt sie, dass sie nach Strohhalmen gegriffen hat. Ein Versuch, Bedeutung zu finden, wo es keine gab. Seit das Haus kein Heim mehr ist, sind es einfach nur noch Dinge.

»Was gibt es denn da zu reden?«, fragt sie ihn, und er seufzt und wirft ihr einen seiner Jetzt-mach-mal-halblang-Blicke zu. Seit sie wieder zu Hause ist, hat sie in Jamies Zimmer geschlafen und Trent auf dem Sofa in seinem Arbeitszimmer. Aber das Sofa ist nicht mehr da, und im Schlafzimmer ist nur noch das Ehebett übrig. Die neuen Käufer haben es gekauft, und sie hofft, dass es ihnen kein Unglück bringt. Sein Vorhandensein, das, was es repräsentiert, hat etwas Radioaktives, wie es da so zwischen ihnen steht.

»Ich weiß, dass gewisse Dinge gesagt wurden, aber ...« Trent hält inne, »aber tatsächlich glaube ich, dass wir noch einmal neu anfangen sollten.«

Maddy traut ihren Ohren nicht. »Neu anfangen?«
»Könnten wir nicht wieder so sein, wie wir einmal waren?«
Sie schluckt eine sarkastische Bemerkung hinunter.
»Du kannst die Zeit nicht zurückdrehen«, erklärt Maddy und schüttelt den Kopf, als ihr Helga einfällt, damals am Strand.
»Liebst du mich denn gar nicht mehr? Nicht einmal ein klein wenig? Ich liebe dich immer noch, und ich möchte, dass es wieder wird wie früher.«
Sie starrt ihn an. Gleich wird er auch noch vorschlagen, dass sie um der alten Zeiten willen das Bett ausprobieren. Wo kommt *dieser* Querschläger plötzlich her? Und warum jetzt? Nachdem sie fast ausgezogen sind?
»Was ist mit Helen? Und dir? Du bist mit ihr zusammen. Du hast dich für sie entschieden.«
»Sie ist nicht wichtig.«
Maddy traut ihren Ohren kaum. »Und sie weiß das, ja? Du hast es ihr gesagt?«
Er will auf Nummer sicher gehen, glaubt Maddy. Sosehr sie Helen hasst, das von Trent zu hören, zu dieser späten Stunde, ist ein solcher Verrat. An ihnen beiden.
Er bleibt die Antwort schuldig.
Sie spürt, wie ihr Herz noch etwas mehr zerbricht, als sie an den Moment zurückdenkt damals in New York, als sie Ja gesagt hat, nachdem er sie vor Tiffany's gebeten hat, ihn zu heiraten. Wie sie sich in seine Arme warf und der Türsteher applaudierte, bevor er ihnen die Tür aufhielt, damit Trent ihr den Diamantring kaufen konnte, den sie sich so sehnlichst wünschte. Wie selten sie seither ›Nein‹ zu ihm gesagt hat. Bis jetzt.
Und plötzlich erkennt sie es in seinen Augen. Sie begreift,

er will gar keine Liebe. Nicht einmal sie. Er will einfach jemanden, der sein Ego streichelt. Er will sich nicht gedemütigt fühlen, weil er ihr Zuhause verloren hat. Er will jemanden, der es akzeptiert, dass es ihm nicht gelungen ist, sein Unternehmen zu retten. Der nicht Trent Wolfe, der große Alphamann ist. Was sie gerade sieht, hat Seltenheitswert: Trent mit sichtlich angeknackstem Ego.

»Wohin wirst du gehen?«, fragt er.

»Vermutlich zurück nach Brighton. Und du?«

»Zu meinem Vater, nur für eine Weile«, sagt er. Und auch wenn er es nicht verdient, empfindet Maddy ein wenig Mitleid mit ihm. »Bis das Geld da ist und ich entscheiden kann, was ich als Nächstes tun werde ...«

Dann verhärten sich seine Züge, und er richtet sich auf, als wappne er sich für einen Kampf, aber Maddy hat keine Kraft mehr zu kämpfen. Und als ihre Blicke einander begegnen, begreift sie, dass sie endgültig fertig miteinander sind. Das war es jetzt. Das Ende ihrer Ehe.

Sie starrt ihn an und hat das Gefühl, als sollten sie diesen Moment mit einem Handschlag oder einer Umarmung besiegeln, aber keiner von ihnen rührt sich. Kurz darauf wendet er sich ab und geht, und sie lässt sich auf das Bett fallen, und ein Schluchzen entfährt ihr.

## 36
## Wieder in Bereitschaft

Dominica fährt mit dem Rad zum Bahnhof in Hove und stellt es vor dem Brautmodengeschäft ab; sie hat sich bei den Samaritern zurückgemeldet, und heute ist ihre erste Schicht. Das Mädchen, das im Schaufenster gerade eine Puppe neu einkleidet, winkt ihr zu. Es ist ein wunderhübsches Kleid, aber Dominica weiß, dass es schwierig ist, in diesen angespannten Zeiten so ein Geschäft über Wasser zu erhalten.

Sie ist eine halbe Stunde zu früh, das ist so üblich, damit die Freiwilligen einander nahtlos ablösen können; und als sie jetzt durch die Glastür ins Büro der Samariter tritt, ist es, als wäre sie nie weg gewesen. Jasmin winkt ihr aus einer der Glaskabinen zu, das Telefon am Ohr, und Bill applaudiert und begrüßt sie mit einem Kuss. Er hat ihr einen Willkommenskuchen besorgt. Sie trinken Tee, und sie genießt es, sich von ihm auf den neuesten Stand bringen zu lassen. Doch als sie erfährt, unter welchem Druck er als Büroleiter gestanden hat, ist sie froh, wieder mit von der Partie zu sein. Gute Typen wie Bill sollten nicht in den Burn-out getrieben werden. Sie ist dankbar, dass er gewartet hat, bis sie sich wieder bereit fühlte. Nicht, dass man für diese Dinge jemals wirklich bereit wäre.

»Bist du im Meer gewesen?«, fragt er.

Sie nickt. »An den meisten Tagen.«

»Du siehst gut aus«, kommentiert er mit einem Nicken.

»Ich bin seit Weihnachten, als wir uns dort trafen, nicht mehr schwimmen gewesen.«

»Das solltest du aber«, sagt sie. »In meinem Kopf bewirkt es Wunder.«

»Und wie geht es dir?«, fragt er.

Sie seufzt. »Es geht voran. Wie gesagt, das Schwimmen hilft. Ich habe ein paar gute Freundinnen, mit denen ich mich dafür treffe. Sie verhindern, dass alles zu düster wird. Und die Arbeit ist ... na ja, Arbeit eben.«

Bill, hellhörig wie immer, legt den Kopf schief. »Du gehst nicht mehr gern hin?«

»Es ist in Ordnung. Ich bin nur nicht mehr mit dem Herzen dabei«, erklärt sie, »bin mir aber nicht sicher, ob ich überhaupt eine Wahl habe. Ich habe dank Chris' Ersparnissen ein kleines Polster geerbt, kann es mir aber finanziell nicht leisten, die Arbeit aufzugeben. Und ich bin zu alt, um noch etwas anderes zu machen.«

»Unsinn«, sagt Bill. »Ich bin auch erst mit fünfzig zu den Samaritern gekommen. Für etwas Neues ist man nie zu alt.«

»Ich wüsste nicht, was das sein könnte.«

»Ich bin sicher, dass du das weißt. Wenn du wirklich nachdenkst.«

Dominica lächelt, als sie sich erinnert, wie Tor beim Schwimmen meinte, sie solle etwas Soziales machen.

»Ich habe schon daran gedacht, mich umschulen zu lassen«, gesteht sie und kommt sich sofort albern vor. »Therapeutin zu werden.«

»Ich kann mir keine bessere Idee vorstellen. Du wärst perfekt.«

Jasmin kommt aus ihrer Kabine und umarmt Dominica herzlich, froh, dass sie wieder zurück ist. Sie hatte immer hübsch ausgesehen, jugendlich, aber jetzt weist ihr schwarzes Haar graue Strähnen auf, und sie hat Tränensäcke. Sie isst ein Stückchen Kuchen, sagt dann aber, sie sei müde und müsse zurück zu ihren Kindern.

Dominica betritt die Kabine, sie weiß, dass Anrufer sie

erwarten. Sie loggt sich ein, ändert ihren Status in ›erreichbar‹, und augenblicklich klingelt das Telefon.

Bill hebt die Daumen und lächelt, als sie drangeht.

Am anderen Ende der Leitung ist ein weinendes junges Mädchen. Dominica gibt ein paar tröstende Laute von sich und lässt dem Mädchen Zeit, sich zu fassen. Dann versucht sie sanft, herauszufinden, was das Mädchen so erschüttert hat. Es dauert nicht lange, dann beschreibt sie ihre Situation. Sie pflegt ihre behinderte Mutter, es gibt einen gewalttätigen, alkoholsüchtigen Vater, und sie hat sich wegen eines Jungen mit ihrer besten Freundin verkracht. Dann gibt es noch eine Räumungsklage und einen bissigen Hund, der eingeschläfert werden musste. Und das ist offenbar der herzzerreißendste Teil der Geschichte.

Immer wieder unterbricht sich das Mädchen minutenlang, aber Dominica weiß, dass solche Pausen zu erwarten sind. Bis jetzt besteht ihre Aufgabe darin, durch offene Fragen zu verhindern, dass das Mädchen das Gespräch beendet. Es gibt Momente, da fürchtet Dominica, sie zu verlieren, aber sie ist erfahren genug, in diesen Schweigemomenten wirklich hinzuhören. Besonders wichtig ist es, sich nicht einzumischen oder die Lücken zu füllen, denn genau da versuchen die Menschen, ihre Gedanken zu ordnen.

Im Lauf der Zeit hat sie gelernt, dass Menschen absolute Experten ihrer eigenen Probleme sind, und sie weiß, dass sie sich mit einem Anruf häufig Klarheit verschaffen möchten. Ihre Rolle besteht darin, ihnen Zeit zu lassen, selbst eine Lösung zu finden, anstatt sie mit einem Rat zum Schweigen zu bringen, auch wenn das manchmal verlockend ist. Die Menschen sehen ihre Möglichkeiten selten als klare Alternativen vor sich, sondern als verworrenes Durcheinander. Und so hofft sie, ihnen beim Lichten des Nebels so weit zu helfen, dass sie einen Weg finden. Ob es sich um den richtigen handelt, ist vielfach nicht eindeutig zu entscheiden.

Doch jetzt wird sie mit einem Heureka-Moment belohnt. Das Mädchen öffnet sich schließlich und nennt den eigentlichen Grund ihres Anrufs: Sie hat festgestellt, dass sie schwanger ist, und der Vater ihres Kindes ist der Freund ihrer besten Freundin. Dominica nippt an ihrem Tee und wartet, dass das Mädchen, aufgewühlt von der Trauer um ihre Fehler und ihre schlechten Entscheidungen, sich beruhigt. Sie schluchzt und schluchzt.

Dominica ist daran gewöhnt. Daran gewöhnt, den Gefühlsaufruhr anderer Menschen auszuhalten.

Man hatte ihr schon in jungen Jahren gesagt, sie sei eine gute Zuhörerin, doch das lag daran, dass sie es schwierig fand, sich auf etwas zu konzentrieren, was die Leute sagten, wenn gleichzeitig im Hintergrund ein Radio lief oder Musik spielte. Sie verstand sich nicht aufs Multitasking wie Chris, der den Fernseher laufen lassen und nebenher im Radio einen Rugby-Kommentar hören konnte, während er gleichzeitig telefonierte. Dominica kann immer nur einer Informationsquelle zur selben Zeit zuhören. Dass dies Voraussetzung eines guten Zuhörers war, hatte sie nicht gewusst, bis Bill es ihr während der Ausbildung erklärte.

Sie lehnt sich zurück und versucht, ruhig zu bleiben.

»Ich habe es niemandem erzählt. Ich schäme mich so«, schluchzt das Mädchen.

»Es ist in Ordnung«, sagt Dominica. »Wirklich. Lassen Sie sich Zeit.«

»Finden Sie, ich sollte ihr erzählen, was ich getan habe?«

»Es geht nicht darum, was ich finde. Sie kennen Ihre Situation und sind am besten geeignet, eine Lösung zu finden.«

»Vermutlich.«

»Sie müssen eine Menge Dinge bedenken, und ich verstehe, dass das schwierig ist. Natürlich verstehe ich das. Aber nach unserem Gespräch weiß ich, dass Sie ein guter Mensch sind und das Richtige tun werden.«

Das Mädchen hört auf zu weinen, und Dominica spürt, wie sie sich allmählich beruhigt, Schritt für Schritt wieder zurückkommt und klarer sieht. Es ist jedes Mal ein Geschenk, wenn das passiert.

Tor hatte recht. Sie sollte das machen. Das ist ihre Berufung.

## 37
### Offen und ehrlich

Es ist eine sternklare Nacht; der Mond schwebt in einer Senke über den Downs, als Maddy, ein wildes Durcheinander aus Kartons mit ihren Besitztümern im Kofferraum, Richtung Süden fährt. Sie ist total erledigt. Dieser allerletzte Abschied von ihrem Haus hat ihr mehr zu schaffen gemacht, als sie erwartet hat, auch weil Trent sich weigerte, ihr auf Wiedersehen zu sagen oder ihr nachzuwinken.

Es war fürchterlich, zum letzten Mal von ihrem Zuhause wegzufahren. Nicht zuletzt, weil Jamie, sollte er je dorthin zurückkehren, auf fremde Bewohner träfe. Es fühlt sich an, als hätte sie damit schon wieder etwas getan, um ihn zu verletzen, auch wenn es nicht ihre Schuld ist. Wo immer er sein mag, jetzt ist Jamie tatsächlich obdachlos.

Sie parkt auf der Straße vor dem Haus, geht mit einem der Kartons und zwei darauf balancierenden Zimmerpflanzen hinein und die Treppe hinauf. Die großen Töpfe hat sie Rey geschenkt, der Putzhilfe, die noch einmal kam, um den letzten Hausputz zu erledigen. Es war schrecklich gewesen, auch ihr auf Wiedersehen zu sagen.

»Hey«, sagt Matteo, der aus seiner Tür tritt. Er eilt ihr entgegen und nimmt den Karton, ehe er Maddy aus den Händen fällt. »Der ist aber schwer. Hast du ihn die Treppe hochgetragen?«

»Ich habe die ganze Woche solche Kisten geschleppt. Und es ist noch eine ganze Ladung im Kofferraum.«

»Ich habe mir schon Sorgen gemacht, dass du nicht zurückkommen würdest.«

Ihr fällt die Nachricht wieder ein, die sie ihm nach dem

Verkauf des Hauses geschickt hat. Trent hatte eine Flasche Champagner aufgemacht, aber sie konnte keinen Schluck davon trinken. Sie hatte nur an Matteo denken können, wie er ihr an Silvester Cava servierte.

Hat er sich wirklich Sorgen gemacht? Sie wünscht sich, ihm sagen zu können, wie schön es ist, sein freundliches Gesicht zu sehen.

»Wohin sollte ich sonst gehen? Außerdem muss ich Jamie finden. Denn falls er je zurückkehren sollte ... sein Zuhause existiert nicht mehr. Ich weiß, es ist albern, aber das macht mir am meisten zu schaffen.«

Ihre Stimme bricht. Trotz aller Vorsätze, stark zu bleiben, fängt sie an zu weinen, eher aus Erschöpfung als aus sonst einem Grund.

»Hey«, sagt Matteo und stellt den Karton ab. Er zieht sie in eine längst überfällige Umarmung. Und jetzt kommt alles heraus – die ganze Traurigkeit und die unterdrückte Wut, während sie in seinen weichen Kaschmirpullover schluchzt.

»Alles wird gut«, sagt er immer wieder und streichelt ihren Rücken.

Schließlich reißt sie sich zusammen und löst sich aus seiner Umarmung. Sie entschuldigt sich, weil sie die Fassung verloren und seinen Pullover verschmiert hat. Er ist voller Wimperntusche, und sie erklärt, sie werde für die Reinigung aufkommen, doch er wehrt mit sanftem Lächeln ab.

»Mir tut es leid, Maddy. Es hört sich an, als hättest du eine Höllenwoche hinter dir.«

»Das ist eine Untertreibung«, sagt sie.

Er hilft ihr, die Kartons in die Wohnung zu tragen, danach fährt sie das Auto auf den Parkplatz. In der Wohnung herrscht Chaos. Zusammen stapeln sie die Kartons an einer Wand. Mit dem schwersten, der einige ihrer Keramiken enthält, wartet er bis zuletzt und lässt ihn beinahe fallen. Sie schieben ihn in eine sichere Position zwischen den schwankenden Kistenstapeln.

Dann stehen sie völlig außer Atem nebeneinander. Spontan legt sie die Hand auf seine. Sie wendet sich zu ihm um. »Danke«, sagt sie.

»Gern geschehen.« Er zieht die Hand nicht weg. Dann sieht sie die Frage in seinen Augen und küsst ihn, ohne noch lange zu überlegen.

Er erwidert den Kuss und zieht sie an sich, und auf einen Schlag bricht sich die ganze sexuelle Spannung zwischen ihnen Bahn, er greift in ihre Haare und küsst sie leidenschaftlich.

Es ist, als explodiere ein Feuerwerk in ihr. Er hebt sie hoch und küsst sie, als hinge sein Leben davon ab, und sie lässt es geschehen, es gibt keine Kontrolle mehr. Sie ist sich nur vage bewusst, dass er sie zum Sofa trägt, dann ist er über ihr, und sie blickt in seine tiefen braunen Augen.

»Ich wollte dich schon so lange, Maddy«, sagt er. Er streicht ihr das Haar aus dem Gesicht. »Willst du es auch?«

»O ja«, haucht sie und spürt, wie seine Härte gegen ihre Jeans drückt und sie schon beinahe dahinschmilzt. »Ja, ja. O Gott, ja.«

Maddy erwacht in ihrem Bett, ein Lächeln auf den Lippen. Schwaches Morgenlicht dringt durch die Jalousien. Sie reckt sich und spürt ihre neue Nacktheit zwischen den Laken. Sie fühlt sich auf eine Weise zentriert wie schon sehr, sehr lange nicht mehr.

Als spüre er, dass sie wach ist, bewegt sich Matteo neben ihr. Er öffnet die Augen und lächelt.

»*Buenos días*«, sagt sie und erinnert sich, dass sie am Abend zuvor ein alkoholisiertes Spanisch an ihm ausprobiert hat.

Vermutlich sieht sie fürchterlich aus. Sie war überhaupt nicht dazu gekommen, ihr tränenverschmiertes Make-up zu entfernen; er hat sie in ihrem verwundbarsten Zustand gesehen, und sie stellt fest, dass es sie nicht kümmert. Der Sex war wunderbar – viel zu hektisch beim ersten Mal, aber danach haben sie eine Flasche Wein getrunken, dann hatte er sie aufgefordert, sich aufs Bett zu legen, und darauf bestanden, sie zu massieren, und seine Hände haben allen Stress wegmassiert. Es war fantastisch. Danach hatten sie tiefen, langsamen Sex, redeten, küssten und erkundeten einander.

»Eigentlich ist es unmöglich, aber morgens bist du sogar noch hübscher«, sagt er.

Sie freut sich wie ein junges Mädchen über dieses Kompliment. Schon lange hat niemand sie mehr hübsch genannt. Stilsicher vielleicht, und bevor sie nach Brighton kam und vor dem Lockdown, als sie noch viel höhere Ansprüche an sich hatte, sicherlich auch ›sehr gut zurechtgemacht‹. Doch dieses Kompliment fühlt sich natürlicher an. Als würde er sie in einem unverstellten Zustand beschreiben. Ohne ihr Make-up, ihre Frisur oder ihre Kleidung. Ohne all die Dinge, für die sie normalerweise eine Menge Zeit und Geld verschwendet hat. Und das ist es – diese Anerkennung der Person, die sie jetzt gerade ist –, was sich beinahe intimer anfühlt als der gemeinsame Sex zuvor.

Sie spürt, wie er sich an ihr bewegt, und eine Welle des Begehrens erfasst sie, als sie sich zu ihm dreht und ihn küsst. Wie hat sie vergessen können, wie wunderbar Küssen ist? Wie großartig sie sich nach Sex fühlt? Es ist, als hätte sie erst, als sie etwas zu trinken bekam, gemerkt, wie durstig sie war, und jetzt ist sie unersättlich.

Plötzlich ein Kläffen, und Luna springt aufs Bett und überrascht sie beide.

»Oh! Luna. Hallo du.«

Luna drängelt sich zwischen sie und trennt sie voneinander. »Okay, okay«, sagt Matteo und reckt sich. »Das ist mein Stichwort, ich sollte aufstehen und vor meiner Konferenz noch unter die Dusche.«

Sie betrachtet ihn, bewundert seine olivfarbene Haut und seinen strammen Hintern. Er ist gut in Form, und sie mag das dunkle Haar auf seinen Beinen und auf seiner Brust. Er ist auf eine Art männlich, wie Trent mit seinem ewigen Zupfen und Wachsen es niemals war.

»Aber das hier wird fortgesetzt. Wir sehen uns auf jeden Fall später«, sagt er.

Nachdem er gegangen ist, muss Maddy an die Kartons denken. Sie hat sich ihr Leben lang bemüht, alle Kartons zu recyclen, in denen ihr Dinge geschickt wurden, doch jetzt hat sie eine ganze Wand voll von den verdammten Dingern. Unmöglich, auch nur mit dem Auspacken anzufangen, denn es gibt keinen Platz, um alles unterzubringen.

Sie hört ihr Telefon auf dem Couchtisch summen und öffnet den Bildschirm. Ihr Herz macht einen Sprung, als sie sieht, dass eine neue Nachricht eingegangen ist. Von Neil Watson. Dem Mann, den sie angeheuert hat, um Jamie zu suchen. Hat er Neuigkeiten?

Sie lässt sich aufs Sofa sinken und liest seine Nachricht: »Ich habe ihn überall gesucht. Es tut mir leid. Ich glaube nicht, dass ich noch etwas tun kann. Gewöhnlich gibt es eine Spur, aber ich konnte keine ausfindig machen. Vielleicht sollten wir anfangen, ihn international zu suchen?« International? Jamie war doch wohl nicht ins Ausland gegangen? Während Covid konnte doch niemand reisen? Aber dann fällt ihr ein, wie findig Jamie sein konnte. Was, wenn er eine Möglichkeit entdeckt hat, nach Thailand zurückzukehren? Sitzt er jetzt im Lockdown im Ausland? Kann sie ihn deshalb nicht finden?

Es war schon schwierig genug, in Brighton nach ihm Ausschau zu halten, wie soll sie ihn dann irgendwo sonst auf der Welt finden?

Sie schließt die E-Mail und öffnet ihren Instagram-Account, kann sich aber nicht wirklich auf die lustigen bunten Posts konzentrieren. Seufzend klickt sie ihre Nachrichten an. Es gibt Dutzende, aber sie hat nicht die nötige Energie, sich damit zu befassen. Meist stammen sie von Leuten, die weitere Informationen zu Lieferanten wünschen, die sie empfohlen hat; manche möchten, dass sie ihre Links und ihre Seiten mit einem Like versieht, aber die übergeht sie und öffnet eine Nachricht von einer jungen Frau, mit der sie vor einiger Zeit einen Kurs besucht hat.

»IST ALLES OK? DU HAST SCHON EINE WEILE NICHTS MEHR GEPOSTET?«

Also sind ihren Followern ihre aufgewärmten Posts aufgefallen. Sie will schon antworten, eine Ausrede formulieren, doch sie hält inne.

Sie kann doch über ihr Leben zu Hause nichts posten, wenn dieses Zuhause gar nicht mehr existiert. Die Sessel und Sofas dort gehören jetzt dem Ebenbild von Melania Trump. Seit sie den Verkauf des Hauses verschweigt, fühlt sie sich mehr denn je als Betrügerin.

Und dann denkt sie an Helga und weiß plötzlich, dass sie es tun wird. Sie wird sich ins kalte Wasser stürzen. Bevor sie Zeit hat, sich zu drücken oder auch nur in den Spiegel zu schauen, tippt sie auf die Video-Taste und fängt an zu sprechen.

»Also ... ich bin es«, sagt sie zu dem Bildschirm ihres Telefons. »Ungeschminkt und, wie ihr seht, ziemlich ungefiltert.«

Sie kann nicht glauben, dass sie das wirklich tut. »Wie eine meiner Followerinnen, Haley, bemerkt hat, habe ich seit einiger Zeit nichts Neues mehr gepostet. In meinem Leben hat sich nämlich sehr vieles verändert. Veränderungen, die ich in meinem Alter nicht für möglich gehalten hätte. Wie ihr seht, habe ich unerwartet mein Zuhause verloren. Und das hier ist, was noch übrig ist.« Sie schwenkt mit dem Telefon über die Wand aus Kartons.

»Ich weiß, dass ich immer gesagt habe, ich würde nie mehr umziehen, ich hätte mir mein Traumhaus geschaffen, doch ich hatte keine Wahl. Hier bin ich also. Und habe das Gefühl, an einem Scheideweg zu stehen, und, na ja –«, sie macht eine Pause, »und ich glaube, ich muss darüber sprechen, wie es dazu gekommen ist.«

Sie hat Schmetterlinge im Bauch. Es ist so absolut neu, so real ... so aufrichtig zu sein ..., dass ihr ganz zittrig zumute ist.

»Ich war so besessen von meiner Suche nach Perfektion, aber die Wahrheit ist ... mein perfektes Leben war gar nicht perfekt. Weit entfernt davon. Ich habe eine Lüge gelebt. Doch nun, da mein Zuhause weg ist, ich auf mich selbst gestellt bin und neu anfangen muss, will ich ehrlich sein. Denn ich kann nicht so tun, als würde ich dieses glanzvolle Leben führen, wenn es gar nicht so ist. In Wirklichkeit ist meine Ehe zerbrochen, und ich habe meinen Sohn verloren. Und wenn ich sage verloren, dann meine ich verloren. Er ist wirklich verschwunden.«

Sie spürt, wie ihr die Tränen kommen, und versucht, sie zu unterdrücken.

»Und ich ... also ... falls dies hier auf irgendeine Weise geteilt wird und Jamie es wie durch ein Wunder zu sehen bekommt, möchte ich, dass er weiß, dass ich versucht habe, es in Ordnung zu bringen. Ich habe versucht, ihn zu finden; vielleicht will er aber auch nicht gefunden werden. Und ich habe verstanden, dass ich das akzeptieren muss. Dass man andere Menschen und Situationen manchmal akzeptieren muss, wie sie sind. Auch wenn es einem nicht gefällt.«

Sie presst die Lippen aufeinander und lächelt. »Wenn Sie also mit Ihrem Ehemann oder Partner oder Ihren Kindern oder Ihrer Katze oder dem Hund zu Hause sind und auf der Suche nach Inspiration auf meinen Feed zurückgreifen, dann möchte ich Ihnen sagen: Das Leben muss nicht perfekt sein. Etwas großartig aussehen zu lassen, macht es noch lange nicht großartig. Das Leben – das wirkliche Leben – ist chaotisch, unordentlich und ungefiltert und oft ein wenig beschissen, aber es ist auch herrlich und beglückend. Es kann nicht festgehalten oder definiert werden. Vergessen Sie also diesen Drang zur Perfektion. Tun Sie stattdessen etwas. Tun Sie etwas, das Sie glücklich macht. Und damit verabschiede ich mich, denn ich gehe jetzt zum Schwimmen, im Meer.«

## 38
## Ein Ausflug zu Hampstead-Pond

Es ist ein schöner Morgen Anfang Mai, als Dominica Helga zu ihrem gemeinsamen Ausflug nach Hampstead abholt. Emma hat auf einem Besuch bestanden, nun, da man sich wieder mit mehreren Leuten treffen darf. Eigentlich hätte Dominica schon früher hinfahren sollen, doch sie hat sich in ihre Arbeit bei den Samaritern gestürzt, und bis jetzt haben sie und Emma keinen gemeinsamen Termin gefunden.

Sie hat auch die anderen Sea-Gals gefragt, ob sie mitkommen wollten, aber alle sind beschäftigt außer Helga, die meinte, sie könne einen Tapetenwechsel gebrauchen. Dominica freut sich, dass Helga sie begleitet, nicht zuletzt weil sie schon so lange nicht mehr nach London gefahren ist und gern jemanden dabeihat.

Obwohl sie sich mit Helga seit über einem Jahr mehrmals in der Woche trifft, war Dominica noch nie bei ihr zu Hause. Als sie jetzt den schmalen Pfad entlanggeht und an die Tür klopft, findet sie, dass das etwas heruntergekommene, windschiefe Cottage perfekt zu Helga passt. Es gibt eine purpurfarbene Magnolie, die den winzigen Vorgarten ausfüllt, und das steinerne Vogelbad darunter ist voller abgefallener Blütenblätter. Eine junge Elster nimmt gerade ein Bad, ohne auf Dominica zu achten.

Helga öffnet die Tür. Sie trägt eine löchrige Trainingshose, ihre abgetragenen Segeltuchschuhe und einen langen Mantel, der aussieht, als hätte sie ihn aus einem Wohltätigkeitsladen. Was zum Himmel wird Emma von ihr denken?

Dominica folgt ihr ins Haus. »Ach, du meine Güte!«

Sie weicht einen Schritt zurück, eine Hand an der Brust.

In der Küche ist eine riesige Möwe. Sie paddelt mit den Füßen und flattert mit ihren riesigen Flügeln. Helga lacht über ihren Schrecken.

»Das ist nur Terry«, sagt sie, drängt die Möwe aus der Küche und schließt die Tür. »Er ist zum Frühstück gekommen.«

»Du fütterst ihn in der Küche?«

»Er und Julie – das ist seine Frau – haben Junge. Er hat eine Menge zu tun.«

Lachend gehen beide ins Wohnzimmer. Dort stehen zwei niedrige Sofas, auf den Holzdielen liegen abgewetzte Seidenteppiche. Das Ganze wirkt sehr künstlerisch. Ein riesiges Segelschiffmodell und japanische Glasbojen in verschlissenen Kordelnetzen zieren eine Wand, dann weitet sich der Raum zu einem Künstleratelier mit einem Glasdach und Glastüren, die in den überwucherten Garten führen. Das Ganze wirkt wie ein vergessenes Cottage mitten auf dem Land.

»Es ist toll«, sagt Dominica.

»Meine Nichte Mette möchte, dass ich umziehe. In eine dieser schrecklichen Altenwohnanlagen.«

»*Du?*« Dominica muss lachen.

»Genau. Sie findet mich alt.«

Dominica weiß, dass sie neugierig ist, aber während Helga nach oben eilt, betritt sie den Wintergarten, wo an einer Wand diverse Staffeleien und Leinwände lehnen. Diverse Skizzen hängen an zu langen, ausgeleierten Schnüren wie Fotos in einer Dunkelkammer oder T-Shirts an einer Wäscheleine von der Decke. Als sie sie nacheinander betrachtet, stellt sie erschrocken fest, dass eine der Skizzen Claire zeigt.

Sie weiß, dass Claire für Helga Modell gestanden hat, aber das Ergebnis hat sie bis jetzt nie gesehen. Es ist fantastisch. Es fängt Claire in ihrer ganzen kurvigen Pracht wunderbar ein.

»Helga. Diese Skizzen sind erstaunlich«, sagt Dominica, als Helga zurückkommt.

»Sie ist ein gutes Modell, nicht wahr?«, antwortet Helga und lächelt verschmitzt. »Die Skizze meines Freundes Rutger war sogar noch besser. Ich glaube, er hat sie ihr geschenkt.«

»Glaubst du, sie hat sie Pim gezeigt?«

»Ich bezweifle es. Aber das sollte sie.«

Helga schließt ab, und sie gehen zu Dominicas Auto.

»Es ist komisch«, sagt Dominica. »Ich hoffe, ich weiß noch, wie man fährt.« Sie lächelt Helga über das Autodach hinweg an. Das meint sie ernst. Sie hat die ganze Welt bereist, aber seit dem Lockdown ist ihre Welt so sehr geschrumpft, dass ihr sogar die Fahrt nach London wie eine große Sache vorkommt.

»Das hoffe ich auch«, sagt Helga und macht es sich auf dem Beifahrersitz bequem. Sie nimmt die Tüte hoch, die dort liegt. »Was ist das?«

»Das ist für dich. Bitte sei nicht beleidigt«, sagt Dominica.

Helga schaut hinein. Darin ist ein neuer Badeanzug mit vielen bedeutend aussehenden Etiketten. Also nicht billig. »Ist dir mein alter zu peinlich?«

»Ich hoffe, er passt.«

»Er ist wunderschön, und das ist sehr aufmerksam von dir«, sagt Helga. »Danke.«

Sie fahren aus der Stadt, und als Helga sich nach ihrer Arbeit erkundigt, erzählt Dominica ihr die große Neuigkeit der Woche.

»Ich hatte gestern ein Gespräch mit meinem Chef.«

»Oh.«

»Sie wollen, dass ich über eine Frühverrentung nachdenke.«

»Du hast ihnen hoffentlich die Hand abgebissen.«

Dominica sieht mit gerunzelter Stirn zu ihr hinüber. Das

Ganze hat sie ziemlich aufgewühlt, deshalb ist Helgas nüchterne Reaktion eine Überraschung. Auch wenn sie Helga kennt.

»Ich weiß nicht. Als Rentnerin käme ich mir alt vor. Allein das Wort ... ich kann nicht glauben, dass es tatsächlich für mich gelten soll.«

»Ach, Unsinn. Es ist nur ein Wort. Wenn jemand dumm genug ist, dich für das zu bezahlen, was dich glücklich macht, dann solltest du die Chance nutzen«, meint Helga. »Ich bekomme immer noch eine Pension von meiner letzten Lehrtätigkeit.«

»Ich wusste nicht, dass du unterrichtet hast.«

»Kunst. An einem Gymnasium. Ein paar Jahre lang.«

»Du? Und Kinder?«

»Genau. Teenager«, sagt Helga und tut so, als schaudere sie. »Ich konnte die boshaften kleinen Biester nicht ausstehen, mit ihren kümmerlichen Marotten und ihrem albernen Slang. Als sie mich aufforderten, zu gehen, habe ich ein Tänzchen aufgeführt.«

»Ja, na ja, für dich passt die Rente. Du bist geübt darin, mit dir allein zu sein. Ich weiß nicht, was ich tun könnte, um mich nützlich zu fühlen.«

»Natürlich weißt du das. Du solltest Beraterin oder Therapeutin werden, oder wie immer man das nennt. Ich bewundere deinen Einsatz bei den Samaritern, aber eigentlich solltest du dafür bezahlt werden.«

Dominica beschleunigt, als sie auf der Autobahn sind. Zu beiden Seiten fliegt die Landschaft mit Bäumen voller Knospen vorbei. Dominica gesteht Helga, dass sie sich bereits diverse Umschulungskurse angesehen hat. Je genauer sie sich informiert, desto dringender möchte sie den Schritt in diese neue Richtung wagen.

Dann wechseln sie das Thema, unterhalten sich über die

anderen in ihrer Gruppe und wie schrecklich es für Maddy gewesen sein muss, ihr Zuhause zu verlieren. Helgas Offenherzigkeit damals im Meer hat Dominica beeindruckt. Sie gibt so selten etwas Persönliches preis, und ihr Geständnis hat Maddy offensichtlich geholfen. »Ich fand es schrecklich, was du damals erzählt hast. Das über deinen Freund. Dass er dich ausgenommen hat.«

»Es ist nicht mehr wichtig. Das Ganze ist sehr lange her.«
»Warst du sehr verliebt?«
»Nein. Eigentlich nicht. Ich dachte, ich sei es ... aber im Nachhinein ist man immer schlauer ... Jetzt sehe ich, dass die Sache von Anfang an zum Scheitern verurteilt war.«

Es fasziniert Dominica, wie sie das sagt. Helga hält sich sonst meist bedeckt, aber sie spürt, was Helga eigentlich sagen will, nämlich, dass sie leidenschaftlich in einen anderen verliebt war. »Dann war er also nicht der Richtige?« Ein Testballon.

»Welcher?«
»Du weißt doch, man sagt, es gebe ›den Richtigen‹.«
Helga bleibt ihr die Antwort schuldig.

Der Verkehr ist dichter geworden, die Fahrer werden unberechenbarer, und Dominica muss sich auf einen Kreisverkehr konzentrieren.

Sie hat schon gedacht, Helga hätte die Frage vergessen, aber während sie weiter in die entgegengesetzte Richtung aus dem Fenster schaut, sagt sie: »Nein, Paul war es nicht. Und wie steht es mit dir?«

»Mit mir?«
»Wirst du Chris hinter dir lassen können? Jemand anderen finden? Er hätte sich das doch sicher für dich gewünscht, oder?«

»Ich habe noch nicht darüber nachgedacht.«
»Nein?«

»Nein!«, sagt Dominica und bemüht sich, nicht so verletzt zu klingen, wie sie sich fühlt.

»Bist du denn nicht einsam?«

»Natürlich bin ich einsam!« Es tut gut, das einzugestehen. Es fühlt sich so schön selbstmitleidig an.

»Dann brauchst du zumindest einen Kameraden.«

»Warum? Du hast doch auch keinen.«

»Ich habe meine Vögel«, antwortet Helga. »Aber du möchtest doch nicht so enden wie ich.«

»Ich wäre froh, wenn ich so enden würde wie du«, erklärt Dominica und meint es auch. »Du bist unabhängig und stark.«

»Aber du bist ein zu guter Mensch, um nicht jemanden zu lieben und selbst geliebt zu werden.«

»Ich dachte, du glaubst nicht an die Liebe«, neckt Dominica sie.

»Wie um alles auf der Welt kommst du auf die Idee?«

Emma kommt aus dem herrschaftlichen Wohnblock geschossen, als Dominica das Auto in der Londoner Straße parkt. Sie ist eine kleinere, weibliche Version von Chris, und Dominicas Herz überschlägt sich vor echter Liebe, als sie aus dem Wagen steigt und Emma sie in die Arme nimmt.

»Du bist gekommen, du bist gekommen«, ruft sie. Sie riecht nach Weichspüler, und Dominica versinkt kurz in ihren ausladenden Kurven und spürt, wie auch ihr die Tränen kommen. Es tut einfach so verdammt gut, umarmt zu werden. Emma tritt einen Schritt zurück und wischt sich die Augen. »Oh, oh«, sagt sie und wedelt mit der Hand vor dem Gesicht. »Tut mir leid. Ich kann einfach nicht anders. Es tut so gut, dich zu sehen.«

»Tante Dominica!« Nun kommen ihr Cerys und die Jungen entgegengesprungen, und Dominica kreischt vor Freude, als sie sich in ihre Arme stürzen. Sie alle sind in den letzten Monaten erstaunlich gewachsen, und Cerys hat vorn eine Milchzahnlücke – und Dominica wird klar, wie viel Zeit vergangen ist.

»Das ist meine Freundin Helga«, erklärt Dominica, nachdem sie alle umarmt und geküsst hat. Gemeinsam gehen sie zum Haus.

»Wie heißen deine Enkelkinder?«, fragt Cerys Helga auf ihre übliche direkte Art, als sie am Haus entlang nach hinten in den Garten gehen.

»Oh, ich habe keine Enkelkinder.«

Cerys runzelt die Stirn. »Nein? Warum nicht?«

»Ich habe die falschen Entscheidungen getroffen«, sagt Helga. »Das kann ganz schnell passieren. Du wirst es herausfinden.«

Cerys hebt fragend die Augenbrauen und blickt zu Dominica.

»Und was tust du dann gern?«, fragt Cerys verwirrt, als könnte man sich in Helgas Alter nur um Enkelkinder kümmern.

»Cerys«, weist Emma sie zurecht. »Sei nicht so neugierig.«

»Das ist nicht neugierig«, sagt Helga. »Es ist eine gute Frage.«

Cerys wirft Emma einen Ich-hab's-dir-doch-gesagt-Blick zu.

Helga lächelt. »Ich mag Vögel. Es macht mir Freude, sie zu beobachten und zu zeichnen.«

»Wir haben ein Vogelhäuschen.«

»Das würde ich gern sehen«, sagt Helga ernst, und Cerys führt sie weg.

»Sie ist schon ein Charakter, was? Deine Freundin Helga. Wie alt ist sie?«

»Ich weiß es nicht. Über siebzig jedenfalls.«

Dominica merkt, Emma ist irritiert, weil sie trotz des großen Altersunterschieds miteinander befreundet sind, doch ihr fällt der Unterschied gar nicht auf. Sie weiß, Emma wird es verstehen, sobald sie Helga im Wasser sieht.

»Sie ist nicht jedermanns Fall, aber sie ist eine gute Freundin. Sie stärkt mir den Rücken, seit ... na, du weißt schon ...«

»Ich bin für jeden, der dir den Rücken stärkt und dich ins Meer zurückbringt.«

Sie gehen nur ins Haus, um einen Kaffee zu trinken, dann wird es Zeit für den Spaziergang zum Teich. Emma schwimmt immer mit einer Gruppe, und als ihre Freunde erscheinen, machen sie sich zu sechst auf den Weg.

»Wir reden später«, verspricht Emma Dominica und drückt ihre Hand. »Nach dem Schwimmen.« »Oh, ich kann dir gar nicht sagen, wie schön es ist, dich hier zu haben. Kannst du nicht über Nacht bleiben?«

Dominica lacht. »Es ist nur ein Tagesausflug, aber jetzt, wo ich weiß, dass ich noch fahren kann, komme ich wieder. Versprochen.«

Sie ist daran gewöhnt, dass Helga ihre Schwimmgruppe anführt, und so kommt es ihr komisch vor, dass diese jetzt das Schlusslicht bildet, und plötzlich sieht sie ihr auch ihr Alter an.

»Wir sind den ganzen Winter über geschwommen«, erzählt Dominica. »Sogar bei Schneetreiben.« Eine seltsame Unterhaltung – als gehörte sie einem anderen Stamm an.

»Ja, ihr seid Profis«, sagt Emma stolz.

Dominica lächelt Helga zu. »Hast du das gehört? Wir sind Profis.«

Emma drückt ihren Arm. »Es ist so schön, dich lachen zu hören.«

## 39
### Ein unverwechselbares Profil

Es ist eindeutig nicht das Meer, denkt Helga, als sie hinter Dominica und Emma über die Treppe in den Badeteich steigt. Zum einen ist es kälter, was sie nicht erwartet hätte, aber es gibt auch noch andere Unterschiede. Das Wasser fühlt sich auf ihrer Haut an wie Seide, nicht salzig. Auch der Auftrieb ist geringer, und sie ist überrascht, als sie stärker treten muss, um nicht unterzugehen.

Sie hält den Mund unter Wasser, spürt die Kühle am Kinn und sieht winzige Mücken über die Oberfläche tanzen. Eine Schar Enten kommt im Tiefflug heran und landet jenseits der weißen Markierungen anmutig auf dem Wasser. Zahlreiche Schwimmer sprenkeln den See, und sie beobachtet Emma und ihre Freunde, die wie eine kleine Schar gemeinsam hinausschwimmen.

Sie ist froh, dass sie Dominica zuliebe mitgekommen ist, doch sie hat sich seit sehr langem nicht mehr so gehemmt gefühlt wie heute. Normalerweise würde sie das nie zugeben, doch sie ist schon den ganzen Tag über nervös. Es begann auf der Fahrt, die sie verstörend fand – all diese Vororte, all diese Menschen. Im bequemen Trott ihres einfachen Lebens hat sie die größere Welt vergessen, die schiere, bedrückende Vielfalt der Menschheit. Vermutlich hat sie sich deshalb immer zur Einsamkeit des Meeres hingezogen gefühlt.

Sie ist auch Fremde nicht gewohnt, nicht einmal, wenn sie so nett sind wie Emma und ihre Freunde. Es sind Stadtmenschen, und neben ihnen fühlt sie sich alt und schäbig. Offenbar ist sie, ohne es selbst zu merken, auf eine Weise an den Rändern ausgefranst, dass es anderen auffällt. Warum sonst sollte Dominica es auf sich genommen haben, ihr diesen schönen neuen Badeanzug zu besorgen?

Doch sobald sie sich im Wasser bewegt, beruhigt sie sich und bezieht Kraft aus dem köstlichen Gefühl von Freiheit, das kaltes Wasser ihr unvermeidlich verschafft. Am Himmel zieht sich ein Kondensstreifen über das Blau. Es ist eine Weile her, seit sie so einen gesehen hat. Eigentlich gefiel es ihr besser, als der Himmel während des Lockdowns allein den Vögeln gehörte. Die Natur braucht weiß Gott eine Pause von all der Verschmutzung, doch vermutlich wird die Menschheit über kurz oder lang wieder in ihre schlechten alten Gewohnheiten zurückfallen.

Ein wirklich schöner Ort fürs tägliche Schwimmen, denkt sie. Am Meer sieht man keine Bäume. Hier gibt es eine ganze Reihe davon in ihrer vollen Maienpracht, die sich wunderbar in dem stillen Wasser spiegeln.

Ihr Blick wandert zu einer Gruppe, die sich auf einem Steg miteinander unterhält, und sie will gerade kehrtmachen und zu den anderen zurückschwimmen, als die sanfte Brise den Klang von Gelächter zu ihr trägt, und irgendetwas veranlasst sie, sich umzudrehen und zum Steg zu blicken.

Einer der Männer, die sich dort unterhalten, ist aus dieser Entfernung nur undeutlich zu erkennen, doch etwas an seinem Profil, seiner Kopfform …

Ihr Herz pocht und macht einen starken Extraschlag. Plötzlich hält sie im Wasser inne. Sie sinkt ein wenig ab, dann paddelt sie, um oben zu bleiben.

*Oh, um Gottes willen,* sagt sie sich. Sie hängt sich doch nur an Gegenstände und Menschen, um sich in dieser ungewohnten Umgebung zurechtzufinden.

Er ist es nicht. Er lebt in Australien.

*Oder etwa nicht?*

Und bevor ihr bewusst wird, was sie gerade tut, schwimmt sie schon, wie von höheren Kräften gezogen, zurück an den Steg.

»Helga?«, ruft Dominica. »Helga? Wo willst du hin?«

Sie richtet ihre Aufmerksamkeit wieder auf Dominica und die Schwimmer, die zum anderen Ufer unterwegs sind, dabei läuft es ihr heiß und kalt den Rücken hinunter.

Dominica kommt herangekrault und taucht mit gerunzelter Stirn aus dem Wasser. »Alles in Ordnung? Fühlst du dich gut?«

»Ich werde ... ich gehe aus dem Wasser«, sagt Helga.

»Ich begleite dich.«

»Nein, nein, bitte nicht. Schwimm weiter. Mir geht es gut.«

»Aber –«

»Mach dir keine Sorgen, ehrlich. Ich bin gleich wieder da.«

Sie lächelt Dominica beruhigend zu und drückt ihren Arm, bevor sie sich abwendet.

»Helga?«, ruft Dominica ihr nach. »Bist du sicher?«

»Ganz sicher«, ruft sie zurück, kehrt aber nicht um. Ihr Herz hämmert, während sie mit raschen Schwimmstößen den Kopf wie früher tief ins Wasser taucht, ihren Körper durch das Wasser schlängelt, und wenn sie nach oben kommt, um zu atmen, hat sie jedes Mal den Steg im Blick. Ihr Herz spielt verrückt, als sie sich immer mehr nähert. *Es kann nicht sein*, sagt sie sich, während sie mit kräftigen Froschbewegungen weiterschwimmt; *es kann nicht sein, es kann nicht sein ...*

Bald hat sie die Metallstufen des Stegs erreicht und klettert hinauf, spürt, wie ihr das Wasser von den Hüften die Beine hinunterläuft. Die Gruppe steht mittlerweile am anderen Ende des Stegs; und während sie die Schwimmbrille über die Badekappe schiebt und unter den Füßen die hölzernen Plan-

ken spürt, sagt sie sich, dass das Ganze lächerlich ist. Sie fühlt sich befangen in ihrem eng anliegenden Badeanzug, als sie wie über einen Laufsteg auf die Umkleidekabinen zu geht.
Dann hört sie es wieder.
Sein Lachen.
Ein Mann in Jeans und mit schulterlangem, silbrigem Haar steht dort mit dem Rücken zu ihr, die Hände in einer schwarzen Steppweste vergraben. Dieses unverwechselbare Profil würde sie überall erkennen. Sie ist sich ihrer Sache sicher: der Junge, den sie vor beinahe einem halben Jahrhundert auf dem Pier versetzt hat, als erwachsener Mann. Als alter Mann. So alt wie sie.
Helga geht näher heran und bekommt kaum Luft, als sie ihn erreicht und seinen Arm berührt.
Als er sich umdreht, ist ihr, als stehe die Zeit still. Sie verschlingt ihn mit den Augen, während Wasser von ihren Wimpern tropft und ihr ein Keuchen entfährt.
Er *ist* es.
Linus.
Die Zeit ist gnädig mit ihm umgegangen, wie sie es Männern gegenüber meist tut. Seine gebräunte Haut ist nach Jahren in der Sonne von Falten durchzogen, er trägt ein silbriges Ziegenbärtchen und um den Hals einen silbernen Anhänger an einem Lederband. Er hat immer eine Kette getragen. Sie besitzt noch die ursprüngliche von dem gerahmten Foto neben ihrem Bett, die er ihr damals geschenkt hat.
»Linus.« Allein seinen Namen auszusprechen fühlt sich an, als würde ihr Körper in Licht gehüllt.
»Helga?«, sagt er fragend, als könne auch er es nicht glauben.
Sie ist sich der Haut an ihren Armen und Oberschenkeln bewusst. Dass sie sehr schlaff und alt aussehen muss.

»Ich war im Wasser und dachte, dass du es bist. Ich kann es nicht glauben. Ich kann nicht glauben, dass du hier bist.«

»Der Freund meiner Tochter schwimmt hier«, sagt er. Seine blauen Augen halten ihren Blick, und die goldene Energie erwacht zwischen ihnen.

Sie nickt, während ihr Gehirn sich bemüht, mit den Fakten Schritt zu halten. Er hat Kinder. *Das passt.* Und jetzt sieht sie den Ehering an seinem Finger. *Natürlich hat er eine Frau.* Wer würde sich einen Fang wie Linus entgehen lassen? Sie hat es immer gewusst, es war logisch, doch jetzt merkt sie, dass irgendein kindischer Teil von ihr sich immer gewünscht hat, er hätte auf sie gewartet.

»Ich habe deine Laufbahn verfolgt. Du warst sehr erfolgreich. Das habe ich immer gewusst. Es überrascht mich nicht, dass du im Wasser bist. Du warst immer eine Meerjungfrau.«

*Meine kleine Meerjungfrau.* Sein Kosename für sie. Seine Augen glitzern, als er das sagt, und ihr Bauch ist voller Schmetterlinge – vergessene, mädchenhafte Gefühle, die nicht zu einer alten Frau passen, trotzdem sind sie da. Genauso stark.

»Dir ist kalt«, sagt er, und sie stellt fest, dass sie mit den Zähnen klappert.

»Ja, ich gehe mal mein Handtuch und meinen Mantel holen. Gleich da drüben.«

Er begleitet sie zu ihrem Mantel, den sie im Umkleidebereich gelassen hat. Sie zieht ihn über ihren nassen Badeanzug, auch wenn ihr klar ist, dass sie sich umziehen müsste, doch sie kann diese Momente nicht verschwenden.

»Lebst du hier?«, fragt er, als sie wieder bei ihm ist.

»Nein. Ich bin nur zu Besuch. Mit einer Freundin. Ich lebe in Brighton. Am Meer. Und was ist mit dir?«

»Ich bin hier zu Besuch aus Australien. Wegen des Lockdowns sitze ich hier fest. Es war ein verrücktes Jahr, aber es gibt schlimmere Orte. Ich fliege demnächst zurück. Ziemlich bald sogar.«

Er war die ganze Zeit hier? Ihr Linus. So nah. Und jetzt reist er wieder fort ans andere Ende der Welt?

Sie holt ihr Notizbuch aus der Manteltasche und lässt es fallen, weil ihre Hände so sehr zittern. Er bückt sich gleichzeitig mit ihr, um es aufzuheben, und ihre Köpfe sind einander so nah, dass sie seinen Duft einatmen kann.

»Nimmst du immer noch dein Notizbuch überall hin mit?« Er riecht wie früher.

Eigentlich schenkt sie diesem lebenswichtigen Sinn wenig Beachtung, doch jetzt ist ihr olfaktorisches Gedächtnis geweckt. Sie kann nicht genau sagen, wo oder wann es war, erinnert sich aber an eine Atmosphäre. Eine Atmosphäre voller Jugend und Sonne und endlosem Sex. Sie hat seine Haut öfter berührt als die von irgendjemandem sonst in ihrem Leben, und sie weiß noch, dass sie ständig ineinander verschlungen waren. Als dürften sie keinesfalls den Hautkontakt verlieren. Sie lässt den Blick über sein Gesicht und sein Haar wandern und stellt sich vor, wie sie die Stirn gegen seine presst. Der Drang, ihn in sich hineinzuziehen, ist beinahe überwältigend.

»Notier dir meine Nummer. Falls ich je an der Südküste bin, komme ich sicher vorbei und sage hallo.« Er erhebt sich, und der Bann ist gebrochen.

Spürt er es auch? Diese Vertrautheit, dieses unergründliche Zusammengehörigkeitsgefühl nach all dieser Zeit?

»Das würde mich freuen«, sagt sie, bekommt die Worte aber kaum heraus.

Er blättert in den Seiten.

»All die wunderschönen Vögel. Du warst immer so begabt. Schau dir das an«, staunt er. Sie ist sehr eigen mit ihren

Notizbüchern, hat es ihm aber ohne langes Überlegen überlassen. Es macht sie stolz, dass ihm gefällt, was er sieht. Sie beobachtet ihn, wie er auf eine leere Seite deutet und seine Handynummer notiert, und sie weiß, von jetzt an wird dies das kostbarste all ihrer Notizbücher sein.

»Du solltest ins Warme gehen«, sagt er. Sein Blick lässt sie nicht los. Die kleinen Sommersprossen auf seinem Nasenrücken sind immer noch attraktiv.

Etwas weiter weg ruft eine Frau in der Nähe des Eingangs: »Dad? Dad, kommst du?«

Er winkt, und Helga folgt seinem Blick zu der blonden Frau. Sie muss ungefähr vierzig sein, hat eine athletische Figur und ein breites Lächeln, genau wie er. Sie ist sehr attraktiv. Doch Linus' Gene hätten in jedem Fall großartige Nachkommen gezeugt. Das stand fest. Helga fragt sich, wie es sich anfühlen würde, wenn diese selbstbewusste junge Frau ihre Tochter wäre.

Er gibt ihr das Notizbuch zurück. Sie verfängt sich in seinem Blick, so deutlich, so entblößend. Er hat etwas in ihr freigelegt, das lange begraben war. Begehren, aber auch noch etwas anderes, ein Herzweh, das so stark ist, dass sie Angst hat, sie könnte tatsächlich einen Herzanfall bekommen.

»Es tut gut, dich wiederzusehen, Helga«, sagt er. »So gut.«

Sie nickt. »Geht mir genauso.«

»Es tut mir leid, dass ich gehen muss, aber meine Tochter hat heute das Sagen, und wenn ich nicht mache, was sie will ...« Da ist wieder sein altes Linus-Grinsen. Er sieht eigentlich nicht so aus, als mache es ihm wirklich etwas aus, herumkommandiert zu werden. Sie reagiert mit einem kindischen Gefühl von Verlust darauf, dass er gleich gehen wird. Sie möchte seiner Tochter vorgestellt werden. Sie möchte, dass er ihr erklärt, dass sie seine lange verschollene Geliebte ist.

»Bitte ruf mich an, Helga. Bitte. Ich würde so gern mit dir reden, aber hier geht das nicht.«

»Das werde ich. Versprochen.«

»Wirklich?«, fragt er, und seine blauen Augen bohren sich in ihre.

Sie sieht das Aufflackern eines Zweifels. Er glaubt nicht, dass sie ihn anrufen wird. Wie sollte er auch, wo sie ihn vor all diesen Jahren sitzen gelassen hat? Doch sie verspricht es feierlich.

Er küsst sie auf die Wange, und sie hält ganz still. Als er sich entfernt, hätte sie ihm gern etwas hinterhergerufen, denn sie *muss* es wissen. Hat sie ihm das Herz gebrochen? Wie sie ihres gebrochen hat? Hat es ihm ebenso weh getan wie ihr?

Den Rest des Tages erlebt Helga wie durch einen Nebel und bekommt kaum mit, als Dominica verkündet, es sei Zeit, nach Brighton zurückzukehren. Sie sieht, dass der Tag bei Dominica Wunder bewirkt hat; es hat sie sichtlich aufgemuntert, ihre Familie zu sehen und im Teich zu schwimmen, aber sie weiß auch, dass sie Dominica mit ihrer Verschlossenheit und ihrem komischen Verhalten irritiert hat.

Wieder und wieder geht sie die Begegnung durch. *Linus ist hier. Im Vereinigten Königreich.* Sie umklammert das Notizbuch in ihrer Tasche. Sie hat seine Nummer. Und er möchte mit ihr reden. Sie kann es kaum glauben.

Ihr ist sehr seltsam zumute, ihre Brust fühlt sich steinhart an. Sie fühlt sich, als wenn eine seismische Verschiebung stattgefunden habe, ähnlich einem Erdbeben am Meeresboden, und sie ist dankbar, dass Dominica auf der Heimfahrt nicht in sie dringt. Doch als die vertrauten Umrisse der South Downs in Sicht kommen und Dominica sie fragt: »Wirst du mir denn sagen, was los ist?«, bricht es aus ihr heraus:

»Tut mir leid.«

»Was beschäftigt dich?«

»Oh ... ich weiß es nicht. Alles. Die Vergangenheit.«

»Die Vergangenheit?«, fragt Dominica verwirrt.

Der heutige Tag hat Helga auf mehrere Arten das Gefühl gegeben, alt zu sein, doch das Wiedersehen mit Linus war, als hätte man ihr ein Seil in die Vergangenheit zugeworfen. Zurück zu dem risikofreudigen Was-kostet-die-Welt-Mädchen, das sie einmal war. »Ich dachte, ich hätte Angst vor der Zukunft, aber vielleicht ist es die Vergangenheit, der ich mich nicht stellen kann ...«

»Würdest du vielleicht aufhören, in Rätseln zu sprechen, und mir erzählen, was los ist? Ich vermute, es hat etwas mit dem Mann zu tun, mit dem du gesprochen hast?«

Helga nickt und betrachtet die Rosatöne des Sonnenuntergangs, während sie Dominica von Linus erzählt, der ihr nie aus dem Kopf gegangen ist und für den in ihrem Herzen immer eine Flamme gebrannt hat.

»Ach. Dann war *er* also der Richtige«, sagt Dominica und spielt auf ihr früheres Gespräch an. »Du hast mir bisher nicht geantwortet.«

»O ja«, gibt Helga zu, weil sie spürt, wie alles aus ihr hervorbrechen will. Alles, was spröde und vereist war, ist plötzlich Wasser. »Er ist der einzige Mann, den ich wirklich geliebt habe.«

»Ich bin froh, dass es das war. Ich dachte schon, du würdest vielleicht einen Herzanfall bekommen.«

»Das dachte ich auch, als ich ihn plötzlich sah.«

»Und was passiert jetzt?«

Helga seufzt. »Er kehrt so bald wie möglich nach Australien zurück. Er hat gesagt, ich solle ihn anrufen.«

»Und das tust du auch?«

Helga seufzt wieder, hin- und hergerissen. »Ich möchte gern. Ich habe es versprochen, aber hat es einen Sinn, die Vergangenheit aufzuwühlen? Ich bin mir nicht sicher, was uns noch verbinden sollte. Er hat eine Familie und …« Sie schüttelt den Kopf. »Ich bin so nervös. Wie ein albernes kleines Mädchen, dabei bin ich eine alte Frau.«

»Ach, Helga«, sagt Dominica. »Hab keine Angst. Ruf ihn an.«

»Meinst du?«

»Ja«, ruft Dominica. »Ja, verdammt. Und wenn du es nicht tust, tue ich es.«

Als sie schließlich in Brighton ankommen, ist es dunkel. Dominica lässt Helga am Ende der kleinen Straße aussteigen, nimmt ihr aber vorher noch das Versprechen ab, sofort nach Hause zu gehen und Linus anzurufen.

Helga steckt ihr Notizbuch zur Sicherheit in die Tasche, auch ihre Schlüssel, dann küsst sie Dominica und steigt aus. Sie war ihr heute eine gute Freundin.

»Versprichst du es mir?«, fragt Dominica.

»Ich verspreche es.« Das zweite Versprechen, das sie heute gegeben hat. Als sie die Straße entlanggeht, fühlt sie sich leichter, beschwingt von Dominicas Überzeugungskraft, wie ein Ballon kurz vor dem Davonfliegen. Sie ist so aufgeregt, dass sie schneller geht, zu der heißen Dusche, die sie dringend benötigt, bevor sie sich einen Tee machen und ihn anrufen wird. Sie wird ihn anrufen, denn sie hat es Dominica versprochen. Und sie werden stundenlang reden. Das weiß sie schon jetzt. Seine blauen Augen lassen sie nicht los.

Sie achtet nicht auf den Mann, der an der Straßenecke kehrtmacht und ihr nachgeht.

# 40
## Schwimmen bei Vollmond

Claire schwitzt, nachdem sie das Auto geparkt hat und zum Musikpavillon geeilt ist. Sie hat viel zu viel an unter ihrer Dryrobe. Obwohl sie weiß, dass die Wassertemperatur sein wird wie gestern, fürchtet sie, dass es sehr viel kühler sein könnte, und hat diverse Schichten übereinander angezogen.

Es ist seit langer Zeit wieder das erste Mal, dass ein Schwimmen bei Vollmond stattfindet. Seit dem Aufruf vor ein paar Tagen im Chat ist Claire nervös und kribbelig wegen des heutigen nächtlichen Schwimmens. Es soll ein Supermond werden, der 25 Minuten nach 9 aufgehen wird, aber die Wolkendecke ist weitgehend geschlossen, und sie ist sich nicht sicher, ob sie ihn überhaupt zu Gesicht bekommen. Pim war alarmiert, dass sie an einem Mittwochabend nach dem Essen noch ausgehen wollte, und machte sich Sorgen wegen der Dunkelheit. Er verdrehte den Jungen gegenüber die Augen, und Claire wusste, dass Felix der Geste am liebsten noch etwas hinzugefügt und den Zeigefinger an die Schläfe getippt hätte, um klarzumachen, dass sie verrückt war. Doch Beistand kam von Ash, der ihr zu ihrer Überraschung auftrug, Dominica zu grüßen. Ein gutes Gefühl, zu wissen, dass er auf ihrer Seite stand.

Sie weiß, der Grund ist das Geografie-Projekt, das ihm die beste Klassennote eingetragen hat, und jetzt organisiert er sogar ein Schulteam zur Strandreinigung. Außerdem hat er gefragt, ob er bei einem Ausbildungstraining der Lebensretter mitmachen darf. Sie hätte nie gedacht, dass er sich ins kalte Wasser wagen würde, doch am Samstagmorgen zog er in dem neuen Wetsuit los, den sie für ihn gekauft hat, und kam ganz aufgekratzt zurück. Wie es scheint, hat auch er sich mit der Wasser-Sucht angesteckt.

Pim gestand Claire eines Morgens, er sei ›platt‹, dass Ash so umstandslos enthusiastisch mitmache, und sie merkte, dass er beeindruckt war.

Wie Eisenspäne zu einem Magneten strömen Menschen – hauptsächlich Frauen ihres Alters – aus allen Richtungen zum Strand. Als Claire den Kiesstreifen betritt, hat sie das Gefühl, zu einer Herde zu stoßen. Meist treffen sich die Sea-Gals allein an der Buhne, aber an diesem Abend sind kleine Gruppen überall auf dem Strand verteilt; jeder Neuankömmling wird mit einer Umarmung begrüßt. Der Himmel weist nun, da die Nacht anbricht, eine ganze Palette verblassender Rosa-, Lila- und Grautöne auf. Sie ist zwar mit diesem Strandabschnitt vertraut, doch heute ist die Atmosphäre wesentlich aufgeladener als sonst. Alle spüren, dass dies hier besonders ist, und das Auffallendste ist das tiefviolette Meer. Es hat etwas Verlockendes, als hätte sich eine Freundin, die normalerweise in Jogginghosen herumläuft, für einen Ausgehabend herausgeputzt.

Dominica und Tor sind bereits am Strand und ziehen sich um. Maddy hat sich entschuldigt, sie wird es nicht schaffen, und Helga verspätet sich, was ungewöhnlich ist.

Beim Umziehen diskutieren sie den Stand der Tide.

»Was bedeutet Perigäum?«, möchte Claire wissen. Sie hat den Jungs erzählt, sie werde in der Perigäums-Springflut schwimmen, und die WhatsApp-Nachricht zitiert, als wüsste sie, wovon sie spricht.

»Das ist der Punkt, an dem der Mond der Erde auf seiner Umlaufbahn am nächsten kommt, und falls wir ihn sehen, wird er riesig sein«, erklärt Dominica.

»Ebbe war um sechs«, sagt Tor, »die Flut läuft also ein. Es sieht gerade richtig aus.«

Um sie herum entledigen sich die Schwimmerinnen kollektiv ihrer Kleidung, Dryrobes fallen auf den Strand, dann Mützen, Stiefel und Handschuhe, und überall kommen nackte Arme und Schenkel zum Vorschein. Dutzende Frauen in allen Formen und Größen und auch ein paar Männer balancieren auf Zehenspitzen über den Kies auf das Wasser zu.

Claire muss grinsen, als sie die Freudenjauchzer hört, mit denen die Schwimmerinnen ins Wasser tauchen, und sie erinnert sich, gelesen zu haben, irgendjemand habe das mal als ›Meeresoper‹ bezeichnet. Auf jeden Fall hat es etwas Großartiges, Musikalisches, wie die vielen Frauen in den lebhaften Wellen herumhüpfen. Ein kollektiver Jubel ertönt, als eine große Welle über sie hinwegrollt.

»Kommst du?«, fragt Dominica, als Tor zögert und auf ihr Telefon blickt. »Ich warte noch auf Lotte und die anderen«, erklärt Tor. »Geht schon mal vor.«

»Halte auch nach Helga Ausschau. Es sieht ihr gar nicht ähnlich, zu spät zu kommen«, sagt Dominica. »Also los, Claire. Stürzen wir uns ins Geschehen.«

Es ist nicht so kalt, wie Claire erwartet hat, und dank der vielen Schwimmer fühlt es sich an wie eine Party, als tanzten alle wie in einer Disco umeinander herum. Zu ihrer eigenen Überraschung erkennt Claire einige Gesichter wieder. Da ist der Besitzer des Cafés, der lächelnd hallo sagt, die Physiotherapeutin aus dem Krankenhaus, die ihr vor Jahren mit ihrem Knie beigestanden hat. Sie trägt eine flotte Retro-Badekappe mit lila Blumen, und Claire fragt sich erneut, wo Helga wohl steckt. Das hier würde ihr gefallen.

Eine Erinnerung taucht auf, wie sie einmal mit ihrer Familie im Wasserpark war, wo die Wellenmaschine sie herumwarf, und sie alle jauchzten vor Freude. Ein bisschen fühlt es sich jetzt so an, als sie vom Strand in Richtung Seebrücke treiben. Ash hat das Wasser schon immer gemocht, fällt ihr ein. Sie hatte es nur vergessen.

Sie lächelt Dominica zu, als spontan Gesang losbricht; Claire stimmt ein und ist verblüfft über ihre eigene Unbefangenheit. Zuerst Blondie, *The Tide is High*, dann *Blue Moon*. Ein verrücktes Gefühl, im Meer zu singen.

Das Licht schwindet rasch, und entlang der Promenade gehen die Straßenlaternen und Hotellichter an. Vom Wasser aus ist es eine ungewohnte Perspektive auf die nächtliche Stadt und den Aussichtsturm i360, der von oben bis unten in Blau und Rot erstrahlt. Die Schwimmbretter, die manche bei sich haben, leuchten auf dem dunklen Wasser.

Auf ihrer Hochzeitsreise nach Indien hatten Pim und sie ein Fest besucht, auf dem Kerzen in Lotusblüten über einen See trieben – und das hier erinnert sie daran. Es hat etwas von einer religiösen Feier.

Sie denkt selten an Pims indische Herkunft, aber jetzt geht ihr durch den Kopf, wie schön es wäre, wieder einmal hinzufahren und mit den Jungen seine weitverzweigte Familie zu besuchen. Sie haben zwar davon gesprochen, den Plan aber nie umgesetzt. Früher diskutierten sie ständig über ihre Träume und ihre Zukunft. Lag es nur an Covid, dass sie mit alldem aufgehört haben? Offenbar außerstande, über die nächste Ankündigung der Regierung hinauszublicken? Claire war glücklich, zu Hause zu sein, sie hat die Familie zusammengehalten, aber dieser Abend weckt in ihr wieder die Fähigkeit zu staunen, dieses Gefühl, dass etwas Außergewöhnliches geschieht, das sie sonst nur kennt, wenn sie im Ausland ist.

Und dann ist er plötzlich da. Völlig unvermittelt.

Drüben bei der ausgebrannten Seebrücke schiebt sich die majestätische Krone des Mondes aus einer Wolkenlücke. Claire hat ihn bereits entdeckt, als die Nachricht unter den

Schwimmern die Runde macht, und bald blicken alle in diese Richtung. Sie wippen mit den Wellen auf und ab und betrachten den aufsteigenden Mond, die vergnügte Stimmung ist für einen Moment einer gewissen Ehrfurcht gewichen. Es ist ein Ereignis – ein Blutmond. Er steht wie eine gewaltige, geschwollene Mandarine am Himmel, als wäre er nur für sie aufgegangen, exotisch und fremd. Im Wasser bricht Jubel aus, ein spontanes Johlen. Auch Claire johlt mit und muss lachen.

Sie entdeckt Tor und dann Lotte im Wasser.

»Meine wunderschöne Blondine«, ruft Lotte überschwänglich. Sie hat ihr Haar auf dem Kopf wie Minnie-Maus-Ohren zu zwei Knoten gebunden, ihr üppiges Augen-Make-up zerläuft, aber sie strahlt vor Vergnügen. »Hast du Lust, noch ein bisschen mutiger zu sein? Ich dachte, Pink könnte dir gut stehen.«

»Du bist schon weit genug gegangen. Aber ich bin entschieden selbstbewusster geworden«, sagt Claire. »Es hat eine Weile gedauert, bis mein Mann es gemerkt hat, aber ihm gefällt es auch.«

»Zumindest wirst *du* bemerkt«, bemerkt Lotte.

»Wie meinst du das?«

»Ach, nichts«, antwortet sie und wirft einen Blick zu Tor, die lachend ein paar andere Schwimmer begrüßt. »Es ist einfach hart, von jemandem, den man liebt, versteckt gehalten zu werden. Wie ein schmutziges Geheimnis.«

»Du bist kein schmutziges Geheimnis, Lotte«, sagt Claire, schockiert von diesem seltenen Einblick in Tors Beziehung. »Du und Tor, ihr seid großartig zusammen.«

»Ja, na ja, sag ihr das.«

Sie werden getrennt, und Claire wendet sich in Richtung Strand, als sie in einer anderen Schwimmgruppe Jenna erkennt. Sie lacht mit ihren Freundinnen, wird aber ernst, als sie Claire sieht.

»Oh«, sagt sie hochnäsig. »Du bist es.«

»Hallo, Jenna«, sagt Claire. Sie versucht, ihre Stimme neutral zu halten. »Ich bin froh, dass wir den Mond zu sehen bekamen.«

»Tja, ich habe den Vollmond schon tausendmal gesehen«, sagt sie, und es klingt irgendwie gemein, als sei ihr der Spaß verdorben, weil auch Claire ihn gesehen hat. Wie anstrengend muss es sein, denkt Claire, alles zu einem Wettbewerb zu machen. »Ich habe das schon tausendmal gemacht.«

»Schön für dich«, antwortet Claire. Und begreift plötzlich, dass sie sich nicht rechtfertigen muss. Sie wird Jenna nicht liefern, was sie will – nämlich eine Gelegenheit, sie kleinzumachen. Sie hat die Nase voll davon, es anderen recht zu machen. Sie wird niemals Jennas Freundin werden, und das ist in Ordnung so. Sie denkt daran, wie Pim sagte, es sei dumm, Claires Freundschaft zurückzuweisen, und er hat recht. Eine Schande, dass Jenna zu egozentrisch ist, um zu verstehen, dass es heute Abend um das Zusammengehörigkeitsgefühl beim Schwimmen geht. Wie traurig, dass ihr der Sinn des Ganzen völlig entgeht.

»Was den Baum anbelangt, hast du dein Ziel ja erreicht. Ich hoffe, du bist jetzt zufrieden«, ruft Jenna ihr nach.

Claire lächelt und schwimmt weiter.

Am Strand schlüpfen sie in ihre Kleider, ziehen hastig alles Mögliche übereinander an und drängen sich um die Campingleuchte, die Tor mitgebracht hat. Claire erzählt Dominica von ihrer Begegnung mit Jenna im Wasser, und sie kann es kaum erwarten, Maddy davon zu berichten.

»Beinahe wäre mir etwas Unfreundliches herausgerutscht«, gesteht sie Dominica, »aber weißt du was? Es bringt nichts. Sie wird uns nie verstehen. Deshalb nützt es nichts, sich mit ihr zu streiten. Ich begreife das jetzt. Ich bin so verdammt froh, dass Maddy die Stadtverwaltung veranlasst hat, sie zu stoppen; dass sie und Rob nicht mit Gewalt etwas durchsetzen konnten, das uns schrecklich geschadet hätte, einfach, weil sie es wollten.« Sie denkt an Sam, das Rotkehlchen. »Ich bin so froh, dass der Baum noch steht.«

»Du hast ein gutes Werk vollbracht«, sagt Dominica.

Jemand hat ein Lagerfeuer angezündet, und der Holzrauch, der sich mit der salzigen Luft vermischt, erinnert Claire an vergangene Ferien. Es ist eine unkomplizierte Freude, so unter dem Nachthimmel zu sein; alles andere verblasst darüber. Sie ist salzverkrustet und müde, aber auf gesunde Art. Um sie herum drängen sich die Schwimmerinnen und versuchen, wieder warm zu werden, wie Möwen, die ihr Federkleid aufplustern und sich zum Schlafen auf den Steinen niederlassen. Leises Stimmengemurmel und gelegentlich ein Lachen sind zu hören.

Tor lässt ihren silbernen Flachmann herumgehen, auch Claire nimmt einen Schluck. Gewöhnlich liegt sie um zehn im Bett und schaut Netflix, und jetzt ist sie mit vielen anderen Frauen in der Dunkelheit am Strand und trinkt Rum. Und fühlt sich lebendiger als seit Monaten.

»Das macht solchen Spaß«, sagt sie und lässt den Behälter mit dem Kuchen herumgehen, den sie gebacken hat.

»Sag bloß, das ist dein Karottenkuchen.« Dominica nimmt sich grinsend ein großes Stück. »Ich liebe deine Kuchen.«

»Ich auch«, bestätigt Tor und bedient sich ebenfalls.

Claire lächelt. Wie schön, dass ihre Backkunst so geschätzt wird!

»Schade, dass Helga nicht gekommen ist.« Dominica runzelt die Stirn. »Ich frage mich, was mit ihr los ist?«

»Wahrscheinlich hatte sie keine Lust auf die vielen Menschen«, meint Tor, aber Claire bezweifelt das. Es geht ihr wie Dominica. Sie findet es wirklich seltsam, dass sie nicht aufgetaucht ist. Da stimmt etwas nicht. Das spürt sie. Denn wie ihr jetzt auffällt, war es Tor, die im Gruppenchat geantwortet und für sie alle zugesagt hat, als es um das Nachtschwimmen ging, aber hat Helga ebenfalls geantwortet? Claire ist sich inzwischen sicher, dass dem nicht so ist.

Sie bleiben nicht allzu lange am Strand, denn sie frösteln. Es ist dunkel und der Blutmond wieder hinter den Wolken verschwunden, als sie über den Kies zur Promenade hinaufstapfen. Claire zittert. Es ist zwar sehr spät, aber aus einer Eingebung heraus macht sie auf dem Heimweg einen Abstecher zu Helgas Cottage.

Im Haus brennt kein Licht. Sie klopft an die Tür, dann geht sie in die Hocke und späht durch den Briefkastenschlitz – alles still. Als sie sich wieder aufrichtet, kommt sie sich albern vor. Helga muss sich doch nicht rechtfertigen. Was hat sie überhaupt hier zu suchen und so herumzuschnüffeln? Sie sollte einfach nach Hause fahren und sich aufwärmen.

Claire will gerade kehrtmachen, als die Tür des Nachbarcottages einen Spalt aufgeht. Eine Frau späht misstrauisch heraus. Ein Baby schmiegt sich an ihre Brust, und sie legt den Finger auf die Lippen, um Claire zu bedeuten, dass sie leise sein soll. Das Baby schläft, und die Frau, die das Haar zu einem unordentlichen Pferdeschwanz gebunden hat und eine leinene Latzhose trägt, ist auf erschöpfte Weise schön. Claire lächelt ihr und dem Baby zu und bemerkt sein engelhaftes Schmollmündchen. Sie verspürt ein seltsames Gefühl in der

Magengrube. Wie erstaunlich, dass auch sie einmal Mutter von Babys war. Es scheint so lange her zu sein.

»Es tut mir leid, wenn ich störe. Ich bin auf der Suche nach Helga«, erklärt Claire.

Der Ausdruck in den müden Augen der Frau verändert sich. »Haben Sie es nicht gehört?«

»Gehört? Was gehört?«

»Helga ist am Wochenende auf der Straße gestürzt. Sie hatte einen Herzanfall, und wir haben einen Krankenwagen gerufen. Sie ist noch im Krankenhaus.«

# 41
## Die unerwartete »Cwych«

An diesem Abend gehen im WhatsApp-Chat der Sea-Gals zahlreiche Nachrichten zwischen Tor, Maddy, Dominica und Claire hin und her; besorgt diskutieren sie, was für Helga zu tun sei. Doch am nächsten Morgen ist es Dominica, die als Erste ins Krankenhaus geht.

Sie findet Helgas Station, aber die Schwester erklärt ihr, in Helgas Zimmer stünden sechs Betten und erlaubt sei immer nur ein Besucher. Falls es ihr gelänge, einen Termin zu bekommen, dürfe sie nicht länger als eine Stunde bleiben. Dominica bucht einen Termin für den nächsten Tag.

Am Freitag braucht Dominica ihre ganze Überredungskunst, um auf die Station gelassen zu werden. Sie muss Handschuhe, Schürze und eine medizinische Maske anziehen, und als sie sieht, wie das Personal in seiner beengenden Schutzkleidung versucht, seine Arbeit zu verrichten, schämt sie sich ein bisschen, weil sie sich so klaustrophobisch fühlt.

Vor dem Schwesternzimmer wartet sie darauf, zu Helga vorgelassen zu werden. Die junge Assistenzärztin starrt auf ihr Klemmbrett, und Dominica erkundigt sich nach Helgas Diagnose.

Die Ärztin fragt Dominica, ob sie eine Verwandte sei, und in dem Wissen, dass dies möglicherweise der einzige Weg ist, an Informationen zu gelangen, nickt sie.

Die Ärztin sieht nicht so aus, als glaubte sie ihr, gewährt ihr aber einen Vertrauensvorschuss. Sie erklärt ihr, Helgas Sturz habe einen Herzanfall ausgelöst, der sich aber, gehe man von ihrem Blutbild aus, bereits seit einiger Zeit angekündigt habe. Trotzdem ist die Ärztin irritiert. Sie vermutet, Helga sei vor der Ankunft der Rettungssanitäter wiederbelebt worden. Helga sei jetzt stabil, aber sie müsse einen Bypass erhalten, erklärt die Schwester. Sie stehe auf der Notfallliste und werde operiert, sobald der Chirurg sie dazwischenschieben könne. Sie hatte Glück, erklärt die Ärztin. Wäre Helga nicht gestürzt, wäre sie nie ins System gelangt und hätte möglicherweise monatelang auf eine Operation warten müssen. Monate, die vielleicht tödlich gewesen wären.

Als Dominica an Helgas Bett tritt und sich hinsetzt, wirkt Helga alles andere als glücklich. Ihr Gesicht ist auf der einen Seite geschwollen, und am Haaransatz weisen Stiche auf die genähte Wunde hin, die sie sich bei dem Sturz zugezogen hat. Dominica greift nach Helgas Hand, ihr Plastikhandschuh knistert.

»Hey.« Helga lächelt schwach. »Du bist gekommen.«

»O Helga. Es tut mir so leid. Ich wäre schon früher gekommen. Ich finde es unerträglich, dass du bis jetzt allein warst«, sagt Dominica mit erstickter Stimme.

»Man hat sich gut um mich gekümmert. Außerdem konnte ich euch nicht benachrichtigen. Bei dem Sturz hat jemand meine Tasche geklaut. Da waren zwei Männer, und ich habe gerufen und versucht, mich zu bewegen, aber dann, mein Herz … es tat so weh und dann … an mehr kann ich mich nicht erinnern.«

»O Helga. Es tut mir so leid«, wiederholt Dominica. Sie muss an den Sonntagabend denken, als Helga mit ihrer Tasche aus dem Auto stieg.

»Schlimm genug, hier zu sein und mir wegen des Sturzes so blöd vorzukommen, aber auch noch bestohlen zu werden, wenn man so hilflos ist, das ist doppelt unfair. Sie haben mein Telefon mitgenommen. Und mein Notizbuch.«

»Hat die Polizei eine Spur?«, erkundigt sich Dominica.

»Ich vermute, es war der Junkie an der Ecke. Mit ihm hatte ich schon einmal eine Auseinandersetzung. Wahrscheinlich wollte er Geld.«

»Deine Nachbarn machen sich wirklich Sorgen. Katie sagt, falls es etwas gibt, das sie tun kann, sollen wir ihr Bescheid sagen. Will hat den Nachbarschaftsschutz aufgefordert, eine Videokamera zu installieren. Sie wirkten ziemlich verstört. Sie waren es, die dich gefunden haben.«

Helga nickt. Gewöhnlich ist sie stark und entschieden, doch jetzt wirkt sie still und niedergeschlagen. Sie so verletzlich zu sehen ist schrecklich. »Was ist mit Linus?«, fragt Dominica.

»Sie haben mein Notizbuch geklaut«, sagt Helga und zuckt traurig die Schultern. »Ich hatte es in die Tasche gesteckt, erinnerst du dich? Bevor ich aus dem Auto gestiegen bin.«

»O Gott. O Helga. Das tut mir so leid. Ich werde versuchen, ihn ausfindig zu machen.«

»Ich wüsste nicht, wie du das anstellen willst. Genau das ist doch das Problem«, meint Helga. »Und vielleicht ist es auch besser, wenn du es nicht tust.«

Dominica versucht, sie aufzumuntern, und erzählt vom Schwimmen bei Vollmond, doch die Zeit verfliegt allzu schnell, und sie muss gehen. Sie verspricht, wiederzukommen und dass auch die anderen sie besuchen werden. Helga lächelt erschöpft.

Sie bittet Dominica, ihre Nichte Mette zu benachrichtigen. »Sonst muss ich es büßen, wenn sie herausfindet, dass ich im Krankenhaus war und sie nichts davon wusste«, erklärt Helga, während Dominica sich eine Notiz macht. Sie hofft, sie hat alles richtig geschrieben und kann Mettes Firma ausfindig machen.

Als sie aufsteht, um zu gehen, würde sie am liebsten Helga auf die Stirn küssen, doch mit der Maske ist das unmöglich. Es bricht ihr das Herz, die Freundin allein zu lassen.

Draußen auf dem Gang begegnet sie der Ärztin. »Ich bin so froh, dass ich sie sehen konnte«, erklärt Dominica ihr. »Ich habe fast nicht daran geglaubt.«

»Sie haben Glück. Es ist sehr stressig auf dieser Station«, erwidert die Ärztin. Sie hat wunderschöne Augen über der Maske. »Aber wir kämpfen uns durch. Wappnen uns für die nächste Welle. Ich war vor dem ersten Lockdown auf der Covid-Station. Es war so scheußlich, nicht zu wissen, was uns erwartete. Wir waren alle sehr verängstigt.«

»Mein Lebensgefährte Chris lag dort«, erzählt Dominica. »Sie hatten nicht zufällig mit ihm zu tun? Chris? Chris Barratt?«

»Nein, nein. Ich glaube nicht.«

»Er war Rettungssanitäter.«

Sie sieht, wie die Ärztin die Stirn runzelt und überlegt.

»Oh, Moment ... der Sanitäter? *Der* Chris? Ich glaube, ich weiß ... einen Augenblick.«

Sie geht zum Schwesternzimmer, beugt sich über den Tresen und greift zum Telefon. »Ist Alison da?«, hört Dominica sie sagen, mehr kann sie nicht hören.

Dann kommt die Ärztin zurück. »Meine Kollegin Alison. Sie kommt gleich. Sie würde sich gern mit Ihnen unterhalten.«

Dominica wartet neben der Eingangstür zur Station und beobachtet das rasche Kommen und Gehen des Personals, die klappernden Trolleys und die unablässig piepsenden Maschinen. Was kann Alison ihr erzählen? Erinnert sie sich an Chris?

Es war so schrecklich für sie, sich vorzustellen, dass er

am Ende allein war. Nachts, wenn sie nicht schlafen kann, denkt sie an ihn in seinem Krankenhausbett, allein und verlassen. Sie wird dieses Schuldgefühl nicht los. Doch seit sie hier ist, begreift sie, dass Chris vermutlich gar nicht an zu Hause gedacht hat. Wenn man im Krankenhaus ist, kann man sich kaum vorstellen, dass es jenseits davon noch etwas gibt.

Die Holztür zur Station summt, und eine kleine Krankenschwester tritt ein. Sie drückt ein wenig Handgel aus dem Spender und zieht eine frische Schürze und neue Handschuhe an. Die Ärztin hinter dem Tresen nickt in Richtung Dominica.

»Sind Sie Dominica?«, fragt die Schwester, und Dominica nickt. »Dann kommen Sie mit.« Sie breitet die Arme aus. Dominica zuckt zusammen, als sie unvermittelt umarmt wird.

»Es ist gegen die Regeln, aber ich habe Chris versprochen, Ihnen ein …coo … ein … kitch …?«

»*Cwych?*«, sagt Dominica und spürt einen Kloß im Hals.

»Genau. Er sagte, ich solle Ihnen ein *cwych* geben, eine walisische Umarmung. Aber ich war so beschäftigt, und es tut mir leid …«

»Sie waren bei ihm? Bei Chris?«, fragt Dominica und kann kaum glauben, dass dieses Gespräch stattfindet. Ihr Herz hämmert.

»Ja. Er war ein wunderbarer Typ. So stark und tapfer.«

Er *war* stark und tapfer. Es ist ausgesprochen tröstlich, zu wissen, dass Alison ihn erlebt hat. Dass diese reizende Krankenschwester erkannt hat, wie wunderbar ihr Chris war, fühlt sich ein wenig an wie ein später Trost.

»Ich fühle mich …«, sagt Dominica mit erstickter Stimme, »so mies, weil ich nicht bei ihm sein konnte. Ich habe nur noch daran denken können.«

»Das überrascht mich nicht. Für die nächsten Angehörigen ist so etwas verdammt schlimm«, sagt Alison. Und meint, was sie sagt. »Aber Sie müssen wissen, dass wir ihm sämtliche Schmerzmittel gegeben haben, die uns zur Verfügung standen, und im Gegensatz zu vielen anderen Covidpatienten wusste er Bescheid. Er hatte keine Angst.«

»Nein?«

»Nein, ehrlich, ich war bei ihm. Das Letzte, was er sagte, war, ich solle Ihnen ein *cooch* geben.«

»*Cwych*.« Wieder bricht Dominica die Stimme, Tränen schießen in ihre Augen.

»Und Ihnen sagen, Sie sollen weitermachen und glücklich sein.«

»Das hat er gesagt?«

Sie nickt, und Dominica entfährt ein Schluchzer.

Alisons Pager piept. »Es tut mir leid, ich muss los. Aber ich bin froh, dass wir uns doch noch getroffen haben.«

»Ich auch«, sagt Dominica. »Ich auch. Und ... danke.«

Dominica verlässt die Station, wirft Maske und Handschuhe in einen dafür vorgesehenen Behälter und eilt aus dem Krankenhaus, steigt auf ihr Fahrrad und fährt ans Meer.

Sie hat ihre Badesachen nicht dabei, doch sie will einfach nur noch ins Wasser. Auf dieser Seite der Seebrücke ist der Strand breit, und sie lässt ihr Rad auf den Steinen zurück und geht im Sonnenschein hinunter zum Wasser. Es ist ihr egal, ob jemand sie beobachtet. Sie zieht sich aus bis auf Hemd und Slip, behält auch die Söckchen an, um ihre Füße zu schützen.

Das Meer ist kabbelig und frisch, doch es macht ihr nichts aus, dass sie vor Kälte nach Luft schnappen muss, als das Wasser über ihre Taille schwappt und ihr ins Gesicht spritzt, während sie platschend weiterläuft. Sie schwimmt dem

Horizont entgegen, dreht sich auf den Rücken, und ihr Körper kribbelt von Kopf bis Fuß. Jetzt kommen die Tränen. Große Tränen, begleitet von heftigem Schluchzen. Sie kann nicht sagen, ob es Freudentränen sind oder Tränen der Trauer.

Chris war nicht allein, als er starb. Alison hielt seine Hand. Für die Selbstlosigkeit seiner letzten Worte liebt sie ihn umso mehr, sie haben ihr aber auch einen Teil ihres Schuldgefühls abgenommen – weil sie diejenige ist, die lebt, während er sterben musste. In gewisser Weise hat die Schilderung seiner letzten Momente ihn lebendiger und realer werden lassen, als er es in ihren Gedanken seit Monaten gewesen ist. Das *Cwych* von jenseits des Grabes hat ihr Kraft gegeben.

»Ich werde weitermachen«, sagt sie laut. »Das werde ich, Chris. Ich verspreche es.«

## 42
### Ertappt

Seit Maddy aus Cobham zurückgekehrt ist und Matteo und sie an jenem ersten Abend miteinander geschlafen haben, gehen sie in beiden Wohnungen ein und aus. Maddy ist sich nicht ganz sicher, was da eigentlich zwischen ihnen passiert, doch der Sex ist fantastisch. Es fühlt sich so exotisch an, eine unerwartete Affäre zu haben, dass sie immer wieder in sich hineinkichert.

Matteo taucht grinsend unter der Bettdecke hervor. Eins muss sie ihm lassen: Er ist großartig darin, sie zu lecken.

»Das war wahrscheinlich die bestmögliche Art, meinen Geburtstag zu beginnen«, sagt sie. »Danke.«

Er küsst sie. »Ich muss zur Arbeit, aber zum Mittagessen komme ich zurück. Sollen wir im Park picknicken?«

Sie sieht ihm zu, wie er aufsteht und die Dusche anstellt, dann folgt sie ihm lächelnd, und sie lieben sich im Dampf. So viel zum Thema Menopause, denkt sie. Ihre Libido scheint mit Elan zurückgekehrt.

Als er fort ist, geht sie in ihre Wohnung und schickt eine Nachricht an die anderen und lädt sie zu einem Geburtstags-Schwimmen ein. Dann checkt sie, ob es E-Mails zu Jamie gibt. Sie hofft, heute sei der Tag. Ihn zu finden ist das einzige Geschenk, das sie sich wirklich wünscht.

Maddy kommt gut gelaunt an den Strand, aber es ist komisch ohne Helga, und als Dominica schildert, wie angeschlagen die Freundin im Krankenhaus war, fühlt sie sich entsetzlich. Claire hat zur Feier ihres Geburtstags einen Kuchen mitgebracht, aber sie sind alle ziemlich niedergeschlagen, und so erzählt Maddy ihnen nichts von ihrer fantastischen Zeit mit Matteo. Es fühlt sich zu aufdringlich an. Zu selbstbezogen.

Um zwölf trifft sie sich mit Matteo, und sie schlendern zu einem Sandwichladen. Gewöhnlich isst sie an ihrem Geburtstag mit Lisa und ihren Freundinnen in einem angesagten Restaurant zu Mittag, aber das hier gefällt ihr genauso gut.

Als sie mit ihrem Imbiss im Park ankommen, hetzt Luna einem Eichhörnchen nach. Die Rosskastanien stehen in voller Blüte. Sie suchen sich einen Platz auf der Wiese, und Matteo breitet für Maddy zwischen den Gänseblümchen sein Jackett aus. Sie wickelt die Sandwichs aus.

Matteo hat die gebräunten, behaarten Beine vor sich ausgestreckt. Sie schlüpft aus den Schuhen, schlägt die Beine übereinander und wippt mit den Füßen in seine Richtung.

»Alles in Ordnung?«, fragt sie. »Du wirkst so still.«

»Ich wollte es dir eigentlich nicht sagen, aber heute Morgen kam die Bestätigung.«

»Wofür?«

»Den Starttermin für den Lehrerjob.«

Sie wusste, dass das bevorstand. Sie hat schon die ganze Zeit gewusst, dass er fortgehen würde, aber nicht erwartet, dass es so wehtun würde. »Wie toll«, bringt sie mühsam heraus, kurz davor, in Tränen auszubrechen.

»Ich weiß. Aber es wird schwer werden.«

Sie nickt und schluckt die Tränen hinunter. Eigentlich sollte sie sich für ihn freuen. Es ist das, was er will. Dennoch weiß sie, es ist der Anfang des Endes von ›ihnen beiden‹.

Sie beugt sich zu ihm und küsst ihn, und dieser Kuss ist bittersüßer als alle Küsse zuvor. Sie merkt, dass er reagiert, und zieht sich zurück, denn ihr ist klar, dass sie wie Teenager wirken müssen, er halb über ihr.

»Lass uns gehen«, flüstert er, und sie nickt.

Als sie bei ihrem Haus ankommen, hasten beide die Treppen hinauf zu ihrem Stockwerk. Matteo lässt Luna vorausrennen und wartet oben an der Treppe auf Maddy, küsst sie, und sie schlingt ihr Bein um ihn. Er hat bereits die Hand unter ihrem T-Shirt.

»Warte«, kichert sie und läuft um die Ecke in ihren Flur. Und erstarrt.

Vor ihrer Tür steht Trent. Er hat einen Strauß rosa Rosen in der Hand. Die gleichen Rosen wie in ihrem Brautstrauß. Was hat er gesehen? Was hat er gehört?

Matteo hat nichts mitbekommen, und Maddy weicht vor seiner neuen spielerischen Annäherung zurück. Sie schiebt sich das Haar hinter die Ohren und versucht, gelassen auf Trent zuzugehen, obwohl ihr die Knie zittern.

Trent trägt enge Jeans und ein Seersuckerjackett, die Ärmel aufgerollt wie aus einer alten Folge von *Miami Vice*. Sie weiß, Steve hat dieses Outfit für ihn ausgesucht, der Geschäftsführer von Paynes, einem Designergeschäft in der Stadt, wo Trent den größten Teil seiner Kleidung kauft. Er trägt nur selten dieselben Sachen zwei Mal. Doch hier, neben Matteo in seinen Ledersandalen, den verblichenen Cargoshorts und dem uralten T-Shirt, wirkt er sehr wie aus dem Ei gepellt. Er starrt erst Maddy, dann Matteo an, vor Schreck steht ihm der Mund offen.

»Trent«, sagt sie. »Das ist eine Überraschung.«

»Ich habe deine Adresse im Amazon-Account gefunden.« Er sagt das, als wäre er ihr auf besonders schlaue Weise auf die Schliche gekommen. Sie hört die Frage in seinem Ton. Sein Blick wandert zu Matteo, und sie weiß, sie muss jetzt vorsichtig sein. Sie sieht deutlich, wie Trents Wangen sich immer dunkler färben.

Sie hat ihren Aufenthaltsort nicht unbedingt vor Trent

geheim gehalten, ist aber überrascht, dass er sich die Mühe gemacht hat, sie aufzuspüren.

»Das ist Matteo«, sagt sie und stellt auch Trent vor. Innerlich windet sie sich vor Verlegenheit, als Trent ihn voll ungezügelter Wut anstarrt.

»Wir sehen uns später«, sagt Matteo und schaut ihr in die Augen, als er den Schlüssel hervorholt und seine Wohnungstür öffnet, doch ihr ist bewusst, dass Trent alles sehr genau registriert.

»Du kommst besser herein.« Sie öffnet die Tür zu ihrer Wohnung.

Trent sieht sie an, dann die aufgestapelten Kartons hinter ihr, tritt aber nicht über die Schwelle.

»Ich bin hergekommen, um ...«, setzt er an. »Und du hast deinen Nachbarn gevögelt?« Seine Wangen sind dunkelrot, als er in Matteos Richtung deutet. »*Ihn? Er ist doch noch ein verdammtes Kind.*«

»Er ist vierzig«, sagt sie abwehrend. »Außerdem hast du kein Recht, mich zu verurteilen.«

Maddy nimmt ihm übel, dass er sie beschimpft, während er doch derjenige ist, der eine Affäre hat. Sie ist sich außerdem schmerzlich bewusst, dass Matteo jedes Wort mithören muss. Trent hatte schon immer eine klangvolle Stimme, und die Wände sind papierdünn. Sie ist an ihn gewöhnt, sie wohnten in einem freistehenden Haus, das es mit seiner raumgreifenden Persönlichkeit aufnehmen konnte, aber hier in diesem schäbigen Wohnblock fühlt sich alles an seiner Gegenwart falsch an – wie ein Hai, der gerade auf ein Riff geraten ist.

»Warum bist du hier?«

Seine Augen funkeln, und er fährt sich mit der Zunge über die Zähne, als wäge er ab, ob er es ihr erzählen soll oder nicht.

»Ich …« beginnt er. »Ach, Scheiße!«
»Was? Sag es mir einfach.«
Er wirkt in die Enge getrieben, und sie kennt ihn gut genug, um zu sehen, dass sein Plan nicht aufgegangen ist.
»Was ich sagen wollte, ich habe erfahren, dass das Geld aus dem Verkauf bald eintrifft. Wir könnten es aufteilen, aber nachdem ich den Kredit zurückgezahlt habe, wäre es vielleicht besser, wir würden den Rest für Miete ausgeben. Gemeinsam. Wir könnten es schaffen, da bin ich mir ganz sicher. Ich habe auch schon ein Haus gefunden. Es liegt direkt neben einem Schwimmbad, du kannst also weiter schwimmen gehen.«

Himmel, er ist wirklich hartnäckig, denkt Maddy. Hat er vergessen, dass es zwischen ihnen vorbei ist? Oder ist ihm gerade aufgegangen, dass er auch ihre Hälfte des Geldes brauchen wird, um sich ein Haus in der Nähe seiner Geliebten leisten zu können? Und was ist mit Helen? Weiß sie, dass er in dieser lächerlichen Mission hier ist? Erwartet er ernsthaft, mit ihr zusammenzuleben, nach allem, was er getan hat? Glaubt er, ein Rosenstrauß werde sie wieder zu Freunden machen? Dass ein stinkender Swimmingpool als Einsatz reicht? Erst nachdem er ihr diesen Vorschlag gemacht hat, wird ihr klar, dass sie am Meer bleiben wird. Komme, was da wolle.

Im Moment hat sie kein Geld, aber mit dem, was für sie übrig bleibt, wird sie ein neues Leben anfangen. Irgendwie. Sie wird es schaffen. Zu ihren eigenen Bedingungen.

»Trent. Ich weiß wirklich nicht, was du von mir erwartest.«

»Liebst du ihn?«, fragt er. »Sag mir einfach die Wahrheit.«

Er klopft nervös mit dem Fuß, wie auch Jamie es immer tat, wenn er sich in die Enge getrieben fühlte. Es ist typisch für Trent, ein männliches Macho-Ding daraus zu machen. Matteo hat mit alldem nichts tun.

»Nein«, sagt sie, errötet aber.

Er reißt die Tür auf und marschiert hinaus. Sie hört, wie er gegen Matteos Tür schlägt.

»Sie liebt dich nicht, Kumpel«, ruft er. »Aber sie ist eine herzlose Kuh.«

Von der Tür aus sieht sie zu, wie er die Rosen auf den Fußboden schmettert und darauf herumtrampelt, dann marschiert er davon, und Maddy starrt ihm nach, verblüfft, dass ihr nicht viel früher aufgefallen ist, wie unreif Trent ist. Er ist so kindisch, seine Pläne sind so schlecht durchdacht.

*Ohne bin ich besser dran.*

Es ist ein Schock, aber sie weiß, dass sie nach dem Ende ihrer Ehe nicht zerstört sein wird. Sie mag Jamie nicht gefunden haben, aber sie weiß, dass sie überleben wird. Und das ist das beste Geburtstagsgeschenk.

## 43
### Seichtes Gewässer

Juni. Das Wetter wird im Lauf der Woche immer besser, und am Wochenende ist es glühend heiß. Claire traut ihren Augen kaum, als sie zum Strand kommt, wo sie mit Tor zum Schwimmen verabredet ist. Maddy hilft Matteo beim Zusammenpacken seiner Wohnung, und Dominica besucht für einen Tag ihre Schwägerin. Pim und die Jungs kleben bei geschlossenen Vorhängen vor einem Spiel. Trotz der vielen Menschen am Strand ist es eine Erleichterung, aus dem Haus zu sein.

»Mein Gott, sieh dir all diese Leute an«, sagt Tor und küsst Claire auf die Wange.

Das Café am Musikpavillon ist brechend voll, und auf der Bühne darüber tanzt eine Salsa-Gruppe, die Paare drehen sich zu lateinamerikanischer Musik. Eine Gruppe Studenten liefert sich auf den öffentlichen Tischtennisplatten eine frenetische Pingpong-Partie, und ein Mädchen in paillettenbesetzten Hotpants tanzt ein elegantes *plié*, ohne auf die Jungen im Teenageralter zu achten, die sich an einem Hindernislauf zwischen den Betonmauern versuchen. Longboarder sausen vorüber, und der Spielbereich ist mit kreischenden Kleinkindern überfüllt, die im Planschbecken herumtoben. Die Eltern lehnen am Zaun und nippen an ihrem Bier. Möwen picken dreist im Abfall, der aus den Mülleimern quillt.

Sie schlängeln sich zwischen den gemächlich umherschlendernden Menschen hinunter zum Wasser, haben aber keine Chance, auch nur in die Nähe ihrer üblichen Stelle zu gelangen. Auf dem Kiesstrand drängen sich dicht an dicht mehr oder minder bekleidete Menschen. Claire weiß zwar, dass sie den Strand den Sommer über mit den Touristen teilen muss, aber derartige Menschenmengen sind ihr zuwider. Das ist eigentlich *ihr* kleines Paradies, doch als sie in die Gesichter der Leute schaut, die sich sonnen und aufs Wasser blicken, kann sie ihnen die kollektive Freude nicht verdenken. Dicker Grillrauch hängt in der Luft, Bierdosen werden knallend geöffnet, und aus einem Lautsprecher dringen Reggae-Klänge.

Die weite Sandfläche reflektiert die Sonnenstrahlen. Claire sieht blinzelnd zwei Hunden zu, die einander begeistert jagen. Weiter draußen sieht man jede Menge Stand-up-Paddler, und ein paar Jetski-Fahrer lassen vor den Bojen das Wasser aufschäumen.

Die Frauen finden eine Stelle, wo der Kies in Sand übergeht; bis zum Tidenwechsel wird es noch eine Weile dauern.

»Es ist ungewohnt ohne Handschuhe. Ich hätte nie gedacht, dass ich das kalte Wasser vermissen würde«, sagt Tor, »aber es fehlt mir tatsächlich.«

»Mir auch. Ich bin froh, dass Helga nicht dabei ist. Sie hasst solche Menschenmengen.«

»Wie geht es ihr eigentlich? Weißt du Näheres?«

»Laut Maddy geht es ihr langsam besser«, berichtet Claire, schaltet ihr Telefon aus und steckt es mit den Schlüsseln in den Schwimmsack. Tor tut es ihr nach. Wenn es so voll ist, können sie keine Wertgegenstände am Strand liegenlassen. »Offenbar ist ihre Operation gut verlaufen.«

»Ist sie noch eine brave Patientin?«, fragt Tor. »Als ich sie besuchte, hat sie sich beschwert.«

»Ich hoffe, dass sie bald entlassen wird«, meint Claire. »Sie wird sonst verrückt.«

Die Sonne brennt herab, und sie weiß, dass die faltige Haut in ihrem Ausschnitt später von der Sonne verbrannt sein wird. Sie sieht stirnrunzelnd zu Tor, dann verziehen sie beide das Gesicht, weil es einfach schrecklich ist, dass so viele Menschen gleichzeitig im Wasser sind. Sie gehen weiter, und als ihr das Wasser bis zur Hüfte reicht, stürzt Claire sich hinein und fängt an zu schwimmen. Sie schwimmen stramm hinaus und machen erst an der Boje eine Pause.

Claire ist außer Atem, aber das Schwimmen tut ihr gut, und es tut auch gut, sich von den vielen Menschen zu entfernen.

»Ah, das habe ich gebraucht«, sagt Tor und legt sich rücklings ins Wasser. Ihr Haar umgibt sie wie ein Heiligenschein. Sie erinnert Claire an das berühmte Gemälde von Millais, auf dem die tote Ophelia im Wasser treibt. »Es war eine harte Woche.«

»Oh?«

»Lotte.«

»Was ist los?«

Tor erklärt, dass sie beide kratzbürstig und nervös waren. »Das Übliche. Sie ist sauer auf mich, weil ich meiner Familie nicht von uns erzähle. Aber sie versteht das nicht.«

Claire erinnert sich, wie Lotte sagte, sie werde nicht wahrgenommen.

»Als Pim und ich ein Paar wurden, wollte er seiner Familie nichts von mir erzählen. Das hat mich wirklich sehr verletzt. Dabei wollte ich doch nur akzeptiert werden.«

»Und – haben sie dich akzeptiert?«

»Mit der Zeit. Aber es hat gedauert und die Beziehung zwischen Pim und mir ziemlich belastet. Bis ich begriffen habe, dass es keine Rolle spielen würde, wenn sie es nicht täten.«

»Wie das?«

»Weil Pim darauf beharrte, dass es ihm egal sei, wie sie zu uns standen. Dass das, was wir miteinander hatten, größer für ihn war. Er hätte seine Familie freiwillig für mich aufgegeben.«

»Wirklich?«

»Ja. Und als sie dann sahen, wie sehr er mich liebt, haben sie ihre Einstellung geändert.«

Claire fällt auf, wie lange sie nicht mehr an jene Anfangstage gedacht hat. Sie hatte damals sehr mit der Zurückweisung durch Pims Familie zu kämpfen, nicht nur von ihr, sondern auch von Pim, den es, wie sie wusste, noch sehr viel härter getroffen hatte. Doch Pim hatte weiterhin unerschütterlich treu zu ihr gestanden. Seine Liebe war so stark gewesen. So nobel. Das ist sie immer noch, denkt sie. Nur ein bisschen angestaubt.

»Wenn du Lotte liebst, musst du es offiziell machen«, sagt Claire. »Sie könnten dich nämlich überraschen ... deine Familie.«

»Graham wird furchtbar reagieren. Er ist mein Idioten-Schwager.«

»Und? Wen interessiert, was er denkt?«

»Alice interessiert es.«

»Aber du und deine Gefühle werden ihr wichtiger sein. Ich habe zwei Schwestern, und wenn ich eines weiß, dann, dass unsere Beziehungen komplex sind und sich immer wieder verändern, aber die Liebe ist immer da. Am Ende wird Alice nur das wollen.«

Tor überlegt kurz. »Vielleicht. Ich bin so daran gewöhnt, mir über Graham und wie wenig ich ihn leiden kann Gedanken zu machen, aber du hast recht. Dieses Schwestern-Ding ist komplex. Außerdem, wenn es ganz schlimm kam, war Alice tatsächlich immer für mich da.«

»Dann gib ihr einen Vertrauensvorschuss«, empfiehlt Claire, und Tor nickt.

Sie schwimmen zurück zum Strand, und plötzlich streift etwas Claires Bauch.

»O mein Gott«, ruft sie.

»Was ist?«

»Da ist was ...« Claire hält inne und prustet vor Lachen. Sie greift unter sich und stellt fest, dass sie auf Grund geschwommen ist. »Ich dachte ... ich dachte, ich würde von einem Fisch angegriffen, aber schau.« Sie richtet sich auf. Das Wasser ist knöcheltief. Sie müssen beide lachen.

Sie lächeln noch immer, als sie zu ihren Sachen zurückkommen und Tor ihr Telefon aus dem Schwimmsack holt, um ein Foto zu machen, das sie den Sea-Gals schicken können. Als sie es einschaltet, runzelt sie die Stirn.

»Drei verpasste Anrufe. Das ist komisch.«

»Und von wem sind sie?«

Tor starrt auf den Bildschirm.

»Was ist los?«

»Meine Organisation wurde für einen Gemeinde-Helden-Preis nominiert.«

»Tor, das ist doch fantastisch«, sagt Claire.

»O mein Gott, ich fasse es nicht!«

»Aber du verdienst es.« Claire umarmt die Freundin, und Tor quietscht vor Aufregung. Es ist wunderbar, sie so glücklich zu sehen, denkt Claire. Sie möchte ihr gern verraten, wer sie nominiert hat, wird aber damit warten, bis die anderen dabei sind.

»Das muss ich Lotte erzählen«, sagt Tor.

»Dann los.«

Tor wählt Lottes Nummer, doch Lotte antwortet nicht. »Oh, das halte ich nicht aus. Ich muss es loswerden.«

»Ich schätze, das muss gefeiert werden«, sagt Claire. »Komm, wir rufen alle zusammen und gehen ins Pub.«

Sie umarmen sich erneut.

»O mein Gott, ich fasse es nicht«, wiederholt Tor. Sie kann gar nicht mehr aufhören, vor Freude zu strahlen.

Als Claire nach Hause kommt, ist sie in Gedanken immer noch bei ihrem Treffen mit Tor. Sie findet Pim im Wohnzimmer vor. Er korrigiert gerade und nimmt sie kaum wahr.

»Kann ich mit dir reden?«, fragt sie.

»Worüber?« Er blättert eine weitere Seite um.

Sie klappt die Mappe vor seiner Nase zu.

»He«, beschwert er sich und sieht sie finster an. »Ich habe gerade darin gelesen.« Dann verschränkt er die Arme vor der Brust. »Ich höre. Worum geht's?«

»Nun, um die Art und Weise, wie wir kommunizieren.«

»Kommunizieren?«, wiederholt er, wie um zu prüfen, ob sie weiß, was das Wort bedeutet. Sie ignoriert seinen Tonfall, der ihr gegen den Strich geht.

»Ich möchte, dass wir uns über die Dinge unterhalten, die uns wichtig sind.«

»Wir unterhalten uns die ganze Zeit.«

»Tun wir das?« Sie starrt in sein vertrautes Gesicht und sieht die Überraschung darin. Er rutscht unbehaglich auf seinem Stuhl herum. »Ich finde nicht, dass wir das tun. Also, ganz ehrlich, ich weiß nicht, wie du zu mir oder zu dieser Ehe stehst.«

Sie hatte eigentlich nicht so etwas Pompöses sagen wollen – etwas so Gewichtiges. Es ist fast, als betrete sie geheiligten Boden, wenn sie ihn bittet, über ihre Ehe zu diskutieren, aber jetzt, nachdem sie es ausgesprochen hat, fühlt es sich an, als hätte sie in einem vergessenen Zimmer das Licht angeknipst.

»Was? Was um alle Welt hat dir diesen Eindruck verschafft?«

»Viele Dinge.«

»Zum Beispiel?«

Claire setzt sich auf den Stuhl neben ihm.

»Zum Beispiel ... ich weiß auch nicht. Wann haben wir uns zum letzten Mal unterhalten? Nur wir beide, ohne dass es um den Haushalt ging?« Er ist verblüfft. »Ich mache dir keinen Vorwurf. Ich schätze, du kommst dir ebenfalls einsam und isoliert vor.«

»Du bist einsam?«, wiederholt er. »Aber wir sind doch die ganze Zeit zusammen.«

»Sind wir das wirklich? Wenn ich ehrlich bin, fühle ich mich schon länger ein bisschen verloren. Als sei ich unsichtbar.«

»Aber das bist du nicht. Du sorgst für uns alle.«

»Ausschließlich. Ich kaufe ein, ich koche und putze, aber die halbe Zeit komme ich mir vor wie eine Hausklavin, während du zur Arbeit gehst und in der restlichen Zeit Fortnite spielst.«

»Ich habe nur versucht, die Jungs zu beschäftigen.« Er reagiert abwehrend, und sie seufzt.

Das hier läuft nicht wie erhofft. Sie wirkt wie die eifersüchtige Ehefrau. Doch dann erinnert sie sich an Dominicas Worte: Alle Gefühle seien wahr, und sie müsse dazu stehen. Sie wird sich nicht entschuldigen. Doch es ärgert sie, dass sie so ins Detail gegangen ist, wo sie eigentlich nur das Grundsätzliche ansprechen wollte. Aber sie ist entschlossen, nicht lockerzulassen.

»Und was ist mit dir?«, fragt sie.

»Was soll mit mir sein?«

»Aus deiner Perspektive. Was ist falschgelaufen?«

»Falsch?«

»Jetzt komm schon. Wir laufen nicht auf allen Zylindern, oder? Nicht so, wie wir es könnten. Nicht so wie früher.«

Er seufzt. »Du wirkst ... ich weiß nicht. Distanziert. Ich wollte dir Freiraum lassen. Es ist schwierig, nachts mit dir zu schmusen.«

»Ich weiß«, sagt sie. »Das sind die Hormone. Die Menopause.«

»Bekommst du keine Hormonersatztherapie?«

»Die würde ich wahrscheinlich bekommen, aber zuerst will ich es anders versuchen. Aber es geht mir um mehr als um meine körperlichen Veränderungen.«

»Um was denn?« Pim ist verwirrt. »Sag mir einfach, was du mir sagen willst.«

»Na ja, ich habe in den letzten Monaten sehr viel nachgedacht. Ich stehe am Beginn meiner zweiten Lebenshälfte. Ich liebe dich, und ich liebe die Jungen, aber ich will mehr. Ich möchte Erfüllung. Ich möchte, dass mein Leben einen Sinn hat. Ich möchte Menschen helfen und etwas tun, das Wirkung hat. Nicht nur hinter euch herräumen.«

Sie hat so lange nicht mehr laut ausgesprochen, was sie will; es ist zwar beängstigend, aber auch beglückend, es endlich zu tun. Als säße sie auf einer Wasserrutsche und könnte nicht stoppen.

»Außerdem möchte ich respektiert werden. Als Frau. Ich fühle mich häufig nicht wertgeschätzt, und ich möchte nicht niedergeschrien werden. Ich kann es nicht ertragen, wenn wir uns streiten.Und ich möchte, dass wir als Eltern zusammenarbeiten.«

Sie zittert. Pim hat schweigend zugehört, er steht auf.

»Das hast du alles in dich hineingefressen?«

Sie nickt.

»Sonst noch etwas?«

»Ja«, sagt sie und erhebt sich ebenfalls. Jetzt oder nie. Sie muss alles loswerden. »Du weißt, wir haben seit ... so lange

nicht mehr spontan miteinander geschlafen, ich kann mich schon gar nicht mehr an das letzte Mal erinnern. Früher hast du mich ständig geküsst. Sogar als die Jungen klein waren.«
Sie flattert innerlich, als sie diese Worte ausspricht. Er blickt sie mit großen Augen an.
»Ich werfe dir das nicht vor. Es liegt auch an mir. Irgendwie kam das Leben dazwischen, und wir haben den Versuch aufgegeben.«
Sie spürt, wie Tränen ihr die Kehle zuschnüren, aber sie ist entschlossen, nicht zusammenzubrechen. Eine einsame Träne fällt dennoch, und sie wischt sie wütend weg.
»Claire«, sagt Pim sanft.
»Und ich will nicht emotional werden. Ich will nicht, dass du denkst, ich sei ein einziges hormonelles Durcheinander. Vielleicht bin ich das manchmal, aber nicht immer. Und ganz bestimmt nicht jetzt. Ich versuche einfach nur, dir zu sagen, wie ich mich fühle, und das ist schwer, weil ich das schon so lange nicht mehr getan habe.«
»Es tut mir leid.« Er geht auf sie zu. »Ich hatte keine Ahnung.«
»Du musst es doch auch spüren? Dass wir uns voneinander entfernt haben. Dass wir uns von dem entfernt haben, was uns so großartig gemacht hat. Denn wir waren großartig, Pim. Wirklich großartig.«
»Ich weiß.«
»Mir ist klar, dass es eine Pandemie gab und jeder alles schwierig fand«, sagt sie, »aber ich will nicht, dass wir einander verlieren.«
»Ich auch nicht.« Er nimmt ihre Hand und streicht über den Ehering an ihrem Finger. »Wie reparieren wir das?«
»Indem wir reden. Indem wir Pläne machen. Über Träume diskutieren.«

»Ich weiß nicht, ob ich überhaupt noch Träume habe. Ich habe das Gefühl, als hätte man sie aus mir herausgeprügelt.«

»Dann sollten wir neue träumen. Lass uns wie früher über all die Dinge nachdenken, die wir tun und sein könnten. Wie wir unser Leben so leben, dass wir zusammenwachsen, nicht auseinander.«

Er nickt. »Das würde mir gefallen. Ich fürchte aber, dass ich vergessen habe, wie es geht.«

Sie berührt sein Gesicht. »Du hast es nicht vergessen. Du bist Pim. Mein Träumer.«

Und während sie ihm in die Augen blickt, erkennt sie, wie verletzlich und furchtsam er ist, und sie erkennt die Barrieren, die sie beide errichtet haben, um die Schrecken der sich stetig verändernden Welt zu bewältigen. Doch dies hier ist ihr Pim – der Mann, der bereit war, seiner eigenen Familie der Liebe wegen den Rücken zu kehren. Er ist ihr Fels in der Brandung, und fast wäre er ihr fremd geworden, doch jetzt empfindet sie seine Anziehungskraft stärker denn je.

Sie macht einen Schritt auf ihn zu, und er nimmt sie in die Arme.

»Ich habe dich vermisst«, flüstert er, und plötzlich spürt sie ein erwartungsvolles Kribbeln im Bauch.

Hinter ihnen geht die Tür auf, und Pim erstarrt. Es ist Ash.

»Widerlich«, sagt Ash und starrt sie an.

Pim wirft ihm einen bösen Blick zu, worauf Ash einen Rückzieher macht. Pim versetzt der Tür einen Tritt, die krachend ins Schloss fällt.

»Wo war ich gerade?«

Er zieht sie wieder in seine Arme, dann sind seine Lippen auf ihren. Tastend anfangs, doch dann in einem richtigen

Kuss, der sich anfühlt wie der allererste Kuss. Ein Teenagerkuss. Ein Kuss, eine ziemlich lange Einstellung und in Zeitlupe.

»Gott, du hast recht. Warum haben wir nicht gevögelt? Wir sind doch so gut darin«, flüstert er.

»Ich weiß«, sagt sie. »Ich weiß.«

## 44
## Von der Seebrücke

Auf der Toilette bei den Samaritern legt Dominica zum ersten Mal seit über einem Jahr Wimperntusche für den Abend mit den Sea-Gals auf. Ohne Helga wird es allerdings nicht dasselbe sein, sie muss sich noch erholen, ist aber guter Dinge. Dominica hat mehrere Male mit Helgas Nichte Mette gesprochen, die gern kommen würde, doch Helga hat es ihr strikt verboten.

Dominica versteht Mettes Enttäuschung, sie versteht aber auch, warum Helga will, dass sie bleibt, wo sie ist. Sie hat tausend Pläne für eine »Lösung«, als wäre Helga ein Problem. Vor allem ist sie entschlossen, sie nach Dänemark zurückzuholen. Sollte Helga da nicht ein Mitspracherecht haben? Die Ansichten Mettes und Dominicas könnten nicht verschiedener sein. Doch Dominica ist überzeugt, dass Mette, wenn sie Helga erst einmal im Meer in Aktion sähe, ihre Meinung schnell ändern würde. Andererseits wird ihr bei ihrer Freiwilligenarbeit immer wieder vor Augen geführt, dass Familien häufig Orte sind, wo die Menschen einander überhaupt nicht erkennen.

Sie betrachtet sich in ihrem winzigen Spiegel und versucht, die verschmierte Tusche abzuwischen. Früher war sie so gut darin, Make-up aufzulegen, doch mit Chris war sie auch ständig ausgegangen. Sie denkt an die Paare, mit denen sie immer das Pub-Quiz gespielt haben und die sich im Lauf des letzten Jahres langsam zurückzogen. Damals war sie die Königin des schnellen Aufbrezelns gewesen. Nach der Rückkehr von der Arbeit konnte sie innerhalb von zehn Minuten umgezogen und komplett geschminkt sein. Sie war stolz gewesen auf diese Entschiedenheit, aber dieses Talent scheint eindeutig verloren zu sein. Sie kommt nicht einmal mehr mit Wimperntusche zurecht.

Es ist nur ein Abend im Pub, aber sie hat sich viermal umgezogen, bevor sie zu ihrer Schicht geradelt ist. Das Problem ist, dass so viele Kleidungsstücke sie an Chris erinnern. Sachen, die sie nie wieder tragen wird. Ihren Schrank durchzusehen gleicht einer Zeitreise. Etliche Teile müssen zum Wohltätigkeitsladen gebracht werden, vorerst hat sie sie mitten auf dem Schlafzimmerfußboden auf einen Stapel geworfen. Sie freut sich nicht besonders darauf, den Haufen nach dem Pub zu sortieren, aber wenigstens hat sie einen Anfang gemacht.

Sie geht zurück zu ihrer Kabine und schaut schnell auf die Uhr und dann zu Bill. Es ist zwanzig nach neun, und bis zum Ende ihrer Schicht sind es nur noch zehn Minuten; vielleicht hat er nichts dagegen, wenn sie sich jetzt davonstiehlt. Sie denkt an die anderen im Pub und wie sehr sie sich darauf freut, mit ihnen zu plaudern und Tors Nominierung zu feiern. Doch Stuart, der Freiwillige, der sie ablösen soll, verspätet sich, müsste aber jede Sekunde auftauchen.

Sie starrt auf die Konsole und weiß, dass die Anrufer Schlange stehen, weiß, dass verzweifelte Menschen auf Hilfe warten. Sie weiß, dass sie ein Risiko eingeht, ihren Status auf ›Bereit‹ zu stellen, weiß aber auch, dass es das Richtige ist. Ein Gespräch mehr kann nicht schaden, auch wenn Gespräche um diese nächtliche Uhrzeit selten kurz ausfallen.

Am anderen Ende ist ein junger Typ, er sagt hallo und schweigt. Im Hintergrund sind Möwen zu hören. Er ruft von irgendwo draußen an. Das ist nie ein gutes Zeichen.

Dominica horcht genau hin, dann hört sie den Anrufer schluchzen. Sie hat häufig mit in Tränen aufgelösten Menschen zu tun und lässt dem Anrufer Raum, bevor sie etwas sagt.

»Können Sie mir ein wenig erzählen, was Sie so traurig macht?«, fragt sie.

»Alles.«

»Das tut mir sehr leid.«

»Sie verstehen das nicht.«

»Ich würde es aber gern verstehen, auch wenn ...«

»Alles ... alles ist beschissen.«

»Es ist okay. Wir alle verlieren von Zeit zu Zeit den Überblick. Wo sind Sie? Es klingt, als wären sie im Freien?«

»Ich bin auf der Seebrücke.«

Sie nimmt Stift und Papier und macht sich ein paar Notizen. Meist sind die Anrufe anonym, und sie sollen eigentlich nicht nach Namen und Orten fragen. Orte spielen kaum eine Rolle, da alle Anrufer über eine nationale Nummer geleitet werden und aus dem ganzen Land kommen. Sie hatte auch schon Anrufe aus dem Ausland. Verzweiflung kennt keine physischen Grenzen. Sie ist überall.

Dominica blickt auf ihre Armbanduhr. Sie weiß, dass die meisten Seebrücken abends schließen – diejenigen, die überhaupt noch geöffnet sind.

»Ich mag Seebrücken. Es gibt eine in Brighton«, sagt sie.

»Genau da bin ich«, sagt der Typ.

Dominicas Stift verharrt über dem Papier. »Sie meinen, auf dem Palace Pier?«

Ein langes Schweigen folgt. Dominica kann das Meer jetzt deutlicher hören. »Es ist ... ich kann das Wasser sehen ... es ist nur so dunkel ...«

Ihr Herz rast. Blickt er hinunter ins Wasser? Denn wenn er das tut, beugt er sich entweder über das Geländer oder ist bereits ganz und gar auf der falschen Seite.

»Ist jemand bei Ihnen?«, fragt sie und zwingt sich zu einem ruhigen Ton.

»Nein.«

Er schluchzt kurz auf, und Dominica packt das Telefon fester. Sie darf ihn nicht verlieren. Sie muss ihn am Reden halten.

»Sagen Sie meiner Mum ... sagen Sie ihr, dass es mir leidtut«, flüstert er.

Dominica spürt, wie sich ihre Nackenhaare sträuben. Sie steht auf, hält das Telefon mit beiden Händen. Diese Art von Verzweiflung hat sie schon einmal erlebt. Sie muss ruhig bleiben. Sie blickt verzweifelt zu Bill hinüber, doch er ist in der anderen Kabine und wendet ihr den Rücken zu.

»Können Sie mir etwas über Ihre Mum sagen?«

»Sie ist ...«

Er verstummt, und plötzlich sind das Meer und die kreischenden Möwen sehr laut.

»Wie wäre es für Sie, selbst mit ihr zu sprechen?«

»Es ist zu spät.«

Dominica hört die Verzweiflung in seiner Stimme. »Das hätte nie passieren sollen. Ich hätte eigentlich ...«

»Hätte was ...?«

»Sie wollte so viel für mich, aber ich habe alles vermasselt. Ich habe es vermasselt, und es gab keinen Weg zurück. Und ...«

»Gut, ich verstehe, dass Sie außer sich sind, aber wir können das lösen. Warten Sie einen Moment ...«

»Sagen Sie ihr einfach ... sagen Sie ihr, dass es Jamie leidtut.«

»Jamie?« Dominica spürt, wie ihr Herz hämmert. Das kann nicht sein ... es kann doch nicht Maddys Jamie sein, oder? »Ist das Ihr Name? Ein wirklich schöner Name.«

Sie weiß, dass sie nicht fragen soll, aber sie tut es, sie kann nicht anders. »Wie lautet Ihr Nachname, Jamie?«

»Wolfe. Meine Mum ist ...«, er schluckt. Es klingt wie ein Schluchzen. »Maddy.«

Er ist es.

Es ist Maddys Jamie. *Scheiße, o Scheiße, o Scheiße ...*

Im Geist sieht Dominica Jamie von der Seebrücke ins dunkle Wasser starren, ihr Herz klopft so heftig, dass sie es in den Ohren spürt.

Er lebt.

Aber er ist in Gefahr.

Sie blickt zu Bill, der sich jetzt umdreht und womöglich ihre Panik sieht, deshalb wendet sie sich rasch ab und versucht nachzudenken. Sie weiß, wenn die Situation so ernst ist, wie sie glaubt, und Jamie sich in Gefahr bringen könnte, muss sie ihn weiterreichen. Bill wird die Polizei und die Küstenwache anrufen müssen, doch stattdessen zieht sie ihr Mobiltelefon aus der Hosentasche. Wortlos tippt sie auf das WhatsApp-Icon. Sie weiß, es ist ein Verstoß gegen jede Regel, gegen jede Handlungsanweisung. Sie weiß, dass man sie danach zum Ausscheiden aus dem Freiwilligendienst auffordern könnte, aber sie kann einfach nicht anders.

»Dringend«, schreibt sie im Sea-Gals-Chat. »Habe Jamie am Apparat. Er ist auf der Seebrücke. JETZT. Holt Hilfe.«

Und dann tippt sie auf ›Senden‹.

## 45
## Im Flug

Der Barkeeper kommt mit einer neuen Weinflasche an ihren Tisch und tauscht sie gegen die leere in dem Kühler aus, doch Tor zählt nicht mit. Ihr ist schummrig, sie ist beschwipst und glücklich. Es ist so schön, im Pub zu sitzen, umgeben von fröhlichem Geplauder. Der Himmel ist dunkel, und Lichterketten funkeln zwischen den Bäumen. Maddy und Claire stoßen mit ihr an, und Tor durchflutet eine Woge der Zuneigung für ihre Freundinnen. Maddy sieht fantastisch aus in der blauen Jacke und mit der schönen Kette, und Claire hat sie kaum wiedererkannt, als sie hereinkam. Sie trägt schmeichelhafte Jeans und ein weites Oberteil, das ihr beeindruckendes Dekolleté betont. Sie sieht sexy aus und mindestens zehn Jahre jünger als bei ihrer ersten Begegnung. Lottes Frisur steht ihr wirklich gut, und für den heutigen Abend hat Claire ihre Haare extra geföhnt. Als sie das Pub betrat, drehten sich etliche Köpfe nach ihr um. Und auf Tors Frage nach ihrem Geheimnis erwiderte Claire, Helga habe recht gehabt, alles, was sie brauche, sei guter Sex, worauf alle lachen mussten. Und dann gibt sie Geschichten von ihrer ersten Begegnung mit Pim zum Besten. Tor kann sich nicht erinnern, sie je so aufgeweckt und witzig erlebt zu haben.

Sie haben sich gerade Wein nachgeschenkt, als Maddys und Claires Telefone gleichzeitig plingen. Wahrscheinlich Dominica, die ihnen mitteilt, dass sie unterwegs ist, denkt Tor. Eine Schande, dass sie die erste Flasche verpasst hat.

Tor stellt fest, dass auch ihr Telefon vibriert. Sie nimmt es, liest Dominicas Nachricht, und ihr Lächeln schwindet.

»O Gott«, sagt sie.

Auch Maddy liest sie, springt auf und stößt dabei ihr Glas um. »Oh ... oh ...«

»Sie hat Jamie dran. Oh ... oh!«, ruft Claire und hält sich die Hand vor den Mund. Sie starrt Maddy an, die aufstöhnt. Die Atmosphäre verändert sich, die Gäste an den anderen Tischen drehen sich zu ihnen um.

»Bleib ruhig«, sagt Tor, die sieht, dass Maddy drauf und dran ist, die Nerven zu verlieren.

»O mein Gott, o mein Gott«, ruft Maddy. Sie zittert am ganzen Körper.

»Hör zu, wir müssen schnell sein«, sagt Tor.

Claire sieht aus, als sei sie sehr schnell nüchtern geworden. »Ich rufe die Küstenwache an.«

»Ich die Polizei«, sagt Maddy. »Und ein Taxi ... ich brauche ein Taxi ... ein Taxi ...« Ihre Stimme wird hysterisch.

»Ich gehe sofort los«, sagt Tor. »Wir treffen uns dort.«

Tor hat Lottes Fahrrad dabei, und noch bevor Maddy bei der Polizei durchgekommen ist, tritt sie bereits in die Pedale in Richtung Seebrücke, dem Palace Pier. Sie hofft, dass Maddy vor ihr da ist, doch sie ist die Erste am Eingang zum Pier mit seinen zugenagelten Verkaufsständen und dem großen schwarzen Tor.

*Wo zum Teufel ist der Sicherheitsdienst, wenn man ihn braucht?*, denkt sie, als sie vom Fahrrad steigt und am Tor rüttelt. Der Pier ist geschlossen und niemand zu sehen.

»Hallo? Ist da jemand?«, ruft sie, doch die Brücke ist dunkel. »Scheiße.«

Sie sucht nach einem Zugang, doch von hier vorn geht es nicht. Sie hastet an der Telefonzelle vorbei, schließt das Rad rasch an die Balustrade und läuft die Treppe hinunter. Von hier aus wirkt die Seebrücke riesig, wie sie da auf ihrem Stahlgitterwerk aus dem Meer aufragt. Die Lichter des Palace Pier sind ausgeschaltet, nur ein paar Sicherheitsleuchten bescheinen geisterhaft die Kuppel und die Umrisse der Fahrgeschäfte am Ende. Sie rennt die letzten Stufen zum Strand hinunter. Sie wird hinaufklettern müssen. Sie hangelt sich auf die nächste Verkaufshütte und überquert auf allen vieren das Dach des Gebäudes daneben. Mit Mühe schafft sie es über die Lücke, und ihre Finger finden die Kante der Brücke. *Gott sei Dank funktionieren meine Finger heute, und ich bin nicht mitten in einem Schub.*

»Nicht runterschauen«, befiehlt sie sich, als sie einen Augenblick lang gefährlich in der Luft hängt.

Dann ist sie auf der Brücke und schwingt die Beine über das Geländer. Sie schwitzt und keucht, als ihre Füße die hölzernen Planken berühren. Sie winkt in die Sicherheitskameras. Hoffentlich sieht es jemand. Hoffentlich kann jemand helfen.

Sie öffent noch einmal den Chat. Redet Dominica immer noch mit Jamie? Sie schickt eine Nachricht, dass sie da ist. Dominica antwortet sofort: »Ich glaube, er ist ganz hinten.«

Tor sprintet über die hölzerne Brücke. Normalerweise wird ihr immer übel, wenn sie durch die Spalten zwischen den Brettern unter sich das Meer sehen kann. Es ist unheimlich still, die weißen Donut-Buden wirken gespenstisch in der Dunkelheit. Die Bäuche der Möwen schimmern hell vor dem Himmel. Ein gelber Mond wirft eine Bahn aus Licht über das dunkle Meer. Sie läuft an der grellen Fassade des Geisterhauses vorbei, an der Achterbahn und der Berg-und-Tal-Bahn, doch von Jamie keine Spur. Sie steht am letzten Fahrgeschäft – dessen riesiger gelber Arm über ihr aufragt. Wo ist er?

»Jamie?«, ruft sie, doch es geht kaum ein Wind. Ihre Stimme klingt laut, aber flach, und sie weiß, sie hat nicht weit getragen. Nur Möwengeschrei kommt zurück.

Sie läuft in die andere Richtung, vorbei an den Trampolinen und der Wildwasserbahn, und ihre Augen wandern prüfend über die Lücken.

*O Gott, bitte lass mich ihn finden.*

Sie geht weiter, am Münzkiosk und dem Delfin-Derby vorbei – dann fällt ihr etwas auf. Drüben beim Karussell ist ein Teleskop, und daneben eine schattenhafte Gestalt. Ein Mensch sitzt auf dem Geländer, das Gesicht dem Meer zugewandt.

Sie nähert sich vorsichtig, erkennt, dass es ein Mann ist. Unter der Kapuze seines Baumwollhoodies hält er ein Telefon ans Ohr. Er ist es. Er muss es sein.

»Jamie?«

Er dreht sich um. Er hat strähniges langes Haar und lauter Stoppeln im Gesicht. Seine Augen liegen tief in den Höhlen. Er kommt ihr vage bekannt vor.

Sie ist jetzt direkt hinter ihm; seine Hüften sind so mager, dass er wie ein Schatten wirkt, als könnte er ihr einfach entschlüpfen und davonschweben wie ein Körnchen Ruß.

Sie bleibt stehen, aus Angst, er könnte hinfallen. »Jamie«, wiederholt sie.

»Woher kennen Sie meinen Namen?«

»Komm bitte einfach her, dann erkläre ich es dir«, antwortet Tor ruhig, obwohl ihr Herz hämmert. Sie hält ihm die Hand entgegen, damit er sicher auf die andere Seite des Geländers gelangen kann.

Sie sieht, dass sie ihn verwirrt hat. Er blickt erst auf sein Telefon, dann auf Tor, als könnte er beides nicht zusammenbringen. Wie auch?

»Bitte komm herüber auf diese Seite. Dann können wir reden«, sagt Tor, und jetzt, aus der Nähe, bemerkt sie das Entsetzen in seinem Gesicht. Er sieht aus wie Maddy, denkt sie, als ihr die Ähnlichkeit aufgeht. Am liebsten möchte sie ihn einfach packen, an sich ziehen und festhalten, bis Maddy da ist. Sie möchte, dass er weiß, wie sehr sie versucht haben, ihn zu finden, und sie lächelt, hält ihm immer noch ihre Hand hin, doch er schüttelt den Kopf. Er lässt sein Telefon fallen, das vor Tors Füßen landet.

»Es ist okay, es ist okay. Ich habe es.« Tor bückt sich, um das billige Telefon aufzuheben, doch in dem Moment hört sie Maddy, die atemlos über den Holzsteg hetzt, einen Wachmann hinter sich.

»Jamie!«, schreit sie. »Jamie!«

»Mum?«

Tor sieht, wie Jamie Maddy wahrnimmt, die Arme ausstreckt, auf dem Geländer aber das Gleichgewicht verliert und plötzlich verschwindet.

»Nein!«, brüllt Maddy.

Sie läuft zu Tor, die aufspringt und sich über das Geländer beugt. Weit unten spritzt Wasser auf. Tor lehnt sich weit über die Kante und sucht mit den Augen das dunkle Wasser ab, wartet darauf, dass Jamie auftaucht.

»O Gott«, sagt sie. »O Gott, nein ...«

Tor wendet sich zu Maddy, aber die klettert bereits über das Geländer.

»Maddy, warte«, drängt Tor und versucht, sie zurückzuhalten, aber Maddy schüttelt sie ab.

»Was tun Sie da?« Der Wachmann rennt mit einer Taschenlampe auf sie zu.

»Ich kann ihn nicht noch einmal verlieren«, sagt Maddy. »Das kann ich nicht, Tor.«

»Nein!«, schreit Tor, aber dann geht alles sekundenschnell.

Maddy fliegt.

# 46
# Aale

Während sie durch die Luft fliegt, hat Maddy genug Zeit, die muschelverkrusteten schwarzen Eisenstreben der Seebrücke wahrzunehmen und sich an Helgas Geschichten von den Aalen zu erinnern, die dort im Wasser leben. Und dann trifft sie mit einem Schlag auf dem Wasser auf, so hart, als wäre sie gegen eine Wand gelaufen.

Sie bleibt ewig unter Wasser und tritt energisch mit den Beinen, um wieder an die Oberfläche zu kommen. Ihre Lungen kreischen, als sie auftaucht und keuchend Luft holt. Das Wasser ist eiskalt, und sie hyperventiliert, spürt aber kaum etwas. Sie merkt, wie eine ihrer Sandalen vom Fuß rutscht, als sie von der Dünung hochgehoben wird.

»Jamie«, ruft sie, sobald sie zu Atem gekommen ist, aber sie hat Meerwasser geschluckt, keucht und hustet. Eine Haarsträhne hängt ihr in die Augen, und sie streicht sie beiseite. »Jamie?«

Das Meer wirkt gewaltig und dunkel im Mondschein. Nie hat sie sich winziger gefühlt – oder panischer. Ihr Körper rauscht vor Adrenalin, und ihre Zähne klappern, während sie das Wasser absucht.

Vage nimmt sie wahr, dass in der Ferne jemand schreit, und als sie nach oben schaut, sieht sie Tor und den Wachmann. Tor ruft etwas, aber Maddy kann die Worte nicht verstehen. Der Wachmann wirft einen orangefarbenen Rettungsring herunter, sie schwimmt darauf zu und bekommt ihn knapp zu fassen.

Tor schreit jetzt lauter, Maddy hört sie allerdings nur schwach, sieht aber, dass sie auf etwas deutet, folgt mit dem

Blick ihrem ausgestreckten Arm und glaubt für eine Sekunde, eine Hand über der Wasseroberfläche zu erkennen, doch einen Moment später ist sie von der Dünung wieder verdeckt.

Sie schwimmt, strampelt ihre andere Sandale ab, um schneller voranzukommen, und zieht den Rettungsring hinter sich her. Dann sieht sie Blasen an der Wasseroberfläche, holt tief Luft und taucht, sucht im Dunkeln mit offenen Augen, die vom Salzwasser brennen. Würgend und spuckend kommt sie wieder hoch, aber ihr Fuß hat etwas berührt. Sie taucht noch einmal, ihre Ohren schmerzen von dem Druck, doch sie zwingt sich, mit ausgestreckten Armen tiefer zu gehen und um sich zu tasten, während sie innerlich betet. *Bitte mach, dass er es ist.* Und dieses Mal spürt sie etwas, das sich wie Haar anfühlt, aber es ist zu spät. Sie hat keine Luft mehr.

Sie schießt aus dem Wasser, um nach Luft zu schnappen, ihre Lungen ächzen, und sie tritt einen Augenblick Wasser, dann sammelt sie sich und taucht erneut.

Es ist Jamie. Es muss Jamie sein.

Sie kämpft gegen die Strömung und kann nichts sehen außer einem dunklen Schatten, dann packen ihre Finger etwas. Ist es Stoff?

Sie zerrt mit aller Macht daran.

Sie hat ihn.

Sie muss all ihre Kräfte mobilisieren, um unter ihn zu gelangen und ihn nach oben zu drücken, immer höher durch die dunkle Dünung, und es erinnert sie an den Moment, als sie ihn geboren hat, an dieses allumfassende Bedürfnis zu drücken. Als hinge ihr Leben davon ab. Sie schreit unter Wasser vor Anstrengung und glaubt nicht, dass sie es schaffen wird, doch dann durchbricht sie die Wasseroberfläche, japst nach Luft, schluckt hustend Meerwasser, und ihre überanstrengten Lungen brennen. Jamie gleitet ihr aus den Händen, und sie greift nach dem Rettungsring, schiebt ihn unter seine Arme und seinen Körper darüber. Seine Augen sind geschlossen. Seine Lippen schimmern bläulich in dem schwachen Licht.

»Nein«, schreit sie. »Nein … nein … nein …«

Sie gibt ihm einen Klaps auf die Wange. »Jamie. Jamie! Wach auf.«

Er rutscht wieder unter die Wasseroberfläche. Sie kann ihn nicht festhalten.

Sie kann ihn nicht retten.

Jetzt ist sie in Panik, tritt wütend Wasser und versucht, ihn an der Oberfläche zu halten.

Sie hört ein Boot und ist geblendet, als ihr ein Licht geradewegs in die Augen scheint. Dann hört sie Claire rufen.

»Maddy! Maddy! Sie ist dort drüben.«

Der Bootsmotor erstirbt, sie hört die Stimmen der beiden Lebensretter. Sie beugen sich über den Rand des großen Schlauchboots, und Jamie wird ihr abgenommen. Über den dicken orangefarbenen Rand ziehen sie ihn hoch. Maddy ergreift das Seil und schluckt abermals Wasser, als die Wellen über sie hinwegrollen. Dann spürt sie, wie auch sie von starken Armen gepackt wird, und eine Sekunde später liegt sie auf dem Boden des Rettungsboots, neben Jamie.

»Du hast ihn gefunden«, sagt Claire. »Du hast ihn gefunden.«

»Jamie«, krächzt Maddy, als sie ihren Jungen leblos und still neben sich sieht.

»Rücken Sie zur Seite«, befiehlt der Sanitäter, und Claire zieht Maddy, die verzweifelt aufheult, in die Arme.

## 47
## Den Fakten ins Auge geblickt

Helga schläft unruhig und wird von lautem Klopfen an der Haustür geweckt. Einen kurzen Moment lang weiß sie nicht, wo sie ist, dann erinnert sie sich, dass sie zu Hause ist, starrt an die Decke und versucht, den letzten Tagen einen Sinn abzugewinnen. Sie steht auf, überrascht, dass ihr nicht schwindelig wird. Sie muss sich auch nicht mehr so sehr am Geländer festhalten, als sie nach unten geht.

Erst jetzt begreift sie, wie viel sie wegen ihrer nicht diagnostizierten Herzprobleme kompensieren musste – weil sie sich nicht eingestehen wollte, dass sie ein Problem hatte. Auch niemandem sonst. Mette hatte sie am Telefon ordentlich zur Schnecke gemacht, Helga habe sie so in Angst und Schrecken versetzt. In einem seltenen Gefühlsausbruch fing sie sogar an zu weinen.

»Ich hatte solche Angst«, sagte sie mit kläglicher Stimme, die Helga an Mette als Kind erinnerte, an ihre damaligen Albträume. »Du bist alles, was ich habe.«

Helga weiß, dass das nicht stimmt. Sie hat ihren Tunichtgut-Vater, aber Helga nutzt die Gelegenheit, um Mette etwas zu sagen, was sie sich bisher nicht getraut hat.

»Ich will nicht alles sein, was du hast«, erklärte sie ihrer Nichte. »Du musst selbst jemanden finden. Du musst aufhören, dich vor der Liebe zu fürchten.«

»Das tue ich nicht«, sagte Mette weinerlich. »Ich habe einfach keine Zeit.«

»Dann nimm sie dir. Für mich. Versprich mir das.«

Und Mette hat versprochen, sich mehr Mühe zu geben.

Helga kann sich nicht vorstellen, dass sie mit ihrer Intelligenz ein Problem hätte, jemanden zu finden, ihr gutes Aussehen und das Geld wären nur die Kirsche auf dem Kuchen.

Mette versprach, Helga über die Fortschritte bei ihren Kontaktversuchen auf dem Laufenden zu halten, auch wenn Helga diese entsetzlichen Dating-Apps, wo man sich Verrückten aller Art aussetzt, unerträglich findet. Sie riet Mette, etwas Ungewöhnliches zu tun, etwas, das ihr Spaß macht. So würde sie die richtige Person treffen, und ausnahmsweise nahm Mette ihren Rat an und buchte eine Wandertour.

Vor der Tür grinst Dominica hinter einem großen Blumenstrauß hervor. Sie umarmt Helga und hält sie fest. Es tut so gut, sie ohne diese schrecklichen Schläuche zu sehen. Und Helga möchte am liebsten weinen.

»Ich habe auf der Station angerufen, und sie sagten, du seist zu Hause. So ohne diese verdammten Masken ist es doch einfacher«, erklärt Dominica.

Helga ist sehr gerührt, dass ihre Schwimmfreundinnen sich nach ihr erkundigt haben. Sie hat es kaum glauben können, als sie mit dem Taxi nach Hause kam und dort ein Topf Suppe und ein Kuchen von Claire auf sie warteten, das Haus geputzt und das Bett frisch gemacht waren. Claire und Tor hatten sich von Katie den Ersatzschlüssel besorgt, aufgeräumt und das Haus für ihre Rückkehr vorbereitet.

Helga holt die köstlich duftenden Croissants aus der Tüte, dazu gibt es Butter und Marmelade. Sie setzt eine Kanne Kaffee auf und ist so froh, ihre Freundin zu sehen, merkt aber, dass etwas Dominica bedrückt.

»Also? Was ist? Dich belastet etwas. Das sehe ich doch.«

»O Gott, Helga. Du hast gar keine Vorstellung!«

Dominica neigt nicht zur Dramatik, deshalb lässt ihr Tonfall Helga aufhorchen.

»Sag schon. Erzähl es mir.«

Helga hört entsetzt zu, als Dominica vom Freitagabend erzählt, von dem Telefonat mit Jamie und wie Tor, Claire und Maddy zur Seebrücke rasten. Bill, ihr Supervisor, ist über den Verlauf der Dinge gar nicht glücklich, doch Dominica bereut nichts. Was hätte sie sonst tun können? Wo sie doch wusste, dass es sich um Jamie handelte?

»Du hast das Richtige getan«, versichert ihr Helga, als es an der Tür klingelt.

»Das werden die anderen sein«, sagt Dominica grinsend. »Ich habe im Chat verkündet, dass ich dich besuche, und sie wollen dich ebenfalls sehen.«

Claire, Maddy und Tor wuseln herein und umarmen Helga herzlich. Dann verteilen sie sich auf die beiden Sofas, und Dominica setzt Wasser auf für mehr Kaffee.

Helga duldet keine Gespräche über ihre Operation und die Genesung. Sie will wissen, was auf der Seebrücke los war.

»Du bist ihm ins Wasser nachgesprungen?«, fragt sie Maddy. Sie kann nicht fassen, dass all das passiert ist, während sie in diesem verdammten Krankenhausbett lag.

»Zum Glück war Tor da und hat auf ihn gezeigt. Ich habe ihn dann gesehen und es geschafft, den Rettungsring um ihn zu wuchten.«

»O Maddy. Du musst solche Angst gehabt haben. Und dann hast du etwas so Mutiges getan!«

»Und Jamie? Ist er okay?« Helga fürchtet sich vor der Antwort. Sauerstoffmangel? Hirnschädigung? Sie weiß, was mit Leuten geschieht, wenn sie im Wasser landen.

»Sie haben ihn noch auf dem Rettungsboot wiederbelebt.«

Maddy bricht in Tränen aus.

»Wir dachten schon ...«, stottert sie und schüttelt den Kopf. »Claire hat einen solchen Krawall veranstaltet, dass

der Rettungssanitäter sofort losstürmte. Wenn sie nicht rechtzeitig da gewesen wäre ...« Maddy holt schluchzend Luft.
»Ich kann nur daran denken. Wie knapp es war.«
»Du hast richtig gehandelt. Ihr alle habt das. Ich habe euch doch gesagt, die Sea-Gals sind unbesiegbar. Schaut euch an, was ihr geleistet habt!«
Helga hält Maddys Hand, und Maddy lächelt unter Tränen. »Danke. Wenigstens *du* denkst so. Alle anderen haben uns beschimpft, weil wir versucht haben, ihn zu retten.«
»Und was ist dann passiert? Als der Sanitäter ihn hatte?«, fragt Helga weiter.
»Sie haben Jamie sofort ins Krankenhaus gebracht«, sagt Tor.
»Gut. Man darf auf keinen Fall ein sekundäres Ertrinken riskieren«, sagt Helga.
»Was ist das?«, fragt Tor.
»Es kann sein, dass noch Tage, nachdem du wiederbelebt wurdest, Wasser in deiner Lunge ist. Das nennt man sekundäres Ertrinken. Das ist ein echtes Risiko. Das haben sie euch doch sicher gesagt?« Helga sieht prüfend zu Maddy, die nickt, doch sie kann sehen, dass es für die anderen neu ist.
»Sie haben das erwähnt, aber bisher ist er okay. Hoffentlich kommt er Ende der Woche aus dem Krankenhaus.«
Helga nickt und nimmt Maddy in die Arme.
»Ihr habt ihn gemeinsam gerettet«, verkündet Helga entschieden. »Alle zusammen. Das ist wirklich eine große Sache. Ich bin so stolz auf euch.«
Sie probieren Claires Kuchen, und die Stimmung hellt sich auf. Dann wechselt Dominica das Thema und kommt auf Linus zu sprechen.
»Ich möchte ihn immer noch für dich finden, aber ich brauche weitere Details. Emma hat einen Aufruf an alle Grup-

pen geschickt, die in Hampstead schwimmen, aber bisher hat sich niemand gemeldet.«

Helga seufzt. Sie hat sehr viel darüber nachgedacht – wie Linus an dem Tag war und wie sie sich bei dem Treffen gefühlt hat. Und wie absolut vergeblich ihre Gefühle sind. Denn er hat eine Familie. Ein Leben. *Eine Frau.*

»Ich möchte, dass du damit aufhörst«, seufzt Helga.

»Aufhören? Aber –«

»Es bringt nichts, zu Linus Kontakt aufzunehmen. Wo ich doch wegziehen werde.«

»Wegziehen?«

»Ich überlege, wieder nach Dänemark zu ziehen. Um in Mettes Nähe zu sein. Ich habe über ihre Idee mit dem Altersstift nachgedacht. Ich werde nicht jünger. Ich kann nicht anderen zur Last fallen.«

»Aber du darfst nicht weggehen. Was ist mit den Sea-Gals?« Dominica ist fassungslos.

»Ihr werdet gut ohne mich zurechtkommen. Es ist an der Zeit, weiterzuziehen. Sich der Zukunft zu stellen.«

# 48
## Ein Frühstück für Champions

Maddy sitzt auf der Bettkante und sieht Jamie beim Schlafen zu. Sie erinnert sich, wie sie das tat, als er noch ein Baby war. Sie berührt sein Haar und streicht es ihm aus der Stirn. Trent und sie lagen damals mit Jamie zwischen sich stundenlang da und starrten ihn an.

Sie lauscht auf seinen leisen Atem, studiert heimlich sein Gesicht und die Überbleibsel eines blauen Auges. Seine Haut ist immer noch fahl und trocken, sein Körper entsetzlich mager und eingesunken.

Sie ist froh, dass er schlafen kann. Ihr selbst fällt es schwer, nicht nur, weil das Ausziehsofa so unbequem ist – sie hat darauf bestanden, ihm das Bett zu überlassen –, sondern auch, weil sie ihn jedes Mal fallen sieht, wenn sie die Augen schließt, und mit klopfendem Herzen wieder hochschreckt.

Jamie hat im Krankenhaus Flüssigkeitsinfusionen bekommen, und es wurden eine Menge Tests vorgenommen, gestern durfte er dann nach Hause. Er schlief den ganzen Tag, und Maddy hatte Angst, ihn allein zu lassen, selbst für eine Minute. Sie stand mit Matteo draußen auf dem Flur, weil sie ihn nicht in die Wohnung lassen wollte, solange Jamie schlief. Sie war sehr dankbar, als er ein Abendessen vorbeibrachte – ein köstliches Ragout mit Hühnchen und Chorizo –, liebevoll zubereitet, wie sie wusste, aber Jamie aß nur ein paar Bissen.

Als er sich jetzt bewegt, weiß sie, dass er den Speck in der Pfanne riecht. Früher hatte er ihre Speck-und-Butter-Sandwichs immer das Frühstück für Champions genannt.

Es gibt so vieles, das Maddy wissen möchte – wo er gewesen und was ihm widerfahren ist –, aber sie weiß, sie muss sich gedulden. Sie steht auf und geht in die Küche, um die Brötchen zu buttern.

»Hey«, begrüßt sie ihn, als Jamie in die Küche geschlurft kommt und sich am Tresen auf einen Barhocker setzt. Er hat sich die Decke um die Schultern gewickelt.

»Hi.« Sie lächeln einander an, und Maddy unterdrückt den Drang, zu weinen. Er ist wirklich da. In ihrer Küche.

»Ich sollte es deinem Vater erzählen«, sagt sie. »Ich sollte ihm sagen, dass du sicher und zu Hause bist.«

»Es wird ihn nicht interessieren«, meint Jamie.

»Doch«, erwidert Maddy zu Trents Verteidigung.

Nach Jamies Rettung hat sie Trent angerufen, ihm aber verboten, zu kommen, solange Jamie noch im Krankenhaus war. Er wollte auf der Stelle hinfahren, aber sie hat es ihm ausgeredet, und seither ruft er sie ununterbrochen an. Sie weiß, sie schuldet ihm eine Erklärung, aber erst muss sie mit Jamie sprechen. »Dein Dad hat sich deinetwegen furchtbare Sorgen gemacht.«

»Das ist neu.«

»Jamie.«

»Ich weiß nicht, warum du ihn verteidigst, Mum.«

Sie muss Jamie sagen, dass Trent und sie sich getrennt haben.

»Was deinen Dad anbelangt«, fängt sie an. »Es gibt da ein paar Dinge, die ich dir sagen muss.«

»Ja, ich weiß«, sagt er.

Ihre Blicke begegnen sich kurz. »Wie, du weißt?«

Er wirft ihr einen weiteren bedeutungsvollen Blick zu, bis sie begreift, dass er über die Affäre Bescheid weiß. Diese Tatsache trifft sie wie ein Schlag. Maddy wendet den Speck in der Pfanne.

»Willst du damit sagen, dass du Bescheid wusstest? Über Helen? Über ihre Affäre?«

»Er hat sich wie ein Arsch benommen. Ich habe gedroht, es dir zu erzählen, und er ... na ja, das war es dann zwischen uns.«

»Warum hast du mir nichts erzählt?«

»Es kam mir so gemein vor ... und ich war mir nicht sicher, ob du mir glauben würdest. Und Dad ... Dad sagte, wenn ich es täte, würde er nie wieder ein Wort mit mir wechseln, ich würde damit sein Leben ruinieren.«

»Lieber Himmel.« Maddy kann sich gut vorstellen, dass Trent das gesagt hat. Kein Wunder, dass er nach Jamies Verschwinden so unerbittlich blieb und Maddy ihn nicht suchen sollte.

»Wann hast *du* es denn herausgefunden?«, will Jamie wissen.

»Erst an Weihnachten. Als ich deine Nachricht abhörte. Danach habe ich begonnen, nach dir zu suchen.«

»Aber jetzt ist Juni.«

»Ich weiß. Aber du warst sehr schwer zu finden.« Sie nimmt die Pfanne vom Herd und schaltet ihn aus. Sie geht zu ihm und umfasst sein Gesicht. »Aber glaub mir, ich habe es wirklich versucht.«

Sie erzählt ihm von den Plakaten, den Posts auf Instagram, dem Privatdetektiv und wie sie herausgefunden hat, dass er im Oriental Place gewohnt hatte. Sie erzählt ihm auch von ihrer Mitarbeit bei Home Help, ihrer Begegnung mit Vic, wie ihre Hoffnungen kurz wuchsen und dass ihr ganz elend geworden sei, als Vic erzählte, wie hart das Leben als Obdachloser sei.

»Das ist eine Untertreibung. O Gott, Mum ... du hast keine Ahnung.«

»Dann erzähl mir davon.«

Er schüttelt den Kopf. Seine Augen sind blutunterlaufen. »Ich kann nicht ... ich schäme mich zu sehr.«

»Das musst du nicht. Keine Scham mehr. Nur noch die Wahrheit, okay?«

Sie setzt sich auf den Barhocker neben ihm und nimmt seine Hände. Sie betrachtet die schwarzen Tätowierungen auf seinen Knöcheln, sagt aber nichts.

»Ich weiß nicht. Ich weiß nicht, wo ich anfangen soll.«

»Thailand?«

»Ja, da war Thailand, aber ich habe schon lange davor hinter deinem Rücken Gras geraucht.«

»Ach? Aber du hast dein Abitur bestanden.«

»Mit irgendeinem Trick. Alle haben geraucht, aber mir hat es immer mehr ausgemacht.«

»Aber du bist doch zur Schule gegangen ... eine gute Schule ...«

Jamie schüttelt den Kopf und lächelt traurig. »Mum, ein sicherer Weg, ein ehrgeiziges Kind süchtig zu machen, ist, es in eine Privatschule zu schicken. Besonders eine so teure, prestigeträchtige. Der Ort war voller Drogen. Du hast keine Ahnung, womit ich es alles zu tun hatte.«

Sie schüttelt geschockt den Kopf. Wie hat sie das nicht wissen können?

»Dann, in Thailand, ging es *wirklich* total den Bach runter.«

»Ich erinnere mich. Du warst nicht ... ich meine, ich weiß nicht, was du genommen hast, aber ...« Sie wappnet sich, fürchtet sich vor der Antwort, aber jetzt ist Ehrlichkeit gefragt. »War da Heroin im Spiel? Hast du gespritzt?«

»Nein, aber alles andere. Acid, Amphetamine, Cannabis ... haufenweise. Jeden Tag. Und je kränker ich wurde, desto mehr brauchte ich das Zeug. Ich sah keinen Ausweg mehr.

Alles verschwamm im Nebel. Ich fühlte mich so verloren. Und nach meiner Rückkehr hatte ich die ganze Zeit das Gefühl, dich zu enttäuschen.«

»Das hast du nicht.«

»Du wolltest doch ehrlich sein«, erinnert Jamie sie. »Ich war ein Arsch.«

»Du warst ein Arsch«, gibt Maddy zu.

»Ich schätze, ich habe es so weit getrieben, bis du und Dad gar keine andere Wahl mehr hattet, als mich rauszuwerfen. Das sehe ich schon ein.«

Sie nickt. Es ist wie Balsam, ihn das sagen zu hören. Zu wissen, er kann vielleicht auch ihre Sicht der Dinge verstehen. »Es tut mir so leid wegen dieses Streits. Dass es so weit kam. Ich wünschte, ich hätte damit anders umgehen können. Und, der Fairness halber, du hattest recht mit dem, was du gesagt hast – dass ich ständig auf mein Telefon fixiert war, auf mein perfektes Leben. Nur war es nicht perfekt. Ich war weit davon entfernt, eine perfekte Mutter zu sein.«

»Habe ich das gesagt?«

»Erinnerst du dich nicht mehr an unseren Streit?«

»Nur an Dads rechten Haken«, sagte Jamie. »Den ich wahrscheinlich verdient hatte.«

»O Jamie.«

»Ich dachte, alles käme in Ordnung, wenn ich gehe. Und eine Weile war es auch so. Als ich hier ankam, habe ich zunächst ein paar gute Leute kennengelernt, aber die ganze Situation war unsicher, und wir wurden ständig überall hinausgeworfen. An Weihnachten standen die Dinge schließlich richtig schlecht. Ich hatte ein Mädchen kennengelernt, und wir waren in ein leerstehendes Wettbüro gezogen. Dort gab es fließendes Wasser und gelegentlich Strom, aber es war schrecklich, Mum. Aber ich hatte kein Geld und war von dem Essen abhängig, das von den Restaurants weggeworfen wurde. Und dann bekam ich Covid und war richtig krank. Da habe ich angerufen. Ich hätte eine längere Nachricht hinterlassen sollen, aber ich habe den Mut verloren.«

»O Liebling.«

»Aber dann, das Mädchen ... Martha ... sie hieß Martha.« Seine Stimme bricht. »Sie ist gestorben ... an einer Überdosis Heroin.«

»O Gott.«

»Es war so ... uhh, du hast keine Vorstellung, wie es ist, jemanden zu sehen, der von diesem Scheiß abhängig ist. Als wir uns kennenlernten, habe ich versprochen, ihr zu helfen, damit aufzuhören, und sie hat es wirklich versucht.« Maddy sieht, wie er leidet. »Sie muss nachts etwas genommen haben. Als ich aufwachte, war sie ganz blau.«

»O mein Gott. Und? Was hast du gemacht?«

»Scully, der Anführer von den Hausbesetzern, weigerte sich, die Polizei oder einen Krankenwagen zu rufen. Also haben wir ihre Leiche in dem kleinen Park neben der Kirche abgelegt, wo die Gemeindearbeiter sie finden würden. Ich habe mich hundsmiserabel gefühlt. Ich hätte zur Polizei gehen sollen, aber ich war krank und konnte nicht mehr klar denken, und Scully hat mich bedroht.«

»O Liebling.«

»Ich konnte eine Woche lang nicht schlafen. Sie durfte nicht umsonst gestorben sein, verstehst du? Ich wusste, ich konnte nur eines tun, und zwar endgültig mit den Drogen aufhören. Eine Kehrtwende hinlegen. Damals habe ich entschieden, mit allem aufzuhören, und es war das Härteste, was ich je getan habe. Dann wurde ich wieder sehr krank. Ich bin wochenlang nicht nach draußen gegangen. Vielleicht monatelang.«

*Kein Wunder, dass ich ihn nicht finden konnte*, denkt Maddy. Sie sieht die Verzweiflung in seinem Gesicht und würde ihn gern in den Arm nehmen.

»Es wurde aber alles immer nur schlimmer und schlimmer. Ich war tatsächlich clean. Von den harten Sachen runter. Dann ...« Er presst Daumen und Zeigefinger auf die Augen. »Dann, ja, dann passierte nur noch Scheiße.«

»Was für Scheiße?«

Er schüttelt den Kopf. Er ist noch nicht bereit, ihr davon zu erzählen. Das sieht sie, sein Blick ist voller Furcht und Scham. »Ich habe Wodka und verschreibungspflichtige Tabletten in die Hände gekriegt, und ich war so wütend auf mich, weil ich eingeknickt war, und hatte solche Angst.«

Maddy spürt, wie ihr eine Träne über die Wange rollt. Ihr wunderbarer Junge. Tief verzweifelt. Es bricht ihr das Herz.

»Ich glaube, ich habe nicht einmal bewusst geplant, auf die Seebrücke zu gehen. Aber ich war dort, mit Marthas Telefon.«

»Gott sei Dank hast du bei den Samaritern angerufen«, sagt sie.

»Das war zufällig die letzte Nummer in ihrem Telefon. Die letzte Nummer, die sie angerufen hat.«

»Und da war Dominica am Apparat«, flüstert sie. »Das hat etwas Schicksalhaftes. Wirklich.«

»Sie war nett. Einfach ruhig. Ich wusste eigentlich nicht so recht, was ich dort oben auf der Brücke machte oder was ich vorhatte. Es gab keinen Plan, aber wenn ich ehrlich bin, habe ich ...«, er hält inne, und Maddy lässt ihm Zeit. »Ich sah einfach keinen Ausweg mehr.«

»O Liebling. Es tut mir so leid, dass es so weit kommen musste.«

»Ich bin der, dem es leidtut. Ich habe dich enttäuscht. Das weiß ich.«

»Du hast mich nicht enttäuscht. Himmel! Ich sollte diejenige sein, die sich entschuldigt. Ich habe dich dein ganzes Leben lang angetrieben. Ich habe Druck auf dich ausgeübt, du solltest der perfekte Sohn sein, damit ich vor meinen Freunden mit dir angeben konnte. Ich begreife das heute. Und wenn ich neu anfangen könnte, würde ich alles anders machen, Jamie. Das würde ich, das würde ich wirklich. Ich wäre eine bessere Mutter, eine bessere Ehefrau, ein besserer Mensch. Ich würde aufhören, so eine ... nun, so eine dumme, eitle Idiotin zu sein, die auf eure Kosten die Zustimmung der ganzen Welt sucht.«

»Uiih, das ist ein ziemliches Eingeständnis«, sagt Jamie, aber sein Blick ist weich.

»Na ja, ich hatte viel Zeit, um darüber nachzudenken. Aber was ich sagen möchte: Du hast immer genügt. Mehr als genügt. So, wie du bist. So, wie du jetzt bist. Wenn du nur wüsstest, Jamie, wie sehr ich dich liebe und wie leid es mir tut ...« Sie kann nicht weitersprechen. Die Tränen kommen zu schnell, und sie stöhnt auf, verärgert über sich selbst.

»Und ich mache so ein Getue um mich, dabei geht es gar nicht um mich.«

Er steht auf und nimmt sie in die Arme. Seine Brust ist knochig, sein Nacken sehnig, aber er ist ihr Junge. »Es ist okay. Ich bin hier. Wir haben einander.«

Jetzt weint auch er, und sie weinen beide und weinen, bis sie plötzlich anfangen zu lachen, dann steht Jamie auf und versucht, ein paar Papiertaschentücher zu finden. Als sie es mit den Taschentüchern schließlich aufgeben müssen und ihre Gesichter mit kaltem Wasser waschen, ist es ein Gefühl, als seien sie von einer Welle erfasst und durchs Wasser geschleudert worden. Ein Gefühl wie damals, als sie mit Helga das erste Mal im Meer schwimmen war. Das kalte Wasser ist wie eine Art Taufe.

»Ich vermute, wir haben eine Menge aufzudröseln«, sagt sie. »Mehr sage ich nicht.«

»Tja, sieht so aus. Einen Anfang haben wir schon gemacht, oder?«

»Ich schätze ja.« Sie nickt lächelnd. Und da ist er. Etwas von ihrem alten Jungen blitzt auf, und jetzt regt sich etwas in ihr, das sie völlig vergessen hatte – das sie mitten ins Herz trifft. Stolz. Denn das ist der Junge, der sie immer glauben machte, er könne alles. Vielleicht kann er es noch.

»Also ... das Wichtigste zuerst. Fangen wir mit dem Frühstück für Champions an«, sagt Jamie und macht sich über die Pfanne her.

»Eine gute Idee. Ich bin am Verhungern.«

# 49
# Das Wettbüro

Nach der Arbeit ruft Tor an. Sie will Maddy erzählen, wie sehr Vic sich freut, dass Maddy und Jamie wieder vereint sind, und verspricht, morgen auf eine Tasse Tee vorbeizukommen.

Als sie am nächsten Tag die Wohnung betritt, ist sie schockiert, dass eine so glamouröse Frau wie Maddy in einem solchen Chaos haust. Überall stehen Kartons herum.

»Hey«, begrüßt Tor lächelnd Maddys Sohn. Er sieht inzwischen entschieden besser aus, trägt saubere Jeans und ein T-Shirt, ist rasiert und hat die Haare geschnitten. Abgesehen davon, dass er so dünn ist, käme man nicht auf die Idee, dass er eine solch traumatische Zeit hinter sich hat. »Ich habe viel von dir gehört, Jamie.«

»Tor ist die Leiterin der Wohltätigkeitsorganisation«, erklärt Maddy ihrem Sohn.

»Eine von den Sea-Gals?«, fragt Jamie, und sie nickt. Tor fragt sich, ob er weiß, dass sie die Erste auf der Brücke war. Sie beschließt, ihn nicht daran zu erinnern.

»Kommst du mit zum Schwimmen? Claire will demnächst los. Ich dachte, ich treffe mich mit ihr.«

In der kleinen Küchennische sagt Maddy flüsternd zu Tor: »Ich kann nicht. Nicht heute. Jamie will zurück zu dem besetzten Haus, wo er gelebt hat. Er will seine Tasche holen, aber ich habe Angst, ihn aus den Augen zu lassen. Er möchte nicht, dass ich mitkomme. Er sagt, der Anblick wäre zu schlimm für mich. Ich weiß nicht, was ich tun soll.«

»Ich gehe mit ihm hin«, sagt Tor.

»Würdest du das tun?«

»Sicher. Überlass das mir.« Sie hat schon etliche Schmutzlöcher gesehen. Schlimmer kann es wohl nicht sein. Außerdem kennt sie vermutlich die Hälfte der Leute dort.

Es dauert eine Weile, bis Jamie zustimmt, sich von Tor begleiten zu lassen. Er weigert sich, von Maddy mit dem Auto hingefahren zu werden. Tor schickt Claire eine Nachricht, dass sie jetzt nicht kommen kann, aber hofft, später noch schwimmen zu gehen.

Unterwegs stellt Jamie Tor Fragen zu ihrer Wohltätigkeitsorganisation, und während des Gesprächs wird Tor klar, dass er der junge Typ war, den sie an Weihnachten bei der Ausgabe des Festessens gesehen hat, nachdem Vic ihr einiges erzählt hatte. Er war die ganze Zeit so quälend nah gewesen.

Auf einem verwahrlosten Abschnitt der London Road bleibt Jamie vor einem Schaufenster stehen. Dem Schild nach war der Laden früher ein Wettbüro, aber Fenster und Türen sind mit Metallgittern gesichert und voller Graffiti. Jamie führt sie in eine schmale Sackgasse zu einem Lieferanteneingang. Er zeigt ihr den Zutritt durch eine Luke hinter den Mülleimern. Ihr ganzer Körper kribbelt, als sie durch die Lücke zwischen den lockeren Gittern kriechen.

Im Innern hängen zerrissene Poster von den Wänden. Der uralte Teppich ist voller Flecken, und Tor hält ihren Jackenärmel vor die Nase, um den Gestank zu mildern. Man hört gedämpft die Beats von Drum and Bass, und als ihre Augen sich an die Düsternis gewöhnt haben, kann sie an einer Wand einen Haufen kahler Matratzen und verdrecktes Bettzeug ausmachen. Sie hat den schrecklichen Verdacht, dass es sich bei den Klumpen darauf um schlafende Menschen handelt. In der anderen Ecke hockt ein Mann auf den Fersen und wiegt sich hin und her. Er stößt leise, tiefe, schmerzvolle Laute aus, und ihr Instinkt befiehlt ihr, nachzusehen, ob er okay ist, doch Jamie schüttelt den Kopf und zieht sie weiter.

Er führt sie die Treppe hinunter, an einer Küchennische vorbei, wo an der Decke ein schwacher Lichtschein flackert. Auf dem Tresen hockt eine Ratte, und sie schreit erschrocken auf. Jamie geht weiter einen dunklen Flur entlang und drückt die Tür zu einem Vorratsschrank auf. Auf dem Fußboden liegt eine fleckige Matratze unter ein paar Metallregalen und darauf ein ranzig aussehender Schlafsack. Es gibt einen riesigen Aschenbecher, der von selbstgedrehten Zigarettenstummeln überquillt, und mehrere wachsbedeckte Flaschen mit abgebrannten Kerzen. Jamie geht in die Hocke, dann zieht er mit einem Seufzer der Erleichterung aus der Ecke unter der Matratze einen plattgedrückten Rucksack hervor.

»Man muss alles verstecken. Jeder bestiehlt jeden. Schau dir bloß das einmal an«, erklärt er.

Sie geht mit ihm zu einer schwarzen Recyclingbox, die in der Ecke auf einem Metallregal steht. Sie ist voller leerer, zerrissener Brieftaschen, Portemonnaies und Smartphone-Hüllen.

»Sind die alle gestohlen?«

Er nickt.

»Das glaube ich nicht.«

»Was denn?«, fragt Jamie.

»Das da«, sagt Tor und deutet auf etwas. Jamie greift in die Kiste und holt ein Notizbuch heraus. Er blättert in den Seiten. »Diese Zeichnungen sind gar nicht schlecht. Viele Vögel.«

»Gib es mir.«

Tor nimmt es an sich, und ihr Herz macht einen Sprung. Es handelt sich um Helgas kostbares Notizbuch. »Ich weiß, wem das gehört«, sagt sie. Sie denkt an Helga, wie sie am

Strand zeichnet. Ist das das Buch mit Linus' Nummer? Hatte Jamie etwas mit dem Diebstahl zu tun?

»He!« Beim Klang einer fremden Stimme dreht sie sich um. Ein verwahrlost aussehender Mann, eine stinkende Zigarette zwischen den Lippen, kommt durch das Dunkel auf sie zu. »Was zum Teufel macht ihr da?«

»Lauf«, sagt Jamie und packt Tor beim Handgelenk.

Sie rennen den Flur entlang, vorbei an den sich regenden Körpern, und klettern auf demselben Weg wieder hinaus, auf dem sie hineingekommen sind.

»He. Kommt zurück«, ruft der Mann, aber sie rennen eilig die Straße hinunter und blicken nicht zurück. Erst auf der London Road bleiben sie stehen, und es gelingt ihnen, gleich einen Bus zu erwischen. Tor ist es egal, in welche Richtung er fährt, wichtig ist nur, dass es in die Innenstadt geht. Fort von diesem fürchterlichen Ort.

Sie lassen sich auf einen freien Sitz fallen. Tor ist ganz durcheinander, und sie sieht, dass es Jamie ebenso geht. Beide sind außer Atem.

»Wer zum Teufel war dieser Typ?«, fragt sie.

»Scully. Er ist der Boss. Mit dem willst du dich auf keinen Fall anlegen. Glaub mir.«

»Und du hast dort gelebt?«

Er nickt traurig. »Ich würde es nicht leben nennen.«

Tor blickt auf das Notizbuch, das sie immer noch fest umklammert.

»Was meintest du vorhin?«, fragt Jamie. »Wem gehört es?«

»Es gehört Helga«, erklärt sie. »Unserer Freundin. Vom Schwimmen. Sie braucht es dringend. Und ich glaube, es würde ihr sehr viel bedeuten, es zurückzubekommen.«

Sie sieht Jamie eindringlich an, er nickt und nimmt es ihr ab. Er blättert durch die Seiten.

»Dann sorge ich besser dafür, dass sie es auch kriegt«, sagt er.

»Bist du sicher? Dass du das übernehmen willst? Du gibst es ihr zurück?«

»Ja. Das werde ich. Das möchte ich. Ich möchte etwas gutmachen.«

## 50
## Ein gehaltenes Versprechen

Er ist ein richtiger Hungerhaken, denkt Helga. Viel zu dünn und zu blass. Er braucht frische Seeluft und muss ein bisschen aufgepäppelt werden. Maddy lächelt ihm aufmunternd zu, als Helga ihnen die Tür öffnet. Der Besuch kommt unerwartet, und sie versucht, die Papierstapel auf dem Couchtisch und dem Sofa zur Seite zu räumen. Ihr Frühstücksgeschirr steht auch noch da.

»Mir gefällt Ihr Haus«, sagt Jamie.

Helga hat die letzten Tage damit zugebracht, sich Gedanken darüber zu machen, wo sie bei einem Umzug all ihre Sachen unterbringen soll. Mette, die begeistert ist, dass Helga schließlich nachgegeben hat und wieder nach Dänemark zurückziehen will, wird kommen und ihr beim Zusammenpacken helfen. Sie weiß, dass sie allmählich anfangen muss, auszusortieren, tatsächlich ist sie aber noch nicht ganz bereit, mit der Auflösung ihres Haushalts anzufangen.

Sie betrachtet ihr Wohnzimmer aus einer neuen Distanz, die sie seit der Rückkehr aus dem Krankenhaus empfindet. Die Herzattacke und die Operation haben sie in einer Weise erschüttert, die sie sich nicht hat vorstellen können. Sie ist nicht mehr die Alte. Es ist, als hätte sie ihren Mumm verloren. Nachts wird sie vom leisesten Geräusch geweckt, dann liegt sie wach und macht sich Sorgen wegen Einbrechern.

Mette hat sie überzeugt, dass sie sich in dem Altenstift sicher fühlen wird, trotzdem ist es beunruhigend, alles Vertraute hinter sich zu lassen und neu zu beginnen. Mette hat ihr Bilder geschickt von dem riesigen Pool mit Dampfbad und verschiedenen Saunen, doch das ist etwas anderes, als tagtäglich im Meer zu schwimmen.

Jamie und Maddy stehen in der Küchentür, während Helga den Wasserkessel aufsetzt. Sie blickt zur Decke empor und flucht, weil es von der Glasdecke zu tropfen begonnen hat. Sie überlegt schon die ganze Zeit, wie sie mit ihrer Spritzpistole dort hinaufgelangen soll; in dem Altenstift wird sie sich über derlei Hausreparaturen keine Sorgen mehr machen müssen. Dafür wird es Leute geben. Und was ist mit Terry? Ihrer Möwe? Werden die nächsten Bewohner ihn in die Küche lassen? Sie bezweifelt es.

»Jamie«, fordert Maddy ihn mit einem Nicken in Helgas Richtung auf. »Mach schon.« Helga sieht, wie ihre Augen strahlen.

Jamie zieht etwas aus seiner Hosentasche und hält es ihr hin.

*Das kann doch wohl nicht mein Notizbuch sein ... oder etwa doch?*

Sie nimmt es entgegen und streicht mit der Fingerspitze über den Umschlag. Dann schlägt sie es auf – und da ist sie: Linus' Nummer. In seiner Handschrift.

»Alles in Ordnung?«, fragt Maddy.

»Ja«, sagt sie. »Es bedeutet mir sehr viel, es wiederzuhaben. Aber wie kommt ihr da ran? Wie kann das sein?«

»Wir setzen uns besser, dann kann Jamie alles erklären.«

Helga setzt sich aufs Sofa und staunt immer noch, dass sie ihr Notizbuch in der Hand hält.

»Ich habe es in dem besetzten Haus gefunden«, erklärt Jamie. »Wo ich untergekommen war.«

Helga sieht Maddy an. Sie kann sich doch unmöglich freuen, dass ihr Sohn in einem besetzten Haus gewohnt hat.

»Da ist dieser Typ – Scully. Er ist der Boss. Er bestiehlt

ständig Leute. Er ist Dealer und ... na ja, Sie wollen nicht wissen, wie er ist. Ich bin noch einmal zurückgegangen, um meinen Rucksack zu holen, mit Tor. Er war da und hat uns eine Höllenangst eingejagt.«

»Du bist mit Tor noch einmal zurückgegangen?«

»Sie hat Ihr Buch erkannt.« Er sieht nervös zu Maddy. »Ich habe es erst auf dem Weg hierher bemerkt – aber ich war schon einmal hier.«

Er macht ein ängstliches Gesicht, und Maddy übernimmt für einen Moment. »Jamie war in der Nacht hier, als du zusammengebrochen bist.«

»Du hast gesehen, wie es passiert ist?«

»Ich habe versucht, Scully davon abzuhalten, Ihnen zu folgen, aber dann war alles so schnell vorbei. Er war sauer auf mich und rannte mit Ihrer Tasche davon und wollte, dass ich ihm folge, aber dann lagen Sie auf dem Boden und hielten sich die Brust, und ich ... ich hatte solche Angst. Ich dachte nicht, dass Sie es schaffen würden. Deshalb habe ich ... ich habe Sie reanimiert.«

»Du warst das?«, fragt Helga völlig entgeistert.

Er nickt. »Na ja, ich hab's versucht. Dann habe ich bei einem Cottage an die Tür geklopft und bin davongerannt. Ich dachte, wenn die Polizei mich findet, hätte ich ein Problem.«

»Ich hatte keine Ahnung, dass du weißt, wie man jemanden wiederbelebt«, sagte Maddy.

»Wieso? Du hast mich doch selbst zu den Wölflingen geschickt«, sagt er mit einem traurigen Lächeln. »Dann kamen die Pfadfinder. Dann die Duke-of-Edinburgh-Medaille, dann die Rover. Und so weiter. Ich schätze, ich war gerüstet, jemanden zu retten.«

»Ja, das warst du wohl.«

»Und es war dieser Scully, der mit meiner Tasche abgehauen ist?«, fragt Helga nach.

Jamie nickt. »Es tut mir wirklich leid«, schließt er. »Ich dachte, wenn ich bliebe ... ich weiß nicht, was ich dachte. Aber ich hatte Angst vor Scully.«

»Du hast mich wiederbelebt?«, sagt Helga. Sie versucht sich ihn vorzustellen, wie er Atem in ihren Körper bläst. »Im Krankenhaus haben sie gesagt, das habe mich gerettet.«

Jamie zuckt die Achseln. »Ich habe mich mies gefühlt, weil ich nicht mehr getan habe.«

Jamie und Maddy bleiben nicht lange. Nachdem sie gegangen sind, starrt Helga aus dem Fenster und lässt Jamies Worte noch einmal Revue passieren. Sie verdankt ihm ihr Leben, wie es scheint. Sie hat das Entsetzen in seinem Blick erkannt, als er ihr schilderte, wie er sie stürzen und sich an die Brust fassen sah.

Maddy hat darauf bestanden, dass sie gemeinsam die Polizei anrufen, und Jamie hat am Telefon alles tapfer erklärt. Die Polizisten sind jetzt unterwegs zu dem besetzten Haus. Sie hofft, sie werden Scully finden.

Licht fällt durch das Fenster, und Helga sieht den zwitschernden Vögeln zu. Ein Ringeltaubenpaar auf dem steinernen Vogelbad reibt die Hälse aneinander, und sie spürt, wie eine Entscheidung in ihr wächst.

Was, wenn Linus tatsächlich eine Familie hat, eine Frau? Immerhin hat sie ihm ein Versprechen gegeben.

Sie nimmt das Notizbuch zur Hand, dann den Hörer vom Festnetztelefon und wählt die Nummer, die Linus aufgeschrieben hat. Sie hört es klingeln. Der Klingelton scheint in ihrem Herzen widerzuhallen.

»Hallo?«

Es ist seine Stimme. Die Härchen an ihren Armen stellen sich auf, sie fühlt sich flattrig und leicht. Sie versucht zu sprechen, aber die Worte wollen nicht kommen.

»Helga, bist du das?« Er klingt vorsichtig.

»Ja«, bringt sie heraus.

»Es wird auch Zeit. Ich dachte schon, du würdest überhaupt nicht anrufen.«

»Es gab ... ich hatte ...«, sagt Helga, aber sie ist so froh, seine Stimme zu hören, dass sie fürchtet, die aufsteigenden Tränen könnten ihre Stimme versagen lassen.

»Ist alles in Ordnung mit dir?«

Sie erzählt ihm von ihrem Sturz, dem Verlust ihrer Tasche und des Telefons, dass sie im Krankenhaus war und dank eines Wunders ihr Notizbuch – und seine Nummer – wiederbekommen hat.

»Ich fand es unerträglich, dass du denken könntest, ich wollte nicht anrufen. Das war an dem ganzen Schlamassel das Schlimmste.«

Er lacht leise. »Helga, mir scheint, ich habe mein ganzes Leben auf deinen Anruf gewartet. Ich habe gelernt, geduldig zu sein.«

»Aber was ist mit deiner Frau und –«

»Meiner ...? Ach, Helga, das erzähle ich dir später, aber ich bin allein. Schon seit fünf Jahren.«

Er ist Single? Trägt aber einen Ehering? Helga verspürt eine solche Erleichterung, dass sie es kaum fassen kann.

»Du hast genau im richtigen Moment angerufen. Ich hatte vor, heute ein paar Leute zu treffen, die vielleicht das Boot kaufen wollen. Ich dachte, es gäbe keinen Grund, es zu behalten. Ich kehre zurück nach Australien. Nun, ich sollte –«

»Geh nicht«, platzt sie heraus. »Zumindest nicht, bevor ich dein Boot gesehen habe«, fügt sie hinzu, und Linus lacht.

»Oh, es ist ein Prachtstück.«

Helgas Herz rast bei dem Gedanken, Linus auf einem Boot zu sehen. Es ist, als wäre ihr geheimster, bestgehüteter Traum wahr geworden.

»Wenn ich also ein letztes Mal segeln gehe, wirst du dann mitkommen?«, fragt er. »Wirst du dabei sein?«

# 51
## Ein neuer Gefährte

»Ich fühle mich völlig verändert«, verkündet Claire, als sie sich am Strand neben Dominica umzieht. Sie trägt einen hübschen Badeanzug mit roten Tupfen und reckt die Arme hoch zum Horizont.

»Du siehst auch völlig verändert aus«, bestätigt Dominica und faltet ihr T-Shirt zusammen. Sie drückt ein wenig Sonnencreme aus der Tube und verreibt sie auf den Schultern. Es ist bereits glühend heiß. Das Meer vor ihnen ist türkisblau und grün, der Himmel klar bis auf ein paar wenige Wolken am Horizont.

»Ich musste einfach wieder Pims Nähe suchen. Es schien so kompliziert, doch dann war es sehr einfach.«

»Was hat er denn gesagt, als du ihm das Bild gegeben hast?«

»Ich war supernervös, aber es hat ihm sehr gefallen. Er hatte Tränen in den Augen und hat gesagt, es sei das schönste Geschenk, das er je bekommen habe.«

»O Claire. Wie wundervoll«, sagt Dominica.

»Ich weiß noch nicht, wo wir es aufhängen werden. Ich möchte nicht, dass die Jungen es jetzt schon sehen. Pim hat es zum Rahmen gebracht, das tut er sonst nie.«

Dominica freut sich für Claire.

»Es ist, als hätten wir ein ganz neues Kapitel aufgeschlagen. Wir haben Ferien mit den Jungen gebucht, Kanufahren im Lake District.«

»Das klingt gut.«

»Zum Üben haben wir aufblasbare Kanus bestellt, und am Wochenende werden wir sie ausprobieren.«

»Hallo, hallo«, ruft Helga und betritt winkend den Strand.
»Du bist gekommen«, lächelt Dominica und umarmt sie.
»Es ist so schön, dich draußen in der Sonne zu sehen.«
»Ich hätte es um nichts in der Welt verpassen wollen. Ich habe es schrecklich vermisst.«
»Heute ist ein perfekter Tag«, sagt Claire und umarmt Helga ebenfalls.

Dominica hilft Helga aus ihrer Jacke. Sie ist besorgt wegen der Narbe, aber Helga hat mit dem Arzt gesprochen, der meinte, es sei kein Problem, damit schwimmen zu gehen.

»Was ist denn mit dir passiert?« Helga tritt einen Schritt zurück und bewundert Claire in ihrem neuen Badeanzug.

»Ich war jeden Tag schwimmen. Der Unterricht bei Andy hat sich ausgezahlt.«

»Tatsächlich. Das sieht man.«

»Ich nehme in ein paar Wochen an dem Schwimmen rund um die Seebrücke teil. Ihr auch, nicht wahr?«

»Nein, ich werde nicht da sein«, sagt Helga und schüttelt den Kopf.

Dominicas Fröhlichkeit ist plötzlich wie weggeblasen, sie empfindet ein Gefühl von Verlust. Denn Helga ist nicht nur eine Schwimmgefährtin, sondern inzwischen eine echte Freundin. Nein, mehr als das. Sie ist wie Familie. Dominica kann nicht glauben, dass Helga nach Dänemark zurückkehrt.

»Machst du das wirklich? In ein Altenheim ziehen?«

»Nein«, ruft Helga. »Nein! Zum Teufel damit.«

Claire und Dominica müssen lachen, und Dominica legt die Hand an die Brust. »Gut. Du hast mir nämlich einen Schrecken eingejagt.«

»Ich muss euch so viel erzählen. Linus kommt mich abholen«, verkündet Helga. »Er ist hier irgendwo mit dem Segelboot unterwegs, jetzt, in dieser Minute.« Sie starrt zum Horizont, als könnte sie das Boot sichtbar werden lassen.

»Was? O mein Gott, Helga«, jubelt Dominica. Und dann beginnt Helga ihnen von ihrem Anruf zu erzählen. Tor kommt dazu, dann Maddy, und beide sind neugierig, wollen den Grund ihrer Aufregung erfahren.

»Wir haben stundenlang telefoniert«, sagt Helga mit rosigen Wangen. Sie strahlt vor Freude. »Er hat mir alles über seine Familie erzählt. Seine Frau war ebenfalls Seglerin, ist aber vor fünf Jahren gestorben. Er hatte ein sehr erfolgreiches Unternehmen in Australien, ist jetzt allerdings im Ruhestand und weiß auch nicht recht, was er mit sich anfangen soll. Es ist, als wären wir uns am selben Punkt unseres Lebens wiederbegegnet. Es ist, als wären all diese Jahre dazwischen einfach weggeschmolzen.«

Auf dem Weg zum Ufersaum reden alle durcheinander. Als sie im seichten Wasser stehen, ist es klarer, als Dominica es je erlebt hat. Die Kiesel am Meeresboden glänzen in der Sonne. Jetzt, da sie alle wieder zusammen sind, fühlt es sich an wie ein Neubeginn.

Sie gehen tiefer ins Wasser. Dominica taucht den Kopf unter und kann durch die neue Schwimmbrille die Kiesel erkennen. Die Unterseewelt hat sie immer schon in Staunen versetzt. Ein Eskapismus im großen Stil. Ein Schwarm Weißfische flitzt durchs Wasser.

»Ich verstehe nicht, wie du das tun kannst.« Maddy schaudert, als Dominica wieder an die Oberfläche kommt. »Runtergucken.«

»Machst du Witze?«, fragt Dominica. »Hast du etwa immer noch Angst?«

Maddy zuckt die Schultern.

»Komm her.« Sie schwimmt ein paar Züge auf Maddy

zu und stülpt ihr die Schwimmbrille über den Kopf.»Los. Schau's dir an.«

Maddy erkennt, dass Dominica nicht lockerlassen wird, und taucht den Kopf unter.

»Keine Ungeheuer, siehst du?«, versichert ihr Dominica, als sie lächelnd wieder hochkommt. »Es ist schön, nicht wahr?«

»Vermutlich«, gibt Maddy zu.

»Haltet nach den Delfinen Ausschau«, ruft Claire herüber. »Ash hat gestern welche gesehen, als er mit der Surfschule draußen war.«

»Claire ist in guter Stimmung«, sagt Maddy lächelnd zu Dominica.

»Sie hat mit Pim einiges geklärt«, erwidert Dominica. »Und wie steht es mit dir? Was gibt's Neues?«

Maddy zuckt die Schultern. »Wir kommen langsam voran. Ich bin einfach traurig, dass Matteo geht; danach werde ich allein sein.«

»Aber das wirst du doch nicht. Du hast Jamie, und du hast uns.«

Tor kommt herangeschwommen. »Du siehst ausgesprochen fröhlich aus«, stellt Maddy fest.

»Morgen findet die Zoom-Zeremonie für den Gemeindepreis statt.«

Tor weiß immer noch nicht, dass sie sie gemeinsam nominiert haben, und Dominica hätte sich beinahe verplappert, aber Maddy schüttelt den Kopf. Es spielt keine Rolle, ob es Claires und Maddys Idee war. Dominica ist sich sicher, auch andere hätten Tor nominiert. Und sie ist einfach froh, dass sie endlich die bitter nötige Anerkennung erhält.

»Du verdienst es mehr als irgendjemand sonst, den ich kenne«, sagt Maddy zu ihr.

»Ihr könnt zuschauen, wenn ihr wollt. Ich schicke euch den Link. Meine Eltern und Alice schauen es sich auch an. Endlich habe ich einmal etwas getan, wovon sie Notiz nehmen. Mum hat überall damit angegeben. Sogar Graham musste sich einmischen und zugeben, dass diese Wohltätigkeitsinitiative eine gute Sache ist.«

Sie schwimmen eine Weile, dann kehren sie zu ihren Handtüchern zurück, wo Dominica sich ausstreckt und die Wassertropfen auf der Haut trocknen lässt. Erstaunlich, dass sie vor gar nicht allzu langer Zeit bei Schnee geschwommen sind.

Es ist so ein wundervoller Tag, dass sie irgendwo weit weg im Ausland sein könnten. Dominica denkt zurück an die Zeit, als sie noch ständig auf den nächsten Fernurlaub mit Chris hinlebte. Jetzt ist sie zufrieden, mit ihren Freundinnen hier zu sein. Sie kann sich nicht vorstellen, dass sie irgendwo anders glücklicher wäre.

Maddy richtet sich auf und winkt Matteo zu, der mit Luna näher kommt.

»Hallo«, sagt Dominica, als der kleine Hund ihr entgegenspringt. »Ich habe dich vermisst.«

Matteo setzt sich zu ihnen und isst ein Stück von Claires Kuchen. Dominica ist ihm bisher nur flüchtig begegnet und ist überrascht, dass er sie anlächelt. Er trägt Khakishorts, ein weißes T-Shirt, eine Baseballkappe und eine coole Sonnenbrille, die er jetzt absetzt, so dass seine hübschen Augen zu sehen sind. Sie versteht, warum Maddy sich zu ihm hingezogen fühlt.

»Sie sind Dominica, nicht wahr?«, fragt er. Sie mag seinen spanischen Akzent.

Dominica nickt und blickt zu Maddy, die ihr Gespräch verfolgt. Sie bemerkt den Anflug von Traurigkeit in ihrem Gesicht.

»Nun, es war Maddys Vorschlag ... ich bin gekommen, um Sie etwas zu fragen«, sagt Matteo.

»Mich? Was denn?«

»Ich kehre zurück nach Barcelona. Es war schwierig, eine Wohnung zu finden, aber jetzt habe ich eine gefunden, nur sind dort keine Haustiere erlaubt. Und ohnehin werde ich den ganzen Tag nicht da sein. Ich habe Shauna gefragt, meine Ex-Partnerin, aber sie kann Luna nicht zurücknehmen. Ich muss also ein neues Zuhause für sie suchen.«

»Ein neues Zuhause?«

Als spüre sie, wovon die Rede ist, springt Luna auf Dominicas Schoß.

»Ich dachte, Sie könnten sie vielleicht ...« Maddy nickt Matteo zu. »Ich dachte ... wir dachten ... könnten Sie sie nehmen, Dominica?«

»Sie liebt dich und ... du kannst ja darüber nachdenken. Wenn sie schon in ein neues Zuhause muss, dann weiß ich, wärst du ihre erste Wahl«, sagt Maddy.

Matteo lächelt nervös. »Es ist natürlich eine weitreichende Entscheidung, und ich würde nicht fragen, wenn —«

»Ja«, sagt Dominica, ohne zu zögern. Sie ist über ihre eigene Spontanität erstaunt. Aber schließlich ... warum nicht? Wenn sie nicht mehr ins Büro gehen muss, sondern eine Umschulung macht, gibt es doch keinen Grund, sich nicht einen Hund anzuschaffen? Und was für einen netteren Hund könnte es geben? Maddy hat recht. Es war Liebe auf den ersten Blick gewesen. Sie nimmt Luna auf den Arm und hält sie fest.

»Wir können doch nicht zulassen, dass du kein Zuhause mehr hast, oder?«

Maddy nimmt Matteos Hand und lächelt ihn an.

»Sind Sie sicher?«, fragt er nach.

»Natürlich.«

Sie besprechen die Details, und Dominica kann gar nicht mehr aufhören zu lächeln. Luna wird demnächst ihr gehören. Und sie hat nicht den leisesten Zweifel, dass es für sie beide genau die richtige Entscheidung ist.

# 52
## Adiós

Maddy hakt sich bei Matteo unter, als sie an der Friedensstatue vorbei auf der Promenade nach Hove laufen. Es ist später Nachmittag. Abends wird er nach Barcelona fliegen, deshalb unternehmen sie noch einen letzten Spaziergang, auch wenn es sich ohne Luna, die sich zufrieden in Dominicas Wohnung eingefunden hat, seltsam anfühlt. Sie haben sie zuvor dort abgegeben, und der kleine Hund hat kaum wahrgenommen, dass Matteo wegging. Maddy weiß, dass sie den unvermeidlichen Abschied nur hinauszögern. Sie hat ihm angeboten, ihn nach Gatwick zu fahren, doch er hat ein Zugticket gekauft.

Jetzt ist der Sommer wirklich da. Auf den Wiesen spielt eine Gruppe Zwanzigjähriger Frisbee, ein Feuerjongleur übt, zwei Mädchen boxen miteinander, ein Stückchen weiter findet eine Yogastunde statt, und überall sausen Rollschuhfahrer herum. Auf dem Strand hat sich ein großer Familienverband um einen Holzgrill versammelt, und Currydüfte wabern durch die Luft. Hunde tollen über den Asphalt, Schulkinder werfen kreischend die Kleider in den Sand und rennen ins Meer. Ein Straßenmusiker spielt auf der Gitarre *Moon River*. Maddy staunt über die vielen Menschen, die Dinge tun, die ihnen Spaß machen; ihr selbst ist das Herz schwer, nicht nur, weil Matteo geht. An diesem Morgen hat ihre Vermieterin ihr mitgeteilt, dass die Buchungen über Airbnb wieder begonnen haben und Maddy deshalb ausziehen müsse. Obwohl es so ausgemacht war, ist es schmerzlich für sie. Der Neuanfang mit Jamie, auf den sie so gehofft hat, fühlt sich an, als stehe er auf sehr wackligen Beinen.

Sie hatte noch nicht den Mut, ihm zu sagen, dass sie demnächst ihr Dach über dem Kopf verlieren werden und umziehen müssen, denn sie weiß, dass er die Wohnung mag und gern in der Nähe des Meeres ist. Tatsache aber ist, dass sie sich eine Wohnung irgendwo in der Nähe ihrer jetzigen nicht leisten kann. Sie hat reinen Tisch gemacht und ihrer Familie erklärt, dass sie Trent verlassen und Jamie gefunden hat, daraufhin hat ihr Vater ihr ein paar Tausender geliehen, um sie anfangs zu unterstützen, bis sie sich wieder irgendwo eingerichtet hat, doch die Mietpreise sind inzwischen ins Astronomische gestiegen. Sie hat Trent gebeten, ihr mitzuteilen, wie viel Geld übrigbleiben wird, das sie sich teilen können, nachdem er seinen Kredit zurückgezahlt hat, doch er ist ihr eine genaue Zahl bisher schuldig geblieben und ebenso ein Datum, wann sie das Geld erwarten kann.

Aber das ist ihr Problem. Und keins, das sie mit Matteo besprechen kann.

Auf halbem Weg bleiben sie bei dem Café auf dem Rasen stehen, lehnen sich an die grüne Balustrade und genießen die Aussicht. Das Wasser schimmert blasstürkis mit rosa Streifen, wo die Wellen brechen. Der Horizont ist blasslila und verschwimmt weiter oben mit dem weichsten Blau, und die alte, abgebrannte Seebrücke steht golden vor der untergehenden Sonne.

Matteo hat vorgeschlagen, in Kontakt zu bleiben und zu versuchen, ihre Beziehung aufrechtzuerhalten, aber Maddy weiß, dass sie beide nach Strohhalmen greifen. Er braucht einen Neuanfang. Er muss die richtige Frau finden und eine Familie gründen. Und zwar lieber früher als später. Mit einer fernen Geliebten im Schlepptau wird er das nicht können. Das hat sie ihm gesagt, aber er wollte es nicht hören. Maddy ist alt und klug genug, um zu wissen, was Entfernungen bewirken.

»Ich muss gleich gehen.« Er blickt auf seine Armbanduhr.

»Ich weiß.«

»Hör zu. Warum bleibst du nicht noch eine Weile? Und gehst zurück, wenn dir danach zumute ist? Es wäre ein schöner Gedanke, dich hier zu wissen. Ich möchte mich nicht in der Wohnung von dir verabschieden.«

»Vielleicht hast du recht. Ich möchte vor Jamie nicht traurig sein.«

In ihrem neuen Modus absoluter Ehrlichkeit hat sie Jamie alles über Matteo erzählt, und sie haben einander offiziell kennengelernt, aber obwohl beide überaus charmant waren, fand Maddy es peinlich. Jamie und Matteo zusammen zu sehen hatte den Altersunterschied zwischen ihr und Matteo noch betont. Dass Jamie hinterher sagte, sie sei ein Raubtier, machte es auch nicht besser. Sie hatte versucht, ihm zu erklären, dass Matteo zunächst ein Freund gewesen sei, als sie am dringendsten einen brauchte, doch Jamie hatte die ganze Zeit so ein belustigtes Funkeln in den Augen, und sie merkte, dass er sie nicht ernst nehmen würde.

»Ich möchte nicht, dass du traurig bist, Punkt«, sagte Matteo. »Es ist kein Abschied. Wir sehen uns wieder.«

»Aber eine ganze Weile nicht, und ich bedaure es, ich kann nicht anders. Ich bin traurig.«

Er küsst sie, und sie hält ihn fest. Ihr kommen die Tränen und ihr Kinn zittert.

»Ich will nicht auf Wiedersehen sagen.«

»Dann sage ich es. *Adiós*, meine schöne Nachbarin.« Er legt den Finger unter ihr Kinn. »Pass gut auf dich auf.«

»Ich werde es versuchen.«

»Es wird okay sein, Maddy. Besser als okay. Das verspreche ich.«

Ungeachtet Matteos tröstlicher Worte tut Maddy das Herz weh, als er davongeht. Sie setzt sich auf die Bank und sieht zu, wie seine Gestalt kleiner und kleiner wird, bis er außer Sichtweite ist, mit der Menge verschmolzen.

Sie seufzt und weiß, dass sie zu Jamie zurückkehren sollte, stattdessen geht sie ans Wasser. Die Flut zieht sich gerade zurück, und der Sand schimmert golden. Sie zieht ihre Converse-Sneakers aus und spürt den kalten Sand an den Fußsohlen. Sie braucht noch ein wenig Zeit, obwohl Jamie sie erwartet. Sie braucht ein bisschen Zeit, um ihre Gefühle zu ordnen, und es gibt nur einen Menschen, der ihr dabei helfen kann.

Sie zieht ihr Telefon aus der Tasche, findet den Kontakt und drückt auf ›Anrufen‹.

Lisa nimmt nach dem ersten Klingelton ab. »Maddy?«

Niemand sagt etwas. Maddy denkt an das letzte Mal, als sie miteinander gesprochen haben, als Lisa ihr Sturheit vorgeworfen hat. Sie denkt an all den Schmerz, den sie ihrer Freundin zugefügt hat. Sie versucht, sich an den Zorn zu erinnern, den sie damals empfand, doch der ist wie weggeweht.

»Kannst du reden, Lis?«, fragt sie.

»Klar.«

Eine weitere Pause. Maddy stellt sich vor, wie Lisa den Hörer ans Ohr presst. Ihr liebes Gesicht. Erst jetzt, als sie ihre Stimme hört, geht ihr auf, wie sehr sie sie vermisst hat.

»Ich muss nur ... Ich muss nur etwas besprechen. Und du bist der einzige Mensch ...«

»Oh. Was ist passiert?«, fragt sie mit diesem atemlosen Interesse, das typisch für Lisa ist. Es ist der alte Satz von damals, als sie noch in ihren Zwanzigern waren und einander zu jeder Tages- und Nachtzeit anriefen, um sich Rat zu holen. Und in diesem Moment weiß Maddy, alles ist verziehen. Sie sind immer noch sie beide. Immer noch Freundinnen fürs Leben.

Maddy spürt, wie die Sonne ihre Tränen trocknet, während sie Lisa von Matteo erzählt, wie traurig es war, Abschied zu nehmen.

»Ah, ein heißblütiger spanischer Liebhaber?«

»Er war nett, als ich jemanden Nettes brauchte.«

»Ihr wollt nicht weitermachen?«

»Ich möchte gern, er möchte es gern, aber ich bezweifle, dass es funktionieren wird«, sagt sie. »Nicht bei dieser Entfernung. Und nicht mit Jamie. Außerdem braucht Matteo jemanden in seinem Alter. Er möchte eine Familie.«

Sie reden noch eine Weile über Matteo, und dann erzählt Maddy Lisa von der Suche nach Jamie. Sie spart nichts aus, beschreibt, wie sie ihn aus dem Meer gezogen hat. Es ist ein gutes Gefühl, Lisa all die furchterregenden Details zu schildern; manches hat Lisa schon von Trent erfahren.

»Mein Gott, Maddy, du bist so mutig.«

»Ich bin einfach dankbar, dass … dass … nun … ich bin dankbar für diese zweite Chance. Das ist alles.«

Nach einer Pause sagt Lisa: »Bekommen wir auch eine zweite Chance? Es tut mir so, so leid, dass ich dich enttäuscht habe, Maddy. Dass ich nicht mutig genug war, dir die Wahrheit zu sagen.«

»Das ist in Ordnung, ich verstehe es«, sagt Maddy mit einem leisen Lachen. »Du warst in einer unmöglichen Situation. Und ich war schrecklich zu dir. Es tut mir wirklich leid.«

Sie schweigt einen Augenblick und starrt aufs Meer und die erstaunlichen Himmelsfarben.

»Ich schätze, aufs ganze Leben gesehen sind uns ein, zwei Ausrutscher erlaubt, meinst du nicht?«, fragt Lisa.

»Vermutlich schon.«

»Ich fühle mich richtig mies, dass du so eine beschissene Zeit durchmachen musstest und ich nicht bei dir war.«

»Das ist in Ordnung. Meine Schwimmtruppe hat mich aufrecht gehalten.«

»Die würde ich gern kennenlernen.«

»Ich nehme an einem Schwimmen teil. Um die Seebrücke. Komm doch einfach dazu.«

»Das würde mir gefallen. Einverstanden.«

Im Handumdrehen haben sie ein Treffen verabredet, und sie reden und reden. Maddy spaziert über den Sand, sie ist gespannt auf Lisas Neuigkeiten und freut sich, dass Tess, Lisas Tochter, mit ihrem Freund zusammengezogen ist.

»Wann kommst du nach Hause?«

»Ich bin mir nicht sicher, wo mein Zuhause inzwischen ist. Und ich bin gern nahe am Meer. Aber«, seufzt sie. »ich habe keine Ahnung, wie ich hier eine Wohnung finanzieren soll. Nicht, nachdem wir das Haus verloren haben. Ganz zu schweigen davon, dass meine Karriere in Trümmern liegt. Ich bin fertig damit, Lis. Ich kann mich nicht mehr der Welt präsentieren. Ich kann nicht die Frau sein, die ich versucht habe zu sein.«

»Dann lass es. Sei einfach du selbst. Du weißt doch, dass alle wissen wollen, ob du Jamie gefunden hast, oder?«, fragt Lisa. »Für den Anfang könntest du auf jeden Fall ein Live-Insta darüber machen.«

»Das glaube ich nicht. Nach meinem letzten Ehrlichkeitsanfall.«

»Der so viele Kommentare bekam. Ich habe sie gesehen«, sagt Lisa. »Die Menschen sind dir so dankbar für deine Aufrichtigkeit.«

Maddy hat sich nicht überwinden können, all die Kommentare zu lesen. Seither war sie kaum noch auf Instagram.

Sie war zu besorgt um Jamie. Doch als sie das von Lisa hört, blitzt etwas von ihrer alten Online-Eitelkeit in ihr auf.

»Warum denkst du nicht darüber nach? Lässt dir von Jamie helfen? Und nutzt deine Plattform dazu, anderen in einer ähnlichen Situation zu helfen?«

»Ich bin mir nicht sicher, ob er das tun würde.« Aber schon als sie es sagt, fragt Maddy sich, ob es stimmt. Jamie ist eine Quelle steter Überraschungen, seit sie ihn wiedergefunden hat.

Sie schaut aufs Meer und lässt sich Lisas Vorschlag durch den Kopf gehen. Geriffeltes goldenes Wasser fließt auf sie zu, und sie beobachtet, wie es kommt und geht, ein stetiges Ende, ein stetiger Anfang.

# 53
## Familienfeier

Tor hatte auf eine elegante Zeremonie gehofft, doch die kommunalen Ehrungen des Radiosenders finden online statt. Dennoch hat es etwas Festliches, als sie in ihrem Wohnzimmer neben Lotte vor dem Bildschirm sitzt. Es gibt für diese Gemeindeehrung etliche Mitbewerber, und während sie von der Einsatzbereitschaft der anderen Ehrenamtlichen hört, beschleicht sie mehr und mehr das Gefühl, die Nominierung überhaupt nicht verdient zu haben.

Wie hart es während des letzten Jahres für viele Menschen war und wie viele durchs Raster fielen, ist ihr leider wohlvertraut, aber sie ist überwältigt von der optimistischen Einstellung und der Findigkeit jener Menschen, die etwas dagegen unternahmen. Eine Frau zum Beispiel opferte alles, um ihr Altenheim in Gang zu halten, ein Schuldirektor hielt während der Pandemie etliche Schulen für gefährdete Kinder geöffnet. Dann ist da noch eine sympathische Frau, die ihren Chor für Demenzpatienten online weiterführte, und schließlich ist Tor an der Reihe.

Der Moderator stellt sie vor und erzählt von ihrer Wohltätigkeitsorganisation. Das Ganze wird im Radio übertragen, doch Tor spricht über Zoom mit dem Moderator im Studio. Dieser kündigt ein kurzes Video-Interview an, das er ihr gern vorspielen würde.

Tor ist überrascht und errötet, als sie Arek sieht, der von seinem Engagement bei Home Help erzählt und von Tors vielen Aufgaben. Dann kommt Vic dazu.

Tor ist gerührt, als ihr auffällt, dass Vic sich feingemacht hat.

»Ich weiß nicht, was ich getan hätte, wenn Tor nicht gewesen wäre. Besonders an Weihnachten.«

Lotte drückt Tors Hand.

»Sie ist immer freundlich. Als ihre Freundinnen Claire und Maddy mir von dieser Ehrung erzählten, sagte ich, ich könne mir niemand anderen vorstellen, der sie mehr verdient hätte als Tor.«

»O mein Gott«, flüstert Tor. Denn jetzt wird ihr klar, dass Claire und Maddy diejenigen sind, die sie nominiert haben. Und alle hatten darüber Bescheid gewusst? Das Ganze passierte dank der Sea-Gals?

»Wusstest du davon?«, fragt sie Lotte flüsternd, und Lotte nickt.

»Wir haben alle abgestimmt«, sagt sie. »Es war Claires und Maddys Idee. Wir haben darüber gesprochen, als ich ihr die Haare geschnitten habe.«

*Vor so langer Zeit?*, denkt Tor.

»Tor ... Tor, sind Sie da?«, fragt der Moderator, und Tor grinst.

»Ja, ich bin da. Vielen Dank.«

»Nein, wir sind es, die uns bei Ihnen bedanken müssen«, sagt der Moderator. »Ihr Preis und eintausend Pfund für Ihre Organisation werden Ihnen später vorbeigebracht.«

»Es ist fantastisch, ich muss wirklich einigen Menschen Dank sagen. Denjenigen, die mich nominiert haben – meinen Schwimmfreundinnen Helga, Maddy, Dominica und Claire. Vor allem aber der einen Person, die mich stets unterstützt hat. Die mich an mich selbst glauben lässt.«

Sie wendet sich lächelnd an Lotte. »Ich möchte meiner Freundin – meiner Partnerin – Lotte danken, die hier neben mir sitzt. Ich liebe dich. Ohne dich hätte ich das niemals geschafft.«

Lottes Augen füllen sich mit Tränen.
»Das ist so wunderschön. Danke, Tor«, sagt der Moderator. Dann, ehe sie sich's versieht, ist das Interview beendet, und sie sind nicht mehr auf Sendung.
»Ich kann nicht glauben, dass du das gesagt hast«, sagt Lotte. »Auf Sendung. Jeder hat es gehört.«
»Das hoffe ich doch«, antwortet Tor grinsend.
Ihr Telefon summt, und als sie auf das Display schaut, wirft sie Lotte einen Blick zu. Ihre Mutter ruft an.
Bevor sie drangeht, fragt Tor: »Kann ich sie hierher einladen? Für einen Tag? Um dich richtig kennenzulernen?«
»Ich dachte schon, du würdest niemals fragen.«

Lotte besteht darauf, am Wochenende nach der Ehrung bei Waitrose für ein festliches Picknick ein Vermögen auszugeben. Sie ist nervös, und Tor hat sie noch nie so hasenherzig gesehen, als sie am Strand die Liegestühle aufstellt. Tor blickt prüfend auf ihr Telefon, sie weiß, das Parken ist für ihre Eltern ein Albtraum. Schließlich sieht sie sie und winkt ihnen zu, als sie am Strand auf sie zukommen.
»Entspann dich«, sagt Tor zu Lotte. »Ich verspreche dir, es wird okay sein.«
Sie meint, was sie sagt. Sie hatte sich solche Sorgen gemacht, doch diese Ehrung hat sie mit dem nötigen Selbstvertrauen ausgerüstet. Als ihre Mutter unmittelbar nach der Übertragung anrief, klang sie wegen Tors Dankesrede schockiert, doch Tor schnitt ihr das Wort ab und lud zu einem Picknick ein – und ihre Mum sagte zu.
Gleich darauf rief Alice an.
»Lotte?«, fragte sie. »Lotte, deine Mitbewohnerin, ist deine Partnerin?« Sie klang ganz aufgeregt, und Tor schaltete sie auf Lautsprecher.

»Du bist auf Lautsprecher. Sag hallo.«
»Die berühmte Alice«, sagte Lotte.
»Nun, das ist erstaunlich«, sagte Alice. »Endlich, verdammt noch mal.«
»Wie meinst du das?«
»Glaubst du, ich hätte nicht bemerkt, dass du auf Frauen stehst? Ich weiß das schon, seit wir ungefähr sieben waren.«
Lotte fing an zu lachen. »O mein Gott, Alice. Du solltest ihr Gesicht sehen.«
»Ich weiß nicht, ob Mum und Dad es wissen«, sagte Tor verwirrt. Wie hatte Alice es die ganze Zeit wissen können?
»Oh, mach dir um sie keine Sorgen. Überlass das mir. Ach, Tor, ich bin so stolz auf dich.«
Tor legte das Telefon beiseite, und Lotte zog sie in ihre Arme. »Warum schimpfst du immer so über sie? Sie klingt großartig.«

Jetzt fragt sich Tor, was Alice ihren Eltern erzählt haben mag. Sie hat sie seit Ostern nicht mehr gesehen, als sie die Bombe platzen ließ, dass sie an rheumatoider Arthritis leidet. Ihre Mum hat ihr seither mehrere Umschläge mit Broschüren geschickt. Sie weiß, dass sie sich Sorgen macht und helfen möchte, deshalb ist sie froh, dass sie kommen wird. Um mit eigenen Augen zu sehen, wie gut es Tor geht. Es hilft, dass sie zusammen am Meer sein werden. Sie hat das Gefühl, dort ist der beste Ort für dieses Treffen, viel besser als bei ihr zu Hause.

Tor begrüßt ihre Eltern, und nachdem ihre Mutter ihrem Ärger über das Parken Luft gemacht hat, stellt Tor ihnen Lotte vor.

»Mum, Dad, das ist Lotte«, sagt Tor. »Lotte – Rita und Roger.«

»Ich freue mich, Sie kennenzulernen«, sagt Lotte.

»Ihr seid Partnerinnen?«, fragt Tors Mum nach, und ihr Blick huscht zwischen ihr und Lotte hin und her. »Sie sind diejenige, die ihr die Haare macht?«

Lotte wirft Tor einen nervösen Blick zu. Tor hat einen neuen Haarschnitt, und für das Foto, das sie für die Feier eingeschickt hat, hat Lotte ihrem Haar wieder seinen natürlichen Kastanienton zurückgegeben.

»Ja, das bin ich«, antwortet Lotte.

Tor wird ebenfalls nervös. Ihre Eltern werden doch nicht versnobt darauf reagieren, dass Lotte Friseurin ist, oder? Wo das doch das geringste ihrer nicht unbeträchtlichen Talente ist.

»Das haben Sie sehr gut gemacht«, meint Roger. »Sie ist sehr hübsch ohne das lilafarbene Haar.«

»In meinen Augen ist sie auch sehr hübsch mit lilafarbenem Haar«, sagt Lotte, und Tor hätte sie am liebsten geküsst, weil sie auf so charmante Weise für sie einsteht.

»Es tut mir leid, dass ich euch das nicht schon früher erzählt habe«, sagt Tor, »von uns beiden. Aber ich wünsche mir, dass ihr euch für mich freut. Denn ich bin glücklich. Wirklich glücklich.«

Sie lächelt Lotte an.

»Ich liebe sie«, platzt Lotte heraus. »Vorbehaltlos. Total. Ich werde mich um sie kümmern und sicherstellen, dass sie alles hat, was sie möglicherweise brauchen oder wollen könnte«, fügt sie hinzu und schüttelt Tors Dad die Hand und umarmt ihn ungestüm.

»Meine Güte. Dann passt es ja, dass ich Champagner mitgebracht habe«, sagt Roger, »denn das ruft wirklich nach einer Feier.«

»Wir sind so froh, dass du glücklich bist, Liebling. Wirklich, das meine ich ernst«, sagt ihre Mum. »Und du siehst so gut aus.«

»Es geht mir auch gut. Jetzt, wo es nicht mehr so kalt ist, ist es viel besser.«

»Warst du schon schwimmen? Ich habe meinen Badeanzug mitgebracht. Ich dachte, ich könnte mal reingehen. Mit dir, mit euch beiden«, sagt ihre Mum nervös.

»Worauf warten wir dann noch?«, ruft Lotte und zieht bereits ihre Kleider aus. »Los, Rita, laufen wir um die Wette bis zum Meer.«

Auch Tors Mum, von Lottes Begeisterung sichtlich überrascht, fängt an, ihre Kleider abzulegen.

»Oh, ist das nicht herrlich!«, sagt sie zu Tor und lächelt aufgeregt.

## 54
### Dem Horizont entgegen

Als Linus anruft, um ihr zu sagen, dass er im Hafen angekommen ist, bestellt Helga auf der Stelle ein Taxi. Sie ist so nervös, dass sie auf der Fahrt mit ihrem neuen Telefon Dominica anruft.

»Es ist so weit. Gleich treffe ich ihn«, sagt sie aufgeregt. »Er ist hier. Im Hafen.«

»Mein Gott, Helga. Wie fühlst du dich?«

»Wie ein leichtsinniges Schulmädchen, wenn ich ehrlich sein soll. Ich habe solche Angst.«

»Angst?«, lacht Dominica. »Du?«

»Was, wenn es nicht funktioniert? Was, wenn er nicht genauso empfindet?«

»Dann wirst du es erfahren«, meint Dominica. »Mach dir keine Sorgen. Du wirst es ganz schnell wissen.«

Sie unterhalten sich noch eine Weile, und Helga ist Dominica für ihre beruhigenden Worte dankbar. Sie erinnert sich, dass auch Dominica eine bedeutsame Woche hinter sich hat. »Wie ging es in deinem Kurs?«, will sie wissen, da Dominica in dieser Woche ihre Ausbildung zur Beraterin begonnen hat.

»Ich habe eine Menge netter Leute kennengelernt, obwohl vorerst alles noch auf Zoom stattfindet. Es macht Spaß, wieder etwas zu lernen und mein Gehirn zu benutzen. Und natürlich hält mich Luna auf Trab. Ich bin sehr froh, sie bei mir zu haben.«

Helga lächelt. »Ich habe dir doch gesagt, dass du einen Gefährten brauchst.«

»Auf Schritt und Tritt werde ich angehalten. Plötzlich

lerne ich reihenweise Nachbarn kennen, die mir bisher gar nicht aufgefallen sind. Heute Abend haben mich welche zu einem Glas Wein eingeladen.«

»Das ist wunderbar. Oh ... hier ist es.« Sie klopft gegen die Glasscheibe, um den Taxifahrer auf die Abzweigung zum Hafen aufmerksam zu machen. »Ich muss aussteigen.«

»Viel Glück. Vergiss nicht, du bist ein Sea-Gal. Egal, was passiert ... das bleibst du.«

Linus hat ihr die Nummer des Liegeplatzes genannt. Im Hafen ist mehr los, als Helga erwartet hat, die Anleger sind an beiden Seiten belegt. Als sie den Holzsteg entlanggeht und das Wasser gegen die Schiffshecks klatscht, fällt ihr auf, dass die Wasseroberfläche überall, wo Diesel ausgelaufen ist, in sämtlichen Regenbogenfarben schillert. Sie muss daran denken, wie lebhaft es in all den Häfen weltweit zuging, die sie angelaufen hat, und wie es sich anfühlte, am Anleger festzumachen, erschöpft, aber in Sicherheit. Sie ist so aufgeregt, dass sie bald wieder auf einem Boot sein wird – wieder segeln wird. Denn das hat Linus ihr versprochen.

Ihr Herz hämmert. Es geschieht wirklich. *Ich treffe mich tatsächlich mit Linus.* Am liebsten möchte sie sich kneifen.

»Hey, Helga. Hier drüben.«

Sie hört jemanden rufen und beschirmt ihre Augen. Linus steht winkend am Ende des Anlegers an der Reling einer Yacht. Sie läuft lächelnd auf ihn zu.

Vor der weißen Yacht bleibt sie stehen. Linus hat die Segel halb eingeholt, und das Schiff schaukelt auf dem Wasser. Linus trägt ein blaues Fischerhemd. Er nimmt die Mütze ab.

»Willkommen an Bord«, sagt er, streckt ihr die Hand entgegen und hilft ihr, an Deck zu springen. Eine Sekunde lang stehen sie dicht aneinandergepresst. Obwohl sie beide im Lauf der Jahre geschrumpft sind, sind ihre Proportionen im-

mer noch dieselben. Sie sieht nicht den alten Mann, sondern den Jungen, in den sie sich vor all diesen Jahren verliebt hat.
»Helga. Du bist gekommen.«
Und eine gewaltige Welle der Erleichterung erfasst sie, denn jetzt weiß sie es. Es ist genau so, wie Dominica gesagt hat. Sie begreift tief in ihrem Innern, dass sie hier sein soll. Sie und Linus sind füreinander bestimmt, und ihr Leben wird von diesem Moment an unverbrüchlich mit seinem verbunden sein.
»Ich habe etwas für dich«, sagt sie und zieht den Zettel aus der Tasche. Er nimmt ihn entgegen und erkennt seine eigene verblasste Handschrift, und seine Augen weiten sich. »Ich weiß, ich komme fünfzig Jahre zu spät, aber du sollst wissen, dass ich nichts so sehr bedauere, wie dass ich damals nicht gekommen bin«, sagt sie. »Auch deshalb ist es so ein gutes Gefühl, mich endlich mit dir auf dem Anleger zu treffen.«
Er sieht sie an, die Sonnenreflexe des Wassers tanzen auf seinem Gesicht.
»Ich war so dumm. Es hat eine ganze Weile gedauert, bis ich es begriffen habe. Es tut mir leid.«
Er zieht sie fest an sich. Dann seufzt er. »Besser spät als nie«, flüstert er und küsst sie auf den Scheitel. Helga hat das Gefühl, irgendwo in ihrem Innern sei eine Tür aufgegangen, und sie fühlt sich wie ein Vogel, dem die Freiheit geschenkt worden ist.
Er zeigt ihr die Yacht, und Helga ist bereits in das Schiff verliebt, als sie die adrette Kabine betreten, wo Linus zwei Bier aus einem kleinen Kühlschrank holt. Als sie in einem Netz den abgewetzten Scrabble-Karton sieht, eilen ihre Gedanken bereits voraus zu einer abendlichen Partie. Sie kann es nicht glauben, wieder auf einer Segelyacht zu sein. Es fühlt sich an, als singe ihre Seele.

Sie gehen zurück an Deck und unterhalten sich über Linus' Törn hierher, und sie lauscht seinem Abenteuer und ist sicherer denn je, dass sie beim nächsten mit dabei sein wird. Sie fragt ihn, ob er müde ist, und als er verneint, bittet sie ihn, mit ihr eine kleine Runde zu segeln. Sie ist begeistert, mit welcher Geschicklichkeit er die voluminösen weißen Fender einholt.

»Kannst du diese Leine übernehmen?«, fragt er, und instinktiv holt sie mit den richtigen Griffen die Schleppleine ein, das Körpergedächtnis hat alles bewahrt, so dass sie sich augenblicklich wieder jung fühlt. Sie arbeiten mühelos als Team, genau wie früher.

Er setzt rückwärts aus der Anlegebucht, und mit Hilfe des Motors lassen sie die Hafenmauern hinter sich.

»Wohin geht es?«, fragt sie, als sie neben ihm am Steuer steht, einen Arm um ihn gelegt, das Gesicht der Sonne und der salzigen Brise zugewandt.

»Dem Horizont entgegen, dann sehen wir, was passiert«, sagt er.

»Das hört sich nach einem guten Plan an.«

# 55
# Die Windkraftanlage

Beim Blick durch die Schwimmbrille wirkt das Wasser in Strandnähe grün und trüb, aber als sie weiter hinausschwimmt, wird es klar. Claire erkennt tief unter sich den geriffelten Sand und eine Krabbe, die wegläuft, als ihr Schatten auf sie fällt. Warum ins Ausland reisen, wenn es hier so schön ist?

Sie hat ihren Rhythmus gefunden und achtet auf die Blasen, wenn sie durch die Nase aus- und bei jedem dritten Schwimmzug einatmet. Sie ist auf dem Weg zur entferntesten Boje, und ihr ist ganz schwummrig von ihrem eigenen Mut. Claire hatte an diesem Morgen einen solchen Drang zum Meer, dass sie unbedingt ins Wasser musste. Es ist das erste Mal, dass sie allein im Meer schwimmt. Dominica ist beschäftigt, Tor und Lotte besuchen Alice, und Helga sollte unterwegs sein, um sich mit Linus zu treffen. Maddy hat mitgeteilt, sie sei mit Jamie auf Wohnungssuche, und bisher klingt es ziemlich stressig, etwas zu finden, das sie sich auch leisten können.

Wenn sie den Kopf aus dem Wasser hebt, sieht sie in der einen Richtung die Windkraftturbinen und auf der anderen Seite das Grand Hotel, das aussieht wie eine riesige Vanilleeistorte. In der Ferne zeichnet sich die Seebrücke ab, wo die Fahrgeschäfte surren, und dank der Brise hört sie schwach die Begeisterungsschreie der Kunden auf der Suche nach einem Kick. Ein entsetzlicher Gedanke, dass Jamie aus dieser Höhe ins Wasser gefallen ist.

Sie ist so froh, dass Maddy ihren Sohn wiederhat, und denkt an Ash und Felix, die gerade den Hausputz erledigen, ein beinahe unglaublicher Gedanke.

»Wenn du am Samstag schwimmen gehst, putzen wir«, hatte Ash morgens verkündet. »Dad, Felix und ich haben uns abgesprochen. Wir werden ganz laut Musik spielen und saubermachen, während du weg bist.«

»Wir haben über deine Worte nachgedacht«, erklärte Pim. »Wir finden, es ist höchste Zeit, dass wir unseren Anteil übernehmen.«

Claire denkt insgeheim, sie wird es erst glauben, wenn sie es sieht, doch als sie nach Hause kommt, ist tatsächlich alles blitzblank.

»Besser spät als nie, hm?« Claire bedenkt sie alle mit einem Lächeln. »Nimm ein Bad«, sagt Pim. »Dann zieh dich an. Wir machen einen Ausflug.«

»Einen Ausflug?«

»Wir fahren mit dem Boot zur Windkraftanlage«, erklärt Felix.

»Ach ja?«

»Und nehmen ein Picknick mit«, kündigt Ash an, dann fällt ihm etwas ein, und er rennt die Treppe hinunter. Sie hört den Wecker des Backofens klingeln.

Claire ist beeindruckt, als Pim und Felix sich ebenfalls auf den Weg machen.

»Wir haben uns über Berufe unterhalten«, erklärt Pim. »Felix interessiert sich ernsthaft fürs Ingenieurwesen.«

»Oh?«

»Und Ash hat dich zitiert.«

»Mich?«

»Ja, irgendwas wie, man brauche die Antworten nur vor der eigenen Haustür zu suchen.«

»Das habe ich gesagt?«

»Hast du. Du bist sehr weise«, sagt er und drückt sie voller Zuneigung, dann schiebt er sie ins Badezimmer. »Beeil dich. Wir müssen bald los. Ich mache schon mal die Fahrräder klar.«

Als Claire vierzig Minuten später die Haustür abschließt, sieht sie, wie ein Makler ein Verkaufsplakat an Robs und Jennas Zaun anbringt, und sie grinst Pim zu, der strahlend zurücklächelt. Sie hat Gerüchte gehört, dass die beiden wegziehen, weil sie keine Baugenehmigung bekommen haben, und sie horcht kurz auf das Vogelgezwitscher aus dem geretteten Baum.

»Die wären wir los«, meint Pim.

Gemeinsam radeln sie zum Hafen. Sie haben als Familie schon so lange keinen ganzen Tag mehr miteinander verbracht, dass es sich wie Ferien anfühlt. In der Warteschlange für das Boot, das sie zur Rampion Wind Farm bringen wird, macht Claire ein Selfie und kopiert es in ihren WhatsApp-Chat. Sie ist stolz auf Pim und seine Initiative und will es unbedingt mit den Sea-Gals teilen will. Helga antwortet sofort: »Ich werde später im Hafen sein. Du könntest kommen und Linus kennenlernen. Wir sind am Ende des Anlegers. Kommt alle. Ich möchte, dass ihr ihn kennenlernt.«

Der Ausflug zur Windkraftanlage ist ein Erlebnis, die Jungen sind völlig begeistert. Claire macht zahlreiche Fotos, als sie um die riesigen Segel herumgleiten. Das Land scheint meilenweit weg, Brighton ist nur noch ein winziger Fleck in der Ferne. Es tut gut, einmal eine andere Perspektive einzunehmen. Das hat sie schon eine ganze Weile nicht mehr getan.

Felix unterhält sich mit einem Mitfahrer und gesellt sich dann zu Claire und Ash.

»Schaut euch das Wasser an. Es ist so klar«, sagt Claire. »Am liebsten würde ich reinspringen.«

»Die Leute haben mir von dem Schwimmen erzählt«, sagt Felix.

»Welchem Schwimmen?«

»Hier draußen findet ein Wettschwimmen statt. Offenbar ein Staffelrennen. Du solltest mitmachen, Mum.«

»Ich?«

»Wenn du um die Seebrücke herumschwimmen kannst, warum denn nicht?«

Claire lacht, aber sie sieht, dass er es ernst meint, und ist stolz, dass er ihr etwas so Tollkühnes zutraut.

»Du erzählst uns doch immer, wir sollten uns Herausforderungen suchen. Warum probierst du es nicht einfach aus?«

»Sehen wir erst mal, ob ich es um die Seebrücke schaffe«, sagt sie, hakt ihn unter und sieht grinsend zu Pim, der ein Foto macht.

Als sie zum Hafen zurücktuckern, haben sie das Gefühl, im Ausland gewesen zu sein. Erst recht, als Ash bei Sonnenuntergang eine Gruppe Delfine sichtet. Es ist zauberhaft, sie in der Nähe des Schiffshecks spielen zu sehen.

Vom Hafen aus radeln die beiden Jungen nach Hause, und Pim begleitet Claire zu dem Treffen mit Helga; Claire ist richtig nervös, ihn ihren Freundinnen vorzustellen. Ihn an ihrer Seite zu haben macht alles irgendwie komplett.

Helga schickt eine Wegbeschreibung, und sie entdecken die Yacht am Ende des Anlegers. Maddy ist mit Jamie bereits an Bord, Dominica sitzt mit Luna auf dem Schoß auf der Bank, und auch Tor und Lotte haben sich dazugequetscht.

»Noch mehr wunderbare Sea-Gals«, sagt Linus, der sie willkommen heißt und erst Claire und dann Pim die Hand schüttelt.

Er ist nett, denkt Claire sofort. Er ist gebräunt, mit einem Zwinkern in den Augen und silbernem Haar, und als er den Arm um Helga legt, sieht sie, dass er sie anbetet. Helga strahlt vor Glück, als beide von ihrem Tagestörn erzählen. Er betastet einen Lederanhänger, den er um den Hals trägt, und Claire stellt fest, dass er identisch ist mit dem in Helgas Schlafzimmer, der um das Foto gewunden war.

Claire erzählt von ihrem Ausflug zur Windkraftanlage und der Delfinsichtung.

»Das hört sich viel besser an, als eine Wohnung zu suchen«, sagt Maddy mit einem Seufzer.

»Kein Spaß?«, fragt Claire.

»Nein«, antwortet Jamie. »Obwohl es auch gute Neuigkeiten gibt. Los, Mum, erzähl's ihnen.«

Maddy lächelt ihm zu. »Nun, es ist nichts ... aber es könnte etwas werden.«

»Mum hat eine Beraterin.«

»Hatte eine Beraterin. Als ich sie mir noch leisten konnte. Manpreet.«

»Sie ist eine große Nummer auf Social Media«, erklärt Jamie. »Ihr gefielen Mums Posts, und seit Mum erzählt hat, wie sie mich gefunden hat, will sie uns helfen, uns neu zu orientieren.«

»Neu inwiefern?«, will Dominica wissen.

»Jamie hat sich einverstanden erklärt, mich zu unterstützen«, sagt Maddy. »Wir werden von unserer gemeinsamen Reise erzählen. Und versuchen, anderen in einer ähnlichen Situation zu helfen.«

»Wir wollen uns an Menschen wenden, die weniger Glück hatten als wir«, fügt Jamie hinzu.

»Das ist großartig«, sagt Claire.

»Es wird ein hartes Stück Arbeit werden, aber Manpreet wird uns helfen. Und was das Beste ist, sie verlangt nichts dafür. Zumindest nicht für die ersten Auftritte. Das wird sich ändern, sobald wir Erfolg haben, da bin ich mir sicher, aber dieses Problem lösen wir, wenn es so weit ist. Ich glaube nicht, dass ich viel Geld damit verdienen werde, aber es muss etwas passieren. Wir haben uns nach Mietwohnungen umgesehen und ...«

Ihre Schultern sacken nach vorn, und sie macht ein verzweifeltes Gesicht.

»Nicht sehr lustig?«, will Claire wissen, und Maddy schüttelt den Kopf.

»Alles ist lächerlich überteuert. Bei solchen Kosten werden wir im Auto schlafen müssen.«

»Nun, wir hätten da eine Idee«, sagt Helga unvermittelt und grinst erst Linus an, dann Maddy. »Warum bleibt ihr nicht in meinem Haus?«

»In deinem?«, fragt Maddy.

»Ich fürchte, ich plane, euch dieses Sea-Gal zu entführen«, sagt Linus.

»Weg von hier?«

»Wir segeln zuerst zu den Kanalinseln. Vielleicht nach Frankreich. Dann sehen wir weiter. Wir werden weg sein bis ...« Helga sieht ihn lächelnd an, und er zuckt die Schultern.

»Wer weiß?«, sagt er. »Wir wollen sehen, was passiert.«

»Was? Aber ihr könnt doch nicht einfach weggehen?«, sagt Maddy und sieht zu Claire, die weiß, was sie denkt ... dass das alles ziemlich überstürzt wirkt.

»Warum denn nicht?«, sagt Helga. »Wir empfinden beide dasselbe. Wir haben so lange auf dieses Abenteuer gewartet. Warum noch länger warten?«

»Wenn ihr es mir erlaubt«, sagt Linus, und es ist nur ein halber Scherz, »ich verspreche euch, ich werde sehr gut auf sie aufpassen.«

»Das solltest du auch«, sagt Dominica, und sie reden aufgeregt durcheinander, während Helga eine riesige Kühlbox öffnet und Bier austeilt, so als wäre sie auf dem Boot bereits zu Hause.

Maddy wirkt, als wäre ihr eine Last von den Schultern gefallen, als sie begreift, dass Helga ihr Angebot ernst meint – sie und Jamie könnten bei ihr wohnen.

»Wir passen gut darauf auf«, sagt Jamie. »Zuallererst repariere ich diese Kachel in der Küche.«

»Macht, was ihr wollt«, sagt Helga. »Ich freue mich, wenn es euch dort gefällt und das Haus nicht leer steht. Aber ihr müsst mir versprechen, Terry zu füttern.«

»Terry?«, fragt Jamie.

»Meine Möwe.«

»Er kommt in die Küche«, sagt Dominica. »Im Ernst.«

Sie bleiben, bis es allmählich dunkel wird, dann drängt Claire zum Aufbruch, da ihre Fahrräder kein Licht haben.

»Was für ein Tag!«, sagt Pim, als sie die Promenade entlang nach Hause radeln.

»Ein wunderbarer Tag«, sagt sie. »Danke.«

»Ich beneide Helga und Linus. Auf zu einem neuen Abenteuer.«

»Ich auch. Sie sahen aus wie Teenager.«

»Nicht wahr? Das bringt mich auf eine Idee – wie wäre es, wenn du und ich etwas Verrücktes täten?«

»Was denn? Auf einer Yacht auf und davon segeln?«

»Nein, etwas anderes. Unsere Fähigkeiten bei der Arbeit zu kombinieren. Gemeinsam etwas für unseren Lebensunterhalt zu tun.«

»Für unseren Lebensunterhalt?«

»Ja. Ich glaube, es würde einfach Spaß machen, in einem neuen Unternehmen Partner zu sein.«

Sie grinst begeistert. »Woran dachtest du denn?«

## 56
### Um die Seebrücke

Als sie von der Treppe zum Shortgolf hinunterschaut, sieht Maddy, dass der Strand bereits ziemlich voll ist; sogar von hier aus kann sie die ausgelassene Stimmung spüren, in der die Teilnehmer des Rund-um-die-Seebrücke-Schwimmens die Kleider am Strand ablegen. In der Luft hängt der Geruch von Doughnuts und Zuckerwatte.

Das Boot der Lebensrettungsgesellschaft schaukelt in der Brandung, und draußen auf dem Wasser sind die Markierungen zu erkennen. Sie hat befürchtet, dass es für Jamie unangenehm sein könnte, hierher zurückzukommen, und als sie jetzt die Treppe hinuntersteigen, folgt sie seinem Blick. Der Therapeut, den Dominica empfohlen hat, hat bereits Wunder bewirkt, und sie registriert mit Freude, wie Jamie von Tag zu Tag an Kraft gewinnt, auch wenn sie weiß, dass jederzeit neue Probleme aufkommen können. Der Therapeut hat Maddy empfohlen, sie dann nicht wegzureden.

»Wow. Es ist ganz schön weit bis da runter.« Er weist düster ans Ende der Brücke.

Sie nickt. »Ich weiß.«

»Wenn du nicht ...«

Er wendet sich zu ihr, und sie erkennt die Dankbarkeit und die Furcht in seinen Augen. »Ich weiß. Es ist in Ordnung.«

»Aber du hast mir das Leben gerettet, Mum.«

Sie sieht ihn lächelnd an, ihre Augen glänzen im Sonnenlicht, und sie schaudert – was wäre gewesen, wenn sie es nicht geschafft hätte? Wo sie doch noch ein Neuling ist, was das Meer betrifft? Sie ist ein Neuling im Leben-Retten.

»Jederzeit«, sagt sie lächelnd.

Er nickt und steigt weiter die Treppe hinunter, und als sie ihn beobachtet, mit seinem verstrubbelten Haar am Hinterkopf, das ihr damals bei seiner Geburt als Erstes aufgefallen war, weiß sie, es wird ihm bald wieder gutgehen. Ihnen beiden wird es bald wieder gutgehen.

Die letzten vierundzwanzig Stunden haben sie pausenlos geschuftet, die Kisten aus dem Airbnb in Helgas Cottage transportiert und ihr geholfen, ihre Sachen für die Reise mit Linus zu packen. Maddy hatte keine Zeit gehabt, für das Schwimmen zu trainieren, und jetzt ist sie hier und nervös wegen der bevorstehenden Kraftprobe.

»Es ist wirklich weit«, sagt sie zu Jamie, als sie den Strand erreichen und sehen, wie die vielen Schwimmerinnen und Schwimmer sich bereit machen. »Ich habe keine Ahnung, ob ich es schaffe.«

»Du wirst es schaffen. Du schaffst alles. Du bist meine Super-Mum.«

So hat er sie seit Jahren nicht mehr genannt, und sie lacht. Sie wird ihr Bestes geben müssen in dem Versuch, seine Erwartungen zu erfüllen.

»Wo sind Helga und Linus?«, fragt sie, und Jamie blickt suchend die Promenade entlang.

»Sie waren direkt hinter uns.«

Ihr Telefon plingt. Eine Nachricht von Lisa.

»Stecke im Verkehr fest, bin aber unterwegs. Viel Glück. Kann es kaum erwarten, da zu sein.«

Jamie wirft ihr einen fragenden Blick zu, und sie erklärt ihm, dass Lisa kommen und rechtzeitig zur Party da sein wird. Denn sie hofft, dass der Tag so enden wird, wenn sie das Schwimmen hinter sich gebracht haben. Dominica wird haufenweise Bier mitbringen, und Claire und Pim haben sich erboten, das Catering zu übernehmen. Alle sind wild entschlossen, Helga und Linus gebührend zu verabschieden.

Maddy und Jamie entdecken Tor, die bereits ihren Badeanzug anhat. Sie steht mit Lotte und einer weiteren jungen Frau zusammen und winkt Maddy zu sich. Tor stellt ihr Alice vor, ihre Zwillingsschwester. Alice hat dieses hypergepflegte Aussehen, das sie auch mal hatte, denkt Maddy, als sie die botoxbehandelte Haut, die perfekten Augenbrauen und Strähnchen sieht. Doch neben Tor, die so natürlich und frisch aussieht, wirkt sie älter und irgendwie verkniffener. Sie ist eine gutaussehende junge Frau, doch all ihre Bemühungen haben ihre Schönheit in Wirklichkeit nicht hervorgehoben, sondern eher ruiniert. Sie lächelt mit gebleichten, begradigten Zähnen.

»O mein Gott«, sagt Alice. »Tor hat mir alles über Sie erzählt. Sie sind *die* Maddy. Maddy von @made_home?«

»Ja.«

»Ich liebe Ihre Posts. Ehrlich. Als ich mein Haus eingerichtet habe, habe ich alle Ihre Ratschläge befolgt.«

»Danke.«

»Ich scherze nicht«, sagt Tor, als Maddy ihre Tasche abstellt. »Sie ist so etwas wie ein Super-Fan.«

»Ich kann nicht glauben, dass ich erst jetzt erfahre, dass Tor mit Ihnen befreundet ist.«

»Ich fühle mich geschmeichelt«, sagt Maddy mit einem Lachen. Sie unterhält sich eine Weile mit Alice, die Rat sucht für ihren geplanten neuen Wintergarten.

»Mir gefiel dieses Regal in Farnform, das sie damals vorgeführt haben.«

»Das habe ich immer noch. Ich bin gerade damit umgezogen.«

»Ich würde es Ihnen mit Freuden abkaufen.«

»Wirklich?«

Maddy hat sich bereits gefragt, was sie mit den vielen Sachen anstellen soll, die sie nicht ins Lager geben wollte und die jetzt in Helgas Wintergarten stehen, so dass dieses Gespräch plötzlich ihr Interesse weckt. Sie könnte alles verkaufen. An Leute wie Alice. Warum ist ihr das nicht schon früher eingefallen?

Als Alice sich dann Lotte zuwendet, fragt Maddy Tor: »Wie geht es mit den beiden?« Sie weiß, wie nervös Tor wegen der Begegnung zwischen Lotte und Alice war.

Tor sieht zu Lotte und Alice.

»Sie scheinen bestens miteinander auszukommen. Einfach so. Gestern kam sie uns ohne Graham und die Kinder besuchen, und es fühlt sich an – ich weiß auch nicht –, als wären wir bereits alle eine Familie. Und Lotte findet es großartig. Es sieht so aus, als könnten wir einen weiteren Schritt wagen. Lotte und ich haben darüber gesprochen, gemeinsam eine Wohnung zu suchen … nur für uns beide.«

»Das ist großartig, Tor. Ehrlich. Ich freue mich sehr für dich.«

Jetzt winkt sie Claire und Pim zu, die mit ihren Jungen dazukommen, beladen mit einem Tisch und mehreren Kühlboxen.

Jamie unterhält sich bereits mit Claires Söhnen und hilft ihnen, den Tisch und ein paar Liegestühle aufzustellen.

»Ich bin so froh, dass du da bist«, sagt Claire zu Jamie. »Ich möchte dich etwas fragen.«

»Oh?« Er sieht erst Maddy, dann Claire neugierig an.

»Pim und ich haben uns unterhalten«, verkündet sie. Sie klingt ganz kribbelig vor Aufregung. »Wir wollen etwas Neues wagen und ein Café eröffnen. *Tutoren und Tee*, wollen wir es nennen. Ein Ort, wo Schüler und Studenten hingehen, einen

Kaffee trinken und eine halbe Stunde von einem Tutor beraten werden können.«

»Wir haben uns bereits ein Lokal in der Nähe des Bahnhofs angesehen«, ergänzt Pim. »Es ist ein wenig heruntergekommen, deshalb brauchen wir Hilfe, um es zum Laufen zu bringen. Wir suchen jemanden, der jung und fit ist und uns beim Renovieren hilft. Und wir suchen Tutoren.«

»Und da haben wir an dich gedacht, Jamie«, sagt Claire.

»An mich?« Jamie sieht überrascht zwischen ihnen hin und her.

»Ja. Wir brauchen Hilfe bei der Renovierung.«

»Das ist eine fabelhafte Idee«, sagt Maddy. Sie ist wirklich gerührt, dass Claire Jamie helfen will, wieder auf die Füße zu kommen. »Jamie würde übrigens auch einen guten Tutor abgeben. Du hast das doch früher schon mal in den Ferien gemacht, erinnerst du dich? Als du mit deinen Abschlussprüfungen anfingst«, sagt sie zu ihm.

»Ja«, erwidert Jamie. »Das hatte ich vergessen, aber ja, es hat mir gut gefallen. Den Kindern Mathematik beizubringen.«

»Perfekt«, sagt Pim. »Sogar noch besser.«

Maddy überlässt es Pim und Claire, mit Jamie zu reden, und eilt Dominica zur Hilfe, die eine schwere Kühlbox schleppt. Sie hat sich Luna unter den Arm geklemmt und setzt sie jetzt auf dem Kies ab.

»Lass mich dir helfen«, sagt Maddy.

»Was für ein Tag«, ruft Dominica aus. Sie trägt einen langen Kaftan und einen Schlapphut und sieht aus wie aus einem Fotoshooting für exotischen Inselurlaub.

»Gut, dass du das alles hierhergeschleppt hast. Das Schwimmen wird viel leichter werden, wenn wir wissen, dass uns am anderen Ende kalte Getränke erwarten.«

Dominica umarmt Tor und sagt hallo zu Lotte und Alice, Pim und den Jungen. Es fühlt sich schon jetzt an wie eine Party, denkt Maddy und freut sich, dass Jamie und Pim so gut miteinander zurechtkommen.

»Oh, schaut mal«, sagt Dominica. Sie zeigt zur Treppe. »Da kommt der junge Liebestraum.«

»Wenn das nicht wahr ist!«, sagt Maddy und sieht zu Helga und Linus. Sie hat Helga immer für so unabhängig gehalten, aber sie und Linus sehen wirklich aus wie das perfekte Paar. Bei ihrem Einzug hat sie sich länger mit Linus unterhalten und bezweifelt nicht im Geringsten, dass er Helgas Gefühle absolut erwidert. Sie sind aufgeregt wie zwei Teenager, die sich auf eine Segeltour in den Ferien vorbereiten. Maddy freut sich sehr für sie.

Die Schwimmer versammeln sich jetzt am Wasser, und Claire zieht sich um und geht mit Tor und Maddy zum Wassersaum. Ganz allein steht dort ein Mädchen und blickt aufs Meer hinaus, die Arme um den Körper geschlungen.

»Alles in Ordnung?«, fragt Maddy.

»Ich wollte mit meiner Freundin zusammen schwimmen, aber sie ist nicht gekommen.«

»Komm mit uns«, sagt Maddy, und das Mädchen schließt sich ihnen dankbar an. Es gibt Maddy ein gutes Gefühl, sie zu ihrer Schar einzuladen, genau so, wie Helga sie vor all diesen Monaten zu den Sea-Gals eingeladen hat.

»Es ist kalt«, sagt das Mädchen, als sie den Zeh ins Wasser hält.

»Ja, aber es ist nur kaltes Wasser«, sagt Helga, die gerade hinzukommt und Claire angrinst. »Geh einfach langsam hinein und vergiss nicht, zu atmen.«

Das Mädchen geht nervös neben ihnen ins Wasser, froh über die Begleitung.

»Glaubst du wirklich, dort gibt es Aale?«, fragt Maddy Helga und nickt in Richtung des dunklen Wassers unter der Brücke.

»Nein«, sagt sie. »Nicht heute. Eigentlich ist es unwichtig, was darunter ist. Es wird dich nicht runterziehen. Das hast du doch inzwischen gelernt, oder nicht?«

»Ich weiß, aber ich hätte mehr trainieren sollen. Ich bin nervös.«

»Nicht nötig«, sagt Claire. »Wir passen alle aufeinander auf. Du wirst es schaffen.«

Maddy blickt auf das glitzernde Wasser und hört die Rufe der Schwimmer, die nach und nach starten. Sie hasst Menschen, die in den sozialen Medien prahlen und scheinbescheiden verkünden, wie beschenkt sie sich fühlen. Seit sie selbst damit aufgehört hat, fällt ihr auf, wie verlogen es klingt, dennoch verspürt sie Dankbarkeit wie eine physische Kraft, als sie die starken, erstaunlichen Frauen in die Wellen schreiten sieht. Sie fühlt sich als Teil eines Stamms. Als Teil einer Revolution.

»Also los«, sagt Tor. »Gehen wir es an.«

Maddy folgt Helga, die ins Wasser eintaucht, an ihrer Seite springt Dominica hinein und benetzt ihre Arme. Daneben lacht Tor mit Claire, und Maddy geht durch den Kopf, dass alles genau so sein soll, wie es jetzt ist, in diesem Moment, mit ihren Freundinnen und dem Horizont – und sie lässt sich in die kühle Umarmung des Meeres gleiten.

## Dank

Nach *The Cancer Ladies' Running Club* hatte ich gerade ein weiteres Buch zur Hälfte fertig, als Covid über uns hereinbrach. Im Lauf der folgenden Wochen merkte ich, dass unsere Welt sich veränderte und der Roman, an dem ich gerade schrieb, nicht mehr mit dieser Zeit in Einklang war. Ich bin meiner klugen Agentin bei Curtis Brown, Felicity Blunt, und ihrer Assistentin Rosie Pierce sehr dankbar, dass sie mir geholfen haben, die Spur zu wechseln. Mein Dank geht auch an meine hervorragende Lektorin Emily Kitchin und alle bei HQ, besonders an Lisa Milton, die in dieser schwierigen Zeit den Kontakt zu ihren Autorinnen und Autoren aufrechterhalten hat. Ich bedanke mich bei Katie Seaman, die das Lektorat unterstützte, bei Sarah Lundy aus der PR-Abteilung, bei Melissa Kelly aus dem Marketing, bei der fabelhaften Jo Rose aus dem Verkauf ebenso wie bei allen aus der Herstellung. Ich bin furchtbar stolz, HQ-Autorin zu sein, und danke all den anderen Autorinnen und Autoren für ihre Unterstützung in den sozialen Medien sowie sämtlichen Buchhandlungen, Bibliotheken und Buchclubs, die sich für Autoren und Autorinnen wie mich einsetzen.

Man sagt, die erste Regel für Schriftsteller laute: Schreib über das, was du kennst; deshalb hielt ich vor meiner eigenen Tür nach Anregung Ausschau. Ich wollte gern von dem erzählen, was wir während des Lockdowns gewonnen haben, weniger von dem, was wir verloren haben – und für mich waren das eine neue Wertschätzung der Natur und ein gewachsenes Gemeinschaftsgefühl.

Ich lebe seit zwölf Jahren in Brighton und hatte mich zwar im Sommer ins nahe gelegene Meer gestürzt, war faul in unserem aufblasbaren Kajak herumgepaddelt und etliche Male vom Stand-up-Paddleboard gefallen, doch außerhalb der Saison schwimmen zu gehen war mir nie in den Sinn gekommen. Als dann Covid zuschlug, gewann das Meer eine völlig neue Bedeutung für mich.

Wie Claire im Roman hatte ich tatsächlich eine Art Erweckungserlebnis; ich fragte mich, wie ich mehr als ein Jahrzehnt in direkter Nähe dieses Elements hatte leben können, ohne mich jemals mit Gezeitenplänen oder Strömungen zu beschäftigen. Ich begann, regelmäßig schwimmen zu gehen, und fand rasch eine Gruppe beherzter, Tee trinkender Superfrauen (und Männer) mit Bommelmützen und Dryrobes, mit denen ich mich bei Regen, Schnee, Frost und Sonnenschein, in der Morgen- oder Abenddämmerung, ins Wasser stürzte. Im Handumdrehen war ich süchtig nach dem Schock des kalten Wassers und dem Kameradschaftsgefühl.

Die Gemeinschaft der Meeresschwimmer in Brighton und überall an diesem Küstenabschnitt ist massiv gewachsen, hauptsächlich dank Cath und Kath, die Seabirds Social Enterprise betreiben – einen Laden und eine saisonale Schwimmschule, die das Schwimmen im Meer als Weg zu einem glücklicheren und gesünderen Leben befördert. Ich möchte ihnen ein lautstarkes Lob aussprechen für ihre unglaubliche Leistung und dafür, dass sie die ständig wachsende Salty-Seabirds-Gruppe auf Facebook ins Leben gerufen haben, der wir alle voller Stolz angehören.

Außerdem möchte ich mich bei der einfallsreichen Jo Godden von Rubymoon bedanken für ihre nachhaltige, nach ethischen Gesichtspunkten hergestellte Badebekleidung und auch dafür, dass sie die Vollmond–Schwimmen organisiert. Bei meiner Mitschwimmerin Lorelei möchte ich mich für ihre Unterstützung beim Schreiben bedanken und bei den South

Coast Sirens für ihr Engagement gegen die Wasserverschmutzung. Ein weiterer Dank geht an das Lebensretter-Team in Brighton und an die bewunderungswürdigen Leute von Knight (knightsupport.org.uk) und ihre großartige Wohltätigkeitsorganisation, die das Leben der Obdachlosen in Brighton entschieden zu verbessern hilft.

Und natürlich danke ich meinen eigenen Schwimmgruppen; ihnen ist dieses Buch gewidmet: The West Pier/Bandstand Saltys und The Splashers And Bobbers, ganz besonders Kathy, die seit mehr als dreißig Jahren mit mir durch dick und dünn geht. Ich danke Sophie für die schöne Gezeitenkarte, Sheelagh für den Schwimmunterricht, Tara für die unschätzbaren Einblicke in die Obdachlosigkeit, Alice dafür, dass sie allem stets einen Hauch Glamour verleiht, Anita, die die Seele der Truppe ist, sowie Helen und Michael, JP und Thiago (und natürlich Walt) und der hübschen Steph. Ein Dankeschön auch an Michaelino für die Informationen über die Samariter.

Genauso gern wie über das gemeinschaftliche Miteinander schreibe ich über Frauenfreundschaften; und ich habe das Glück, dass mich in meinem Leben Frauen begleiten, die mir alles bedeuten. Danke, Bron und Eve, Shan und Louise, ihr meine unermüdlichen Unterstützerinnen und Erstleserinnen. Ein großes Lob geht an Harriet und auch an Dawn, die mir bei allen Büchern die Hand hielt – und dies ist mein 20. Roman. So etwas ist absolute Hingabe. Danke schön, meine Liebe. Dank geht auch an Dinah, Clare-Bear, Ruth und Orshi, an Lesley Thomas und Alice von Posh Totty Designs, an Jenny Dunn für die wunderbaren Yogastunden und an Jo Darling für die Akupunktur.

Zu guter Letzt danke ich meiner wundervollen Familie: Ihr seid es, die mich mit eurer Liebe und eurem Humor über

Wasser haltet, vor allem du, Catherine – meine Schwester, Mitschwimmerin und Weihnachts-Meerestaucherin (ich besorge dir eine schmeichelhaftere Badekappe, versprochen). Ich danke Kirsti, Dad und Dianne, Aunty Liz und meinen furchtlosen Wasserkindern Tallulah, Roxie und Minty. Dank auch an Ziggy, der am Strand Wache steht und darauf achtet, dass ich wieder sicher an Land zurückkehre, wo mir sein bester Freund Frankie Knuckles häufig mein Handtuch warm hält.

Am allermeisten gelten meine Liebe und mein Dank meinem Mann, Emlyn Rees, der mir buchstäblich das Leben gerettet hat – und auf den pfiffigen Titel kam.